人間
역도산

人間

역도산

구리타 노보루 지음

ItBook

차례

1부_ 노도 怒濤

2부_ 제왕 帝王

일러두기

· 「*」표시는 독자의 이해를 위해 역자주를 붙여놓았음을 의미합니다.

1부

노도怒濤

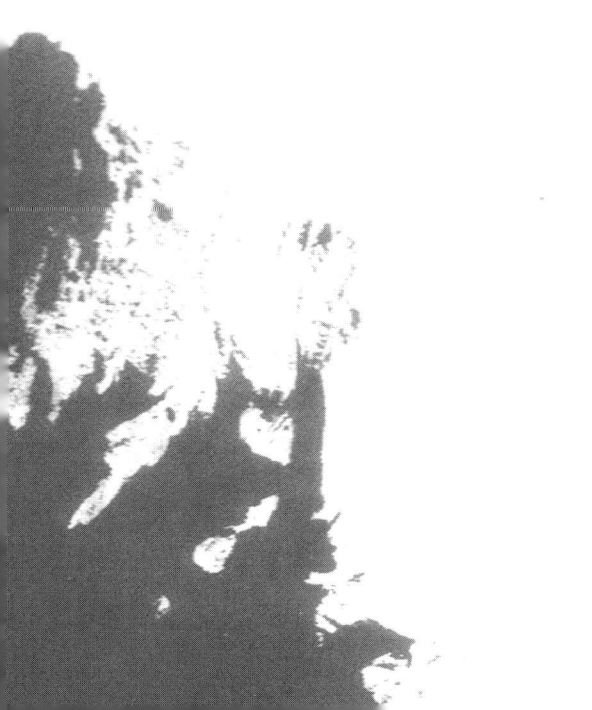

신혼의 밤

결혼한 지 이틀째 되는 날 밤, 창밖에는 가을비가 소리도 없이 내리고 있었다. 가끔씩 맹렬한 속도로 지나가는 미군의 지프를 빼면 아무 소리도 들리지 않았다.

아야는 게이샤 시절에 입었던 진홍색 속옷 차림으로 이불자락을 살며시 들어 올리고 뛰는 가슴을 억누르면서 남편 옆으로 미끄러져 들어갔다. 특별히 만든 큰 이불 속에서 천장을 바라보고 있던 역도산은 참을 만큼 참았다는 듯이 세게 아야를 끌어안으며 입술을 겹치고 혀를 넣고는 거칠게 빨아들였다.

아름답게 묶어 올린 아야의 머리칼에 굵은 손마디의 두꺼운 손가락이 들어가자 검은 머리칼이 툭 하고 풀려 흘렀다. 잔학성이 배어 있는 역도산의 섹스는 아름다운 것을 무너뜨림으로써 흥분했고, 언제나 그 길고 검은 머리칼의 감촉을 천천히 즐겼다. 그리고 귓불을 가볍게 깨물면서 헐떡이고 있는 아야의 귀에 속삭였다.

"아야, 아름다운 아야, 나는 네가 좋다. 죽도록 좋다. 아야, 아야, 나의 아야⋯⋯."

왼손은 뱀처럼 유방 위를 기어 돌더니 점점 매끄러운 배를 지나 검고 무성한 언덕으로, 그리고 향기 나는 사랑의 샘으로 미끄러져 들어갔다.

　그 굵은 마디의 두꺼운 손가락은 때때로 느릿느릿 마술적인 움직임을
되풀이했다. 그리하여 아야의 하얀 몸이 분홍빛으로 물들고 달아올라
허리를 들어 몸을 젖히더니 급기야 발끝까지 경직시키면서 참을 수 없
다는 신음소리를 흘려냈다.

　아름다운 여성에 대한 역도산의 봉사는 실로 초인적이라고 할 수 있
을 정도였다. 스모의 준비 자세와 마찬가지로, 그는 전희 기술을 무제한
으로 이용한 뒤에 단숨에 달려들어 몇 번이나 환희의 절정으로 밀어내
버렸다. 그리고 그 다음에는 천천히 즐기면서 자신도 끝을 내는 것이 보
통이었다. 하지만 그것으로 끝낸다면 남자로서의 자격이 없다. 그는 질
리지도 않고 후희 기술로 이어갔다. 성의 도(性道)에 관해서는 여자를
기쁘게 하는 것이 남자의 숙명이라 믿어 의심치 않았던 것이다. 그리고
여자의 귓구멍에 뜨거운 숨을 불어 넣으면서 언제나 같은 말을 끈질기
게 속삭였다.

　"넌 아름다워. 이 멋진 눈, 언제까지나 언제까지나 사랑해. 아아. 이대
로 죽고 싶다. 넌 아름다워……."

　그러나 그가 그 여자를 특별히 좋아해서 그러는 것은 아니었다. 충동
적으로 여자를 사랑했고, 섹스 그 자체를 좋아했다. 머리가 길고 이가
새하얀 미인을 보면 동물적으로 좋아했던 것이다. 좋아하면 안고 싶어
졌다. 껴안으면 그 입술에 입맞추고 여자로서 천국을 맛보게 해주고, 그
러고 나서 천천히 자신의 성욕을 만족시켰다. 모든 것이 끝나고 여자가
평정을 되찾았을 때, 그는 비로소 가뿐해진 표정으로 그 여자를 찬찬히
들여다보는 것이었다.

　아야는 미친 듯이 소리를 질렀다. 그 격정의 파도가 몇 번이고 밀고
들어왔다가 흩어졌다. 역도산은 천천히 자신의 커다란 배 위에 흥분하
여 분홍으로 물든 아야의 육체를 올려놓고 집요하게 아래에서 위로 찔
러 올리는 공격 자세를 풀어주지 않았다. 그리고 마지막에는 환희가 하
나로 엉켜 폭발하고 산산이 흩어졌다.

아야는 무릉도원을 헤매는 듯한 기분으로 허리를 들었다. 허리 아래
는 요까지 흠뻑 젖어 있었다. 머리맡에 놓았던 타월을 그 위에 겹쳐 얹
고, 긴 소매의 속옷을 걸쳐 입으면서 여운을 느끼며 다시 남편에게 다가
갔다. 역도산은 여자로서 한창 물이 오른 육체의 감촉을 즐기면서 귀에
입을 대고 작은 목소리로 말했다.

"아야, 부탁이 있어⋯⋯."

"예⋯⋯."

처음 듣는 남편의 주저하는 목소리에 자기도 모르게 귀를 의심했다.

"저기, 아야, 부탁이 있는데⋯⋯."

"새삼스럽게 부탁이라니, 뭐예요, 세키토리*⋯⋯."

게이샤 시절에 불렀던 '세키토리'라는 경칭이 자기도 모르게 아야의
입에서 흘러나왔다.

"사실은 말야, 사실은⋯⋯."

"예⋯⋯."

"사실은⋯⋯."

"사실은⋯⋯이요? 아, 네. 무슨 말씀인지 알겠어요⋯⋯."

아야는 아직 복숭앗빛 구름을 탄 듯 몸이 기분 좋게 나른했다.

"사실은 애가 있어⋯⋯. 젊었을 때 실수로⋯⋯."

"예? 애⋯⋯, 애라고 했나요?"

아야에게 그것은 너무나 갑작스러운 일이었다. 구름 위에서 땅으로
내팽개쳐지는 충격이었고, 발밑이 커다란 소리를 내며 와르르 무너져
내리는 쇼크였다.

"사실은 그 애를 맡아주었으면 해."

아야는 유방 위를 더듬던 거친 손을 뿌리치고 벌떡 일어났다. 속옷 앞
섶이 벌어져 있는 것을 깨닫고는 떨리는 손으로 띠를 꽉 매어 고치고서

---

*스모의 상위 등급에 해당하는 선수를 이르는 말.

남편의 머리맡에 털썩 주저앉았다.

"세키토리, 정말이에요?"

그렇게 진지한 태도로 나오니 아무리 역도산이라고 해도 태평하게 누워 있을 수가 없었다. 이불을 힘껏 걷어차고 일어났다. 물론 알몸이었다. 방금 전 치른 한바탕으로 지저분해진 곳에 깔아놓은 타월 위에 양반다리를 하고 앉았다.

"아야, 천하의 이 역도산, 일생일대의 부탁이다. 이렇게 부탁한다, 용서해줘."

스모를 그만둔 지금도 스모 선수로서의 긍지를 버린 적이 없는 역도산이었다. 아야 또한 사랑하는 남자가 두 손을 바닥에 대고 머리를 숙이는 데야 뭘 어떻게 할 도리가 없었다.

아야는 배신당했다는 노여움에 말도 나오지 않았다. 알몸뚱이인 역도산은 지저분한 타월에 얼굴을 처박듯이 한 자세로 아야의 대답을 기다리고 있었다. 기가 센 아야도 한을 품은 가느다란 목소리로 대답하지 않을 수가 없었다.

"네, 알았어요."

"그래, 허락해준 거지? 그럼 빨리 사람을 보내야겠군."

역도산은 자신에게 말하는 것처럼 "좋았어!" 하고 스모 선수 시절의 연습 때문에 걸걸해진 목소리를 높이며 네 발로 기는 짐승처럼 몸을 일으켰다. 아야가 무심코 올려다보니, 방금 전까지 팽팽하게 솟구쳐 헐떡이던 물건이 칠칠치 못하게 코앞에 달려 있었다. 역도산의 얼굴에는 조금 전까지의 심각한 표정이 벌써 사라지고 오히려 오만방자한 미소마저 떠올랐다.

역도산은 세 컵의 물을 아주 맛있다는 듯이 벌컥벌컥 마시고서 안방으로 돌아왔다. 물론 알몸이었다. 몸뚱이 장사인 스모의 선수였던 그는 알몸을 아무렇지도 않게 여겼다. 스모를 그만둔 다음에도 그 버릇을 버리지 못했다. 아야는 머리맡에 주저앉은 채로 떨려오는 것을 필사적으로 억누르고 있었다.

"어이, 아야. 아직 일어나면 안 돼, 한 번 더 하자."

역도산은 조금 전의 한바탕으로 더러워진 타월 위에 큰대자로 눕더니 굵은 목소리로 호통 쳤다. 그 기세 탓이리라. 남성의 상징에 숨이 돌아와 끄덕끄덕 하고 맥박 치기 시작했다.

"빨리 해."

타협을 허락하지 않는 명령이었다. 오랫동안 품어온 근심이 풀리자 또 성욕을 발산하고 싶어진 것이다. 안 그래도 그는 이틀만 사정하지 않아도 코피가 터지는 정력의 사나이였다.

아야로서는 결혼한 지 이틀 만에, 바로 방금 전에 사랑하는 남편에게 숨겨놓은 아이가 있다는 소리를 들은 데다가 아이를 받아들이라는 명령까지 받았으니, 아무리 화류계에서 자란 여자라고 해도 섹스를 할 상황이 아니었다. 그러나 역도산은 No를 허용하지 않는다는 사실을 잘 알고 있는 아야는 할 수 없이 속띠를 풀고 아직도 열기가 남아 있는 몸을 남편에게 맡겼다. 그 육체는 아야의 의지에 반해서 점점 흥분하더니 결국에는 자신을 잃고 기쁨의 소리를 올리는 것이었다. 1950년 9월 25일, 아침 4시 반의 일이었다.

새색시 아야는 1922년 6월 7일생, 호적으로 따지면 역도산보다 두 살 연상이며, 도쿄의 이타바시에서 보통소학교를 졸업하자마자 게이샤 수련을 받아 며칠 전까지만 해도 게이샤였다. 한창 물이 오른 28세로, 키 164센티, 체중 65킬로라는 큰 몸집이지만 갸름한 얼굴에 일본식 머리가 잘 어울리는 인기 높은 아가씨였다.

역도산이 스모 선수였던 시절, 그것은 그야말로 강한 사내들의 천국이었다. 세키토리급의 선수는 아침 연습이 끝나면 10명 정도의 후배*를 이끌고 목욕탕에 들어가서 자신은 우뚝 선 채로 몸을 씻게 했다. 그 다

---

* '쓰케비토'라고 하여 세키토리급 선수의 시중을 드는 초급 선수.

음에는 큰 타월만 허리에 두르고서 유유히 식사를 했다. 밥상 같은 것은 없었다. 세키토리들은 그냥 빙 둘러앉아서 바리키(馬力)라 칭하는 술을 사발로 꿀꺽꿀꺽 들이켜고 잔코 냄비*에 달려든다. 그것이 아침 겸 점심 식사였다.

역도산은 스모를 그만두고서도 그 오랜 생활을 청산하지 못하고 있었다. 화장실에 들어가서도 문을 닫지 않고 "이봐, 닦아." 하고 새색시에게 명령했다.

아침 6시가 되면 "이봐, 일어나." 하고 아야의 발을 걸어차고는, 세수를 하고 30분 동안 거울을 보면서 이제는 스모 선수의 상징인 상투가 없어진 머리를 이렇게 저렇게 매만졌다. 그러고는 차 한 잔 마시지 않고 현관문을 거칠게 열어젖혔다. 아야가 공손하게 손을 앞으로 모으고 절을 하면서 "잘 다녀오세요." 하고 인사하는 것을 등에 받으면서 "좋았어." 하고 말하면서 오토바이의 시동을 걸었다. 그 소리는 상당히 요란했다.

아야는 역도산을 보내고 나서 아직 여운이 남아 있는 따뜻한 이불 속으로 파고들었다. 오랜 게이샤 생활로 인한 습관으로, 아침에는 11시쯤 되지 않으면 머리가 상쾌하지 않았다. 간밤에도 3회전을 치렀던 것이다. 아야는 자기답지 않게 흐트러졌던 모습을 떠올리면서 꾸벅꾸벅……. 가장 기분 좋게 잠드는 시간이었다.

"통 통 통." 난폭하게 현관 유리문을 두드리는 소리에 놀란 아야는 현실로 돌아왔다. 자명종 시계바늘은 아직 아침 9시 반밖에 되지 않았다.

"사모님! 사모님, 안녕하세요?"

미안한 기색도 없이 큰 목소리였는데, 아야는 이전에 '사모님'이라고 불린 적이 없었다.

"그래, 난 이제 아가씨가 아니라 사모님이 된 거지." 하고 자기도 모르

---

*생선, 고기, 야채 등을 한 냄비에 넣고 끓인 음식.

게 웃음이 나왔다.

"예, 나가요."

속옷 위에 겉옷을 걸치고 흐트러진 긴 머리를 대충 말아 올린 다음 거울 속의 얼굴을 향해 장난스럽게 윙크하고서 가뿐하게 일어났다.

"네, 나갑니다. 잠깐만 기다리세요."

노래로 단련된 아야의 목소리는 밝았다. 현관으로 나가 남편이 달아 놓은 세 개의 자물쇠를 열고 유리문을 연 아야는 "앗!" 하고 숨을 삼켰다. 그곳에는 역도산이 스모 선수일 때 시중을 들던 가쓰라야마 한타로가 아이 둘을 데리고 서 있었다. 아야의 얼굴에서 핏기가 싹 사라졌다.

아야는 현관 기둥에 달라붙듯이 기대어 간신히 서 있었다. 작은 아이는 한타로의 등에, 큰 아이는 그의 손을 꽉 잡고서 눈을 동그랗게 뜨고 요염한 아야의 얼굴을 올려다보았다.

"사모님, 형님 말씀대로 교토에 가서 사내아이만 데리고 왔습니다."

"저어, 둘씩이나……."

"예, 말씀대로 둘입니다."

"저어, ……형제인가요?"

"예, 둘 다 형님의 아이입니다."

그녀는 자신의 귀를 의심했다.

"정말인가요?"

"그렇습니다. 형님한테서 듣지 않으셨습니까?"

"듣기는 들었는데……, 둘이라니."

"형님을 빼닮았지요? 귀여운 아이들입니다."

한타로는 당연하지 않냐는 듯이 가슴을 펴고 말했다. 하지만 아무리 당찬 성격의 아야라 할지라도 기둥에 몸을 기대고 서 있는 것조차 힘들 지경이었다.

"사모님, 왜 그러시죠?"

태평한 한타로가 아야의 몸을 부축했다.

"아아, 괜찮아요."

그렇게 말하고 서 있는 것이 고작이었다. 아이를 받아들이기로 하기는 했지만, 설마 둘이나 될 줄은……. 그것도 작은 아이는 갓 젖병을 뗀 것 같은 어린 아이였다. 여자아이도 아니고 둘 다 덩치 큰 사내아이이다. 겨우 정신을 차린 아야는 무거운 입을 열었다.

"그럼, 들어와요."

그렇지만 앞으로 어떻게 해야 좋을지, 앞이 캄캄했다. 전쟁이 끝나 배급제로 묶여 있던 식품들이 풀리기 시작하기는 했다. 작년 4월 1일에 야채류가 9년 만에 통제에서 벗어나고, 5월 6일에 주류, 10월 1일에는 고구마도 자유 판매가 허락되었지만 역도산은 한 푼도 아야에게 주지 않았다. 건설회사인 닛타건설의 자재부장 겸 현장감독으로서 받는 급료는 안 그래도 술주정이 있던 역도산을 돕는 꼴밖에 되지 않았다. 닛타건설의 닛타 신사쿠 회장이 주선해준 게이샤 아야와의 결혼생활에서도 역도산은 술만 마시면 난폭해졌고, 난폭해지고서도 또 마셨다. 어떤 때는 무전취식으로 경찰서에 끌려가, "천하의 역도산에게 창피를 주다니 용서할 수 없다. 이 바보 자식들아!" 하고 경찰서를 난장판으로 만들어놓기도 했다.

한타로는 태평스러운 목소리로 "영차" 하고 작은 아이를 내려놓더니 현관 턱에 걸터앉아 사모님을 올려다보았다.

"저……, 밤차로 올라와서 아무것도 못 먹었습니다. 아이들에게도 뭘 좀 주십시오."

"예, 예, 곧 준비하겠어요."

대답하기는 했지만, 부엌에는 변변한 것이 없었다. 된장 간장은 그해 1월 1일에 자유 판매가 되었지만 주식인 쌀은 여전히 암거래가 활개를 치고 있었다. 남편은 건설 현장에서 미군이 남긴 것을 먹을 수 있으니까 상관없지만 두 사내아이에게는 무엇을 먹이면 좋을지. 결혼할 때 암시장에서 사 가지고 온 쌀도 이제는 바닥이 나 있었다. 그래도 아직 고구마가 남아 있을 터이다. 그것을 삶아주자……. 생각이 떠오르자 그제야 아야의 화류계 아가씨다운 미소가 떠올랐다.

"몇 살이니?"

"네 살."

"너는?"

머리를 쓰다듬어주었지만 작은 아이는 방긋하지도 않고 그냥 작은 손가락 두 개를 쑥 내밀었다.

"얼마 전에 막 두 살이 됐습니다."

"그래 두 살이구나, 영리하네." 아야는 작은 아이를 안아 올려 뺨을 비비다가 깜짝 놀라 말했다.

"어머! 축축하잖아. 아니, 아직도 기저귀를 차고 있니?"

"예, 교토의 부인이 내버려둬서 그런지 아직도 떼지 못했습니다. 정말 죄송합니다."

한타로가 대신 꾸벅하고 머리를 숙였다.

"호호호, 당신이 사과할 일은 아니에요. 그런데 아이들 옷은……."

아야는 아이를 내려놓으면서 물었다.

"짐은 이것뿐입니다. 하지만 속에 기저귀는 들어 있지 않습니다."

"엣, 이것뿐이라고요?"

그 작은 가방 하나라는 말을 듣고 또 놀랐다. 따끈따끈한 신혼살림에 아이 옷 따위가 있을 리 없었다. 더구나 화류계에서 자란 아야는 기저귀가 어떤 물건인지 만져본 적도 없었다. 기저귀는커녕 아기를 안아본 적도 없었다. 아무리 씩씩하고 밝은 아야라고 해도 털썩 주저앉는 것이 무리도 아니었다.

이렇게 귀여운 두 아이를 버린 어머니는 대체 어떻게 생겼을까, 하고 까닭 없이 화가 치밀어 오르기도 했다. 그런데 네 살짜리 아이가 방긋방긋 웃음을 보내기 시작했다. 동생은 작은 엉덩이를 뒤로 내밀고 앉아 멀뚱하니 앉아 있을 따름이었다.

"사모님, 배가 고픈데……."

"어머, 어머, 미안해요. 아기 기저귀가 걱정되어서……."

정신을 차리고 일어선 아야는 부엌에 가자마자 기둥에 걸려 있는 거울을 들여다보았다. 그녀는 게이샤로 수련을 받을 때부터 힘들거나 슬플 때마다 거울 속에 있는 자신을 뚫어져라 쳐다보면서 혼잣말을 하는 습관이 있었다.

"아야, 걱정하지 마. 내일은 내일의 바람이 불 거야."

아야는 거울 속의 자신의 얼굴에게 다시 한 번 타일렀다. "내일은 내일의 바람이 불어……." 그리고 빙긋이 웃어보았다. 하지만 그 웃음은 게이샤 시절의 영업용 웃음, 슬픈 억지웃음이었다.

"오래 기다렸죠? 고구마가 다 익었어요. 한타로도 들어요."

두 아이는 얼굴을 마주 보며 주춤거렸다. 한타로가 두 아이에게 상냥하게 말했다.

"얘들아, 먹자."

동생은 머뭇머뭇 손을 내밀면서 아야의 얼굴을 올려다보더니 처음으로 방긋 웃었다. 형은 "잘 먹겠습니다." 하고 꾸벅 머리를 숙이고는 고구마를 덥썩 집었다.

"그렇게 급히 먹으면 목 막혀요. 차 마시면서 천천히 먹으세요."

역도산 이상으로 덩치가 크고 살찐 체형의 한타로는 상당히 배가 고팠던 모양인지 차도 마시지 않고 정신없이 먹어댔다. 목이 막히고 딸꾹질이 나오자 눈을 희번덕거렸다.

아야가 벽장에 머리를 들이밀고 기저귀가 될 만한 것을 찾기 시작했을 때, 요란한 오토바이의 폭음이 집 앞에서 멈췄다.

현관 유리문이 난폭하게 열림과 동시에 큰소리가 집을 울렸다.

"어이, 나 왔어!"

갑자기 남편이 돌아온 것이다. 아야는 재빨리 일어섰다. 어떠한 경우든 간에 현관에서 공손하게 절을 하면서 "잘 다녀오셨어요." 하고 인사하지 않으면 "이 바보, 밥버려지야!"라는 고함이 날아온다. 그래도 여자에게 손을 대는 법은 없었다.

"다녀오셨어요. 일찍 오셨……."

"응, 비다. 봐, 팍 젖었다."

"저……, 아이가 왔어요."

"오, 왔군. 그래, 그래."

역시 천하의 장사이다. 당연하다는 표정으로 흠뻑 젖은 가죽점퍼를 벗어 아야에게 던졌다. 그리고 "으싸" 하고 현관에서 올라오면서 아야의 기모노 아랫자락으로 손을 집어넣었다.

"이러지 마세요……."

아야는 가볍게 허리를 돌렸다. 지금까지 차갑게 거부한 적이 없었지만, 등 뒤에는 두 아이와 한타로의 눈이 빛나고 있는 것이다.

"저……, 둘 다 왔는데요……."

"응, 아들만 왔지."

아야는 아들만이라고 말하는 의미를 그때까지도 몰랐다. 그래서 특별히 신경을 쓰지 않았지만, 사실은 역도산이 19세 때에 교토의 나쓰야마 유키코라는 연상의 여자가 낳은 두 아이의 누나가 아직 그쪽에 남아 있었던 것이다.

방에 앉아 있던 장남은 "안녕하세요." 하고 꾸벅 머리를 숙였다.

"그래." 역도산은 끄덕였지만, 아이를 안아보려고 하지는 않고 바로 알몸이 되어 커다란 방석 위에 털썩 책상다리를 하고 앉았다.

"어이, 목욕."

"저……, 아이 기저귀 말인데요……."

"바보야, 기저귀 따위는 낡은 옷으로 만들면 되잖아."

방금 전부터 방구석에서 큰 몸집을 움츠리고 있던 한타로가 아야의 얼굴을 훔쳐보면서 작은 소리로 말했다.

"사모님, 저 가겠습니다."

"뭐냐, 한! 아직 있었냐?"

역도산은 내뱉듯이 말했다. 교토까지 가서 야간열차로 두 아이를 데리고 와준 후배에게 "아직 있었냐?"라는 것은 아무리 그래도 심하다. 아야마저도 질리지 않을 수 없었다. "고마워. 수고했다." 하고 용돈이라도 좀 주는 것이 상식이리라. 그러나 역도산은 현역 선수 시절부터 받는 물건은 무엇이든지 넙죽 받지만 내놓는 물건은 아무리 하찮은 것이라도 아깝게 여기는 구두쇠 그 자체였다.

두 작은 형제는 공포의 눈으로 큰소리로 고함치는 알몸의 아버지를 바라봤다.

"이봐, 한! 일어난 김에 차나 한 잔 가져와라."

"예, 즉시 차를 가지고 오겠습니다."

스모 사회의 '벌레나 마찬가지'라는 순종의 모습에 아야는 감탄과 동시에 질려버렸다. 시중을 들던 후배 스모 선수라고 해도, 그것은 이미 한 달 전의 일이다. 한타로도 스모를 그만뒀으니 지금은 둘 다 똑같이 건설 노동자에 지나지 않는 것이다.

"야, 미쓰오, 이리 와."

미쓰오라 불린 동생은 형의 손을 꼭 붙잡고 역도산의 눈치를 보았다.

"세키토리, 그렇게 큰소리로 부르면 놀래요."

아야는 형제를 감싸듯이 말했다.

"바보야, 이 역도산의 아이다."

"그래도 너무……."

"멍청아, 시끄러워. 야, 요시히로도 이리 와봐. 오늘부터 내가 너희들의 진짜 아버지다. 저 사람은 어머니다. 앞으로 아버지, 어머니라고 부르는 거다. 교토에서 살던 일 따위는 잊어버려. 알았냐?"

형 요시히로는 또렷한 목소리로 "예."라고 대답했지만, 미쓰오는 형의 손을 꼭 잡고 눈치만 보고 있을 따름이었다. 한타로에게는 그 모습이 애처로웠다.

"세키토리, 그럼 돌아가겠습니다."

"응, 갈 거냐?"

"얘들아, 안녕."

"한타로, 신세 많았어요. 정말 고마워요."

아야는 깊이 머리를 숙여 인사했다.

"형아, 안녕."

형제는 한타로를 따라 현관으로 달려갔다.

역도산은 2년 만에 만난 요시히로나 처음 보는 미쓰오에게 아무런 이야기도 하지 않았다. 잠자코 조간신문을 펼쳐 스포츠란을 보고 있었다. 무슨 생각을 하고 있는 건지, 앞으로 애들을 어떻게 할 건지, 새색시 아야로서는 도무지 짐작이 가지 않았다.

"세키토리, 목욕물 받아났어요."

"응, 좋았어."

스모 선수 시절의 역도산이었다면 한타로를 비롯한 10명쯤의 후배들이 손을 잡고 발을 들어 욕탕에 넣어줬을 것이다. 현역을 떠난 지금도 아직 그 달콤한 맛을 잊을 수가 없었다.

"이봐, 등 밀어."

그 굵은 목소리에 아야는 서둘러 옷소매를 걷어 올리고 목욕탕 문을 열고 한걸음 들어갔다.

"바보야, 다 벗고 들어와."

"하지만……."

"데모하는 거냐? 공산당 놈들처럼 말대꾸하지 마."

"하지만 아이들이 있잖아요."

"상관없어, 내 자식들이야."

있는지 없는지 신경도 쓰지 않았으면서 내 자식이라니, 정말로 뻔뻔스럽다. 아야는 잠깐 곤란한 표정을 지었지만, 그래도 남편과 함께 목욕탕에 들어가는 것은 물 오른 28세로서는 신혼의 기쁨이기도 했다. 등을 밀라고 부르기는 했지만, 역도산은 사실 아야가 게이샤였던 때처럼 아름다운 육체를 직접 씻어주고 싶었던 것이다.

아야는 타월로 앞을 가리고 부랴부랴 들어왔다. 역도산은 항상 뜨거운 물을 등에 좍좍 퍼부은 다음 65킬로그램의 아야를 가볍게 들어 욕조 안에 넣는 것이 보통이었다. 그리고 자신은 할 일이 없어 심심하다는 듯이 돌비누로 발뒤꿈치를 슥슥 밀었다.

그러다가 아야가 욕조에서 나오자 그 몸을 비누거품으로 감싸면서 애무하던 역도산은 더 이상 참을 수 없었는지 무릎 위에 올려놓고 남성의 상징을 그녀의 아름다운 육체에 집어넣고서 자신이 얼마나 참을 수 있는지를 시험하려는 것처럼 필사적으로 봉사하였다. 아야는 귀를 기울이며 듣고 있을 두 아이를 의식해서 소리를 내지 않으려고 했지만, 그의 테크닉에 걸린 풍만한 육체는 다섯 번, 여섯 번 연이어서 하늘로 떠올랐다. 역도산은 그 흐트러지는 모습을 충분히 즐긴 다음에 뒤에서 달려들어 결정타를 먹였다.

아야는 미지근한 물에 목까지 담그고서 취한 듯 기분 좋은 욕정에 몸을 띄우고 있었다.

"어이, 이제 나가."

그 소리에 아야는 퍼뜩 제정신으로 돌아왔다. 현실은 너무나 엄격한 것이었다. 앞으로 두 아이를 위해 먹을거리를 찾아야만 한다. 당시 일본 수상은 "소득이 많은 사람은 쌀을, 적은 사람은 보리를 먹도록……." 이라고 의회에서 발언했지만, 암시장 쌀이라도 구하지 않으면 아이들의 배를 채울 수가 없을 터였다.

아야는 그래도 장난기가 동해서 늘어진 심벌을 가볍게 톡 치고 "먼저 나가요." 하고 목욕탕 문을 열었다. 두 아이는 방석 위에 우두커니 앉아 조용히 기다리고 있었다. 아야는 그 모습이 애처로웠다. 뭔가 맛있는 것을 만들어주고 싶다는 모성본능이 솟아났다.

그건 그렇다 치고, 이렇게 귀여운 아이를 보내버린 어머니가 원망스러웠다.

두 아이의 어머니, 교토 미인 나쓰야마 유키코와 역도산은 1944년 1월 28일에 딸을, 이어서 2년 후 3월 15일에 장남 요시히로가 태어났다. 하지만 어머니 쪽의 호적에 올린 것이 5월 4일, 차남 미쓰오는 다시 2년 후 9월 21일에 태어났는데, 호적에 올린 것은 11월 9일이었다. 그야말로 거추장스러운 존재였고, 아버지인 역도산은 자식으로 인정하려고 들지도 않았다.

유키코는 세 아이를 낳고서도 세키토리가 된 역도산과 가정을 이루는 것을 포기하고 먹고 살기 위해 재혼을 했다. 하지만 그 남편이란 자도 어린 세 아이를 매정하게 대하고, 유키코가 번 돈까지 술값으로 썼다. 게다가 취하면 아이들에게까지 폭력을 휘두르는 의붓아버지였으니, 아이들은 세끼 끼니도 제대로 얻어먹을 수가 없는 꼴이었다.

"아이만 없으면 내가 행복해질 수 있을 텐데……."

그녀는 푸념이나 늘어놓는 불쌍한 어머니였다. 그래서 유키코는 '아이를 인정해라.', '아이를 맡아라.' 하고 몇 번이나 재촉하는 편지를 보냈지만, 역도산은 그때마다 뜯어보지도 않고 태워버렸다.

그런데 혼인신고는 아직 올리지 않았다고 해도 정식 부부로서 신혼생활을 시작한 이제는 그 편지가 필시 아야의 눈에 띄게 될 것이 뻔했다. 그럴 거라면 탄로 나기 전에 먼저 털어놓는 편이 사내답고 좋을 거라고 역도산은 단순하게 생각했던 것이다. 그리고 의도하던 바를 멋지게 성공시키자 조금은 마음이 가벼워졌다. 하지만 장녀인 미치코는 숨겨진 아이로서 가난 속에서 간신히 살아가고 있다는 것을 아직 아야는 몰랐다. 미치코는 머리가 아주 좋아서 학교 성적도 단기대학 때까지 3등 이하로 떨어진 적이 없었다.

프로레슬러 역도산, 그 이름은 지금 소년들에게는 역사 속의 인물에 불과할지도 모른다. 그는 1963년 12월 15일에 이르는 10년 동안 위대한

영웅이었다. 링 위의 역도산은 막판이 되면 '가라테 촙'을 휘둘러 '점령
군'인 백인이나 흑인을 두들겨 팼고, 그들이 힘없이 경기를 포기하면 일
본 전국이 열광하며 "맛이 어떠냐, 이놈들아!" 하고 속 시원해했다. 역
도산은 '일본의 빛나는 별'이었다. 그러나 역도산의 본명은 몰랐다. 어
쩌면 두세 사람 정도는 알고 있었을지도 모르지만, 아무도 말하려 들지
않았다. 고향이 나가사키의 오무라인지, 북한인지, 한국인지, 그리고 나
이조차 정확하게 몰랐다. 냄새나는 것에 뚜껑을 닫아둔다는 식으로, 아
무도 밝혀내려 하지 않았다.

만들어진 뿌리

역도산을 모르는 젊은이를 위해 그가 스모의 상징인 상투를 자르기까지에 이르는 25년간을 간략하게 살펴보자. 역도산의 생애는 39년 하고 1개월이므로, 프로레슬러로서의 생활은 고작 12년이다. 그러나 그 짧은 세월에 10억 엔 이상의 재산과 빚을 남긴 채 살해되었다. 그것이 1963년 12월 15일이었다.

빛나는 일본의 별, 리키도잔 미쓰히로(力道山光活)의 호적상 본명이 모모타 미쓰히로(百田 光浩)라는 것 말고는 어릴 적 이름이나 출신 학교에 대해 아는 사람은 아무도 없다. 아무도 역도산 본인에게 물으려 하지도 않았다. 후배 스모 선수 가쓰라야마 한타로조차도 '일본인과 조선인의 혼혈'이라고 믿고 있었다. 역도산을 조선인이라고 부르는 것은 절대 금기였다.

스모 박물관에 남아 있는 역도산의 스모 경기 결과표에는 다음과 같은 기록이 남아 있다.

본명 = 金信洛(김신락)* 金信一郎 金村 百田光浩

---

*金信格(김신격)이라고 하는 자료도 있음.

선수명 = 力道山 昇之助 信格 光浩
출신지 = 조선, 나가사키 현 오무라

그리고 1944년 7월 4일자의 호적 초본에는 다음과 같이 기록되어 있다.

호주 金村恒洛 출생 1906년 9월 父 亡金錫泰 母 巳
金村光浩(3남) 父 亡金錫泰 母 巳 출생 1924년 11월
본적 : 함경남도 홍원군* 용원면 신풍리 37번지

또한 일본 주오 구청의 제적 원본을 보면, 1924년 11월 14일 나가사키 현 오무라 시 296번지에 호적을 올렸던 모모타 미쓰히로(百田光浩)가 1950년 11월 21일 날짜로 도쿄 도로 호적을 옮긴 것으로 기록되어 있다.

결국 역도산의 조국은 당시 조선이지만, 그런 사실은 아무래도 좋았다. 일본을 전쟁에서 이긴 '양놈'들 그리고 '검둥이'들을 때려눕히는 위대한 영웅을 일본인들은 동포로 여기고 싶어했다. 그렇지만 역도산 즉 김신락만은 죽을 때까지 조선인이라는 사실에 집착했다. 역도산의 유골은 끝내 북한에 있는 선조들의 무덤으로 돌아가지 않았다. 물론 역도산의 본심은 아무도 모른다. 갑자기 살해되었으므로……

역도산의 생가는 평양 구석의 한 마을에서 정미소를 하고 있었다. 장남인 형 김항락은 조선씨름에서 챔피언급의 힘을 지녔고, 동생인 김신락 즉 역도산은 주니어 챔피언급의 힘을 지니고 있었다고 한다. 당시 조선에서는 단오절이면 씨름대회가 열리고, 우승자에게는 소 두 마리, 준우승에게는 소 한 마리, 3등에게는 광목이라는 식으로 호화로운 상품이 내걸려 장사들이 열띤 시합을 펼쳤다.

---

*浜京郡이라고 하는 자료도 있음.

나중에 역도산을 일본으로 데리고 오게 되는 오가타 도라이치 조선경찰관 형사보도 씨름대회를 귀빈석에서 관전하고 있었다. 그때 우승자는 역시 김항락, 동생인 신락은 만 14세임에도 불구하고 3등을 차지하는데, 오가타는 그 늠름한 몸집을 보고 반해버린다. 그의 옆 좌석에 앉아 구경하던 사람은 나중에 일본 호적상의 아버지가 되는 모모타 미노스케였다.

모모타는 후에 공연을 주선하는 흥행사와 매춘을 하는 포주집에 양다리를 걸치는 유력자가 되는데, 자신은 열렬한 스모 팬이어서 고향에서 많은 스모 선수를 배출해내기도 하고 후원회를 이끌기도 했다.

오가타 형사보와 모모타는 소년 김신락에게 흠뻑 빠져버렸다. 대회가 끝나자 곧바로 요정으로 형제를 불러서 마음을 떠보니 동생인 김신락은, "일본 씨름인 스모를 해보고 싶다. 내일이라도 당장 함께 일본으로 가고 싶다."고 했다. 하지만 어머니는 강하게 반대했다.

"사람들 앞에서 발가벗고 구경거리가 되는 장사를 귀한 아들에게 시키고 싶지 않다."라는 것이 표면적인 반대 이유였지만, 사실은 조선 사람이 일본에 가면 필시 학대받을 것이 뻔했기 때문이었다. 더구나 김신락은 일본어를 잘하지 못했고, 특히 발음이 형편없었다.

그래도 김신락 본인의 열의는 대단했다. 이에 오가타 형사보는 일본어를 모르는 어머니를 설득시키기 위해 부하인 김경렬 순사부장과 18살이나 많은 형 김항락이 형님으로 모시는 박이라는 인물까지 동원했다. 그런데 그것이 도리어 어머니를 완고하게 만들어버렸다. 머리가 좋고 효자인 셋째 아들 신락을 어떻게 해서든지 일본으로 보내지 않겠다고 결심한 어머니는 서둘러 신부를 찾아 결혼식을 마련했다. 신부는 신락의 어릴 적 친구로 서로 밉지 않게 여기고 지내는 정도의 사이였다. 결혼해야 할지, 일본으로 가서 최고의 스모 선수에 도전해봐야 할지……. 신락은 밤에도 잠을 이룰 수 없었다. 그러다가 결혼식이 다음날로 다가왔다. 오가타 형사보는 차갑게 내뱉었다.

"하룻밤이라도 색시와 자면 절대로 일본 본토로 보내주지 않겠어."

평양 시골구석에서 정미소 집의 셋째 아들로 빈곤한 생활을 하는 것이 김신락 즉 역도산은 죽도록 싫었다. 그는 돈을 전부로 알았다. 그래서 일본 본토로 건너가 학대를 받든 욕을 먹든 간에, 돌에 뭉개지는 한이 있더라도 요코즈나*가 되어 돈과 명성을 얻겠다는 꿈을 품게 되었다. 하지만 신락은 어머니를 끔찍하게 여겼다. 형인 항락의 걱정을 뿌리치고 15세의 신랑이 된 그는 결혼식과 피로연에서 참석자들의 축복을 받았다.

그러나 효도는 거기까지였다. 신방에 들어가자마자 변소에 가는 척하고 도망가버린 것이다.**

"하룻밤이라도 색시와 자면 절대로 일본 본토로 보내주지 않겠어."라고 말했던 오가타 형사보의 관사로 찾아간 것이었다. 홀로 남겨진 신부는 그저 울 수밖에 없었고, 어머니는 반쯤 미쳐서 얼어붙은 한겨울 길을 "신락아!" 하고 외치며 어둠 속을 뛰어다녔다.

오가타 형사보의 관사에 숨기는 했지만, 그렇다고 해서 금방 일본으로 넘어갈 수 있는 시대는 아니었다. 1937년에 일어난 중일전쟁으로 인해 일본은 식민지였던 조선반도를 전시체제로 바꿔 모든 것을 강제 동원시켰다. 내선일체라는 슬로건 하에 신사참배를 강요하고 10월에는 '황국신민 선서'를 만들어 배포하였다. 1939년에는 '창씨개명'을 통해 김신락도 가네무라 미쓰히로라는 일본 이름으로 바뀌었지만, 그래도 본토에 확실한 신원보증인이 있어야 했고, 또한 본인의 성격 등을 볼 때 안전하다고 일본인 관리가 보증해주지 않으면 안 되는 시대였다. 그렇지만 일본인 경찰관이 나선 일이었고 일본 스모계의 유망한 재목감이라고 해서 조선군사령관까지 일을 돕고 나선 덕분에 "가네무라 미쓰히로는 어디까지나 스모 선수로서 황위(皇威)를 드높일 것이다."라는 미명

---

*스모 선수의 최고 지위.
**나중에 북한에 딸이 있음이 밝혀진 바 있다.

아래 나중에 성인이 된 다음에도 징병을 면제받게 된다. 그리하여 오가타 형사보를 따라 도쿄 료고쿠에 모습을 드러낸 것이 1940년 2월 말일, 역도산의 나이 15세의 봄이었다.

억지와 주먹이라고 별명 붙여도 좋을 선배들은 "야! 가네." 하고 막 불렀지만, 미쓰히로는 "예, 예." 하고 예의바르게 대답하면서 하루라도 빨리 완전무결한 일본인이 되려고 필사적으로 노력했다. 그러나 애초에 일본어 발음이 너무 나빠서 조선인이라는 것은 금방 탄로 났다. 소년 역도산은 그런 차별에 대한 분함을 스모판에서 풀었다.

거대한 체형의 세키토리들은 엉덩이까지 손이 닿지 않는다. 그래서 시중을 드는 후배가 변소 입구에 휴지를 들고 기다려야 했는데, 그런 제일 싫어하는 일까지 미쓰히로는 자청했다. 그의 마음속에는, "두고 보자. 너희 일본 놈들이 내 엉덩이를 닦게 해주마." 하는, 조선인으로서의 혼이 불타고 있음을 스승인 다마노우미 우메키치는 꿰뚫어 보고 있었다. 그러나 일본의 국기인 스모 선수가 식민지 조선 출신임이 알려지면 곤란하다. 그래서 후원회의 간사이자 가네무라 미쓰히로의 스카웃에도 한몫을 한 모모타 미노스케에게 부탁하여 그를 나가사키 현 오무라 시 출신으로 만들어달라고 조작을 부탁했다. 이리하여 김신락은 가네무라 미쓰히로로, 그리고 다시 모모타 미쓰히로라는 일본인이 될 수 있었다. 나중에 프로레슬러가 되는 요시노사토 준조가 같은 도장에 입문했을 무렵의 모모타 미쓰히로, 즉 역도산의 지위는 마쿠시타*에 오른 상태였다. 또한 아주 훌륭하게 일본어를 구사할 수 있게 되어서 조선인임을 조금도 느낄 수 없을 정도로 완벽한 일본인이 되어 있었다.

"이겼다. 이겼다. 또 이겼다. 만세!"라고 외치던 그 전쟁이 1945년 3월 10일 미군의 대공습에 의해 드디어 종막을 맞았다.

도쿄는 문자 그대로 잿더미가 되었고, 힘없는 민간인들까지 불과 연

---

*견습 선수로서는 최고 등급. 한 등급만 더 올라가면 프로 선수의 레벨인 세키토리가 된다.

기 속에서 죽어갔다. 거리는 그야말로 불지옥이었다. 스모 경기장이고 연습장이고 다 타버렸다. 그러나 역도산이 소속된 니쇼노제키베야의 선수들은 당시 한신에 있는 군수공장에서 근로봉사를 하면서 철공소의 기숙사에서 합숙을 하고 있었기 때문에 재난을 피할 수 있다. 역도산을 비롯한 선수들은 오전 중에는 공장에서 일하고 오후에는 위문 경기를 하는 일정으로 나날을 보내고 있었다.

그리고 8월 15일. 일본제국은 포츠담선언을 받아들여 무조건 항복했다. 패전이 아니라, 종전이다, 나라는 지킬 수 있었다……, 등등으로 아무리 허세를 부리며 외쳐봐도 일본에서 가장 높은 사람은 현인신(現人神)이라고 일컬어지던 천황이 아니라 더글러스 맥아더 원수였고, 사람들이 GHQ(연합군 총사령부)라고 부르는 미국 점령군이 일본정부에게 명령을 내리고 있었다.

역도산은 일본의 패전을 계기로 인간이 완전히 변했다. 스승이나 선배를 대할 때도 그전에 보였던 것과 같은 솔직함을 보이지 않게 되었다. 굳게 믿고 있던 것이 단숨에 뒤집어지고 말았다는 깊은 좌절감은, 일본인에 대한 불신과 부정으로 나타나지 않고 오히려 '조선인'을 부정하고 배척하고 혐오하게 되었다.

"인생은 돈이다. 돈이 갖고 싶다. 난 일본인이 되어 돈을 벌겠다. 돈이 전부다."

역도산은 타고난 구두쇠 기질에다가 사리사욕만 챙기는 인간이 되었다.

패전을 한 해 앞둔 1944년 1월 28일에 교토의 나쓰야마 유키코가 딸을 낳았고, 다음 해 3월에 또 아이가 태어났다. 하지만 아직 프로급 선수로 올라가지 못한 역도산은 처자를 먹여 살릴 처지가 아니었다. 패전한 그해에도 역도산은 아직 20세의 하급 선수이었다.

1946년 3월 15일에 아들이 태어났습니다……, 라는 편지를 보고도 돈한 푼 보내지 않은 역도산이었다. 그해 11월 시즌에서 꿈에도 그리던 주료*로 승진한다. 스모 선수가 되어 제일 기뻤던 것은 마쿠우치**에 드는 스모 선수가 되었을 때라고 한다. 10명 정도의 일본인 후배 선수를 벌레나 마찬가지로 마음껏 부릴 수 있는 신분이 되었지만, 그래도 돈이 필요했다. 천하의 구두쇠 역도산도 교토에서 '두 아이를 인정해라, 돈을 보내라.'는 재촉이 계속되자 머리를 싸매지 않을 수 없었다. 그렇지만 주료로 올라가 받는 월급이라고 해야 고작 15엔, "돈이 필요해. 돈 줘!"라고 잠꼬대를 할 정도였다.

1946년 가을 시즌에서 역도산은 그토록 바라던 마쿠우치 스모 선수가 되었지만, 굶주린 일본 국민들은 어떻게든 끼니를 때울 거리가 없는지 찾아 헤매는 것이 고작이었다. 거리에는 소매치기, 날치기 같은 부랑자에다가 암시장, 미군에 매달려 껌을 씹는 매춘부, 게다가 조무래기 야쿠자가 횡행했다.

1949년 여름 시즌을 앞두고 하마초에 임시 스모 경기장을 3,000만 엔이라는 사비를 들여서 세운 특별한 바보가 있었음을 아는 사람은 이제 거의 없으리라. 그 사람의 이름은 닛타 신사쿠. 흔히 회장님이라고 불리던 사나이다. 닛타 회장은 일개 조무래기 야쿠자에서 시작하여 도쿄에 있는 한 도박장의 중간 보스가 되어 문신을 새겼으며, 전쟁 중에는 하마초의 게이샤들을 모아 공장에서 일을 시키고 포로수용소의 현장감독을 맡기도 하였다. 용감한 사내였던 만큼 헌병의 눈을 피하여 미군 포로에게 금지된 담배나 과자를 넣어주었는데, 일본이 패하자 이 포로들이 은혜를 갚아 연합군 총사령부가 시행하는 폐허 정리 사업을 도맡아 할 수 있는 계기를 마련해준다. 이어서 미군 기지 건설, 메이지좌 복구 등을 맡아 닛타는 도쿄 동부에서는 우는 아이도 그치게 한다는 정도의 위세를 떨치는 인물이 되었다.

---

*프로 선수급인 세키토리 레벨의 첫단계.
**1군급 선수.

닛타 회장이 세운 이 임시 경기장 덕분에 비가 오더라도 봄과 여름 시즌, 13일 동안의 정규 스모 경기를 열 수가 있었다. 옛날에 스모 선수는 '1년에 10일만 일하면 되는 사람'이라고 했지만 이 시절에는 5월과 9월이 정규 시즌이었다.

그해 1949년 봄 경기는 5월 15일이 첫날, 순위표에는 히가시후지, 마에다야마, 데루쿠니, 하구로야마의 네 요코즈나가 동군과 서군으로 나뉘어 늘어섰고, 새로운 세키토리로서는 역도산, 신인 주료에는 와카노하나*의 이름이 올라가 있었다. 하지만 이 시즌에서 역도산은 폐디스토마로 고생하는 통에 3승 10패의 성적밖에 남기지 못했다.

전후의 니쇼노제키베야**는 다마노우미와 역도산이 힘을 합하여 만든 것과 다름없다고 사람들은 말한다. 그러나 3, 4년이 지나자 다마노우미와 사가노하나 파벌, 오노우미 파벌과 카미카제, 역도산, 와카노하나, 고토가하마라는 혁신그룹으로 이루어진 세 파벌이 소용돌이치게 된다.

패전 이후 역도산이 살아가는 방법에는 스승도 선배도 없었다. 주위 사람을 밟고 올라 자신의 야심만 채웠다. 자기와는 다른 계열 사람인 에다가와가 니쇼노제키베야의 우두머리로 들어왔을 때는 오토바이를 탄 채로 그의 방으로 뛰어들기도 했다. 다행히 요란한 오토바이 소리를 듣고 뒷문으로 황급히 도망을 친 덕분에 에다가와는 화를 면할 수 있었다. 다마노우미가 스승으로 있을 때에도, "스승의 응접세트보다 더 호화로운 물건을 가지고 오라."고 주문해서 자기 집에 물건을 받아두고서도 도무지 돈을 내려들지 않았다. 점원이 돈을 받으러 가면, "이 바보자식아, 스승 집에 가 달라고 하란 말야!" 하고 당장이라도 주먹을 휘두를 것처럼 위협해서 쫓아버리곤 했다.

경기하러 가면서 오토바이를 호쾌하게 몰고 가는 사람은 역도산뿐이었다. 원래 차를 좋아했기 때문인데, 그 때문에 사귀게 된 퇴역 미군 윌

---

*이후 전설적인 스모 선수로 성장하는 선수.
**스모팀의 명칭.

리엄 보우라는 질 나쁜 백인 때문에 역도산의 인생은 크게 어긋나버린
다. 역도산은 그 보우라는 사람과 손을 잡고 미국에서 중고차를 사들여
일본에서 팔아보겠다고 은밀히 회사 설립을 준비하고 있는 중이었다.

1950년 봄 경기에서 세키와케*의 자리에 있던 역도산은 승리를 거듭,
오제키로 한 단계 오를 것이라는 이야기가 있었지만 등급편성회의의 승
인을 받지 못했다. 그러자 스승인 다마노우미에게 "스모를 그만두겠
다."고 말했다. 놀란 다마노우미는 "곧 오제키가 될 텐데, 아깝지 않느
냐. 자중해라." 하고 타일렀지만 오제키가 되면 대체 얼마나 벌겠느냐고
도리어 따지고 드는 형국이었다.

1950년 8월 15일 세키와케 역도산은 오제키 승급을 눈앞에 두고서 스
스로 스모를 그만둔다. 그는 자기가 소속된 니쇼노제키베야 측과는 의
논도 하지 않고 심야에 혼자서 단발식을 치러버렸다. 참견하려는 사람
은 전부 물리친 역도산은 술을 들이키고서, 그 기세로 스모 선수의 상징
인 상투를 삭둑 하고 단숨에 잘라버렸다.

정식으로 스모 선수를 그만두기는 했지만, 보우와 벌인 자동차 판매
사업은 대실패. 그래서 뻔뻔스럽게 스모계 복귀를 바라고 나타나는
데······.

---

*스모 선수의 등급 중 세 번째.

프로레슬러로의 길

　역도산이 원래 소속되어 있던 니쇼노제키베야의 우두머리인 다마노우미를 찾아가 복귀를 부탁했지만 스모협회는 그렇게 만만한 곳이 아니었다. 중간에 누가 나서 중재를 하던 간에 협회규약을 변경하는 일은 있을 수 없었다. 3,000만 엔의 사재를 들여 임시 경기장을 세웠던 닛타 회장으로서도 어떻게 할 도리가 없었다. 그래도 왕초 기질을 지닌 닛타 회장은 "그럼 내 밑에서 일해라."고 하여 건설회사인 닛타건설의 건설 현장을 감독하는 자재부장이라는 직책을 주고 잘 나가던 미녀 게이샤 아야를 아내로 얻어주었다.

　1950년 9월, 25세의 역도산은 한창 물이 오른 28세의 아야와의 신혼생활에서도 술을 마시고 주정을 부렸고, 주정을 하면서 또 술을 마셨다. 10명 가량의 시중꾼이 붙어 황후귀족처럼 떠받들던 스모 선수 시절의 맛을 잊지 못하고 현장감독이라는 일에서 벗어나면 막소주를 컵으로 마시고서는 불만을 폭발시켰다. 역도산이 눈을 부릅뜨고 유리컵을 아그작아그작 깨물면 주변 사람들이 한 사람 두 사람 도망치듯이 자리를 뜨기도 했고, 무전취식으로 경찰서에 끌려가서는 오히려 난동을 부린 것도 이때였다. 또한 술에 취한 채로 오토바이를 쏜살처럼 모는 스피드광이기도 했다. 역도산의 일생에 있어서 그야말로 손을 댈 수 없을 정도로 난폭한 시절이었다.

자신의 몸속에 순수한 조선인의 피가 흐르고 있다는 조그마한 긍지마저 잃어버린 역도산은 자신이 일본인이 아니라는 점에 대해 지나치게 집착했다. 일본에 처음 왔을 때에는 일본어 발음이 형편없었지만, 나중에는 조선인이라는 것을 티끌만큼도 느낄 수 없을 정도로 완벽한 일본인이 되어 있을 정도였다. 외로움을 잘 타는 성격이라서 떠들썩한 것을 좋아했으면서도 마음을 터놓고 지내는 동료 선수는 한 명도 없었다. 인생에 있어서 마음이 통하는 친구가 없다는 것은 너무나 쓸쓸한 일이다. 현역 선수 시절 때는 지위가 낮아 벌레 취급을 받더라도 언젠가는 최고가 될 거라는 꿈을 꿀 수 있었지만 상투를 잘라버린 이제는 외톨이 노동자에 지나지 않았다. 과거의 영광 따위를 기억해주는 사람은 아무도 없었다. "돈을 갖고 싶다. 명예를 갖고 싶다. 일본인이 머리를 숙일 정도로 유명한 사람이 되고 싶다."라는 초조함이 오히려 역도산의 생활을 어그러지게 했다.

역도산은 한때 권투 선수가 되는 길을 진지하게 고려했다. 가진 것이라고는 건장한 육체뿐이라고, 이 몸으로 승부를 걸어보는 수밖에 없다고 생각했다. 점심시간에 다른 노동자들은 낮잠을 잤지만 역도산만은 포대로 만든 모래주머니를 복싱 자세로 마구 때렸다. 피범벅이 된 주먹을 휘두르는 그 살기어린 모습에 건설현장의 거친 인부들마저 누구 하나 손을 대려 하지 않았다.

닛타건설의 일은 닛타 회장의 특별한 연줄로 연합군 총사령부와 관계된 토목공사가 대부분이었다. 인부들 중에서는 미군 물자를 빼돌려 돈을 버는 약은 인간도 있었다. 점심에는 미군의 잔반을 들개처럼 먹고, 미군 병사들에게서 담배, 초콜릿, 껌을 사서는 헌병이 지키는 문을 빠져나와 큰돈을 움켜쥐었다.

그 일이 일어난 것은 9월 중순, 늦은 가을이 연상되는 저녁이었다. 역도산의 감독 하에 있던 두 인부가 에비스 캠프에서 미제 담배를 가지고 나오다가 흑인 헌병 중사에게 들켜버렸다. 안경을 쓰고 거들먹거리는 통역이 그 담배에 대해 뭐라고 지껄였는지는 몰라도 두 인부는 백인 둘 흑인 넷에게 둘러싸여 벌레처럼 얻어맞고 차여서 피를 토하고 쓰러졌다. 그리고 본보기인 양 그냥 길바닥에 내버려져 있었다. 이 사실을 들은 역도산이 달려왔을 때에는 두 사람 모두 피범벅 얼굴에 의식조차 없는 상태였다. 검붉은 피를 보자 역도산의 투쟁 본능이 확하고 타올랐다.

"이 자식들, 까불고 지랄이야……."

소리 지르는 것이 먼저였는지 행동이 먼저였는지, 역도산은 눈앞에 서 있던 2미터 가까운 흑인 병사의 얼굴에 철권을 먹였다. 느닷없는 선제공격에 흑인은 저만치 날아가 쓰러졌다. 그 새까만 얼굴에서 새빨간 코피가 터져 나왔다. 아무리 군인이라고 해도 한 발짝 물러나 몸을 사릴 수밖에 없었다.

"새끼들아, 뭉텅이로 덤벼!"

역도산은 가죽점퍼를 내던지고 석양을 등에 지고 우뚝 섰다. 다음 순간, 가장 가까이에 있던 백인의 가슴을 머리로 받고* 업어치기를 하자 붕 하고 날아갔다. 선수 시절의 특기였던 손바닥 치기가 펀치로 변해 폭발하자 눈 깜짝할 사이에 여섯 명 모두 제대로 서 있을 수 없는 지경이 되었고, 그저 작은 몸집의 일본계 미국인 통역만이 뭐라 소리를 지르면서 우왕좌왕할 따름이었다. 역도산은 무슨 생각에서인지 유유히 스모의 준비 자세를 밟아가면서 미군의 움직임을 바라보고 있었다. 하지만 여섯 명 모두 완전 녹아웃이었다. 이 무서운 난투를 처음부터 끝까지 지켜보고 있었던 백인 청년 장교가 모든 것이 끝나기를 기다렸다는 듯이 느긋한 걸음으로 다가왔다. 허리에 달린 검게 빛나는 커다란 권총이 기분 나빴다. 내로라하는 역도산이라고 해도 흠칫 할 수밖에 없었다.

통역관은 머뭇거리면서도 장교 앞에 서서 빠른 말투로 떠들었다. 하

*부치가마시라는 스모 기술 중 하나.

지만 장교는 통역은 거들떠보려 하지도 않고 큰 손으로 물리쳐버렸다. 멀리서 바라보고 있던 인부들도 권총 앞에서는 어찌 할 도리가 없었다. 그러나 장교는 의외로 미소를 띠면서 다가왔다. 역도산은 새파랗게 되어 서 있었다.

청년 장교는 역도산에게 다가오더니 친근감 도는 미소를 떠올리면서 말을 걸었다.

"프로레슬링 본 적 있습니까?"

그것은 유창한 일본어였다.

"노, 프로레슬링이 뭐요?"

"프로의 레슬링, 맨손으로 싸우는 스포츠입니다. 알겠습니까?"

"그럼 복싱 같은 겁니까?"

역도산도 어느덧 정중한 말투가 되었다.

"그렇습니다. 그 프로레슬링 시합이 9월 30일 메모리얼 홀에서 열립니다. 프로복싱 세계 헤비급 챔피언 조 루이스가 심판으로 나옵니다. 당신은 그것을 보고 싶지 않습니까?"

"조 루이스, 베리 굿이요. 스포츠라면 꼭 보고 싶소."

"오케이, 오케이, 제가 데리고 가겠습니다. 당신의 몸은 레슬링에 맞습니다."

"오우, 노! 미는 프로복서가 되고 싶다."

"노, 노, 그건 무리. 배가 너무 커요. 레슬링이라면 그 몸, 괜찮아요. 오늘일은 내가 해결해줄 테니 당신은 걱정하지 않아도 돼요. 알겠어요?"

"탱큐."

역도산은 자기도 모르게 머리를 숙였다.

"나는 카펜터 중위, 당신 이름은?"

"아이 엠 리키도잔(역도산)."

"오, 리키도잔."

얼떨결에 스모를 하던 시절의 선수명으로 대답하고 나서야, 자신에게는 역시 역도산이라는 이름이 제일 어울린다는 생각이 들었다. 모모타 미쓰히로라고 하는 일본어 발음은 아무래도 마음에 들지 않았고, 그렇다고 해서 조선 이름인 김신락은 절대로 사용하고 싶지 않았다.

"오늘 밤, 당신 무슨 약속 있습니까?"

"노입니다."

"오케이, 그럼 내 짚을 타십시오. 긴자로 놀러 갑시다. 친구가 되었으니까."

카펜터 중위는 통역에게 뭐라 명령하더니,

"짚을 가지고 오겠습니다. 좀 기다리십시오."

역도산에게 말하고서는 쓰러져 있는 여섯 명의 병사들에게는 눈길 한 번 주지 않고 성큼성큼 걸어갔다.

그날 밤에 카펜터 중위는 긴자의 나이트클럽으로 역도산을 데리고 갔다. 대학 때 미식축구 선수였다는 중위는 술도 셌기 때문에 역도산과 의기투합하게 되었다. 그런데 이 클럽 화장실에서 또 싸움이 터졌다.

그 상대는 일본계 2세로, 하와이 출신의 프로레슬러 헤럴드 사카다였다. 차고 때리는 대난투를 중위는 싱글거리며 보고 있다가 적당한 때에 말리고 나섰다. 이런 우연이 겹쳐 역도산은 프로레슬러의 길을 따라 폭발적으로 나아가게 된 것이다.

1951년 9월 30일, 이날이야말로 일본 프로레슬링의 새벽이었다. 도쿄의 메모리얼 홀에서는 외국인 프로레슬러들만 불러 모은 시합이 열렸다. 광고 부족 탓인지 일본인 관객은 드물었지만, 조명으로 빛나는 링을 올려다보는 사내 중에는 프로 유도가인 엔도 고키치, 기무라 마사히코, 야마구치 도시오 등의 모습이 보였다. 이때 역도산은 '나는 누가 뭐래도 프로레슬러가 되겠다.'고 결심하고 있었던 것이다.

닛타 회장은 아침 5시에 집에 들어가는 생활을 5년 정도 계속하고 있었다. 전쟁 중에 일본 헌병의 눈을 속이고 미군 포로에게 담배나 과자를 넣어준 일로부터 운이 붙기 시작하여 패전 후 도쿄의 폐허를 정리하는 사업을 연합군 총사령부에게서 직접 수주하여 집에는 100엔짜리 지폐 뭉치가 그냥 쌓여 있었다. 미군 기지 건설도 도맡고 있었기 때문에 캐딜락을 타고 양주를 요정에 가지고 가서 흥청망청 놀았다. 남자로서는 한창 때인 43세로, 그야말로 화류계에 군림하는 밤의 제왕이었다. 원래 게이샤였던 부인은 "저는 처녀나 마찬가지예요."라고 쓴웃음을 지을 정도로 자택에서는 묵지 않았다. 그러나 아침 5시에는 반드시 귀가하여 느긋하게 목욕탕에 들어가 비서가 간밤에 갖다놓은 예정표를 꼼꼼하게 보면서 하루의 스케줄을 세우는 것이 그의 일과였다. 때문에 책상 대신으로 쓰이는 욕조에 걸쳐진 널빤지에는 종이와 연필이 갖춰져 있었다. 그 다음에 회장은 분(分)단위로 행동을 개시하였다.

아침 6시, 부인이 현관 앞에서 부싯돌을 쳐 회장에게 불똥을 튀겨주면* 출정. 뒷부분에 큰 보일러를 단 목탄차가 검은 연기를 내뿜으면서 달리는 시절이었지만 그는 휘발유차, 그것도 고급 대형차인 캐딜락으로 유유히 현장순시를 하러 출발하는 것이었다. 이해 일본에는 처음으로 최고액 지폐로 500엔이 등장하고, 대중목욕탕은 10엔에서 12엔으로, 전차 삯은 10엔, 도쿄 인구는 990만 명이라고 발표되었다.

회장이 대문을 열었을 때, 갑자기 커다란 사내가 앞을 가로막았다.

"회장님, 안녕하십니까?"

"아아, 깜짝 놀랐잖아. 뭐야, 역도산 자네였군."

"죄송합니다. 놀라게 해드려서."

"무슨 일인가. 이렇게 아침부터……. 용무가 있으면 사무실로 오게. 지금은 얘기할 시간이 없어."

"부탁이 있습니다. 회장님."

---

*집을 나갈 때나 돌아왔을 때 액운을 쫓기 위해 하는 행동. 부싯돌의 불똥은 때 묻지 않은 청결한 불을 의미한다.

"지금은 안 돼. 돌아가."

역도산은 무슨 생각에서인지 덥석 땅에 엎드렸다.

"회장님, 부탁입니다. 부탁이 있어서 여기서 기다리고 있었습니다."

"난 바빠. 사무실에서 이야기하자."

"회장님, 부탁입니다. 이 역도산, 일생의 소원입니다. 이렇게 빕니다."

역도산은 또 덥석 엎드려 절했다.

"이렇게 빕니다."

비장한 목소리로 외쳤다.

"바보 녀석, 그러는 거 아냐. 일어나……."

역도산은 그야말로 연기자였다. 그것은 스모 선수 시절에 선배들에게서 교육받은 '어른 대하는 태도'를 취한 것에 지나지 않기도 했다.

"넷! 이대로 말씀드리겠습니다."

"바보야, 됐으니까 일어나!"

역도산은 스모를 시작할 때의 자세처럼 몸을 일으켰다.

"일생일대의 부탁이 있어서 회장님 출근 시간에 맞춰 기다리고 있었습니다. 그런데 오늘 아침에는 캐딜락이 아니고……."

"그래, 오늘은 오래간만에 자전거다. 현장이 요 근처인 요로이바시거든."

"아, 거기군요. 난공사라는 얘기는 들었습니다만……."

"그래, 골치 아파. 후세 사람들이 요로이바시를 보더라도 내가 이렇게 고생한 줄은 아무도 모를 게야. 돈을 쏟아 붓는 것 같아. 그런데 부탁이란 건 뭐야. 또 돈이냐? 돈이라면 너한테는 못 준다. 아무튼 걸어가면서 얘기를 들어보자."

"예, 돈이 아닙니다. 그럼 말씀드리겠습니다."

역도산은 어젯밤의 프로레슬링 시합 이야기를 열정적으로 시작하였다. 말을 하면서 흥분이 되어 같은 이야기를 거듭했다.

"그래서 그걸 하고 싶다는 거냐?"

"예. 그렇습니다. 사나이로서 꼭 해내고 싶습니다. 그래서 시합이 끝난 뒤에 선수 대기실로 찾아가 헤럴드 사카다라는 레슬러에게 부탁해보았습니다."

"그래서 그자가 그러라고 하던가?"

"예, 한 달간 일본에 머물 예정이니까 그동안에 프로레슬링의 기본을 코치해주기로 했습니다."

"그 다음에는 어떻게 할 건가?"

"예, 미국으로 수행을 쌓으러 가고 싶습니다."

"그런데, 이번에는 끝까지 해낼 자신이 있나? 도중에서 팽개치지 않겠지?"

"예, 죽어도 끝까지 해낼 각오입니다. 이 기회를 놓치고 싶지 않습니다. 부탁입니다, 회장님."

"그래, 알았다. 술 마시고 싸우는 것보다는 그 프로레슬링이라는 싸움 장사로 돈을 벌 수 있다면 그것도 재미있겠지. 세계의 역도산이라고 불릴 만한 사나이가 되겠다면 나도 후원해주겠다."

"예, 감사합니다. 그런데⋯⋯."

"그래, 마누라와 자식 얘기겠지. 그건 내가 맡아주마. 어차피 이제까지 마누라에게 한 푼도 준 적이 없잖아."

"예. 죄송합니다."

"죄송하다는 말은 마누라에게나 해. 너에겐 과분하게 좋은 여자다. 내가 기껏 구해줬더니만 조금도 귀여워해주지 않고 말이야⋯⋯."

"예, 앞으로 귀여워하겠습니다."

"이 바보 녀석, 하하하."

회장은 큰소리로 웃었다. 회장이 바보라는 말을 연발할 때에는 기분이 좋을 때이거나 나쁠 때이다. 나중에 역도산이 "이 개자식, 바보 녀석."이라고 소리 지른 것도 이 회장의 버릇을 물려받은 것이다.

"회장님, 감사합니다."

"좋았어, 나는 지금부터 자전거로 가겠다. 비서와 잘 의논해서 회장실로 와."

"예, 감사합니다."

번쩍번쩍 빛나는 구두에 세련된 사냥복 차림의 회장은 스미다 강을 따라 천천히 자전거로 달려갔다. 역도산은 아침 햇살 속에서 닛타 회장에게서 후광이 뻗치고 있는 것처럼 보였다.

"회장님, 감사합니다."

또다시 깊숙이 머리를 숙였다.

스미다 강의 아침 바람은 기분이 좋다. 역도산은 새빨간 태양을 향하여 "만세! 나는 할 수 있다!" 하고 소리치고 싶었다.

역도산의 아침 로드워크는 1951년 10월 1일 시작된다. 코치를 맡아주기로 한 헤럴드 사카다는 "로드워크와 스쿼트 말고 없어. 하체 트레이닝이 중요해."라면서 프로레슬링의 기술은 무엇 하나 가르치려 하지 않았다. 그래도 역도산은 묵묵히 땀을 흘렸다. 우선 달리기부터 시작했다. 그리고 스쿼트였다. 스쿼트란 양손을 뒤로 마주잡고 그대로 앉았다 일어섰다 하는 운동으로, 등을 쭉 펴고 두세 시간 정도하면 땀이 바닥을 적실 정도였다.

역도산은 그야말로 행운아였다. 닛타 회장은 비서에게 역도산의 생활을 조사하라고 시켰다. 그 보고에 따르면 해뜨기 전 아침에 집에서 뛰어나와 연습을 하다가 시간이 되면 오토바이로 현장에 간다. 점심시간에도 달리기. 현장감독 일이 끝나면 묵묵히 스쿼트를 하는 매일이라고 되어 있었다.

"좋아, 역도산을 닛타건설의 고문으로 승진시킨다."

회장의 한마디에 의해 역도산은 자재부장 겸 현장감독에서 비상근 고문이 되었고, 월급은 비서가 아야에게 직접 전했다. 역도산은 누구의 눈치를 볼 것 없이 자신이 세운 계획에 따라 연습만 하면 되었다. 그러나 관계자 말고는 그 힘든 나날을 알 도리가 없었다.

1951년 10월 28일. 나중에 일본대학 강당이 되는 미군의 메모리얼 홀에서 일본에서 처음으로 외국인 대 역도산의 10분 단판 승부, 보비 브란즈와의 경기 시작종이 울렸다. 역도산은 링 가운데에서 스모에서와 같은 준비 자세를 취했다.

그리고 갑자기…….

"자, 오거라!"

역도산은 스모판에서처럼 소리쳤다. "와." 하는 관중의 환호성 따위는 귀에 들어오지 않았다. 보비 브란즈의 가슴을 노리고 그냥 몸을 날렸다. 과연 세키와케까지 올랐던 장사였다. 브란즈를 로프까지 날려버렸던 것이다. 그러나 역도산은 프로레슬링의 기술을 하나도 몰랐다. 힘으로 밀고 던지고 부딪히고 후려쳤다. 그럴 수밖에 없었다. 그러나 브란즈는 놀랐다. 설마 이 정도로 싸울 수 있는 일본인이 있으리라고는 생각지도 못했던 것이다. 때리면 되받아치고, 한발도 물러서지 않으려는 역도산의 근성에 압도당했다. 그리고 10분 단판승부는 무승부로 끝났다. 역도산은 가슴을 펴고 링에서 내려왔다. "난 해냈다."라는 자신감을 가지고…….

다음해인 1952년 2월 2일, 역도산은 혼자 하와이로 떠난다. 헤럴드 사카다를 통해 오키 시키나를 소개받았던 것이다. 비용은 모두 닛타 회장의 주머니에서 나왔다. 하네다공항에는 아야와 두 아이, 닛타 회장, 그리고 후배 한타로 등 다섯 명이 나왔을 뿐이나.

오키 시키나의 지도는 하와이에 도착한 당일부터 시작되었다. 우선 로드워크로 모래사장을 달리게 하고 토끼뜀을 시키고 역기 들기에, 마지막으로는 두 손을 머리 뒤로 마주잡고 다리를 벌린 채 앉았다 일어서는 운동을 5,000번 하라고 시켰다. 날이면 날마다 그런 운동뿐, 프로레슬링의 기술은 어느 하나도 가르쳐주지 않았다. 하지만 역도산은 묵묵히 땀을 흘렸다. 그 노력에 오키 시키나도 놀랐다. "이자라면 물건이 되겠다. 철저히 훈련시키자." 드디어 맨투맨의 강력한 트레이닝이 2주 동안 계속되었다. 그리고 "됐어, 다음 단계는 실전에서 익혀야 한다."라면서 프로모터인 알 카라식에게 부탁했다. 이렇게 해서 단 2주 만에 시빅 오디토리엄의 링에 섰다. 상대는 울프 치프, 역도산은 놀랍게도 8분 40초 만에 폴승을 거둬 처음으로 이름을 날렸다. 이어 패배를 모르고 '체코 호랑이', '텍사스 소', '살인마', '러시아 귀신'이라는 별명의 악역들을 차례로 격파하였다.

'복싱 매거진'에서는 화보 세 페이지를 할애하여 '일본의 빛나는 별 역도산'이라고 그 활약상을 소개하였다.

그래도 오키 시키나의 트레이닝은 가차 없었다. 와이키키의 모래 위를 죽도록 달려 이미 녹초가 된 역도산을 미끄럼틀 같은 판자 위에 눕힌 다음 양 발목을 벨트로 묶어 고정시키고 양손은 머리 뒤로 깍지 끼우고 "하나, 둘, 셋……." 하고 몸을 일으키게 하였다. 그것을 "한 번 더!", "한 번 더!" 하고 몇 번이나 되풀이시켰다. 그 운동이 끝나면 이번에는 차바퀴 모양의 철봉을 두 손으로 들고 앉았다 일어서는 동작을 500번 했다. 그래도 역도산은 참고 참았다. 시합 쪽이 훨씬 편할 정도였다.

역도산은 항상 고독했다. 아무도 의지할 데 없는 쓸쓸함을 링 위에서 폭발시켰다. 프로레슬러라는 장사는 어디까지나 프로의 세계였다. 보통 신체로는 통하지 않는다. 몸을 최후의 무기 삼아 상대방을 때려눕혀야 한다. 그래서 뭔가 특기를 가져야겠다는 생각이 들었다. 역도산은 스모 선수 시절에 상대의 가슴을 밀어치거나 손바닥으로 상대의 옆머리를 치는 기술이 특기였던 만큼 가라테를 떠올렸다. 고독의 쓸쓸함을 부숴버리려는 것처럼 그만의 독특한 가라테 훈련이 시작되었다. 로드워크를 하면서 야자수가 있으면 그 나무를, 돌이 있으면 그 돌을, 역도산은 힘껏 맨손으로 때렸다. 손 가죽이 찢어지고 근육이 갈라져 빨갛게 벌어졌다. 그래도 피투성이 손으로 계속해서 때렸다.

6월에는 드디어 미국 본토로 건너가 로스앤젤레스를 본거지 삼아 직접 자동차를 몰고 남으로 북으로 적을 찾아다니며 싸웠다. 샌프란시스코, 디트로이트, 뉴욕, 캐나다, 멕시코 등 아메리카 대륙을 전전했다. 1주일 내내 시합하는 경우도 드물지 않았고, 하루에 두 시합을 하는 강행군도 소화했다.

미국에서는 시합당 얼마씩 나오는 파이트머니뿐만이 아니라, 관객 숫자에 따라 돈이 배분되는 실적제 쪽이 많았다. 그래서 인기 선수가 되면 프로모터들이 서로 끌어들이려 들었다. 메인 이벤트에 나가는 선수가 되면 한 시합에 1,000달러를 받기도 했다. 하지만 역도산의 파이트머니는 300달러였다.

역도산의 가라테는 미국 프로레슬링 팬들을 열광시켰다. 그는 반드시 볼거리를 제공해서, 한바탕 '가라테 춉'을 휘두르면 커다란 사나이들이 그야말로 짜고 하는 것이 아닌가 싶을 정도로 날아가 자빠졌다. 관중들은 만화 속 영웅이 실제로 나타난 양 열광했고, 항상 역도산에게 '가라테 춉'의 폭발을 요구했다. 역도산이 휘두르는 가라테 춉은 이른바 악을 물리치는 정의의 사자의 화신이었고, 대중들의 욕구불만을 풀어주었다.

역도산은 "난 가라테를 하는 사람이 아니다. 이건 수도(手刀)다." 하고 신문기자에게 설명했지만, 수도라는 말이 어려웠는지 어느새 '가라테의 역도산'이라고 신문이나 잡지에서 실리게 되었다.

피와 땀의 1년간은 달콤한 신혼인 역도산에게는 길고 긴 날들이었다. 그렇지만 꼬리를 물고 이어지는 시합에 좇겨 아야에게는 한 번도 편지를 쓰지 못했다. 주소도 알려주지 않았기 때문에 도쿄에서도 편지가 오지 않았다. 그래도 미쳐버릴 정도로 아야를 만나고 싶을 때가 있고는 했다.

어느 날, 로스앤젤레스의 호텔 문을 두드리는 소리에 문을 연 역도산은 놀랐다. 그곳에는 한 남자가 서 있었다.

"아이구! 오키 씨. "

문을 열면서 역도산은 큰소리로 외쳤다. 그곳에는 하와이 지옥 훈련의 코치 오키 시키나가 굵은 시가를 물고 우두커니 서 있었던 것이다. 오키는 역도산의 그 큰소리에 깜짝 놀란 듯 시가를 뱉어버리고 과장된 몸짓으로 역도산을 껴안았다.

"잘했어, 역도산!"

그리고 말없이 껴안고 있었다. 역도산도 가슴이 메어 일본말이 술술 나오지 않았다. 그도 사람이 그리웠던 것이다.

역도산은 어딜 가든 고독했다. 본명인 김신락도 아니고, 그렇다고 해서 일본명인 모모타 미쓰히로도 아니었다. 미국에서의 그는 '리키'였다. 그래도 재미 일본인들은 리키를 일본인이라고 믿으며 스모 선수 시절의 세키토리라는 경칭을 붙여주었다. 역도산도 그것이 기뻤는지 기꺼이 일본의 전통 복장을 입고 링에 올랐다. 그러나 의심과 질투가 많았던 그에게는 마음을 털어놓을 친구가 아무 곳에도 없었다. 그래도 오키 시키나와의 사제 관계는 잊지 않았다.

"태평양 연안 태그 선수권을 딴 것 축하한다. 샤프 형제를 이길 줄은 몰랐어. 멋졌다."

"고맙습니다. 데니스 클라레와 한 조가 되어 이겼는데, 곧 칼 볼디와 태평양 연안 싱글 선수권을 합니다. 지금 컨디션이 좋으니까, 어쨌거나 질 생각은 없습니다."

"그 친구는 아주 세. 나도 옛날에 쓴맛을 봤다. 백 드롭을 조심하는 게 좋아."

"알고 있습니다. 괜찮습니다."

배짱 좋은 역도산다운 허풍에 오키 시키나는 안심함과 동시에 무서운 자신감을 갖고 있구나 싶어 깜짝 놀랐다.

"저 좀 보세요."

역도산은 셔츠를 벗고 던지더니 두 팔을 들어 보였다.

"어때요?"

오키 시키나가 놀랄 정도였다. 불룩했던 아랫배가 쑥 들어가고 단단해져서 확실하게 레슬러다운 몸으로 변해 있었다. 연일 계속되는 고된 시합이 역도산의 육체를 완전히 개조해놓은 것이다.

"음."

오키 시키나로서는 더 이상 할 말이 없었다. 조언을 필요로 하지 않을 수준의 역도산이 되어 있었다. 오키 시키나는 그냥 듣기만 하다가 일부러 로스앤젤레스까지 온 용건조차 말하지 않고 하와이로 돌아갔다. 그로부터 이틀 후 역도산은 태평양 싱글 선수권을 따낸다.

이윽고 1953년이 밝았다. 역도산은 로스앤젤레스를 본거지로, 멀리 시카고, 디트로이트, 뉴욕까지 발을 뻗어 연승 기록을 이어갔다.

2월 5일에 갑자기 하와이의 오키 시키나가 경영하고 있는 '스포츠맨 클럽'에 나타난 역도산은 정색을 하고 말했다.

"잠깐 의논드릴 일이 있습니다만……."

"뭔가, 정색을 하고서."

"실은 내일 일본으로 돌아가려고 합니다. 그래서 말인데요, 돌아가서 프로레슬링 회사를 만들어 일본에 프로레슬링의 뿌리를 내려볼 생각입니다. 그렇게 되면 도와주실 수 있겠습니까?"

"역도산! 새삼스럽게 무슨 말을 하는 건가. 일본에 프로레슬링을 키우는 건 오히려 나나 돌아가신 미야케 선생의 숙원이야. 자네 손으로 그것을 해주겠다면 난 뭐든지 하겠네."

"고맙습니다. 오키 씨. 꼭 부탁합니다."

"그런데 일본에서는 유도의 야마구치 도시오, 기무라 마사히코, 엔도 고키치 등도 프로레슬러로 출발하려고 노리고 있다던데, 그 부분을 어떻게 풀어나갈 것인지가 자네 사업 수완을 보여주는 일일 거야."

역도산은 호쾌하게 웃었다.

"와하하하, 맡겨두십시오. 저에게는 신용도 있고, 신념과 확실한 계획이 있으니까 반드시 멋지게 만들어 보이겠습니다. 실은 이걸 받아왔습니다."

역도산이 은색 가방 안에서 꺼낸 것은 미국 최대의 프로레슬링 단체 NWA가 일본에서 프로레슬링의 프로모터를 해도 좋다고 허락한 문서였다.

"역도산, 그거 프로모터 라이선스 아닌가?"

"그렇습니다. 이로써 일본에서 열리는 NWA 계열의 프로레슬링 흥행은 제 독점입니다."

"음, 잘했군."

오키 시키나는 너무나 영리한 역도산에게 놀랐다. 선배들은 생각하지도 못했던 부분까지 손을 써놓은 것이었다.

"이제 NWA 소속 프로레슬러를 일본으로 부를 수도 있습니다. 아무튼 일본에서 프로레슬링을 띄우려면 강한 레슬러가 있어야 합니다. 제가 반드시 젊은 레슬러를 키워내 보이겠습니다. 그건 자신 있는데, 한 가지 더 부탁이 있습니다."

"한 가지 더?"

"세계챔피언인 루 테즈에게 도전해보고 싶습니다. 저는 내일 비행기로 귀국하지만, 어떻게 해서든지 오키 씨가 테즈 쪽을 설득해주십시오."

"루 테즈? 그건 안 돼, 자네는 하는 일도 말하는 것도 크구만."

"어떡하든 세계챔피언에 도전시켜 주십시오."

"해보기는 하는데, 갑자기 테즈에게 도전하기는 어려워. 아무리 미국 본토에서 쌓은 실적이 있다고 해도……."

"그 부분을 어떻게 좀 해달라는 겁니다. 저는 일본에서 그를 맞아들일 체제를 갖춰놓고 오겠습니다. 이렇게 부탁드립니다."

역도산은 깊숙이 머리를 숙였다.

영광의 자리

1953년 2월 6일, 하와이발 일본행 팬암항공 퍼스트 클래스 승객이 된 역도산은 꾸벅꾸벅 졸면서 지난 1년을 회상하고 있었다.

와이키키 해변에서의 죽음의 트레이닝이 있었다. 알 만한 사람은 아는 그 사건은 작년 2월 하와이에 도착한 6일째 밤, 캐나다인 여섯 명을 상대로 한 심야의 대난투극이었는데, 다음날 신문에는 "일본의 프로레슬러 역도산에 여섯 덩치들 녹아웃."이라고 커다란 활자로 실려서 역도산의 이름을 프로레슬링 팬들의 관심을 모으는 계기가 되었지. 그 싸움은 나도 통쾌했어.

하와이에서의 첫 시합은 2월 17일, 상대는 인디언인 울프 치프. 그는 베테랑 중의 베테랑이었고 이리의 추장이라는 별명답게 난폭했지. 시빅 오디토리엄은 초만원인 5,000명, 도쿄의 나이트클럽에서 싸움을 벌였던 헤럴드 사카다가 걱정하면서 선수 대기실에 나타났지만, 스모의 기술을 살려 멋지게 승부를 낸 일전이었어.

"그 한 방 좋았어. 로스앤젤레스에서 날뛰고 있는 그레이트 토고는 유도 촙이라고 하면서 가라테 흉내를 내고 있다더군. 근데 자네 그 한 방은 좋아."

하고 오키 씨가 말했지만, 내 가라테 촙은 수도다. 내 전매특허다.

2차전인 오비라 아세린전에서는 수도를 훈련하느라고 오른손이 찢어져서 쓰지 못하는 통에 왼손만 가지고 머리 위로 던져버리기로 14분 3초 만에 폴승. 3차전은 버드 커티스. 30분 단판승부로, 나는 그때 처음 무승부를 기록했는데, 그때 그 시합 전에는 야마구치 도시오 6단이 유도와 레슬링의 '믹스트 매치'를 벌여 1대 0으로 졌지. 4차전은 '캘리포니아의 야생 곰' 피트 피터슨. 그자도 가볍게 기권승. 5차전에 이르러서야 처음으로 오키 씨와 팀을 짰다. 상대는 하와이 헤비급 챔피언 '붉은 전갈' 톰 라이스와 '텍사스의 소' 칼 데비스. 그때는 오키 씨가 꼼짝 못하게 되는 통에 1대 0으로 첫 패배를 기록한 시합이었지.

역도산은 선잠 속에서 잇달아 추억들을 떠올렸다.

프로모터인 알 카라식이 변칙 태그매치를 해보지 않겠느냐고 해서 싸운 것이 3월 23일, 상대는 울프 치프와 버드 커티스 조. 두 사람을 상대로 30분 풀타임으로 싸워 무승부가 되기는 했지만 거의 이길 뻔한 싸움이었지…….

다음 변칙 태그매치는 럭키 시모노비치와 컬디비스 조, 이것도 무승부. 그래도 그 즈음부터 호놀룰루 거리에서 나를 '리키'라고 부르며 아는 척하는 사람이 생길 정도로 인기가 붙어 여자 쪽도 불편한 게 없어졌어.

그 다음 시합은 논타이틀이었지만, 하와이 헤비급 챔피언인 톰 라이스와의 1대 1 시합, 그 녀석은 동료 레슬러는 물론이고 팬들까지 싫어하는 인간이었어. 교활하고 끈질기고 더러운 시합을 벌였는데, 그런 만큼 실력은 뛰어나서 엄청난 레슬러였지. 필살기는 괴력의 새우꺾기, 그거에 걸리면 온몸의 뼈가 전부 관절에서 빠져버린다고 할 정도여서 아무도 싱글로는 시합을 하고 싶어하지 않았어. 그래, 놈의 기술을 막는 건

공격이다, 무조건 가라테 촙으로 쓰러뜨려야 한다,고 마음을 먹기는 했
는데 그 지옥의 새우꺾기에 걸리고 말았지.

하와이에 온 이후의 나는 싱글은 그때까지 무패였다. 그래서 기권하
는 게 죽기보다 괴로웠지. 하지만 섣불리 힘을 쓰다가 허리뼈가 작살나
면 이도저도 안 된다. 이 이상은 위험하다고 생각했어. 내 판단은 틀리
지 않았어. 19분 40초, 기권으로 완패했다. 그때 오키 씨도 말했지.

"질 때도 있는 거야. 신경 쓰지 마. 상대가 주특기로 쓰는 필살기에 걸
리게 되면 빨리 포기하는 편이 좋아."라고…….

그 시합을 통해 비로소 프로레슬링 전문지에 실렸지. "일본의 빛나는
별 역도산."이라고. '웨스트 코스트', '더 레프리', '복싱 앤드 프로레슬
링' 등이 뉴스타 역도산을 특집으로 다뤄줬어.

4월 21일 '러시아 귀신'이라고 하는 이반 카마로프와의 대전은 27분
30초, 경기 종료 직전의 쾌승이었다. 그때 가라테 촙이 멋지게 승부를
갈랐어. 그날 전 시합에는 유도의 야마구치 6단이 출전했는데, 그때 대
기실에서 오키 씨에게 나하고 태그를 하고 싶다고 청해서 오케이하고,
나중에 톰 라이스와 버드 커티스 조와 대결하기는 했지만 무승부. 역시
팀으로서 호흡이 맞지 않았던 거야.

하와이에서의 마지막 시합은 6월 8일이었지. 변칙 태그매치의 상대는
아먼드 타니, 레이 타오앙의 2인조, 그때도 안타깝게 무승부로 끝났다.

대망의 미국 본토에 오른 건 작년 6월 10일이었어. 샌프란시스코의
레슬링계를 좌지우지하고 있었던 조니 마르코비치는 그 휘하에 세계 최
강의 태그팀이라 불린 샤프 형제나 프로미식축구 스타에서 레슬러로 전
향한 레오 노멜리니라는 유명한 선수 등을 거느리고 있어서 날아가는
새도 떨어뜨릴 기세를 지닌 사람이었어.

나는 거의 1년 동안 300회 이상이나 시합을 했지만, 진 것은 노멜리
니, 에트킨스, 톰 라이스, 이렇게 세 사람뿐이었어…….

문득 기내 방송 소리에 깨어 창밖을 보니 아름다운 후지산이 보였다.

"……그래, 드디어 일본에 돌아왔구나."

역도산은 자기도 모르게 긴장했다.

1953년 6월 6일, 1년 7개월 만의 귀국이었다. 여객기의 작은 창을 통해 하네다공항의 환영 플래카드를 본 역도산은 깜짝 놀랐다. 16번 게이트의 난간에는, "어서 오십시오 역도산 선생", "축 개선 역도산 선생"이라는 큰 현수막까지 걸려 있었다. 세키토리라는 명칭에서 그보다 훨씬 높아진 선생이라는 경칭으로 바뀐 것이다. 그것은 흥행사인 요시모토 흥업의 오시야마 선전부장의 연출이었다.

역도산의 미국에서의 활약은 스포츠신문을 비롯하여 마이니치, 아사히, 요미우리신문까지 몇 번이나 대대적으로 보도한 바 있어서 하네다공항은 보도진과 구경꾼들로 북적거렸다. 작년에 하와이로 출발할 때에는 고작 다섯 명만 나왔지만, 지금의 하네다공항은 환성으로 들끓고 있었다. 역도산은 그 환영 인파를 바라보면서 마음속으로 외쳤다.

'어떠냐, 나는 해냈다. 난 부자란 말이다. 이 세상은 돈이 전부다. 이 가방 속에는 달러가 가득하다. 일본에 프로레슬링이라는 야성미 넘치는 프로스포츠를 벌여 돈을 그러모을 거다. 너희 일본인들에게서 절을 받아주마. 날 조선인이라고 모욕한 자식들에게서 말이다. 나는 퍼스트 클래스 승객이다. 제일 나중에 유유히 트랩을 내려가도록 하자. 나는 이제 역도산 선생이시다.'

들뜬 가슴을 가라앉히려고 했지만 둥둥 뜬 기분이었다. 비행기 문에서 모습을 나타낸 역도산은 자기도 모르게 은색 가방을 높이 쳐들어 "와아." 하고 외치는 사람들에게 화답했다. 만세를 외치는 합창에 가슴이 찡하고 울리는 것만은 억누를 수가 없었다.

세관을 거쳐 출구에 얼굴을 내밀자마자 또다시 "우와." 하는 함성. 개선장군이란 바로 이런 것이리라. 그 혼잡 속에서 닛타 회장의 모습을 발견하자, 역도산은 카메라맨들을 헤치고 다가갔다.

"회장님……."

역도산도 다음 말을 이을 수가 없었다. 덩치는 크지만 마음은 약한 사내였다. 눈물과 땀이 함께 쏟아져 나오는 것을 간신히 참았다.

"이야, 어서 오게. 수고했어."

누가 먼저랄 것도 없이 손을 마주 잡았다. 플래시가 끊임없이 터졌다.

그 혼잡한 환영진을 피하려는 듯 아내 아야는 교토의 여자가 낳은 두 아이를 양쪽에 끼고 플래시 불빛 속에 떠오르는 남편의 모습을 가만히 바라보고 있었다. 결혼한 지 반년 만에 미국으로 떠난 남편, 단 한 번도 편지를 보내지 않았던 남편이 지금은 천하의 유명인이 되어 손이 닿지 않는 먼 존재처럼 여겨졌던 것이다.

역도산은 일본인으로서의 호적을 1951년 2월 19일에 만들어 요시히로(1946년생)와 미쓰오(1948년생)를 1951년 10월 23일에 자신의 호적에 입적시켰지만 아야는 혼인신고를 하지 않은 상태였다. "혼인신고 같은 건 아무럼 어떠냐. 조만간에 호적에 올려줄게."라는 말만 하고서 생전 듣도 보도 못한 프로레슬링이라는 싸움장사를 배우러 혼자 미국으로 떠나버린 남편이었다.

닛타 회장은 보도진을 위해 기자회견실을 마련하여 맥주와 주스를 기분 좋게 풀었다.

"건배, 축하합니다." 닛타 회장이 선창했다. 그 환호 속에서 플래시가 계속 번쩍였다. 그것이 한차례 끝나기를 기다렸던 역도산은 미국 프로레슬링계의 현황과 앞으로의 계획을 담담하게 밝힌 다음 마지막으로 덧붙였다.

"가까운 장래에 세계 챔피언 루 테즈를 쓰러뜨려 반드시 세계선수권자가 되겠습니다. 기자 여러분들 기대해주십시오. 앞으로 잘 부탁합니다."

그리고 깊숙이 머리를 숙였다. 역도산이 기자단을 향하여 정중하게 머리를 숙인 것은 그것이 처음이었고, 또한 마지막이기도 했다.

역도산은 마치 자신이 슈퍼스타인 루 테즈에게 도전할 자격을 가진 것처럼 사실을 묻는 질문에도 당당하게 대답했다.

닛타 회장은 보도진이 물러나는 것을 기다리지 못하고 역도산의 귓가에 대고 말했다.

"역도산, 오늘 밤은 일본의 게이샤를 맘껏 안아보게 해주마. 야나기바시에서 자네 환영회가 마련되어 있네."

"고맙습니다."

"거기서 그간의 얘기도 들어보자고."

회장은 캐딜락 안으로 역도산을 밀어 넣었다. 빨리 독차지하고 싶었던 것이다. 아야는 남편의 얼굴만 보았을 뿐, 한마디도 얘기를 나눌 틈이 없었다. 보도진은 처음 보는 프로레슬링의 뉴스타였기 때문에 그 부인이나 아이까지 취재할 여유가 없었다. 역도산도 회장 앞에서는 양처럼 순했다.

야나기바시의 불빛은 이미 패전을 잊게 만들 정도였다. 그것은 닛타 회장의 덕택이기도 했다. 유별난 인물이었던 회장은 게이샤들을 관리할 곳이 없다는 말을 들으면 춤 연습실까지 딸린 건물을 척 지어주고, 요정의 여주인이 살 집이 없다고 하면 척 하고 기분 좋게 지어줬다. 물론 공짜였다. 그런 식이었기 때문에 게이샤가 머리를 올리는 것을 비롯해서 야나기바시, 요시마치 일대가 닛타 회장의 손에 있었다.

샤미센, 북소리와 함께 게이샤들의 춤이 시작되었다. 역도산은 1년 만에 일본식 머리에 바르는 기름의 강렬한 향기를 맡으니 참을 수가 없었다. 그 냄새를 맡으면 충동적으로 그 머리카락 속으로 손을 찔러 넣어서 다 헝클어놓아 버리고 싶었던 것이다. 술이나 춤보다도 1초라도 빨리 머릿기름 향기를 풍기는 게이샤를 안고 싶었다. 금방이라도 코피가 터져 나올 것 같아서 빨리 성욕을 1차로 발산시키고 나서 느긋하게 게이샤들과 놀고 싶은 역도산이었다.

"이봐, 역도산! 얘기는 내일 하고 오늘 밤엔 먹고 마시고 여자를 안아라."

"예, 고맙습니다."

"어때? 일본의 게이샤가 좋지? 버터냄새 나는 여자와는 다르지? 어떠냐? 일본 여자가……."

"예, 일본 여자는 최고로 아름답습니다. 일본만큼 좋은 나라도 없을 겁니다."

역도산은 조국을 떠올리면서도 회장을 위해 맞장구를 쳐주었다.

"어머 어머, 입에 발린 말도 잘 하시네……."

"바보 같은 소리 하지 마, 여자는 일본이 최고란 말이다. 나는 서양 계집들은 잘 모른다만, 하하하……."

회장은 호쾌하게 웃었다. 역도산은 회장 앞에서는 빌려온 고양이처럼 얌전했다.

닛타 신사쿠, 그는 행운의 별을 타고난 쾌남아였다. 2차 대전 중에 포로수용소에서 근무하던 그는 미군 포로들에 대한 대우가 너무나 비인도적이라는 생각에 헌병대위였던 수용소장의 눈을 속이고 담배나 과자처럼 일본사람들도 좀처럼 손에 넣을 수 없는 물건을 포로들에게 주었다. 일본이 전쟁에 져서 그 포로들 중 몇 명이 연합군 총사령부의 고급장교가 되자 닛타 회장에게 '운' 이 찾아왔다.

연합군 총사령부의 휘트니 소장은 도로를 확보하기 위해 화재로 폐허가 된 자리를 정리하는 사업이나 미군 기지 건설을 닛타 회장에게 시켜서 그 은혜에 보답했다. 모든 일이 연합군 총사령부가 관여하는 일이었기 때문에 돈은 은행에서 척척 나와서 회장집의 방에 돈뭉치가 그냥 쌓여 있을 정도였다. 그 돈의 일부는 정계의 보스들에게도 인심 좋게 뿌려졌다.

회장이라는 명칭은, 사실 전쟁 중에 마을 회장을 할 때 붙은 명칭이 남은 것이었다. 지역을 위해서라면 돈과 힘을 아끼지 않는 우두머리가 된 닛타 회장이지만, 원래는 후쿠이 현 출신의 야쿠자로서 등에서부터 양팔과 양다리에 걸쳐 새긴 멋진 문신이 자랑거리였다. 그래도 니혼바시 일대의 권력자가 되고 나서는 그 문신을 일반인들에게 보여주지 않으려고 여름에도 긴팔 셔츠를 벗으려 하지 않았다.

회장이 와 있다고 하니까 부르지도 않은 게이샤들까지 "안녕하세요?" 하고 얼굴을 내밀었다. 회장은 주머니에서 돈 봉투를 꺼내 휙 하고 던져주었다. 바지의 왼쪽 주머니에는 1,000엔, 왼쪽에는 3,000엔, 뒷주머니에는 5,000엔이 든 돈 봉투가 들어 있었다. 당시 돈의 가치는 공중목욕탕이 15엔, 쌀이 1킬로그램에 소매가로 68엔이었다.

역도산으로서는 회장의 씀씀이를 도저히 이해할 수 없었다. 스모 선수들이 쓰는 큰 술잔을 기울이면서 "정말 아깝네……." 하고 눈살을 찌푸렸다. 아무리 연합군 사령부에서 돈이 굴러들어온다 하더라도 따지고 보면 정부의 세금 아닌가. 역도산은 인생이란 돈과 여자와 명예라고 생각하고 있었던 만큼 아무에게나 인심 좋게 돈을 주는 닛타 회장의 마음을 도무지 이해할 수가 없었다.

"이봐, 역도산. 이야기는 내일하기로 하자. 오늘 밤엔 많이 먹고, 많이 마시고, 미녀들을 안아라. 일본식 머리에다가 기모노 차림이 정말 좋지 않으냐?"

"예, 그야말로 선녀입니다."

역도산은 아무래도 차분하게 앉아 있을 수가 없었다. 방석이 어째서가 아니라 여자를 안고 싶은 욕망 때문이었다.

"안녕하세요? 어머, 기분이 좋으시네요."

농익은 게이샤가 들어오더니 대충 인사하면서 회장 쪽에 붙어 앉았다.

"그래 오늘은 좋은 날이다. 내일 조간신문을 통해 일본을 깜짝 놀라게 만들 사람이 개선했거든. 야, 너도 마셔라."

"어머, 회장님께서 갖고 오신 위스키를 제가 받으면 안 되죠. 이쪽 세키토리에게서 받을게요."

"이 녀석, 이 사람은 이젠 프로레슬링의 대선생이다. 세키토리 따위가 아냐. 세계적인 역도산님이시다."

"어머, 죄송해요. 신문에서 가끔 뵈었어요. 오늘 돌아오신 건가요?"

"그래, 내가 이리로 끌고 왔지."

"어머, 그럼 아야 언니에게 미안한 일이잖아요."

"뭐, 마누라는 언제든지 질리도록 안을 수 있잖아. 오늘 밤에는 절대로 돌려보내지 않을 테다. 앞으로의 성공을 위해 오늘 철저하게 축하해 주마. 자, 춤춰라. 노래해⋯⋯."

회장은 기분이 좋았다. 내 눈이 틀리지 않았다. 내가 찍은 사람이니까 틀림없다⋯⋯. 그런 기분에 가슴 설렐 정도로 기뻤다.

역도산은 특제 대형 술잔에 가득 술을 부어 꿀꺽꿀꺽 마시기만 했다. 그는 회장과 달리 술자리에서 보여줄 아무 재주가 없었다. 원래 스모 선수들 중에는 남자 게이샤라 불릴 정도로 장기 많은 사람들이 많았다. 그렇지만 역도산은 노래 하나 변변하게 부르는 것이 없었다. 현역 선수 시절, 후원자가 너무나 끈질기게 개인기를 보여달라고 하자 딱 한 번 보인 적이 있다. 그것은 삶은 계란 20개를 가지고 오게 하여 몽땅 먹어치운 뒤에 불을 끄라고 하고, 컴컴한 방안에서 큰 양초 10개에 불을 붙여 엉덩이를 까 내리고 단숨에 "부욱.", 방귀로 "확." 하고 불덩이를 만들어 보였던 것이다. 역도산이 개인기를 보인 것은 그의 짧은 생애 중에 전무후무하게 그때 딱 한 번뿐이었다. 반면에 닛타 회장은 게이샤와 즐기는 풍류로는 천하일품이었다. 노래나 민요도 부르고, 샤미센도 치고, 흥이 나면 아마추어를 뛰어넘는 솜씨로 피리도 불었다. 그러나 회장의 그런 장기도 오늘 밤의 역도산에게는 공허했다. 머릿기름 냄새에 욕정이 폭발할 것 같아서 그것을 간신히 참으며 술잔을 기울였다.

회장의 유흥은 길었다. 역도산은 안절부절못하면서도 참아냈다. "자, 끝내도록 할까?" 드디어 회장이 기분 좋게 일어섰다.

새 다다미 위에 깔린 화려한 이불 속에서 역도산은 1년 7개월 만에 마음껏 기지개를 폈다. 사내의 마음을 초조하게 만들려는 듯 아름다운 게이샤가 사락사락 소리 내며 띠를 풀자, 역도산은 미친 듯이 그 머리칼 속에 손을 집어넣고 헝클어뜨리면서 성욕을 폭발시켰다.

그는 지칠 줄 모르고 여체를 갈구했다. 이틀만 발산하지 않으면 사흘째 되는 아침에는 코피가 나오는 강한 성욕도 세련되고 아름다운 육체와 머리에서 풍기는 향기에 취했다. 잠이나 자기에는 시간이 아까웠다.

"저 졸려요."

남자에게 익숙한 여자는 어리광 섞인 목소리로 말했다.

"그래그래, 자."

"그치만 그렇게 조물락조물락 하니 잘 수가 없는걸요."

"그럼 깨어 있어."

아침 9시, 마지막 한바탕이 끝나자 여자는 이제 일어날 기력조차 없었다. 그래도 역도산은 그 작은 입술을 빨고 귀여운 유방을 만지작거리면서 지칠 줄 몰랐다.

"나 갈 건데, 넌 그냥 자고 있어라."

여자는 고개를 끄덕이고는 깊은 잠에 떨어졌다.

역도산은 몸단장을 마치자 은색 가방을 소중하게 들고 현관을 두세 걸음 나가서는 멈춰 서서 초여름의 상쾌한 아침 공기를 마음껏 들이마셨다. 맑은 도쿄의 하늘이 한숨도 자지 않은 역도산에게는 눈부셨다.

"이봐, 나 왔어. 목욕!"

현관을 열자마자 고함쳤다. 역도산은 일본의 스모계에 들어와 비로소 목욕의 맛을 알았다. 미녀와 함께 목욕하는 즐거움은 실로 이 세상의 극락이었다.

결혼한 지 반년밖에 되지 않는 새색시를 1년 7개월이나 내버려둔 채 편지 한 장 보낸 적도 없으면서 공항에 기껏 도착해서는 닛타 회장에게 이끌려서 요정으로 직행한 남편, "감사합니다." 하고 젊은 게이샤를 안고 온 역도산이었지만 조금도 찔리는 구석이 없었다.

윗사람 앞에서는 고개를 들지 못해도 마누라를 대할 때는 당당해야 한다. 자기 돈으로 노는 것은 바람이지만 후원자와 어울리는 것이라면 일이나 마찬가지라고 역도산은 믿고 있었다.

"야, 요시히로, 미쓰오, 미국 선물이다."

하와이 공항에서 받은 진한 향기의 화환과 초콜릿으로 만든 화환을 던져주자, 두 아이는 멍청한 얼굴로 아버지를 올려다보았다. 아버지라는 느낌은 조금도 솟아나오지 않았다. 목소리 크고 무서운 아저씨로밖에 비치지 않았다. 역도산 또한 아이들을 안아보려고도 하지 않았다. 안방으로 들어가자마자 벌렁 누워서 눈을 부릅뜨고 천장을 노려보았다.

돈, 돈, 돈……. 성욕을 발산시켜서 가뿐해진 다음에는 돈밖에 머릿속에 없었다. "나는 여자를 배 위에 올려놓고 있을 때도 돈만 생각한다."고 공언했을 정도니, 돈에 미쳤다고 자타가 공인하는 역도산이었다. 두 아이들은 무서워하면서 방에 드러누워 있는 아버지의 모습을 문틈으로 훔쳐보았다.

역도산은 목까지 물에 몸을 담그고 오랫동안 눈을 감고 움직이지 않았다.

"물 온도는 맞나요?"

"응, 딱 좋아."

"식사하실 건가요?"

아야는 넌지시 비추어보았다.

"응, 밥 먹고 한숨 자고 나갈 거야. 3시부터 회의나. 애늘은 시끄러우니까 나가 놀라고 그래."

아야로서는 아무래도 아쉬웠다. 오래간만에 돌아왔으니 마구 달려들거라고 기대했는데, 간밤에는 기다리기만 하다가 날이 샜다.

조금 전 현관에서도 옷자락 안으로 손을 들이밀기는커녕 안아주려고도 하지 않았다. 목욕탕에 들어가서도 등을 밀라고 부르지 않았다. 어차피 어젯밤에는 회장과 함께였으니 젊은 게이샤를 안았으리라는 건 알고도 남을 일이지만, 따뜻한 말 한마디 건네지 않았다. 활발한 성격의 아야로서도 내심 마음이 편치 못했다.

타월을 허리에 두른 채 알몸으로 식사를 마치자 이불 위로 몸을 던지고서 천장을 물끄러미 바라보고 있는가 싶더니 이윽고 타월이 쑥쑥 들려 올라갔다. 아야는 그제야 빙긋이 웃었다.

"어이, 아야, 이리 와."

"지금 치우고 있어서⋯⋯."

일부러 토라진 척해 보였다.

"바보야, 그런 건 나중에 해. 빨리 오란 말야."

역도산답게 바보라는 말이 튀어나왔다. 아야는 그 말을 듣자 오히려 안심이 되었다.

아야는 뛰는 가슴을 누르면서 남편의 이불 속으로 미끄러져 들어갔다. 그렇지만 너무 기대가 컸다. 무엇보다 시간이 나빴다. 여섯 살과 네 살 난 아이들은 언제 돌아올지 몰랐다. 그 신혼의 광란은 역시 되풀이되지 않았다. 역도산으로서는 의리로 아야를 안았다. 그래도 여운을 즐기면서 속삭였다.

"아야, 집을 짓자. 여기는 너무 좁아. 대지는 넓은 편이 좋을 거야. 적어도 200평이나 300평 정도가 필요해. 집은 얼마든지 더 늘려 지을 수가 있으니까 앞으로 값이 오를 만한 땅을 찾자. 돈은 있으니까⋯⋯."

아야는 웃으면서 그의 넓은 가슴에 유방을 비벼댔다.

"가난해도 좋아요. 부부가 함께 살 수 있다면 그걸로 나는 행복해요."

아야는 남편의 심벌을 쥔 채로 서른이 넘어 얻게 된 행복을 되새겼다.

귀국한 그날 밤을 게이샤와 새색시로 성욕을 채운 역도산은 다음날 오후 3시에 환한 얼굴로 프로레슬링에 관한 자료를 은색 가방에 넣고서 니혼바시에 있는 닛타건설 사장실 문을 밀었다.

새빨간 카펫이 깔린 호화로운 방에서는 닛신프로의 나가타 사장, 요시모토흥업의 하야시 형제 사장, 게다가 육군 경리장교로서 대령이었던 가사야마 등이 역도산이 나타나기를 학수고대하고 있었다. 모두 닛타 회장의 말 한마디에 모인 흥행사들이었다.

프로레슬링의 자료라고는 하지만 미국의 스포츠 신문과 프로레슬링 잡지였기 때문에 가사야마 대령 말고는 아무도 읽을 수가 없었다. 그들은 사진을 보면서 "오호, 이거 굉장한걸.", "대단해!"라고 감탄사를 연발할 따름이었다.

회의는 가사야마 대령이 진행을 이끌었는데, 닛타 회장은 눈을 감은 채로 잠자코 역도산의 이야기를 듣고 있었다. 반짝이는 눈으로, '이건 돈벌이가 된다.' 하고 감지한 흥행사들은 한 번 물면 절대로 놓지 않는 사람들이었다. 슬슬 결론이 날 즈음, 회장은 가사야마 대령을 데리고 사장실에서 나와 작은 회의실로 들어갔다. 대령은 말 한마디도 없이 계획서를 내밀었다. 그 제1항에는 출자금 배분이 쓰여 있었다.

〈회장 측 자본〉
150만 엔 닛타 신사쿠 회장
50만 엔 역도산
50만 엔 아리토미 사장
50만 엔 히타치 방적 사이토 사장

〈흥행사 측 자본〉
50만 엔 닛신프로 나가타 사장
50만 엔 요시모토흥업 오사카 사장
50만 엔 요시모토흥업 도쿄 사장

이리하여 총자본금 450만 엔의 일본프로레슬링흥업 주식회사의 창립 준비가 이루어졌다. 이는 프로레슬링을 흥행사들에게 뺏기는 일이 없도록 가사야마 대령이 지분을 조정해둔 것이었다.

"과연 경리장교군. 완벽한 서류다. 이걸로 안심이야, 고맙네."

회장은 기분이 좋았다. 새로운 일 벌이기를 좋아하는 회장이었다.

도장과 사무실은 닌교초에 있는 닛타건설의 창고를 회장이 제공하기로 했다. 일본에서 처음 시작하는 스포츠였고 일반 신문의 스포츠란에도 매일 기사가 나왔기 때문에 입문하려는 사람은 끊이지 않았다. 그 가운데 유도, 스모, 아마추어레슬링 경력자 중 몇 명을 연습생으로 채용하고 그 젊은이들에게 목조 1층짜리 역도산 도장을 건설하라고 지시했다.

역도산이 처음 노린 것은, 일본에서 유일한 프로레슬링협회의 설립이었다. 그는 거물급 회장으로 전 농림부장관과 스모계의 유력 인사는 물론 명문 가문의 후계자와 귀족을 끌어들이는 데 성공하였다. 이사장으로는 닛타 신사쿠, 상무이사로는 나가타 마사오, 그 이하에도 재계, 정계, 관계의 얼굴들이 자리를 메웠다. 그것이 1953년 7월 초의 일이었다.

일본의 프로레슬링은 닌교초의 한 모퉁이에서부터 고고한 첫울음을 올렸다. 역도산의 무시무시한 훈련은 원래 스모 선수 시절부터 유명했다. 그 유명한 와카노하나가 연습장에서 도망칠 정도여서, "역도산이 일본사람에게 한을 품고 있는 거 아니냐."고 수군거리기도 했다. 그런데 프로레슬링은 그 이상이어서 동이 트자마자 스미다 강변의 로드워크로 시작해서 매일 도장에서 아령과 역기로 기초체력을 만드는 훈련을 했다. 월급 같은 것은 물론 없었다. 야구방망이로 배를 후려쳐도 꼼짝도 하지 않는 육체와 뼈가 부러지더라도 기권하지 않는 근성이 없으면 프로레슬러가 될 수 없다고 역도산은 믿고 있었다. 연습생들이 차례차례 도망쳐버렸다.

그럼에도 불구하고 역도산의 계획은 착착 진행되고 있었다. 파트너로 엔도 고키치, 대형 신인으로 라쇼몬, 신타카야마 등을 갖춰 외국인 선수를 맞아 싸울 체제를 마련했다. 그런데 이미 간사이 지방에서는 유도의 기무라 마사히코, 야마구치 도시오, 스모의 기요미카와, 나가사와 등이 프로레슬링을 하겠다고 선언하고 나왔다. 역도산으로서는 그들보다 한

걸음 앞서 나간 존재가 되기 위해 루 테즈에게 도전할 기회를 이제나저 제나 하며 기다리게 되었다.

그 무렵에 하와이에서는 오키 시키나가 역도산과의 약속에 따라 은밀한 공작을 계속하고 있었다. 역도산이 미국 본토에서 올린 실적을 NWA에서도 인정하기는 했지만, 그래도 느닷없이 챔피언인 루 테즈에게 도전한다는 것은 불가능에 가까웠다. 그러나 프로모터인 알 카라식은 오키 시키나의 열의에 져서 결국 대전을 약속했다.

"좋소, 그럼 하와이에서 루 테즈에게 도전할 도전자 결정 토너먼트를 합시다. 그 후보자에 역도산을 넣도록 하겠소. 지금이 10월이니까 11월 말이 어떻소?"

"오케이, 땡큐!"

오키 시키나는 너무나 기뻐서 카라식의 손을 꼭 잡았다. 그리고 곧바로 국제전화를 걸었다.

"역도산! 드디어 자네에게 찬스가 왔네. 도전자 결정 토너먼트를 열기로 결정되었어. 출장하는 선수들은 꽤 강적이지만 자네라면 반드시 이길 수 있을 거다. 그러려면 하루라도 빨리 하와이로 와서 컨디션을 조절하는 편이 좋겠어."

"고맙습니다. 오키 씨. 저는 해낼 수 있습니다. 일본프로레슬링협회도 순조롭게 진행되고 있으니, 이쯤에서 한방 터뜨려야지요."

역도산은 벌써 이긴 것처럼 말했다.

토너먼트가 열리는 때는 11월 말이었지만 역도산은 6일에 하네다를 떠나 하와이로 향했다.

"오키 씨, 저 왔습니다."

그것은 1953년의 일이었다.

나는 일본인이다

"역도산, 이거 정말인가?"

오키 시키나는 노크도 없이 숨을 헐떡이며 뛰어들어왔다.

"무슨 일입니까? 그렇게 허둥지둥……."

아침 트레이닝을 마치고 아침 겸 점심을 먹고 나서 침대에서 선잠을 자던 역도산은 천천히 몸을 일으켰다.

"신문에 났어. 자네 이야기가……."

"특별한 게 있습니까?"

"자동차야, 자동차. 황태자 전하의……."

"아, 그거요."

역도산은 태연하게 답했다. 오키 시키나가 가지고 있던 11월 17일자 호치신문에는 다음과 같은 기사가 대대적으로 보도되었다.

"황태자님이 타시던 자동차 중 두 대를 공매. 한 대는 백인, 또 한 대는 역도산."

"그 캐딜락인 건가?"

"그렇습니다. 황태자 전하가 엘리자베스 여왕의 대관식에 참석하고 돌아오시는 길에 이곳에 들르지 않았습니까. 호놀룰루에서 사용한 53년형 캐딜락, 그겁니다."

"으음, 그렇군. 과연……."

오키 시키나는 역도산의 천재적인 화젯거리 만들기에 놀랐다.

"자동차 팬이라는 것은 알고 있었지만, 설마 그 자동차일 거라고 는……. 그런데 어때? 컨디션은?"

"잘돼갑니다. 전 원래 운이 좋은 사람이니까요. 제 주위에는 오키 씨를 비롯해 모두 좋은 사람들뿐이죠."

역도산은 빙긋이 정다운 웃음을 떠올렸다. 스모 시절부터 후원자나 이용할 수 있는 사람들에게는 아부를 잊지 않는 천성적인 쇼맨십이 있었다.

황태자의 자동차를 샀다고 하니 이상하게도 소문이 소문을 불렀다.

"황태자가 탔던 차까지 손에 넣은 역도산이야. 세계선수권 정도는 간단히 따낼 수 있을걸."

그런 분위기가 만들어지자 역도산의 인기는 점점 더 높아졌다. 하와이에 사는 일본인들로서는 황태자의 차를 산 프로레슬러라는 점에서 기억에 남을 수밖에 없었다.

프로모터인 알 카라식에게 있어서도 황태자의 자동차는 아주 좋은 선전거리가 되었으므로 또한 크게 기뻐했다.

"미스터 오키, 이번에 어쩌면 역도산이 이기고 올라갈지도 모르겠는걸."

"고맙소. 나도 그렇게 되길 빕니다."

너무나 굉장한 역도산의 인기에 카라식까지 거리의 소문에 휩쓸려버리고 만 것이다.

도전자 결정 토너먼트는 11월 29일 저녁부터 시빅 오디토리엄에서 열려서 최종적으로 남은 멤버는 다음과 같았다.

우선 일본의 역도산, 그리고 일본에 잘 알려져 있으면서 역도산에게 처음으로 프로레슬링를 가르쳐준 보비 브란즈, 프랑스계의 강호 프랑크 바로아, 알 러브룩, 베테랑인 버드 커티스, 토미 오툴. 거기에 우승 후보

자로 여겨지고 있는 괴력무쌍의 사미 버그가 있었는데, 마치 헤라클레스처럼 훌륭한 육체를 자랑하는 실력자였다.

역도산은 오키 시키나의 충고를 충실히 따라 경쟁자들을 물리쳐 나갔다. 시작 종소리가 나자마자 돌진해가서 느닷없이 가라테 춉으로 난타했다. 목에서 어깻죽지, 그리고 마지막에는 가슴으로. 숨 돌릴 새도 없는 속공에 상대는 전혀 힘을 발휘하지 못한 채로 무너졌다. 제한 시간 20분이었지만 3분에서 5분 만에 승부가 갈렸다.

결승전은 예상대로 괴력의 사미 버그와 역도산, 30분 단판 승부였다. 역도산의 가라테 춉은 확실히 위력이 있었지만, 사미 버그의 그 헤라클레스와 같은 상반신에 통할 거라고는 오키 시키나로서도 기대할 수 없었다. 그 정도로 그의 상반신은 바위처럼 대단해 보였다.

드디어 결승전의 종이 울렸다. "와!" 하는 엄청난 환성 속에서 역도산의 가라테 춉이 나오기에 앞서 사미 버그가 역도산을 잡았다. 괴력으로 비틀어 오는 버그에 맞서 역도산은 어떻게든 떨어져 나오려고 했다.

5분, 10분……. 버그가 다소 우세하게 시합을 이끌어갔다. 링사이드의 알 카라식도 진지한 표정으로 경기의 흐름을 지켜보았다. 20분, 둘 다 땀으로 흠뻑 젖었다. 역도산은 가라테 춉으로 공격해보았지만 버그에게는 통하지 않았다.

이제 남은 시간은 3분, 역도산이 로프로 몸을 날렸다. 로프 반동을 이용하여 온몸으로 부딪치자 버그의 거구가 부웅 하고 날아갔다. 그가 몸을 다시 일으키려는 것을 기다리지 않고 가라테 춉을 휘두르자 버그가 견디지 못하고 다운되었다. 역도산은 그 기회를 놓치지 않고 누르기에 들어갔지만 아직은 때가 아니었다. 버그는 카운트 2에서 역도산을 튕겨내 버렸다. 겨우 일어나려는 버그에게 또 다시 가라테 춉.

"리키, 파이팅!"

응원에 힘입어 가라테 춉에 힘을 넣은 역도산, 그때 종이 울렸다. 경기 종료, 무승부였다.

시합을 다시 할 것인지 속행할 것인지, 장내는 이상한 흥분에 감싸였다.

제아무리 괴력무쌍이라는 사미 버그였지만, 지금은 코너로 돌아가 로프에 간신히 몸을 지탱하고 있는 상태였다. 하지만 역도산은 화가 난 표정으로 버티고 서 있었다.

도전권은 과연 누구에게……. 호놀룰루의 시빅 오디토리엄이 소란스러워졌다. 역도산과 버그 양쪽 모두 그 결승전은 그날 밤 들어 벌써 세 번째로 치루는 시합이었다. 더 이상의 싸움은 체력의 한계를 넘어 사고를 일으킬 위험이 있었다. 그러나 역도산은 세컨드를 맡고 있는 오키 시키나에게, "저는 할 겁니다. 무제한 한판 승부로 끝을 봅시다." 하고 가슴을 크게 치며 내뱉었다. 하지만 상대편인 버그는 더 이상 싸울 기력이 없었다. 너무나 지쳤고, 더구나 역도산의 가라테 촙에 상당한 타격을 받은 상태였다. 판정을 내린다면 당연히 역도산의 승리겠지만 프로레슬링에는 판정이 없다. 급기야 프로모터인 알 카라식이 직접 링에 올라 마이크를 잡았다.

"신사 숙녀 여러분, 협의 결과를 말씀드리겠습니다. 시합 내용면에서 압도적으로 리드한 역도산을 루 테즈의 도전자로 결정했습니다. 이에 사미 버그도 동의했습니다."

이 안내 방송이 끝나자마자 장내에는 대환호성과 박수가 일어났다.

"좋았어, 리키!"

"역도산, 만세!"

온몸으로 성원을 받으면서 역도산은 링 위에서 깊숙이 머리를 숙였다. 마음 탓인지 어깨가 떨리고 있었다. 드디어 손에 넣은 세계 최고봉으로의 도전. 배짱 두둑한 역도산도 온몸으로 감격하고 있는 것 같았다.

1953년 12월 4일자 하와이호치신문은, "세계 챔피언 테즈에게 역도산이 도전."이라는 커다란 제목으로 스포츠면 톱에 이 쾌거를 보도하였다.

"6일(일요일) 밤 시빅 오디토리엄에서 세계선수권 보유자 루 테즈를 맞이하여 우리의 역도산이 도전, 세계 패권 쟁탈을 위한 일대 시합이 열린다. 일본 레슬러로서 세계타이틀전의 영광스러운 무대에 출전하는 것은 이번이 처음이며, 역도산도 이 일전에 전력을 쏟고 있다……."

이제는 일본계 미국인뿐만이 아니라 하와이의 프로레슬링 팬들까지 역도산에게 큰 기대를 걸었다.

6일의 결전을 앞둔 4일 밤, 시빅 오디토리엄에서는 특별히 역도산의 공개 연습이 이루어졌다. 프로레슬링에서는 어지간한 대시합이 아니면 공개 연습은 하지 않는다. 이날의 관전은 무료였는데, 구경꾼들로 만원을 이룰 만큼 역도산의 인기는 폭발적이었다. 일본의 황태자가 탄 자동차를 살 정도이니 틀림없이 이길 것이라고 하와이 전체가 얘깃거리로 삼고 있었다.

세계의 왕자 루 테즈는 결전 전날인 5일에 호놀룰루에 도착했다. 드디어 세기의 일전, 분위기가 최고치에 달했다.

6일 밤, 시빅 오디토리엄은 가득 찬 팬들로 이상한 흥분에 휩싸였다. 드디어 메인이벤트가 시작되자 먼저 링으로 뛰어 오른 것은 역도산, 참으로 도전자답게 팔팔한 동작이 팬들의 인기를 더욱더 부채질했다. 안 그래도 관객의 70%는 일본계 미국인과 일본인이었다. 테즈는 여느 때처럼 검은 가운을 몸에 두르고 왕자다운 관록을 보이며 천천히 링 위로 올랐다. 차분한 태도였지만 눈은 날카로운 빛을 발하고 있어서 과연 역전의 용사이자 세계 레슬링계의 최고봉에 선 인물다운 분위기였다.

종이 울렸다. 스타트에서 리드를 잡은 것은 역도산, 도전자답게 쿼터넬슨*에서 팔감기로 옮겨 힘껏 졸랐다. 강철 같은 테즈의 팔에는 통하지 않았지만 그래도 역도산은 이를 악물고 혼신의 힘을 다했다. 과연 세계

---

*목누르기 기술의 하나.

타이틀 매치다운 긴박함이 링 위에 맴돌았다.

테즈는 스모 챔피언급인 역도산의 공격을 잠자코 바라보고 있는 것 같았다. 10분, 20분, 30분이 지날 무렵 테즈가 슬슬 반격에 나서기 시작했다. 예리한 엘보 스매쉬가 파각 하고 역도산의 턱을 때리자 역도산이 다운, 통렬한 일격을 먹은 것이었다. 테즈의 특기인 눈에 보이지도 않을 정도로 빠른 왼팔 스매쉬가 거듭되자 역도산은 완전히 혼란에 빠졌다. 간신히 일어났나 싶었는데 바디 슬램을 먹였다.

"제기랄!"

이를 악물고 일어난 역도산은 슬슬 후퇴해서 로프로 물러섰다. 참으로 절묘한 탈출, 자기도 모르게 오키 시키나가 소리쳤다.

"그렇지! 리키."

루 테즈는 반칙은 거의 하지 않는다. 그 점을 이용해 로프로 도망갔다는 것은 상당한 배짱이다, 오키 시키나도 놀라지 않을 수 없었다. 이런 핀치에 몰려서도 로프로 물러나 잠시 쉴 정도로 강한 승부욕을 보이고 있는 것이다. 그런데 후들후들 하고 힘없이 약한 모습을 보이던 역도산이 갑자기 반격으로 바뀌었다. 테즈가 방심한 틈을 타서 쿼터 넬슨을 걸려는 척하다가 느닷없이 어깨에 가라테 촙……. 한 번 두 번, 아무리 철인이라고 해도 비틀거리기 시작했다. 그러나 테즈는 서두르지 않았다. 비틀거리면서도 왼팔로 카운터 펀치, 뒤이어 지체 없이 역도산을 드높게 안아 올려서 파일 드라이버*로 내리꽂았다.

"아앗!"

모든 관객들이 일어섰다.

"역도산……."

"힘내라!"

하와이의 일본계 미국인들과 일본인의 비명과 같은 외침.

---

*거꾸로 안아 들어 머리부터 매트에 내리꽂는 기술.

"우욱······."

실제로 그런 소리가 들리지는 않았다. 하지만 후두부가 깊숙하게 매트에 처박힌 역도산은 꿈쩍도 하지 않았다. 테즈가 유유히 역도산을 덮쳐눌렀다. 심판이 카운트를 개시했다.

"원, 투, 쓰리!"

루 테즈의 손이 높이 올라갔다. 그와 동시에 오키 시키나가 달려들어 역도산의 뺨을 철썩철썩 때렸다.

"야, 정신 차려! 일본인답게 일어나, 역도산!"

거의 우는 소리에 가까웠다. 오키 시키나는 무슨 생각을 했는지 갑자기 양동이의 물을 얼굴에 쏟아 부었다.

"역도산, 일어나!"

그러자 역도산이 깨어나는 것 아닌가. 오키 시키나의 손을 뿌리치더니 스모의 준비 자세를 하듯이 몸을 일으켰다. 1분간의 인터벌이 눈 깜짝할 사이에 지나갔다.

"이 자식!"

맹렬한 가라테 촙, 루 테즈가 로프로 날아갔다. 테즈가 일어나려고 하는 힘을 이용해 맞은편 로프로 던진 역도산은 로프의 반동에 의해 날아오는 그의 목 부위에 퍽 하고 가라테 촙 한 방을 먹였다. 심장을 노렸지만 마침 목에 일격이 터진 것이다. 루 테즈는 한동안 매트에 쓰러져 있었다. 1승 1패.

드디어 세 번째 판으로 접어들었다. NWA 세계 헤비급 챔피언 루 테즈는 역시 '철인'이었다. 단 1분 만에 기력을 회복하더니 맹렬히 공격해 왔다. 남은 시간은 불과 3분. 역도산의 가라테 촙을 빠져나간 테즈는 마술사처럼 등 뒤로 돌아가서 역도산을 높이 안아 올렸다. 순간, 마치 공중에서 일단 정지된 것처럼 보이더니, 슬로모션처럼 파일 드라이버. 테즈의 몸이 천천히 활처럼 젖혀지더니 그야말로 교과서 그대로인 파일 드라이버가 꽂혔다. 멋진 필살기였다.

역도산이 의식을 되찾은 것은 그로부터 15초 후, 루 테즈의 손이 높이 올라갔다. 2대 1, 테즈 타도의 숙원은 무참히 깨지고 말았다.

"역도산, 자네는 아직 시작한 지 1년이 조금 넘었을 뿐인 신인이야. 프로레슬링 세계챔피언은 몇 사람 있지만, 스트롱 스타일로서는 루 테즈가 최강이지. 하지만 앞으로 2, 3년 있으면 자네가 반드시 챔피언이 될 거다. 오늘 밤엔 한 수 배웠다고 생각하고 내일부터 새 출발하자. 힘내, 역도산!"

오키 시키나가 대기실에서 역도산의 머리를 식혀주면서 위로했다.

"싱글에서는 졌지만, 태그라는 방법이 아직 남았습니다. 일본에서 열리는 첫 시합에서는 세계 태그 매치 챔피언에 도전할 겁니다."

지금 싱글에서 졌으니까 다음에는 태그 매치에 도전하겠다는 역도산의 근성에 오키 시키나도 질리지 않을 수 없었다. 이토록 세계 제일이라는 명예에 집착할 줄이야……. 그러나 역도산으로서는 스모계에서 버려진 이제는 어떻게 해서든지 세계챔피언에 도전한다는 간판을 내걸고 일본에서의 첫 시합에 임하는 것밖에 특별한 수가 없었다. 기자회견에서 허세를 부려놓고서 싱글의 왕자 루 테즈에게 아깝게 지고 만 지금으로서는 무언가 그에 대신할 것을 찾아내야 했다. 파트너를 누구로 할지도 아직 생각해본 적이 없었다. 하와이에서는 유도 출신인 기무라 마사히코 7단, 야마구치 도시오 6단, 엔도 고키치 6단, 스모 출신으로는 오노우미, 후지다야마 등이 활약하고 있었지만 파트너로 삼기에는 믿음직스럽지 못했다.

역도산은 루 테즈에게는 졌지만 자신의 역량과 흥행을 보는 눈에 자신감을 더하면서 로스앤젤레스로 날아갔다. 그곳에 간 목적은 일본인에게 인기가 있을 만한 레슬러를 고르기 위해서였다. 역도산은 1주일에 10시합에서 12시합을 소화했다. 한 시합이 끝나면 100킬로미터에서 200킬로미터나 떨어진 다음 마을까지 자신이 직접 차를 몰고 달려갔다. 역도산은 오로지 달러가 탐이 났다. 일본으로 외국 선수를 불러들이기 위한 달러가……. 달러가 없으면 외국인을 불러서 흥행할 수가 없다. 역도산은 미친 듯이 가라테 촙을 휘둘러 백인이나 흑인을 때려눕혔다.

1954년 2월 2일, NWA 세계 태그 챔피언인 벤 샤프, 마이크 샤프 형제를 대동하고 역도산이 귀국한다. 도쿄에서는 요시모토흥업의 오시야마 선전부장에 의해 화려한 선전이 시작되어 있었다. 후원은 마이니치 신문사가 맡았고, 세금 대책으로서 '마나슬루 등산기금 모금 행사'라는 것을 내세웠는데, 선수 인선과 교섭에 관해서는 모두 역도산에게 일임되었다.

"내가 미국에서 번 달러를 전부 걸고 샤프형제에게 도전한 것이다."

하네다공항 기자회견장에서 역도산은 당당하게 가슴을 폈다.

역도산은 운이 강한 사내였다. 텔레비전이라는 최강의 후원이 존재했던 것이다. 마이니치의 모리구치 사업부장은 전년부터 방송을 개시한 텔레비전으로 시합을 내보내면 효과적일 것이라고 판단, 니혼텔레비전의 사장에게 이야기를 꺼냈다. 니혼텔레비전은 1953년 8월의 개국에 맞춰 텔레비전 보급을 노리고 도쿄를 중심으로 한 간토 지역의 주요 역전 광장 등 사람들의 눈에 띄기 쉬운 220개소에 텔레비전을 설치했다. 그 텔레비전들은 모두 미국의 제니스나 모토롤라 제품이었는데, 니혼텔레비전의 채널인 4번에 고정시켜 다른 방송은 볼 수 없게 해놓았다. 간토 지역의 텔레비전 수상기 대수는 모두 합쳐 고작 1만 2,000대에 지나지 않던 때였다.

"샤프 형제에 맞서는 일본 측은 역도산과 유도 1인자인 기무라 마사히코 7단으로 조를 짠다."고 발표하자 일본 전체의 기대가 끓어올랐다.

NWA 세계 태그 챔피언인 샤프 형제를 데리고 왔으니 타이틀 매치 준비가 끝난 줄로만 알았는데, 텔레비전 방송에 광고 스폰서가 붙지 않았다. 생전 듣도 보도 못한 프로레슬링을 중계하는 방송인 데다가, 샤프 형제라는 사람은 니혼텔레비전 스포츠부에서조차 모르고 있을 정도니 무리도 아니었다.

"바보 녀석들! 스폰서가 없다니, 어떻게 된 거야. 내가 후원자를 찾아오마."

호통을 친 역도산은 안색이 변해 사무실을 뛰쳐나갔다. 야마이치증권의 오카미 사장을 찾아갔던 것이다. 역도산의 열변을 잠자코 듣고 있던 오카미 사장은,

"좋아, 알겠네. 단 조건이 있다. 내 쪽에 스모를 그만둔 스루가우미가 빈둥거리고 있으니 녀석을 메인이벤트 전 시합에라도 써준다면 후원해 주지."

"고맙습니다."

깊숙이 역도산은 머리를 숙였다. 오카미 사장은 그 열의에 끌려서 40만 엔이라는 큰돈을 내놓았다. 그리하여 구라마에 국기관에서 열린 사흘간의 모든 중계방송은 니혼텔레비전에서 독점방송하기로 정해졌다. 그런데 NHK가 요시모토흥업을 연출로 삼아 무리하게 끼어들어왔다. '텔레비전 방송의 발전을 위해서'라는 대의명분을 내세우고 나서니 니혼텔레비전도 타협하지 않을 수 없었다.

모든 시간의 흐름이 역도산에게 유리하게 흘러갔다. 그는 참으로 운이 좋은 사내였다. 텔레비전이라는 거대한 괴물에 올라탈 수 있었던 것이다.

1954년 2월 15일, 구라마에 국기관의 시합을 첫 시합으로 하여 한 달반 동안 일본 전국을 종단하며 프로레슬링 시합을 펼치기로 결정되자 요시모토흥업의 오시야마 선전부장은 또 화려한 선전을 펼치기 시작했다.

그 30회의 시합에 대해 일본프로레슬링흥업 주식회사는 파이트머니로서 500만 엔을 지불했다. 이는 선수 전원에 대한 개런티였지만, 역도산은 레슬러들에게는 교통비 정도만 주고 나머지는 거의 자신이 챙겼다.

일본의 텔레비전은 1953년 2월 1일, NHK, NTV, TBS에 의해 본방

송이 시작되었다. 프로레슬링은 그 다음 해인 2월 15일에 방영되었는데, 거리의 음식점에서는 좌석표를 팔아서 손님을 정리했고, 전파상 앞에서는 구경꾼들로 인해 교통사고까지 일어날 정도의 대인기였다. 당시 텔레비전은 너무 비싸 서민들로서는 손을 댈 수 없는 귀한 물건이었다.

홍행은 첫날부터 대성공, 역도산의 가라테 촙에 악역인 샤프 형제가 픽픽 쓰러졌다. 스토리로서는, 처음에는 악역에게 무참히 당하다가 역도산이 더 이상 참지 못하고 가라테 촙을 휘두르면, "일본 만세!" 하고 관객들이 흥분하며 박수를 보내는 것이었다. 프로레슬링은 패전으로 기가 죽어 있던 일본을 흥분시켰다.

역도산은 텔레비전을 타고 일본 최고의 영웅이 되었다. 모든 사람은 역도산을 일본인이라 믿어 의심치 않았다. 선수 출입구에는 젊은 레슬러를 배치해두었기 때문에 조선계 사람은 절대 대기실에 접근할 수 없었다.

일본의 영웅이 되었지만 역도산의 마음은 편하지 못했다. 여전히 돈에 목이 말라 있었던 것이다. 미국에서라면 한 시합 당 파이트머니가 500달러에서 1,000달러(당시 환율로 36만 6,000엔), 가끔은 거의 100만 엔이나 될 때도 있다. 하지만 일본에서는 가장 많이 돈을 챙기는 쪽은 홍행사였다. 레슬러가 아무리 피를 흘리고 몸을 굴려봤자 달라질 것이 없었다. 돈이 필요하다, 돈을 더 벌고 싶다고 생각한 역도산은 끊임없이 기회를 노렸다.

일본의 영웅, 역도산은 항상 팬들의 눈을 의식하여 일류 레스토랑이나 호텔이 아니면 식사를 하지 않았다. 스테이크를 주문하면 주방장이 직접 고기를 가져오게 해서는 익히는 정도에 대해서까지 자잘한 조건을 붙였다. 얇은 고기를 가지고 오기라도 하면 주위를 아랑곳하지 않고 고함을 쳤다.

"바보 자식! 이딴 걸 먹으라는 거냐! 난 1킬로 이하짜리 고기는 안 먹는다. 그만한 고기 덩어리가 없거든 서너 장 겹쳐서 두껍게 만들어서라도 가지고 오란 말이다. 내가 누군 줄 몰라?"

역도산은 하와이에서 황태자가 탔던 캐딜락을 도쿄로 가져오고, 영국제 양복감에 이탈리아제 구두 등 그야말로 세계 최고급품만을 걸치는 벼락부자 티를 내면서도 팬들 앞에서는 좋아하지도 않는 굵은 시가를 물고 친근감 있는 미소를 보여주는 것을 잊지 않았다.

역도산이 존경하는 인물은 닛타 회장 오직 한 사람이었다. 전쟁의 혼란이 낳은 어처구니없는 거인이라고 할 이 쾌남아의 버릇까지 역도산은 흉내 냈다. 하지만 돈에 관해서는 정반대였다. 스모 선수 시절의 무엇이든 거저 얻는 버릇을 벗어버리지 못했다. 나이트클럽도 초대받지 않으면 가지 않았다. 집에서 먹는 아침 겸 점심 식사에서도 선물로 들어온 생선 조림이나 절인 야채만 먹었지 된장국조차 곁들이지 않았다. 스모 선수 때처럼 음식이란 후원자들이 공짜로 마련해주는 것이라고 믿고 있었다.

이제는 천하의 역도산이 된 그로서는 여자까지 마음대로 주무를 수 있었다. 매일 밤 여자를 바꾸어 안으면서도 돈을 더 많이 갖고 싶다고 마음속으로 외치던 역도산은 돈과 명예가 인생의 최고 목표라고 믿어 의심치 않았다.

바깥에 나간 역도산의 행동은 그야말로 배우의 그것이었다. 시합에서도 항상 텔레비전의 효과를 고려하여 프로레슬링을 연출했다. 외국선수를 부를 때나, 시합에서 팀을 짤 때에나, 시합전개에 따르는 드라마를 만들 때에도 모두 텔레비전 방영을 계산하고 방송 시간 안에 딱 맞춰 시합을 끝냈다. 그러기 위해 링 아나운서인 오마쓰의 사인에 따라 경기를 진행했던 것이다.

"선생님, 결정되었습니다. 마이니치신문 사업부장 모리구치 씨에게서 전화가 왔는데, 지금 막 결정되었다고 합니다."

비서 요시마치가 뛰어들어왔다.

"바보 자식, 뭐야! 왜 난리야?"

"선생님, 결정되었습니다. 기무라와의 대결이……."

"흠, 그 자식이 오케이를 했군. 그래 언제냐?"

"12월 22일, 구라마에 국기관에서 한다고 마이니치신문의 모리구치 씨에게서 전화가 왔습니다."

비서 요시마치의 흥분에도 불구하고 역도산의 표정은 조금도 변하지 않았다.

1954년 2월에 열린 샤프 형제와의 대결에서 기무라 마사히코 7단은 '당하는 역'이었고, 이기는 역은 주연인 역도산이었기 때문에 파이트머니에서도 큰 차이가 났다. 돈과 역할에 불만을 느낀 기무라는 오사카를 본거지로 하는 국제프로레슬링협회를 설립하였고, 흥행은 야쿠자 조직인 야마구치구미의 다오카 가즈오가 맡았다. 그 이외에도 야마구치 도시오의 전일본, 도다 형제의 신일본, 기타바타의 도아, 그리고 간사이 아시아 등의 프로레슬링협회가 우후죽순처럼 난립했다.

기무라 7단은 아사히신문의 기자들에게 말했다.

"샤프 형제와의 시합에서 난 항상 손해 보는 역할이나 맡았지만 정말로 대결을 한다면 절대로 역도산 따위에게 지지 않는다. 난 일본 유도의 1인자이다. 그자는 스모의 세키토리에 불과하지 않은가……."

이 발언을 역도산이 놓칠 리 없었다.

"좋다, 일본 최고를 갈라 협회를 통일시키자."

마이니치신문의 스포츠부가 나서서 일본선수권에 대한 일을 진행시켰다. 매스컴에서는 "가라테 촙의 역도산인가, 유도의 혼 기무라 7단인가.", "유도냐 스모냐." 등 요란하게 떠들었다. 프로레슬링 팬이 아닌 사람들까지 소문이 돌아 야단법석이었다. 3,000엔이었던 입장권이 1만 엔, 1만 5,000엔으로 올라 암표상 천지였고 당일의 구라마에 국기관은 초만원을 이루어 사람으로 터져나갈 지경이었다.

그러나 일본선수권을 건 '진검 승부'는 15분 49초에 걸친 처참한 싸움에 지나지 않았다. 깨끗한 대결이 진행되다가 15분이 지났을 무렵, 기무라가 갑자기 역도산의 급소를 찼다. 괴로운 나머지 쓰러진 역도산이 간신히 몸을 일으켰을 때, 그 얼굴은 살기를 띠며 미친 것처럼 가라테 춥을 휘둘러 기무라의 얼굴이고 뭐고 가리지 않고 두들겼다. 기무라는 피거품을 물고 로프 쪽으로 엎어져 의식을 잃었다. 그런데도 역도산은 피바다에서 뒹구는 기무라를 일으켜 세워 발로 걷어차기까지 했다. 너무나 비참한 60분 3판 승부였다.

링 닥터가 "이후의 시합 속행 불가."라는 진단을 내리자 심판이 경기를 중지시켰다. 역도산이 명실 공히 '일본 제일의 프로레슬러'가 된 것이다. 마이니치신문의 이주인 기자는 쓴웃음을 지었다.

"피를 보면 역도산의 투쟁본능에 불이 붙는다. 이는 조선인으로서 피가 용솟음치기 때문일 것이다. 일본인으로서는 이해할 수 없는 부분이다. 이런 걸 기사로 쓸 수는 없지만……."

어쩌면 빛나는 링 위의 역도산의 생애에 최대의 오점이 아니었을까? 그런데 거기서 끝나지 않았다. 폭로전으로까지 발전했던 것이다.

시합 전에 흥분제를 상용하고 있었던 역도산은 표창식이 끝나 선수대기실로 돌아오자마자 축하를 위해 나온 맥주를 병째로 들이키고서 밀어닥친 보도진 앞에서 거친 말투로 말했다.

"기무라 녀석은 비겁한 자식이다. 오늘 밤 시합 전에 무승부로 해달라고 하더군. 그것도 도장을 찍은 서류까지 가지고 와서 말이야. 프로레슬링이란 건 짜고 하는 시합이 아냐. 그래서 대답도 하지 않았더니 시합 중에 "무승부로 할 거지?"라고 말하지 않겠어? 그래서 화가 난 내가 철저하게 몰아붙였던 거야. 그러자 자식이 급소를 찼단 말야. 깨끗한 경기를 펼치고 있었는데 갑자기 반칙이라니! 그 개자식을 죽여버릴 생각으로 철저히 두들겨 팼어. 자식이 그때 쓰러졌기에 망정이지 만약에 일어났더라면 정말로 죽여버렸을지도 몰라. 그 자식은 줏대도 없고 비겁한 놈이란 말야."

사건 만들기를 좋아하는 기자들은 금방 기무라가 묵고 있던 지요다호텔로 몰려가, "정말로 짜고 하자고 했습니까?" 하고 물었다.

"뭐얏! 역도산이 지껄였군."

기무라는 흥분해서 소리쳤다.

"역도산 그 자식, 프로레슬러의 윗자리에 앉아 있을 만한 인간이 못되는군. 인의를 저버리는 자식은 일본인이라고 할 수 없소. 애초에 이런 일은 비밀에 붙이는 것이 보통이지만, 저쪽에서 불어버린 이상 이쪽에서도 불어버리겠소."

기무라 7단이 기자들에게 몸을 내밀었다.

"역도산과 일본선수권 시합을 하지 않겠느냐고 이야기를 꺼낸 건 마이니치신문의 모리구치 사업부장이오. 그때 조건으로 나온 것이 1차전은 무승부로 하기로 한 거고, 2차전에 대해서는 1차전 끝난 다음에 의논하기로 한 거요. 대략 이제까지의 프로레슬링은 시합 전에 어느 쪽이 이기고 어느 쪽이 질 건지를 미리 의논해두고 하는 때도 있기 때문에 역도산이 무승부를 받아들인다면 나도 오케이라고 대답했소. 그리고 이러저러 생각해보니 역도산의 가라테 촙은 위험하니까 쓰지 않는 편이 좋겠다고 말했더니 그건 쓰지 않기로 했던 거요. 그래서 난 처음부터 무승부라고 생각하고 링 위에 올라갔소. 그런데 시합 분위기가 달랐단 말이오. 그래서 시합 중에 어떻게 된 거냐고 역도산에게 묻기는 했소. 난 역도산의 급소 같은 데는 찬 기억이 없소. 그런데도 역도산 자식, 있는 힘껏 가라테 촙으로 나를 때렸소. 이건 너무 위험하니까 심판에게 주의를 주라고 말하려고 몸을 옆으로 돌린 순간, 철저하게 얻어맞고 쓰러졌던 거요. 오늘 밤 시합은 스포츠가 아니오."

하지만 "이 얘기는 기사가 안 되겠다."고 투덜거리면서 기자들이 돌아가버렸다. 그 즈음 역도산은 아카사카의 나이트클럽 라틴 쿼터에서 "난 일본인이야!" 하고 소리치고 있었던 것이다.

역도산이라는 이름의 바람

"다녀왔습니다. 부장님, 또 정리이십니까? 정말 꼼꼼하시군요."

아카미 로쿠로타는 넉 대의 카메라가 담긴 큰 가죽가방을 책상 위에 털썩 던져놓고 일본프로레슬링 사무국장 겸 일본프로레슬링흥업 주식회사 오시야마 기획선전부장에게 말을 걸었다.

"그래, 수고 많았네. 정리라고 할 정도는 아니고, 자네처럼 대충해두면 나중에 후회하는 일이 생길걸. 항상 선전거리를 모으고 있는 나도 아직까지 부족하다고 느끼고 있단 말이야."

나이를 먹어 노인이 된 그는 노안경을 치우면서 힐끔 로쿠로타의 얼굴을 올려다보았다.

"저는 54년 2월 12일 역도산이 샤프 형제하고 바비 브란즈와 오키 시키나를 대동해서 귀국했을 때부터 찍었는데……."

"그거 필름 정리가 엉망이야. 그러면 곤란해."

"네, 정말 죄송합니다. 하지만 기획선전부라고 해야 부장님하고 저밖에 없잖아요. 여사무원이라도 한 명 있으면 좋을 텐데……."

"무슨 소리야, 시합이 없을 땐 한가하잖아. 그건 그렇고 지금 53년 11월 29일에 호놀룰루 시빅 오디토리엄에서 열린 루 테즈에게 도전자 결정전에 대한 하와이호치 신문기사를 보고 있는 중인데, 여덟 명이나 겨

룬 시합인데 사진이 없어. 그리고 12월 6일에 같은 곳에서 열린 루 테즈
와의 세계 타이틀 매치에는 전송 사진 딱 한 장이야. 신문들은 하나같이
"역도산의 역투에도 불구하고 아깝게 패배, 노장 루 테즈의 특기 백 드
롭 폭발……"이라고 제목을 뽑았군. 그때도 역도산은 가라테 춉으로 테
즈를 몇 번이나 다운시켰지. 우세하게 게임을 이끌다가 헤드 록을 걸었
는데 테즈가 그대로 역도산을 들어 올리더니 필살기인 헤드 드롭을 구
사, 43분에 경기가 끝났는데, 그야말로 예술이었어."

늙은 오시야마는 하와이호치지를 보면서 즐거워하고 있었다.

"샤프 형제를 초청하여 흥행을 할 수 있었던 건 닛신프로의 나가타 사
장 덕분이었죠. 사장이 번화가에 가지고 있던 요정을 처분한 돈 8,100
만 엔을 준비자금으로 돌려주었으니까요, 큰 은인이지요."

"그래, 일본 프로레슬링의 큰 은인이 몇 사람 있는데, 스폰서 1호인 야
마이치증권의 오카미 사장도 빼놓으면 안 되지. 거금 40만 엔을 척 하
고 내놨거든. 54년에 40만이었으니까 지금 돈으로 치면 얼마나 될까?
그리고 니혼텔레비전의 세이리키 사장도 있지. 길거리에 텔레비전을 간
토 일원에 250대나 설치하여 프로레슬링 텔레비전 중계를 보여줬으니
까. 간토 지방에다가 나가노 현, 야마나시 현, 니가타 현을 모두 합쳐도
텔레비전 숫자가 고작 1만 2,000대였던 시대였으니 대단한 거지. 국기
관에서 벌어진 샤프 형제와의 3일째 경기 중계에서는 신바시 역 쪽의
마권 판매소 광장에 2만이 넘는 군중들이 모여서 자원소방대원들이 정
리에 나설 정도였으니 대단한 일이었지. 음식점에서는 자릿값을 받았고
말이야……."

평소에는 별로 말이 없는 오시야마였지만 영화나 프로레슬링 얘기가
나오면 전혀 달랐다. 도호영화사의 선전부장을 지낸 적도 있는 진짜 활
동가인 그는, 요시모토흥업으로 옮긴 뒤에 역도산을 위해 기획선전부장
으로서 일하기도 했는데 게이오대학 경제학부 출신의 엘리트였다.

로쿠로타도 오시야마가 책상 위에 펼쳐놓은 자료를 바라보면서 이런

저런 생각을 떠올렸다.

그 '프로레슬링 월드 챔피언 시리즈'는 구라마에 국기관으로부터 NHK(첫날만)와 니혼텔레비전에 의해 중계 방송되었는데, 이것이 일본 최초의 프로레슬링 흥행이었다.

그 기념할 만한 1954년 2월 19일의 멤버는, 외국인으로는 샤프 형제, 바비 브란즈, 봅 만프리, 헤럴드 도키, 이에 맞서는 일본 측은 역도산, 기무라 마사히코, 엔도 고키치, 야마구치 도시오, 기요미카와, 스루가우미, 나가사와 히이치 등이었다.

첫날의 메인이벤트는 논타이틀전으로, 샤프 형제를 맞아 역도산과 기무라 팀이 61분 3판 승부, 심판은 오키 시키나, 형인 벤 샤프와 역도산의 대결로 경기가 시작되었다.

첫 판째는 속 시원한 가라테 촙으로 벤을 때려눕혀 폴승을 선취, 그야말로 역도산을 위한 화려한 무대였다. 두 번째 판에서는 기무라에게 공격이 집중되자 화가 난 기무라의 반칙 패로 1-1, 결승인 세 번째 판에서는 경기 시간 종료로 무승부, 정말로 프로레슬링의 교과서처럼 뻔한 시합 진행이었지만, 온 일본 사람들은 흥분하여 역도산의 영웅과 같은 모습에 갈채를 보냈다.

다음날인 20일의 시합은 45분의 개인전, 야마구치 도시오는 2-1로 마이크 샤프에게 패배, 기무라는 0-0으로 바비 브란즈와 무승부, 메인이벤트는 61분 3판 승부로 벌어졌는데, 역도산은 벤 샤프에게 2-1로 이겼다.

3일째인 21일, 드디어 NWA 태그 세계타이틀전이 열렸다. 샤프 형제 대 역도산과 기무라 팀의 대결. "기무라 앞에 기무라 없고, 기무라 뒤에 기무라 없다."고까지 일컬어졌던 유도의 1인자 기무라였지만 샤프 형제가 절묘하게 멤버 체인지를 하면서 집중 공격하자 24분 57초에 폴로 패배. 두 번째에서는 기다리고 기다리던 역도산의 '분노의 가라테 촙'이 폭발, 불과 57초 만에 마이크를 녹아웃시켰다. 실로 역도산은 최고의 연출로 관객들을 흥분의 도가니 속에 빠뜨렸다. 세계타이틀이 눈앞에 아른거리기 시작했다. 기무라가 고전하면 관객들은 있는 힘껏 소리를 질렀다.

"역도산 나와라! 역도산, 역도산!"

"가라테 촙이다! 역도산, 백인 놈들을 때려 눕혀버려!"

쌍빙의 필사적인 맹공, 결말은 네 명이 뒤섞이는 난투가 되었다.

결국 경기 종료를 알리는 종이 울렸다. 심판 오키 시키나는 쌍방의 반칙 실격을 선언하여 1-1 무승부로 끝났다. 그런데 관객은 물론 링사이드에서 사진을 찍던 카메라맨까지 흥분하여 자기 카메라 앞으로 누군가 나오면 뒤에서 걷어차버리는 싸움판이어서, 당시에는 로프 안으로 목을 들이밀고 촬영할 수조차 없었다.

4차전부터 지방 순회였다. 2월 23일 구마모토, 24일 오구라, 그리고 27일에는 오사카 부립체육관에서 타이틀 매치 2차전이 열렸다. 이 재도전에서도 1차전과 마찬가지로 기무라에게 집중 공격이 가해졌다. 33분 17초에 샤프 형제가 1판 선취, 두 판째에는 드디어 역도산의 성난 가라테 촙이 폭발했지만 아쉽게도 시간 종료. 뻔한 프로레슬링의 패턴이었지만 당시의 사람들은 열광했다.

순회 시합은 28일 고베, 3월 1일 기후, 2일 나고야, 3일 시즈오카, 4일 우쓰노미야, 이어서 대망의 타이틀 매치 3차전이 3월 6일 도쿄 구라마에 국기관에서 개최되었다. 이 3차전도 이전 시합과 똑같은 패턴으로 시합이 진행되다가 33분에 벤이 기무라에게서 폴승을 거둬 1-0으로 두 판째를 맞이하였다. 역도산의 가라테 촙이 폭발했지만 아쉽게도 시간 종료, 역도산 팀은 NWA 태그 챔피언 벨트를 뺏을 수가 없었다.

다음날에는 송별 경기가 요코하마에서 열렸는데, 이 새로운 프로스포츠의 인기는 엄청난 것이어서 초만원의 성황이 이어지면서 일본 전국이 프로레슬링에 취했다. 역도산의 '성난 가라테 촙'이 백인들을 퍽퍽 쓰러뜨리는 장면을 보면서 어른들은 연합군의 점령 하에 쌓인 불만을 폭발시켰고 청소년들은 용기를 얻었다. 그에 따라 입장료 수입 총액이 프로스포츠 흥행 역사에 길이 남을 8,000만 엔에 이르렀다.

누구도 예상치 못한 그 대성공은 역도산만을 일본의 영웅으로 만들어 주었다. 피를 흘리고 고통받는 역할을 맡았던 파트너들은 차례차례 도쿄를 떠났다. 이해 4월에 야마구치 도시오가 오사카에서 일본프로레슬링협회 설립을 발표하자 기요미카와, 나가사와 히이치, 요시무라 미치아키가 참가했고, 5월에는 구마모토에서 기무라 마사히코가 국제프로레슬링단을 결성하자 오쓰보 기요타카와 미쓰노우미가 합세했다. 도쿄의 역도산 밑에 머무른 사람은 엔도 고키치와 스루가우미, 그리고 신출내기들과 연습생뿐이었다.

이해 8월 4일, 태평양 태그 챔피언 한스 슈나벨과 루 뉴먼이 일본을 찾아 8월 6일부터 9월 21일까지 일본 전국을 종단하는 순회공연이 시작된다. 1차전인 8월 6일에는 센다가야의 도립체육관이 초만원을 이루어 입장하지 못하고 바깥에 모인 프로레슬링 팬이 거의 3,000명이나 되었다. 이때 오시야마는 기록으로 남기기 위해서 로쿠로타에게 바깥에 있던 군중을 촬영하라고 지시하기도 했다.

이날의 오픈 경기에서는 신인 레슬러인 유스프 터키, 아베 오사무, 가네코 다케오, 다나카 고메타로, 라쇼몽, 와타나베 마사조 등이 싸웠다.

메인이벤트는 논타이틀전으로, 슈나벨과 뉴먼 팀에 맞서 역도산과 스루가우미가 싸웠다. 우선 뉴먼이 스루가우미에게서 42분 20초에 폴승을 거두고 61분의 경기가 종료되어 외국인 팀이 1차전을 승리로 장식했다.

같은 달 8일에도 같은 경기장에서 첫 타이틀 매치가 열렸다. 역도산은 엔도를 데리고 링에 등장했다. 역도산과 뉴먼의 대결로 종이 울렸는데, 날카로운 가라테 촙이 눈 깜짝할 사이인 3분 43초에 폴승을 거두었다. 두 판째에 들어가자 외국인 팀이 온갖 반칙을 써서 엔도를 공격했다. 너무나 심한 반칙에 관객들은 화가 나 방석을 집어던지고 삶은 달걀까지

링 위로 던졌다. 카메라맨들은 그 방석을 뒤집어쓰고 머리를 보호하면서 사진을 찍는 꼴이었다. 링 위에서는 "아파, 아프다고……."를 연발하는 엔도를 뉴먼이 눌렀다. 세 판째에 들어서도 엔도에 대한 외국인 팀의 반칙 공격은 늦춰질 줄을 몰랐다. 숨이 끊어질 듯한 엔도는 아프다고 비명을 올리다가 기절하고 말았다. "물건을 던지지 말아주십시오."라고 링 아나운서가 절규했지만, 지나친 반칙에 화가 난 관객은 닥치는 대로 물건을 집어던졌다. 어떤 카메라맨은 카메라가 부서졌고, 로쿠로타의 등은 생달걀에 맞아 끈적거렸다. 성난 가라테에 외국인 팀은 이리저리 도망다녔고, 엔도만 불쌍한 '맞는 역'에 만족해야만 했다. 역도산은 정의롭고 강한, 일본의 영웅이 되어 더욱더 인기가 치솟았다.

전국 각지를 돌며 벌어졌던 순회 시합은 9월 10일에 오사카 부립체육관에서 역도산과 엔도 팀이 도전하는 타이틀 매치로 이어졌다. 첫판 째는 언제나 그랬듯이 엔도가 당하는 역, 아프다고 야단을 떨면서도 20분 5초에 반칙승을 거뒀다. 두 판째는 역도산의 독무대였다. 악역을 맡은 외국인 팀을 가라테 춉으로 마구 후려쳐 12분 25초에 슈나벨을 녹아웃시켜 멋지게 2-0으로 승리함으로써 관객들을 만족시켰다. 일본프로레슬링 탄생 이래 처음으로 챔피언 타이틀인 '태평양연안 태그 선수권'을 획득하게 된 것이다.

다음 11일, 고베 시합에서는 스모에서 전향한 요시노사토가 링에 등장, 그리고 그 순회공연의 마지막으로서 21일 도쿄도 체육관에서 타이틀 매치 3차전이 행해져 2-1로 일본 팀이 첫 방어에 성공한다.

긴 순회공연이 끝나고 폭발적인 인기를 얻은 역도산이 한숨을 돌린 것도 잠시, 11월 20일에 갑자기 일본 챔피언을 걸고 국제프로레슬링 소속의 기무라 7단이 역도산에게 도전을 해왔다. 명실 공히 일본 최고를 노리던 역도산은 물론 즉석에서 승낙했고 경기 규칙에 대한 의논은 26일에 하기로 결정되었다.

프로레슬러들끼리니까 경기 규칙에 별 문제가 없으리라고 보도관계자는 크게 신경 쓰지 않았지만 의외로 잘 풀리지 않았다. 기무라 측은 진짜 승부를 가려야 하니까 45분 단판 승부를 주장했다. 역도산은 프로레슬링의 일본 챔피언을 뽑는 시합인 이상 국제 룰인 61분 3판 승부를 주장하는 것처럼 보였다. 하지만 그 이면에서는 적당한 연출이 교섭되고 있었던 것이다.

역도산의 일본프로레슬링흥업 소속의 간부급 선수들이 떠나 독립해 버린 현재, 역도산으로서는 태그 팀을 짤 강력한 콤비가 필요했다. 엔도나 스루가우미로서는 역부족이어서 얻어맞는 역에나 맞았지 세계를 노리기에는 턱없이 부족한 실력이었다. 과연 역도산은 운이 강했다. 스모 선수로서 최고의 지위까지 올라갈 것이라는 기대를 모았던 도요스미, 괴력을 지닌 그가 스모를 그만두고 역도산의 휘하로 들어온 것이었다. 그리고 12월 12일에는 지방 순회 시합에도 참가하여 그 괴력을 마음껏 발휘하여 역도산을 기쁘게 만들었다. 그 즈음, 닛타 회장은 너무 독단적이 된 역도산에 대해 무슨 수를 써야겠다는 생각에 초조해하고 있었다.

1954년 가을 시즌, 구라마에에는 새롭게 스모 경기장이 들어섰다. 제40대 요코즈나* 히가시후지는 화려한 전적을 자랑했지만, 스모계의 권력 다툼에 휘말려 끝내 10월 2일에 은퇴 성명을 발표하고 초연하게 스모판을 뒤로 한다.

"스모에는 더 이상 미련이 없다."

히가시후지는 내뱉듯이 몇 번이나 같은 말만 되풀이했다. 그리고 단발식이나 은퇴 경기에 앞서 1954년 12월 15일 스모계에서 공식 은퇴를 선언해버렸다. 신장 179센티미터, 체중 168킬로그램의 그를 구원한 사람은 일본프로레슬링협회 회장, 닛타 신사쿠였다. 그의 한마디에 의해 그는 새해 일찌감치 프로레슬링 훈련 차 하와이로 가게 되었다.

입장하지 못한 많은 팬들이 경기장 주변을 에워싸는 통에 경찰기동대

---

*스모의 최고등급.

까지 출동해서 군중을 정리하는 소란을 벌였지만 스포츠의 영역을 넘어, 마치 링 위의 무규칙 결투와도 같았던 역도산 대 기무라의 대결이 좋지 않은 뒷맛을 남기고 끝난 것이 이 즈음인 1954년 12월 22일이었다. 이에 전일본프로레슬링협회의 총수인 야마구치 도시오 6단이 곧바로 역도산에게 도전장을 냈고, 다음 해 1월 26일 오사카 부립체육관에서 역도산의 방어전을 갖기로 되었다.

프로유도선수인 야마구치는 기무라의 오명을 씻어보려 했지만, 역도산은 적당히 관객을 흥분시키는 요령을 알고 있다는 것처럼 유유히 43분 59초에 야마구치를 새우꺾기에 걸어 먼저 1승을 올렸다. 두 번째 판에서도 종료 2분을 남겨놓은 59분에 오마쓰 링 아나운서으로부터 시간의 흐름을 알려주는 사인을 받아가면서 가볍게 상대방을 요리해버렸다.

이제 괴력의 소유자 도요스미와 요코즈나 히가시후지까지 휘하에 두게 된 역도산은 순풍을 받은 배와 같았다. 하늘을 찌를 듯한 기세의 역도산으로서는 닛타 회장 외에는 아무도 무서울 것이 없는 일본프로레슬링의 제왕이 되었던 것이다.

사실 닛타 회장은 방약무인한 역도산을 누르고자 히가시후지를 데려온 것이었지만, 역도산은 은인인 닛타 회장의 그런 뜻과는 달리 더욱 독재 권력을 휘둘러 젊은 선수들에게는 한 푼의 링 머니도 지불하려 들지 않았다.

3월 27일, 히가시후지는 역도산에게 이끌려 스모 선수의 상투 그대로 하와이로 떠났다. 그곳에는 상식을 초월한 격렬한 지옥의 트레이닝 스케줄이 오키 시키나에 의해서 짜여 있었다. 먼저 도착과 동시에 식사 제한부터 시작되었다. 쌀과 빵은 일절 금지, 아침 9시 연습 전에 우유, 치즈와 야채, 그리고 고기나 생선 약간. 낮 1시 반에 주스 한 잔. 밤에 캔맥주 두 개. 단지 그것뿐이었다.

기상과 동시에 와이키키의 모래사장을 달리는 로드워크. 녹초가 되어 트레이닝 센터로 돌아오면 윗몸 일으키기 수백 번, 앉았다 일어서기

400~500번, 이것이 끝나면 단단한 공으로 배를 내리쳤다. 배고픔과 죽을 것 같은 갈증 속에서도 트레이너인 오키는 사정을 봐주지 않았다. 스모계의 요코즈나란 것이 얼마나 위대한 지위인지를 일본계 2세인 오키는 모르는 것 같았다.

"제길, 난 천하의 요코즈나다. 세키와케 정도에게 질소냐, 빌어먹을!"

오기와 근성이 겨우 거구를 받쳐주었다. 그리고 14일째인 2월 10일 화려한 데뷔, 관객들은 상투를 한 모습을 보고 환호성을 질렀다. 히가시후지는 첫 싸움을 승리로 마쳤다. 다음날에도 같은 스케줄로 트레이닝이 계속되었다. 두 달 만에 168킬로그램의 거구가 125킬로그램으로 줄었다. 어른 한 사람 분의 지방이 제거된 것이다.

4월 17일 시빅 오디토리엄에서 역도산과 한 조가 된 히가시후지는 바비 브란즈와 럭키 시모노비치 팀이 지닌 하와이 태그 선수권에 도전하여 2-1로 타이틀을 획득한다. 6월 12일, 히가시후지는 하와이 선수권자인 조지 보라스가 지닌 싱글챔피언 타이틀에 도전하지만 아직 기술이 부족한 탓에 아깝게 패배, 다음날 단신으로 미국 본토로 뛰어든다. 그리고 7월 2일 역도산과 함께 귀국한다.

그들을 기다리고 있었던 것은 목조 단층 창고였던 '역도산 도장'이 아니라 그 맞은편에 세워진 '일본프로레슬링센터' 철근 5층 건물이었다. 연건평 700평, 공사비 7,500만 엔이 든 당당한 빌딩이었다. 2년 전에 설립된 일본프로레슬링협회는 일본프로레슬링흥업 주식회사를 거느리며 경이적인 초스피드 발전 궤도에 올라 있었다. 역도산과 기무라의 콤비로 시작된 프로레슬링도 역도산과 엔도를 거쳐 지금은 역도산, 히가시후지의 시대로 들어서려는 참이었다. 이러한 프로레슬링 붐은 텔레비전뿐만이 아니어서 프로레슬링 전문잡지 '월간 파이트'가 창간되고, 반년 뒤에는 '프로레슬링'이 발매되었다. 신문에서는 샤프 형제의 경기 때부터 국제 시합을 후원해온 마이니치신문이 계열사인 스포츠닛폰에 후원권을 물려주었는데, 스포츠닛폰의 미야모토 대표의 대단한 열정이

프로레슬링 발전에 크나큰 공헌을 하게 된다. 그리고 프로레슬링 전문 석간지 '도쿄스포츠신문'이 창간되고, 호치신문, 닛칸스포츠신문, 도쿄 주니치신문 등이 모두 프로레슬링 기사를 크게 다루었다. 그 외에도 갖가지 신문들이 화려한 보도 경쟁을 벌이기 시작했다.

"오시야마 부장님, 1시간은 60분인데, 왜 프로레슬링은 61분 3판 승부인거죠?"

아카미 로쿠로타는 오시야마의 자료를 들여다보면서 진지한 얼굴로 물었다.

"60분이든 61분이든 큰 의미는 없어. 그건 말이야, 1시간은 60분이잖아? 근데 60분 59초도 60분대이지. 그렇다면 61분이라고 하는 편이 60분을 꽉 채우는 것 같아 보일 거 아냐. 지난 1901년 1월 1일은 20세기로 들어가는 기념할 만한 날이었는데, 그 2년 정도 전부터 20세기란 언제부터냐를 두고 20세기 논쟁이 활발히 이루어졌지. 20세기는 1900년 1월 1일부터 시작된다고 하는 설과, 1901년 1월 1일부터 시작한다는 두 의견이 있었거든. 서양에서 이 논쟁이 활발해지니까 우리나라 신문들도 그걸 기사로 다뤘지. 이걸 또 장사꾼들은 장삿거리로 만들었어. 그것과 마찬가지로 1시간은 61분이라는 쪽이 더 정확에 가까운 거 아니겠어? 60분 이내라면 59초가 남잖아. 그래서 61분으로 내가 정한거야. 어때? 이 오시야마 설이?"

오시야마는 안경 너머로 힐끔 보면서 대답했다. 그 얼굴에는 분명 득의양양한 표정이 떠올라 있었다.

"하지만 내가 프로레슬링계에서 은퇴하게 되면 60분 3판 승부로 되겠지."

"아마 그렇겠지요."

로쿠로타도 빙긋 웃었다. 그는 이 노인의 완고함이 좋았다. 미국의 스포츠신문이나 프로레슬링 잡지를 번역하고 있는 만큼 박식했다. 게다가 일본에서 으뜸가는 우표 연구가로서 전세계 우표 수집가와 편지를 주고 받았다. 그런 우표 교환이 그의 유일한 취미였다.

"1955년이야말로 프로레슬링의 첫 황금시대라고 해도 좋을 거야. 히가시후지와 오뚜기같이 생긴 후지다 야마까지 프로레슬링에 입문했으니까, 좋은 시절이었어."

노인은 눈을 감으며 회상에 젖어들었다.

프로레슬링은 쇼인가

"자네는 히가시후지를 좋아했지?"

무슨 생각이 났는지 오시야마가 월드 리그전의 원고를 쓰고 있던 손을 멈추고 로쿠로타에게 말을 걸었다.

"예, 몇 번 밥을 얻어먹었거든요."

"타산적인 녀석이군."

"그게 아니라, 그런 의리라도 없으면 세상이 막막하지 않겠어요?"

"좋겠어, 천하태평이라서."

"뭐, 그런 정도는 아녜요."

변함없이 로쿠로타는 밝았다. 그리고 목소리가 컸다. 화통한 사람이었다.

"히가시후지의 사진하고 기록을 찾아주지 않겠나. 다른 게 있으면 그것도 주고."

"예, 알겠습니다."

로쿠로타는 가볍게 일어서서 필름 정리대로 걸어갔다. 그가 촬영한 히가시후지의 기록사진은 1955년 7월 2일 귀국에서부터 시작해 단발식과 7월 15일에 열린 귀국 첫 경기로부터 약 2개월간에 걸친 기록이었다.

그때의 외국인 선수로는 전 세계헤비급 복싱챔피언에서 레슬러로 전환하여 '움직이는 알프스'라고 불린 프리모 카르네라, '멕시코의 거대한 코끼리' 제스 오르테가, 버드 커티스, 하디 크루스캠프, 밥 오튼 등 1류 레슬러가 다섯 명이나 대거 찾아왔다.

카르네라는 복싱 세계챔피언 시절에 도전자인 어니 샤프를 링 위에서 때려죽였다는 공포의 펀치를 지녀 역도산의 가라테 춉과의 대결을 광고 거리로 띄웠다. 이에 맞서는 일본 측 선수는 역도산, 히가시후지, 도요노보리, 엔도, 스루가우미 등의 호화 멤버여서 일본 전체가 들끓었다. 카르네라는 한창 인기를 누리고 있어서 7월 18일에는 귀국해야만 했다. 그래서 17일 저녁에 구라마에 국기관에서 살인 펀치와 가라테 춉의 승부는 벌어졌다. 과연 역도산의 가라테 춉은 날카로웠다. 가슴과 목을 성난 가라테 춉으로 난타, 폴로 승리한다.

카르네라가 귀국한 후에는 제스 오르테가가 외국인 선수 가운데 인기를 독점했다. 196센티미터, 140킬로그램. 울부짖는 멕시코의 코끼리, 미친 코끼리라고 해서 두려움의 대상인 괴물이었지만 링에서 내려오면 멕시코인 특유의 밝고 꾸밈없는 사람이었다. 그렇지만 넓은 어깨, 통나무 같은 팔, 두터운 가슴, 뻣뻣한 가슴 털, 두꺼운 입술 등, 어디를 보더라도 튼튼하고 터프한 몸 그 자체였고 링에서의 공격력은 도무지 인간 같지 않을 정도였다. 때리고 차고 짓밟았는데, 펀치를 먹여 쓰러뜨리고 나서는 플라잉 바디 프레스에 들어갔다. 140킬로그램의 코끼리가 몸을 던져 낙하하니, 그야말로 인간 불도저였다. 일본의 프로레슬링 팬들은 처음으로 보는 진짜 파이터, 징외난두의 무시무시함에 산남이 서늘해졌다.

그것은 요코즈나 출신 히가시후지가 싱글로 일본의 링에 처음으로 오른 날이었다. 오르테가는 처음부터 싸움을 벌일 기세여서 히가시후지의 기술이 통하지 않았다. 너무나 초라한 데뷔전으로, 오르테가가 히가시후지의 이마를 깨고 손톱으로 할퀴어 유혈이 낭자한 꼴이 벌어졌다. 링 사이드에 있던 역도산이 더 이상 참지 못하고 링으로 뛰어올라가서 오르테가를 가라테 촙으로 두들겨 간신히 히가시후지를 구해내는데, 그 경기로 인해 맺혔던 한은 7월 28일 도쿄 고라쿠엔 구장의 특설 링에서 폭발한다. 그것은 역도산, 히가시후지 팀과 오르테가, 커티스 팀의 대결 이었다. 오르테가는 종이 울리기 전부터 링 가운데에 나가 위협을 하며 역도산의 약을 올렸다. 그렇지만 시작은 커티스와 히가시후지의 대결이 었고, 스모 기술을 지닌 히가시후지보다는 커티스가 기술적으로 한 수 위였다. 역도산의 구원이 한순간 늦은 탓에 19분 52초에 폴로 패배. 두 번째 판에서는 드디어 역도산이 등장했다. 그는 커티스를 7분 52초로 녹아웃시켜 1-1로 돌려놓고, 마지막 판은 역도산 대 오르테가의 무시무 시한 혈투로 이어졌다. 오르테가의 너클 펀치와 역도산의 가라테 촙의 대결은 링 안에서 결판을 내지 못하고 급기야 장외에서 대난투를 벌이 게 되었다. 그것은 프로레슬링이 아니라 명백히 규칙 없는 싸움이었다.

장외에서 오르테가를 헤드 록으로 잡은 역도산은 링 코너 포스트인 빨간 쇠기둥에 머리를 처박았다. 쿵 하는 으스스하고 둔한 소리와 함께 오르테가의 이마가 찢어져 선혈이 터져 나왔다. 미처 도망가지 못한 로 쿠로타는 흰 와이셔츠에 철퍽 하고 붉은 피가 튀자 두 대의 카메라를 들 고 도망치는 데 급급했다. 그야말로 미쳐 날뛰는 거대한 코끼리였다.

심판의 제지를 무시한 난투극으로, 오르테가의 출혈도 심상치 않았 다. 거친 경기를 특기로 하던 커티스마저 오르테가를 필사적으로 말리 려 했지만 한 방 얻어맞고 날아가버렸다. 링 사이드에 있었던 오튼까지 달려와 심판과 힘을 합해 어떻게든 말려보려 했다. 다른 한편에서는 히 가시후지가 흥분한 역도산을 뒤에서 붙잡아 떼어놓는 등 엉망진창의 대 난투였다.

종이 요란하게 울리며 시합 중지가 선언되었다. 역도산과 히가시후지 가 지닌 하와이 태그 타이틀과 오르테가와 커티스 팀이 지닌 중남미 태 그 타이틀이 걸린 더블 타이틀전은 경기 무효로 끝났다. 일본의 프로레 슬링 팬들은 이토록 무시무시한 장외 난투를 지금까지 본 적이 없었던 만큼 오르테가의 인기는 최고조에 달했다.

8월에는 오사카를 비롯한 지방을 돌며 순회 시합을 벌이다가 9월 4일에 드디어 도쿄체육관에서 싱글 매치로 자웅을 가리기로 되었다. 예매권은 일찌감치 매진, 1,500엔짜리 링 사이드석을 암표상이 1만 엔에 내놓았는데도 날개 돋친 듯이 팔려 나갔다. 거기에 경기 당일에 팔 표를 노리고 밤을 새는 팬들이 체육관을 에워쌀 정도였다.

9월 9일 밤 8시, 기다리고 기다리던 세기의 61분 3판 승부, 결전이 개시되었다. 첫째 판은 14분 20초 만에 오르테가가 선취, 두 번째 판은 역도산의 폴승. 그리고 세 번째 판에 들어갔다. 종이 울림과 동시에 시작된 역도산의 가라테 촙 세례에 오르테가도 결국 녹아웃, 2-1의 호쾌한 승리였다.

역도산에게 항복한 오르테가는 과연 스포츠맨이었다. 만약에 지게 되면 반초와 솜브레로*를 선물하겠다고 허세를 부린 대로 호적수 역도산의 승리를 칭찬하며 자기 손으로 우정의 선물을 내놓았다. 정원 1만 2,000명의 경기장이었지만 어떻게든 우겨 들어온 2만에 가까운 관객들이 보내는 온정어린 박수가 오르테가에게 쏟아졌다.

로쿠로타는 카메라 가방을 메고 선수대기실로 들어갔다. 오르테가는 마침 샤워를 마치고 자기 가방이 놓인 곳으로 몸을 돌리던 참이었다.

"수고하셨습니다. 미스터 오르테가. 파이팅 스피리트 원더풀!"

로쿠로타의 서툰 영어에 알몸인 채 타월로 얼굴을 닦으면서 걸어온 오르테가는 무슨 생각을 했는지 "땡큐." 하고 말하면서 윙크와 함께 빙긋이 웃었다. 태어났을 때 그대로인 위대한 모습에, 유유히 남성의 심벌을 넓적한 왼손 위에 올려놓고 그 머리를 오른손으로 쓰다듬어주다가 톡 치면서 밝게 웃었다.

"오, 빅 고추, 베리 나이스!"

---

*멕시코 전통 모자.

로쿠로타는 그 당당한 남근에 대해 그렇게밖에는 칭찬을 할 수가 없었다. 오르테가로서는 이제 시합은 끝났으니 다음 차례는 이거다, 라는 제스처를 해보였던 것이다. 여자란 불가사의하다. 저렇게 큰 남근을 삼켜버리다니…… 로쿠로타는 자기도 모르게 인간의 것 같지 않은 대물을 바라보았다. 로쿠로타는 더욱더 오르테가가 마음에 들었다.

이후의 이야기지만, 오르테가의 두 번째 일본 방문은 1959년 5월, 세 번째는 1962년 11월에 와서 장기 체류하다가 1963년 2월 4일에는 역도산이 지닌 인터내셔널 챔피언 벨트에 도전하지만 또 1-2로 진다. 네 번째 방문은 1967년 7월, 역도산이 살해당한 뒤에 처음으로 찾아와 여장을 풀자마자 곧바로 역도산 무덤에 꽃을 바쳤다. 그래도 링 위에 올라가서는 다른 사람인 양 싸움판을 벌여 역도산의 직계 제자인 자이언트 바바에게 너클 펀치를 퍼부었다. 다섯 번째 방문은 1968년 4월, 그것이 마지막 일본 방문이었다. '금발의 폭탄' 페트 패터슨과 콤비를 이루어 아시아 태그 챔피언 팀인 오키 긴타로,* 요시무라 미치아키 팀에게 5월 7일 쿠마모토 체육관에서 도전해 1-2로 진다.

그 일본 방문 이후에 은퇴한 오르테가는 캐나다의 캘거리로 이주하여 빵집 아저씨로 솜씨를 발휘했다. 그래도 캘거리의 프로레슬링 경기장에 일본선수가 출전할 때면 반드시 선수 대기실에 모습을 나타내 일본에서의 일을 그리워하며 자랑을 늘어놓곤 했다고 한다.

1974년에 심장발작 이후 건강이 나빠져서 1977년 7월 28일 오후 8시 30분(현지시간) 캘거리의 자택에서 부인과 세 딸이 지켜보는 가운데 숨을 거두었다. 사인은 심장마비, 향년 55세의 아직 젊은 나이였다.

그는 캘리포니아 세인트 조셉 출신으로 국적은 미국이었는데, 고향인 멕시코로 돌아가서 프로레슬링을 하고 싶어했지만 몸이 너무 커서 안 됐다는 에피소드가 있다. 그는 미해군 잠수함 승조원으로서 제2차 세계

*한국명 김일.

대전에 참가, 이 또한 자랑거리였음은 그다지 알려져 있지 않은 사실이다. 쉰을 넘어서는 백발이 눈에 띄고, 140킬로그램이었던 체중이 100킬로그램 정도로 줄어들어버렸다는 점에 대해서도 로쿠로타는 애석하기 그지없었다.

1955년 7월에 온 선수 중에 특히 잊히지 않는 사람은 하디 클루스캠프였다. 로쿠로타는 레슬러인 와타나베 마사미쓰와 함께 클루스캠프를 데리고 도쿄의 밤거리 구경에 나섰다. 아사쿠사에 데리고 가서 쇠고기 전골로 한잔 한 다음에 비예(秘藝) '꽃전차'*를 보여줬다. 클루스캠프는 쇼를 선보인 포동포동하면서도 상당한 미인에게 반해버렸다.

"저 아가씨 정말 멋지다. 마음에 든다. 저 애와 자고 싶은데, 어떻게 안 되겠냐?"

영어를 잘 하는 와타나베가 바로 여자와 교섭을 벌였지만,

"저는 보여주기만 하지 사람을 태우지는 않아요. 그러니까 꽃전차죠. 남자는 사절이에요."

"꽃전차라고 해도 운전수가 한 사람 타잖아. 부탁이니까 저 외국인 좀 받아줘."

"절대 안 돼요. 전 남자가 싫어요. 잔 적이 없어요."

"돈은 특별히 낼 테니까, 내 이렇게 부탁한다."

과장된 제스처의 와타나베가 머리를 조아리며 부탁했다. 물론 로쿠로타도 함께 애원했다. 커다란 사내 둘이 절을 하면서 "제발, 제발!" 하고 머리를 숙이니 가련한 비예의 소유자도 "몰라요, 몰라."를 연발하였다. 그리고 결국 하룻밤만이라면 좋다는 선까지 허락이 되었다. 그 이후는 남자와 여자의 관계, 말을 서로 몰라도 그 방법에 대해서는 걱정해줄 필요가 없는 법. 클루스캠프는 너무 기뻐하면서 하루도 떨어져 있으려 하지 않았다. 두 달이나 안고 있는 통에 그의 파이트머니는 거의 다 그녀

---

*스트립쇼의 일종.

에게 굴러들어가고 말았다. 그때는 달러가 귀한 시절이었는데, 그녀의 비예 덕분에 달러의 유출을 막을 수 있었던 것이다. 당시에는 외국인 선수가 오면 여자 시중까지 들지 않으면 안 되었다. 하지만 그랬던 시절인 만큼 사진을 보고 있자니 로쿠로타의 추억은 그칠 줄을 몰랐다.

역도산의 끝없는 전진은 멈출 줄을 몰랐다. 2개월의 순회 시합이 끝나자마자 9월 13일에는 히가시후지를 데리고 싱가포르에서부터 동남아시아 일대를 돌면서 13전 9승 4무승부의 성적을 선물로 안고 귀국했다. 프로레슬링은 미국에만 있는 것이 아니었다. '위대한 가마'를 낳은 인도를 비롯하여 파키스탄, 말레이시아와의 교류에 성공했다. 12월 2일부터 아시아 선수권대회를 개최하겠다고 하네다공항에서 발표했는데, 선수로는 말레이시아 챔피언인 킹콩, 인도 챔피언인 다라 싱, 파키스탄 챔피언 사이드 사이프샤, 동남아시아 챔피언 타이거 조긴다, 심판으로는 경찰관들이 가지고 다닐 듯한 호루라기를 부는 앙와르였다.

11월 7일, 하네다에 도착한 킹콩을 본 보도 관계자들은 놀랐다. 180센티미터, 205킬로그램이라는 거구에 깜짝 놀란 것이다. 오시야마의 자료에 의하면, 그는 1928년 암스테르담 올림픽에 헝가리 대표로 출전한, 본명 조지 제임스라는 사람으로 은메달까지 딴 고도의 테크닉을 가진 선수로서 실력과 인기 모두 시대를 초월한 거물 레슬러였다. 기술파인 다라 싱과 사이드 사이프샤, 1급 파워 레슬러인 타이거 조긴다 등등, 실로 대단한 놈들이 상륙한 것이었다.

1차전은 11월 8일 도야마에서 벌어졌고, 최종전은 11월 22일의 구라마에 국기관에서 열렸다. 태그는 킹콩과 타이거 조긴다, 다라 싱과 사이드 사이프샤, 일본 측은 역도산과 처음으로 팀을 이루는 헤럴드 사카다, 히가시후지와 엔도, 스루가우미와 요시노사토. 아시아 챔피언 타이틀전은 엘리미네이션 토너먼트*로 진행한다고 발표되었다. 개인전의 시합

---

*패자 제거 방식.

방법은 아마추어 레슬링과 비슷한 '그레코로만 시스템'으로 1회 7분의 6라운드에 의한 라운드제 폴 매치였고, 태그는 61분 3판 승부였다. 시합 규칙은 이제까지의 프로레슬링과 똑같았지만 라운드제는 일본 팬들에게는 아무래도 낯설었다. 1분간의 휴식이 있어서 권투처럼 텔레비전 광고를 붙이기에는 좋았지만 아무래도 김이 빠졌다. 그래도 시합 자체는 과연 실력자들의 모임다웠다.

아시아 태그 챔피언의 왕좌 결정전은 11월 19일에 구라마에 국기관에서 킹콩, 타이거 조긴다 팀과 역도산, 헤럴드 사카다 팀이 붙었는데, 2-1로 킹콩 팀이 우승하게 된다. 과연 킹콩은 강했다. 싱글 아시아 챔피언 왕좌 결정전에는 예상대로 킹콩과 역도산이 올라갔다. 11월 22일에 구라마에 국기관에서 열린 시합은 '아시아 챔피언 시리즈'의 마지막으로서 1만 5,000명을 넘는 대관중이 지켜보는 가운데 1대 1 혈전이 시작되었다. 규정에 따른 7분 6라운드로 승부가 나지 않자 거기에 더해진 61분의 연장전에 관객들이 끓어올랐다. 동남아시아의 레슬러들은 반칙이 적었다. 그래서 성난 가라테 춉이 폭발할 기회를 좀처럼 얻을 수가 없었다.

오후 9시 57분, 다시 싸움이 개시되었다. 서로 목을 잡으려고 격렬하게 다투던 중에 먼저 역도산이 킹콩의 목을 잡아 조르다가 팔 십자 굳히기에 들어갔고, 킹콩의 굵은 팔은 핏기가 가셔 금세 하얗게 변했다. 그렇게 20분이 지나자 그때까지 참고 참았던 킹콩의 본성이 폭발했다. 150킬로그램의 몸무게를 실은 반칙 너클 펀치로 역도산을 때려눕히더니 쿵 쿵 하고 거구를 이용해 내리찍었다. 결국 역도산의 분노가 폭발, 킹콩의 목줄기에 퍽 퍽 하고 가라테 춉이 작렬했다. "그렇지, 그렇지!" 하는 환성, 도망치는 킹콩을 해머 슬로를 먹여 로프 쪽으로 날려버리고 반동으로 되돌아오는 것을 다시 풀 스윙의 수평 때리기로 가슴을 후려치자 킹콩도 거목이 쓰러지듯 링 바닥에 쓰러졌다. 쓰러진 그의 이마를 연속 가격하자 피가 터지고, 피투성이가 된 킹콩은 몸을 일으키자마자 괴성을 지르며 너클 펀치로 공격에 나섰다. 이에 맞선 역도산은 가라테 촙으로 목과 얼굴을 가리지 않고 쳤다. 급기야 무시무시한 몸통 박치기로 맞붙은 두 사람이 장외로 굴러 떨어졌다. 역도산이 기자석 책상에 킹콩의 이마를 내리박자 허옇게 눈이 뒤집힌 킹콩의 얼굴이 새빨개졌다. 역도산은 링으로 뛰어올라갔지만 킹콩은 비틀비틀 간신히 일어서는가 싶더니 털썩 하고 무너졌다. 더 이상 서 있을 수가 없었던 것이다. 심판의 카운트가 이어졌다.

역도산의 오른손이 높이 들렸다. 1시간 30분 50초, 카운트아웃. 역도산의 승리. 대환성이 거대한 철근 지붕을 뒤흔들었다.

피를 뒤집어쓴 듯한 킹콩은 간신히 링 위로 올라오자마자 항의했다.

"난 지지 않았다."

"노." 심판은 차갑게 손을 저었다.

"다시 한 번 싸우게 해줘!"

"노!"

킹콩은 마이크를 빼앗아 들고 절규했다.

"프리즈 원 모어 찬스, 기브 미, 원 모어 찬스! 젠틀맨, 기브 미 원 모어 찬스······."

피투성이가 된 킹콩의 얼굴과 눈에 반짝 하고 눈물이 빛났다. "원 모어 찬스······." 끝내 어깨를 축 늘어뜨리고 링에서 내려가는 킹콩, 역도산은 그 뒷모습에 툭 하고 어깨를 치면서 악수를 청했다. 악수에 응하는 킹콩, 두 사나이는 만감을 담아 서로를 껴안았다.

로쿠로타는 관객들이 빠져나가기도 전에 선수 대기실로 뛰어들어갔다. 킹콩은 샤워를 끝내고 있었다. 그러나 서포터로 남근을 가린 상태였다. 아쉽게도 동남아시아 선수들의 물건은 하나도 볼 수가 없었다. 그 위대했던 킹콩도 이제는 이 세상을 뜬 지 오래이다.

역도산은 쉴 새도 없이 다음 해 1월 28일부터 싱가포르, 파리, 그리고 유럽 각지를 돌고 미국을 거쳐 4월 19일에 귀국했다. 그 다음날에는

NWA 세계 태그 챔피언인 샤프 형제 팀을 필두로 유고의 독수리라 불리던 럭키 시모노비치, 마이크 머더키(심판 겸임)가 일본에 왔다. 샤프 형제는 '꿈이여 다시 한 번'을 외치며 왔던 것이다.

4월 24일부터 한 달여의 경기 프로그램이 시작되었다. 그러나 유감스럽게도 재탕의 범위를 벗어나지 못했다. 오르테가, 킹콩이 너무나 대단했던 것이다.

5월 4일 오사카 부립체육관에서 행해진 타이틀 매치에서는 역도산과 엔도 팀이 샤프 형제를 물리쳐 대망의 세계 태그 챔피언의 영광을 얻었다. 61분 단판 승부였던 그 대결은 역도산의 독무대나 마찬가지였다. 벤 샤프를 바디 슬램에서 스텝 오버 투 홀드로 결정타를 먹이고, 도망치려는 벤의 양 다리를 안고서 새우꺾기, 클러치 홀드로 멋진 폴승을 거두었다. 역도산의 파워를 빼면 볼 게 없는 시합이었다. 이후 전국을 돌며 경기를 선보인 다음 5월 19일 삿포로 스포츠센터에서 리턴 매치가 행해졌다. 샤프 형제가 엔도를 노리고 나서니 만사 끝장, 결국 일본 팀이 세계 타이틀을 보유하고 있었던 기간은 고작 보름에 지나지 않았다.

역도산이 아무리 노력해도 프로레슬링이 짜고 하는 시합이라는 소문이 계속해서 퍼져나갔다. 그런 고민 가운데 역도산과 히가시후지의 대은인인 일본프로레슬링협회 이사장 닛타 신사쿠가 6월 26일 죽고 만다.

어쨌거나 역도산은 챔피언 벨트를 가지고 싶었다. 7월 23일에 태평양 연안 챔피언 톰 라이스가 일본에 와서 9월 2일에 타이틀 매치를 열기는 했지만 관객 동원 성적은 썩 좋지 않았다. 경기는 역도산이 이겼지만 작년 같은 흥분은 찾아볼 수 없었다. 9월 2일인데도 가을을 생각하게 하는 바람이 경기장을 나와 집으로 돌아가는 사람들의 옷깃을 흐트러뜨리고 있었다.

그해, 즉 1956년에 일본선수권 제도의 확립이 추진되었다. 일본 프로레슬링계의 변화가 일고 있었던 것이다. 역도산의 일본프로레슬링협회는 외국인 레슬러를 초빙할 수 있는 국제 루트를 확보하고 있었기 때문에 열기가 식었다 치더라도 그나마 내년을 기대할 수가 있었다. 그러나 다른 협회들은 달랐다. 오사카에 자리했던 전일본프로레슬링협회가 해산되고, 구마모토에 있던 국제프로레슬링단이 오사카로 진출했지만, 협회를 이끌던 기무라 마사히코, 기요미카와가 멕시코로 떠나버렸다. 그러자 남은 선수들이 아시아 프로레슬링협회를 설립하고, 북한계 선수들이 중심이 되어 도아프로레슬링협회를 세웠다. 그 외에도 도와프로레슬링협회 등등 신흥단체가 우후죽순처럼 오사카 지역에서 간판을 내걸었지만 외국인 레슬러를 끌어올 수 없는 상황이어서 흥행은 이루어지지 않았다. 결국, 약소 단체에 소속되었던 선수들 중 일부는 일본프로레슬링협회의 역도산 문하로 옮길 수밖에 없었다.

같은 해 10월에 일본프로레슬링 커미셔너 대행인 구도 라이스케의 노력에 의해 '체중별 일본선수권'이 토너먼트로 치러졌다. 일본, 야마구치 도장, 아시아, 도아 등 네 개 프로레슬링단체에서 40명이 참가, 우승자로는 라이트 헤비급에 요시노사토, 주니어 헤비급에 스루가우미, 헤비급에 히가시후지 등으로 결정이 나 압도적으로 역도산 문하의 선수가 강했다.

히가시후지는 나가사와, 도요노보리, 야마구치를 깨고 일본챔피언인 역도산에 대해 도전권을 획득했지만 실제로 도전할 수는 없었다. 일본 프로레슬링의 제왕은 역도산이었던 것이다.

역도산은 어떻게 해서든지 인기를 되살려보려고 1957년 1월, 세계적인 괴력으로 유명한 라틴아메리카 챔피언 아델리앙 바이라존을 불러 개인전을 벌였다. 1차전은 무승부, 2차전은 고전 끝에 역도산이 승리했다. 다른 곳은 몰라도 오키나와만은 흥행이 괜찮으리라는 생각에, 역도산, 히가시후지, 아델리앙 등을 비롯한 10명의 선수들이 오키나와까지 넘어가 순회 시합을 돌았고 최종전은 2월 1일 요코하마에서 벌였다. 피범벅의 대난투극 끝에 37분 5초로 역도산이 아델리앙에게서 폴승을 거두었다. 아델리앙의 파이팅은 스릴과 박진감이 있었지만, 그래도 프로레슬링 퇴조 무드를 막을 수는 없었다.

2월 15일 역도산은 도요노보리를 데리고 하와이로 출발한다. 당면 목표는 와트슨에게서 어렵게 왕좌를 되찾은 루 테즈와 2년이 넘게 끈 현안, 세계타이틀 도전 계약에 있었다. 이제 세계챔피언전이 아니면 국면을 타개할 수 없다는 비장한 결의로 미국으로 건너간 것이다.

5월 6일, 귀국한 역도산은 하네다공항에서 기자회견에서, "루 테즈와의 세계타이틀전을 10월에 도쿄에서 치른다는 계약을 하고 왔다."는 커다란 선물을 내놓는다. 그리고 그때까지의 프로레슬링 퇴조설 무드를 단숨에 날려버리겠다는 듯, 8월에는 '검은 공포' 돌머리 보보 브라질, 대니 프레체스, 로드 레이튼을 일본에 불러들여 내리막길을 걷던 인기를 완전히 되살려놓고 10월 7일에 있을 세기의 일전을 맞이할 태세를 갖춘다. 그리하여 10월 2일, 루 테즈는 미녀 아내와 함께 하네다공항에 나타난다.

내가 사장이다

　1954년, 샤프 형제를 초대하여 기무라 마사히코와 콤비로 세계선수권 쟁탈전에 나가 팬들의 피를 끓게 만들었던 역도산은, 어제의 친구가 오늘의 적이라는 말처럼 이번에는 기무라와 일본선수권을 둘러싸고 싸워 그를 피바다에 가라앉혀버렸다. 다음 도전자는 전일본프로레슬링의 총수 야마구치 도시오 6단이었지만, 이 또한 역도산의 상대가 아니었다. 1955년 1월, 야마구치 도시오는 역도산의 가라테 촙 앞에서 여지없이 무릎을 꿇었다. 이제 역도산은 실력과 명성 양쪽 모두에서 일본 제일이 되어 있었다. 더군다나 1954년 11월 26일 세계 복싱 플라이급 챔피언 시라이 요시오가 아르헨티나의 파스칼에게 진 직후였던 만큼 역도산은 더욱 일본의 영웅으로 떠받들어졌다.

　역도산에게는 믿음직한 파트너가 필요했다. 슈나벨, 뉴먼 팀을 맞아 프로유도 출신인 엔도 고키치 6단을 파트너로 삼아 태평양 선수권을 다툰 바 있다. 그 게임에서 이기기는 했지만 "아프다, 아파!" 하고 비명을 연발하는 엔도를 '아야야 엔도'라고 하며 역도산은 비웃었다. 그때에 나타난 것이 스모의 요코즈나 히가시후지였다. 신장 179센티미터, 체중 168킬로그램의 그는 1955년 초에 하와이로 가 프로레슬러 훈련에 들어가 역도산의 새로운 파트너로서의 가능성을 열었다.

그 외에도 역도산에게는 운이 따랐다.

"선생님 큰일입니다. 선생님!"

비서인 요시마치가 헐떡헐떡 달려오더니 하와이로의 출발을 앞두고 훈련 중이던 역도산에게 소리쳤다. 당황한 나머지 요시마치는 역도산의 오른쪽 귀에 대고 말할 겨를조차 없었다. 역도산의 왼쪽 귀는 스모 선수 시절의 훈련에서 고막이 터져 잘 들리지 않았다.

"선생님, 큰일입니다. 큰일……."

요시마치는 링 바닥을 때리며 소리쳤다.

"시끄러워. 연습 중이다."

"큰일이라니까요."

"뭐냐. 시끄럽게……."

"지금 전화를 받았는데, 프로레슬링 연습을 보고 싶답니다."

"누가 그래?"

"예, 미카사미야 전하입니다."

"뭐! 전하가? 정말이냐?"

역도산은 링에서 뛰어내려오자 차렷 자세로 요시마치 앞에 섰다.

"전하께서 작은 전하와 함께 연습을 보고 싶으신데 언제 들르면 좋겠냐고 사무관으로부터 전화가 왔었습니다."

"그래서 뭐라고 대답했냐?"

"예, 곧바로 선생님께 여쭤보고 전화드리겠다고 말씀드렸습니다."

"이 바보야, 황가의 사무관이나 되는 높은 분께 선생님 어쩌고 하면 되겠냐, 멍청아!"

"예, 죄송합니다."

요시마치는 아차 싶었지만 이미 지난 일이었다. 조선에서 처음 일본에 왔을 때는 일본어조차 변변치 못했던 사람에게서 도쿄 긴자에서 태어나서 자란 요시마치가 경어법에 대해 지적받다니…….

"회장님에게 연락했냐?"

그때는 닛타 회장이 죽기 1년 전의 일이었다.

"예, 아직 안 했습니다. 먼저 선생님께 보고드려야 하니까……."

"좋았어, 바로 전화해. 그리고 사무관님께는 언제든지 상관없으니 일시를 정해주시면 감사히 따르겠다고 아뢰도록! 우리는 그 시간에 맞춰서 연습을 하는 거다, 알겠나?"

역도산은 젊은 레슬러들에게 소리쳤다.

"황족 분이 이곳에 오신단다. 영광스러운 일이다. 좋아, 지금부터 한 사람씩 나한테 덤벼봐!"

링 위로 올라간 역도산이 우뚝 서서 자세를 잡았다. 젊은 레슬러들을 아이처럼 가볍게 다루면서 가라테 촙으로 가슴을 쳐 날려버렸다.

닛타 회장은 전화를 받자마자 허겁지겁 달려왔다. 만면에 웃음을 보이면서 사무소로 들어오더니 사원들에게 말을 걸었다.

"응, 열심히들 하고 있군. 그래, 그래."

사장용 의자에 앉자 캔에 든 양담배 파이브S를 주머니에서 꺼냈다. 회장은 그 담배밖에 피지 않았다. 금색 던힐 라이터로 불을 붙여 깊이 빨아들이고는 천장을 향해 연기를 뿜었다.

역도산은 새빨간 타월을 목에 걸고 들어오자마자 회장에게 허리를 굽혀 인사를 했다.

"회장님, 일부러 오시게 해서……."

비서 요시마치는 재빠르게 역도산에게 의자를 가져다주었다.

"그래, 명예로운 일이다. 일본의 국기라는 스모인 경우에도 황족 분들은 연습장엔 거의 납시지 않잖아. 고마운 일이야."

"예, 이게 신문에 나면 사회적으로 우리 프로레슬링이 더욱더 인정받게 될 겁니다. 정말 영광입니다."

"그래, 그래."

회장은 끄덕이면서 기분 좋게 담배를 피웠다.

"전하께서 보러 오신다는데 이런 창고 같은 연습장은 좀 부끄럽지 않습니까? 철근으로 만든 당당한 건물이어야 할 텐데."

"그렇군. 길 맞은편에 200평이 있으니까 그곳에 건물을 세울까?"

"저……, 땅이 있습니까?"

땅이라는 말을 듣자 역도산의 눈이 빛났다.

"응. 있기는 한데 아직 돈은 지불하지 않았어. 빚이 붙어 있는 땅이거든."

"어떻게 안 될까요?"

"응, 조만간 될 거야."

닛타 회장은 야쿠자 출신인 만큼 황실을 아주 좋아해서 우익 중에서도 각별한 존재였다. 1954년에는 스모 협회의 간부가 머리 숙여 부탁한다고 스모를 위한 임시 경기장을 세워주었을 정도였다. 그리고 그곳에서 제1회 일본유도선수권 대회도 개최했는데, 그때 방문했던 황태자가 앉았던 비단 방석을 가보로 삼을 정도로 구식 사내였다.

"그래, 제대로 된 연습장을 짓자."

회장은 긴장된 얼굴로 일어섰다.

도장 앞 도로에는 일본에 한 대밖에 없다는 벤츠 스포츠카가 역도산의 존재를 알리는 듯, 이것 보라는 듯이 주차되어 있었다. 지나는 사람들이 선망의 눈초리로 바라보는 것이 역도산으로서는 기쁘기 그지없다. 그 스포츠카의 양쪽 문은 새의 날개처럼 위로 올려 여는 스타일이었다.

미카사미야 전하는 운전수나 다른 수행원도 없이 아들을 조수석에 앉히고 직접 차를 몰고 와 그 스포츠카 앞에 천천히 멈췄다. 과연 황족인지라 벤츠에는 눈길 한 번 주지 않고 연습장 앞에 정렬한 역도산 이하의 레슬러들 앞으로 발길을 옮겼다. 제일 오른쪽에는 닛타 회장이 니커보커 스타일의 바지에 영국제 양복지의 양복과 이탈리아제 신발이라는 스타일을 자랑하고 있었고, 레슬러들은 땀 냄새 나는 트레이닝복 차림을 한 채 글자 그대로 긴장된 얼굴로 손님을 맞았다. 그때 역도산이 느닷없이 소리쳤다.

"차렷! 경례!"

그 바람에 황족이 놀라 멈춰 섰다. 하지만 상냥한 미소를 띠며 역도산에게 말을 걸었다.

"그렇게 긴장하지 말아요. 텔레비전을 통해 재밌게 보고 있는데 훈련하는 모습도 한 번 보고 싶다는 생각이 들어서……."

역도산은 긴장한 나머지 얼굴에 실룩실룩 경련을 일으키면서 대답했다.

"이런 누추한 곳을 방문해주셔서 참으로 영광이옵니다. 이쪽은 회장인 닛타 신사쿠입니다."

역도산은 최고급의 경어로 황족에게 대답했다.

"닛타 신사쿠라고 합니다. 오늘은 이렇게 찾아주셔서 감사드립니다."

"아, 그래요. 뭐, 그렇게 긴장하지 말고……."

보도진이 실례를 저지르면 안 된다고 생각한 역도산은 기자들에게 취재 제한을 명령해두었기 때문에 그들은 멀리서 바라볼 수밖에 없었다. 미카사미야와 그의 아들은 사내들의 땀내 나는 도장을 흥미롭게 둘러보았다. 설명은 회장이 했는데, 긴장한 탓인지 말이 매끄럽게 나오지 않았다.

트레이닝은 역기와 아령 운동으로 시작되었다. 그리고 드디어 링 위에서 젊은 선수들의 스파링 순서가 되었다. 실제 시합과는 달리 짧은 시간 동안 서로 육체를 부딪치는 그 연습은 무시무시한 것이었다. 어린 황족은 유치원에 다니고 있는 아이였던 만큼 이것저것 회장에게 물어보았다. 닛타 회장은 이마에서 흐르는 땀을 오른손 엄지손가락으로 닦아내면서 대답했다. 링 위에서는 역도산이 우뚝 서서 엔도 고키치에게 가슴을 내주고 있었다. 프로유도 출신으로 6단을 지닌 엔도를 역도산은 마치 아이 취급하듯 다뤘고, 엔도는 "아야야, 아파."를 연발했다. 그러다 로프로 밀려갔다가 반동으로 되돌아오는 엔도에게 가라테 촙 한 방, 엔도는 "아파……" 하는 소리조차 내지 못하고 그냥 길게 뻗어버렸다. 그 얼굴에 물통의 물을 퍼붓는 모습을 본 어린 황족은 아버지의 손을 꽉 잡고 공포에 떨었다. 연습의 마지막에는 역도산의 배를 스모 출신인 요시노사토가 야구방망이로 마구 쳤다.

"오호, 인간의 신체라는 건 단련하면 이렇게까지 되는 것이로군요. 놀랍습니다."

"예, 하루라도 연습을 소홀히 하면 안 됩니다. 새벽 로드워크부터 시작하여 11시 정도까지 이런 식의 연습을 시행합니다. 시합보다 매일하는 연습 쪽이 더 힘들다고 할 수 있습니다."

닛타 회장은 조금 더듬거리면서 해설을 해 올렸다.

그날 밤. 회장은 역도산을 데리고 야나기바시에서 축배를 들었다. 기쁜 날을 맞이하여 요정에서는 그날 처음으로 손님을 받게 될 미녀 게이샤들을 대기시켜 놓았기 때문에 회장은 이중의 기쁨을 감추지 못했다.

회장은 가지고 온 미제 위스키를 스트레이트로 마시고, 샤미센을 퉁기며 민요를 불러 분위기를 돋우고 게이샤를 즐겁게 만들어주는 한량이었다. 하지만 내보일 만한 장기가 하나도 없는 역도산은 그저 큰 술잔만 들이켰다. '황족을 뵈었다'는 흥분이 술기운과 함께 더욱 고조되었다. 마시고 마셨다. 그리고 게이샤를 안았다.

공짜로 술을 마시고 공짜로 여자까지 안은 역도산은 놀이가 끝나자 새벽 4시에 일찌감치 산뜻한 얼굴로 오모리에 새로 지은 자기 집으로 스포츠카를 몰았다. 엄청난 속도였다. 폭발하는 기쁨이 그대로 스피드가 되었다.

"그래, 난 할 수 있다. 이번엔 돈이다. 돈이야말로 내 생명이다!"

역도산은 소리치고 싶었다. 돈 생각이 항상 머리에서 떠나지 않았다. 인생은 돈이 전부임을 믿어 의심하지 않았다.

오모리의 저택은 300평이 넘는 부지에 세운 2층 건물로, 그제야 작은 꿈 하나를 이룬 것이었다. 그 일본식 안방에서 아야가 익숙하지 못한 솜씨로 두 아이의 옷을 바느질하고 있었다. 시계 바늘은 벌써 4시 40분, 기다려봤자 소용없는 일이니 이제 슬슬 자야겠구나 하는 참에 요란한 폭음과 동시에 급정차하는 소리가 정적을 깨뜨렸다. 집주변은 밭이었기 때문에 남을 의식할 필요도 없었다. 아야는 황급히 일어나 현관으로 달려갔다. 엄중하게 잠긴 자물쇠를 연 아야는 공손히 절을 하면서 상냥한 아내의 모습으로 남편을 맞았다.

역도산은 조금 전까지 젊은 게이샤를 안고 있었다고는 생각할 수 없을 정도로 흥분하여 집요하게 아야의 육체를 요구했다. 낮의 감각이 아직 이어지고 있었던 것이다. 아야도 미친 듯이 흐트러졌다. 둘의 육체가 아름다우리만큼 승화되었다.

우유배달원의 달각거리는 소리가 멀리서 들려올 때 즈음, 만족한 아야는 남편의 가슴에서 응석을 부렸다.

"저어, 세키토리, 부탁이 있어요……."

역도산은 움찔했다.

"있잖아요, 있잖아요……."

"뭐야, 부탁이란 게?"

역도산은 자고 싶었다. 황족을 맞았던 낮의 긴장감, 그리고 게이샤와 섹스를 즐기고, 방금 아내인 아야를 만족시킨 몸이었기 때문에 그저 자고 싶었다.

"있잖아요, 두 아이도 1951년에 호적에 올렸으니까 저도 올려줘요, 네?"

"응, 응."

역도산은 건성으로 대답했다.

"같이 산 지 3년이나 지났어요."

"3년인가? 세월 참 빠르군."

"정말 그렇죠? 근데 제겐 길었어요."

"그럴 만도 하지, 내가 가장 힘들었던 시절이었으니까. 하지만 지금은 천하의 역도산이다. 그러니까 이제 정식으로 사모님이 되어야겠군."

"어머, 기뻐요!"

"좋아, 그럼 길일을 택하여 올리도록 하지."

"정말요? 이제 진짜 부인이 되는 거예요?"

"그렇게 혼인 신고 올리는 게 좋으냐?"

"당연하지요. 여자에게 있어서는 큰일이에요. 혼인신고가 안 올라가면 애인이나 정부나 마찬가지인걸요."

"으음, 그런가?"

"두 아이도 이곳으로 온 뒤에 자식으로 호적에 올렸잖아요."

"시끄러워. 나에겐 과거 따윈 필요 없어. 있는 건 미래뿐이다. 호적 따위는 편한 대로 놔두면 돼."

"아무튼 혼인신고, 꼭 부탁드려요. 지금은 요시히로의 학교 육성회에도 당당하게 갈 수가 없단 말예요."

"음, 학교 일도 있구나. 그럼 신궁력 가지고 와봐."

아야는 이불 밑에서 재빨리 신궁력을 꺼냈다.

"어라, 동작 한번 빠르군."

역도산은 쓰게 웃으면서 달력을 넘겨보았다. 신궁력은 이세 신궁이라는 신사에서 펴낸 것으로, 고마운 예언의 달력이라고 역도산은 믿고 있었다. 그래서 중요한 일은 모두 신궁력을 보고 날을 골랐다. 미국에서 훈련을 할 때조차 신궁력을 믿고서 결단을 내렸던 사람이다.

"어이, 4월 21일 오늘이 좋은 날이다. 구청에 요시마치를 보내지."

역도산은 혼인 신고까지 남을 시킬 정도로 사람을 마구 부려먹었다.

아야는 도장 신축과 황족 방문이라는 이중의 경사를 꿰뚫어보고 남편과 교섭한 것이 멋지게 들어맞았다고 생각하니 자기도 모르게 웃음이 흘러나왔다. 자지 않고 기다린 보람이 있었다고⋯⋯. 때는 1954년, 아야의 나이 31세의 봄이었다.

1955년은 프로레슬링의 제1차 황금시대가 도래한 해라고 할 수 있다.

그 전년인 1954년 11월 26일 복싱세계 플라이급 챔피언인 시라이 요시오가 아르헨티나의 파스칼에게 패했다. 그것을 보면서 역도산은 이를 갈며 분해했다.

"개자식, 챔피언 자리를 겨우 2년 반밖에 못 지키냐? 좋아, 이번엔 내 차례다. 꼭 세계챔피언이 될 테다."

그해 3월, 일본의 텔레비전 등록수가 5만을 돌파, 8월에는 9만 대라고 발표되었다. 역도산은 그 텔레비전의 영웅이었다. 같은 해에 멕시코의 오르테가, 카르네라, 킹콩 등이 속속 일본의 링에 올랐다. 역도산은 항상 악역을 혼내주는 영웅으로서, 처음에 외국인 팀에게 당하는 일이 있더라도 마지막에는 가라테 촙을 폭발시켜서 외국인 모두를 매트 위에 때려눕혔다. 그 가라테 촙만은 아무도 쓰지 못하게 하였다.

이해 11월에 파트너였던 괴력의 도요노보리가 갑자기 은퇴했다. 노름을 세끼 밥보다 더 좋아해서 하룻밤에 200만, 300만 엔을 날려버리는 일도 있었다. 한 번은 280만 엔의 노름빚 때문에 도요노보리 자신이 연금되는 통에 역도산이 마지못해 돈을 내고 도요노보리를 찾아와서 시합을 계속할 수 있었던 적까지 있었다. 어쨌거나 노름에 미친 도요노보리가 빠져나간 구멍은 너무나 컸다.

역도산은 담배를 피우지 않았다. 하지만 그의 가슴 주머니에는 손수건 대신에 굵은 시가 두세 개비가 보란 듯이 꽂혀 있었다. 팬들이 자신을 보고 있다고 느끼면 천천히 한 개비를 뽑아 입가에 닿는 부분을 물어서 뜯어내고 "풋―" 하고 내뱉었다. 그러면 비서인 요시마치의 라이터가 타이밍 좋게 불을 붙였다. 역도산은 절대로 자기 손으로는 불을 붙이지 않았다.

역도산은 담배연기를 들이마시지 않았다. 입으로만 뻐끔뻐끔 내뱉을 뿐이었다. 술은 뱃속에 들어가면 취하기라도 하지만 연기 따위는 폐 속에 넣어봤자 무엇 하나 이득이 없다. 담배만큼 쓸모없는 것은 없다고 역도산은 믿고 있었다. 그렇지만 천하의 영웅이 담배를 피울지 모른다고 하면 손 모습도 허전한 것이 모양이 안 났다. 그래서 그는 굵은 시가가 자신에게 가장 어울린다고 믿었다. 그런데 공교롭게도 심판인 오키 시키나도 항상 시가를 입에 물고 있었다. 함께 물고 있는 모습은 아무래도 폼이 나지 않았기 때문에 오키 선배가 없는 곳에서만 피우고 싶지도 않은 시가의 연기를 뿜었지만 사실 별로 멋져 보이는 것은 아니었다.

"어이, 요시마치, 대령 불러와!"

역도산이 소리쳤다.

특별히 제작한 큰 가죽의자에 몸을 파묻고 앉아, 마찬가지로 특별 주문한 흑단 책상 위에 다리를 올린 역도산은 시가 연기를 내뿜으면서 빨간 타월로 얼굴을 닦았다. 연습 후에는 샤워를 하고 나서도 땀이 쏟아져 나오듯이 흘러내렸다. 역도산은 스모 선수 시절의 버릇이 남아 오른손 엄지손가락을 주걱처럼 해서 항상 땀을 털어냈다. 그것도 짓궂게 그 땀을 근처에 있는 사람에게 튀기고서 싱글거렸다. 그에게는 작은 손수건으로는 턱도 없었다. 타월이나, 그것이 없으면 오른손 엄지손가락이면 충분했다.

육군 경리병과 대령이었던 가사야마가 뚱뚱한 몸을 이끌고 들어왔다. 역도산이 부른 지 30분 뒤였다.

"선생님, 무슨 일이십니까?"

"바보야, 일이 있으니까 불렀지. 일이 없으면 네 놈 면상 따윌 보고 싶겠어?"

대령이라는 만만치 않은 계급도 역도산에게 있어서는 신병이나 마찬가지였다. 사관학교를 우수한 성적으로 졸업하여 보병병과에서 경리병과로 전과한 가사야마였지만, 일본이 패전한 뒤로는 힘 있는 자에게는 맞서지 말아야 한다고 달관한 상태였다. 그래도 그는 역도산이 가장 존경하는 오야붕 닛타 회장의 심복이었으며 경리담당 중역이기도 했다.

"거기 앉아."

"예……."

가사야마는 우중충한 얼굴로 자리에 앉았다.

"이러저러 생각을 해봤는데, 지금 흥행은 흥행사만 이익을 보는 꼴이야. 내가 몸 바치고 피 흘리니까 돈이 벌리는 거 아니냔 말야. 그런데도 내 파이트머니는 미국의 10분의 1에도 미치지 못하는 실정이다. 내가 달러를 벌어오니까 외국인도 불러오는 거라고. 그런데 말이야, 닛신프로의 나가타 따위는 입 하나만 가지고 돈을 긁어모으잖아. 요시모토흥업의 형제도 오사카 사장, 도쿄 사장이라면서 불난 데 도둑놈 들 듯이 돈을 긁어가고 있다. 아니꼬워서 잠이 안 올 지경이야. 그래서 말인데, 53년에 일본프로레슬링흥업 주식회사를 설립했을 때의 주식을 모조리 거둬들여 전부 내 걸로 만들어 내가 사장인 회사를 설립하겠다. 흥행도 물론 내가 한다. 그 따위 도둑놈들이 돈을 벌게 놔둘 순 없잖나. 어떻게 수가 없겠어?"

역도산은 단숨에 이야기를 토해냈다. 잠자코 듣고 있던 가사야마 대령은 '올 것이 왔구나.' 하고 생각했다. 역도산이 흥행을 알고 매출의 본질을 깨닫게 되면 틀림없이 말을 꺼낼 것이라고 예상은 했지만, 이렇게 빨리 얘기가 나올 줄은 미처 몰랐다.

"글쎄요. 총액 450만 엔 중에서 선생님의 소유주식이 50만 엔인데, 나머지 400만을 가진 닛타 회장님 외 다섯 명이 전부 되돌려줄지 어떨지……, 어려운 문제입니다. 프로레슬링이 이렇게 큰 것도 그런 흥행사들이 끼어 있었기 때문이라고 볼 수 있습니다. 서로 나눠 가지는 편이 좋다고 생각합니다만……."

"바보 녀석, 나한테 충고를 할 작정이냐?"

"충고라니, 그런……."

"이 거지 자식아, 내가 뭘 위해서 피를 흘리고 있다고 생각하나? 모든 게 돈 때문이야. 난 돈을 위해 하는 거다. 놈들에게 돈을 벌어줄려고 피를 흘리고 있는 게 아니란 말야. 나에겐 돈이 전부다. 돈밖에 믿지 않아. 인생이란 돈과 여자와 명예다. 넌 그렇게 생각하지 않냐?"

"예, 하긴 만사가 돈인 세상이니까 무슨 말씀인지는 알겠지만……."

"알겠으면 내 회사를 만들어."

"예, 연구해보겠습니다."

"그래, 즉각 검토해. 경리하고 영업 사원 몇 명 채용하면 회사 따위는 금세 만들 수 있어. 한 사람에 5만이나 6만 정도 월급 주면 충분해."

"예, 사람이야 당장에라도 모을 수 있지만 문제는 주식을 되돌려줄지 어떨지입니다."

"새 회사 설립을 위해 내가 전부 사들이겠다. 바로 시작해."

"예……."

"이번 주 안에 회사를 만들어버려."

"그건 무리입니다. 법인등기도 1주일에서 10일은 걸립니다. 닛타 회장님과 상담해보고, 회장님이 현재 사장님이시니까……."

"회장님께는 내가 얘기하겠다. 잔소리하지 말고 설립해, 알았나?"

"예, 내일이라도 변호사와 의논해서 설립준비를 하겠습니다."

"바보 자식아, 지금 바로 변호사와 의논해. 알았냐? 내가 사장이다. 주주는 나 혼자면 돼. 자본금 1,000만 엔이다."

"주식회사는 한 사람만으로는 설립할 수 없습니다. 주주로 이름이라도 올리지 않으면……."

"뭔 소리야. 그럼 지금과 마찬가지잖아?"

"아니, 이름만이니까……."

"이익 배당은 하지 않을 거야. 내 회사니까."

"예, 알겠습니다."

"그래, 믿을 수 있는 놈은 한 명도 없다. 도둑놈들 투성이니까 마음을 놓을 수가 없어……."

"예, 믿을 수 있는 사람을 모아보지요. 그럼 지금부터 변호사에게 연락해서……."

"그래, 바로 시작해."

역도산은 자기 할 말을 끝내자 시가 연기를 가사야마의 얼굴에 내뿜었다. 가사야마가 군대식 경례를 하고 방을 나가자, 역도산은 서둘러 시가의 불을 껐다. 아무도 보지 않는 곳에서 담배를 피우는 것만큼 아까운 일은 없다. 시가는 불을 붙였다가 껐다가 할 수 있으니까 담배 연기를 삼키지 못하는 역도산으로서는 편리했다. 이제까지 "시가 한 개비 주세요."라는 말은 들은 적이 없으니까 안심하고 가슴 주머니에 장식품 삼아 넣어두어도 된다. 보통 담배는 언제 누가 달라고 할지 모른다. 역도산은 자기 물건을 남이 가져가는 것을 무엇보다도 싫어했다.

그 즈음, 간사이에 기반을 두고 있던 프로레슬링 흥행사들까지 도쿄로 진출해 역도산의 기반을 흔들기 시작했다.

닛타 회장의 죽음

역도산은 초조했다. 새 회사 설립은 지지부진했고 거기에다 히가시후지와 정면충돌해 버리고 말았기 때문이다. 모든 것이 돈 문제로서, 역도산이 젊은 레슬러들에게 파이트머니를 지불하지 않아서 히가시후지가 자신의 돈으로 대신 내주고 있었던 것이다. 더군다나 요코즈나였던 히가시후지를 데려올 때와는 180도 태도를 바꿔 신인 레슬러들과 별 다름 없이 대우했다. 히가시후지를 프로레슬링으로 끌어들인 이면에는 너무나 독단적인 역도산에 질린 닛타 회장과 나가타 사장이 히가시후지로 주역을 바꿔보자는 의도가 깔려 있었다. 그러나 연기, 정치력, 통찰력, 박력, 말솜씨 등, 모든 면에서 히가시후지는 역도산의 적수가 아니었다. 신문에는 "도쿄 토박이 요코즈나, 히가시후지 프로레슬링 은퇴?"라는 큰 활자가 찍혔다. 작년에 은퇴했던 도요노보리를 간신히 복귀시켜 두니까 뒤를 이어 히가시후지의 은퇴설까지 나오는 판국이고 보니 아무리 역도산이라고 해도 초조하지 않을 수 없었다.

일본프로레슬링흥업 주식회사는 역도산이 외국 원정을 가면 개점휴업을 할 정도였다. 그래도 미국에 가서 외국 레슬러와 계약을 해와야만 했다. 게다가 외국 선수를 부르려면 달러를 벌어서 그 달러로 파이트머니를 지불했다는 명목을 만들어야 했다. 그 이면에는 암거래 달러가 흐르고 있었던 것이다.

역도산은 이 위기를 돌파하기 위해 1월 말에 하네다를 출발, 동남아시아, 유럽, 미국 등을 석 달 예정으로 원정할 준비를 추진하고 있었다.

부인인 아야로서는 그 원정 전에 어떻게든 남편과 결론을 내야 할 일이 있었다. 요시히로와 미쓰오의 생모에게서 "장녀도 데려가라, 그게 싫으면 호적에라도 올려라." 하고 아야 앞으로 편지가 오고 있었던 것이다. 아야는 처음에 딸이 한 명 더 있다는 편지를 받았을 때에도 별로 놀라지 않았다. 신혼 이틀째 밤에 "아이를 맡아줘."라는 얘기를 들었던 충격이 너무나 큰 탓이었다. 게다가 한 명인 줄 알았더니 두 명의 사내아이, 더구나 동생은 그때까지도 기저귀를 떼지 못한 상태였던 것이다.

역도산은 한밤중인 2시, 3시에 음주운전으로 미녀를 데리고 와서 "이거지야, 애들 방에 가서 자!" 하고 자고 있던 아야를 걷어찼다. 기가 센 아야였지만, 다른 여자 앞이었기 때문에 순순히 자기 베개를 들고서 아이 방으로 모습을 감추는 불쌍한 아내이기도 했다. 그런 폭군이었으니, 아야로서도 역도산이 기분 좋을 때를 노리는 것은 몹시 어려운 일이었다.

하지만 기회가 왔다. 그것은 아야로서는 하늘의 도움과도 같았다.

"이겼어, 드디어 이겼단 말야. 천황상이야, 천황상……."

들뜬 목소리는 닛타 회장의 부인인 다케에였다. 회장의 애마인 메이지히카리가 경마대회에서 예상대로 천황상을 획득한 것이다.

오늘 아침에 회장을 따라 히가시후지와 함께 경마장에 갔으니까 어차피 새벽에 귀가하겠구나, 하고 아야는 두 아이와 함께 저녁 식탁에 앉았을 때였다. 돌연 스포츠카 특유의 폭음이 난다 싶더니 급정차 하는 소리, 독재자 남편이 돌아오신 것이다. 아야는 황급히 두 아이의 손을 잡고 현관으로 달려갔다.

"다녀오셨습니까."

세 명의 가정부까지 정렬해서 맞아들였다.

"그래, 그래, 천황상이다. 국화 문장이 빛나는 우승패였어. 드디어 회장님이 해냈다."

흥분하고 있어서 마치 고함을 치듯 말했다.

"축하해요."

"그래 그래, 회장님과 히가시후지하고 셋이서 손을 맞잡고 눈물을 뚝뚝……. 이야, 감격, 감격! 천황상이란 말야!"

식당의 의자에 앉았어도 아직 흥분이 가라앉지 않았다.

"우승했는데, 축하는 안 하시고요?"

"바보야, 그게 회장님다운 거다. 천황 폐하의 우승패잖아. 술 따위를 마시면서 떠드는 건 황송한 일이다. 국화상을 땄을 때와는 다르단 말야."

"하지만……."

"뭐, 받을 건 다 받았어. 술이나 여자보다는 현찰이 더 고맙지. 오늘 밤엔 집에서 마신다. 들어온 술 있지?"

역도산은 자기 돈으로는 술을 사지 않았다. 술은 받는 것이고, 얻어먹는 것이라고 믿고 있었다. 안주 따위는 아무것이든 좋았다. 소금이나 된장이면 충분한 사내였다.

아야는 오래간만에 들떴다. 목욕물 데워지기를 기다리는 시간이 유난히 길게 느껴졌다. 함께 목욕할 수 있다는 것은 기쁨이었다. 남편에게 몸을 씻어달라고 하고, 그리고 몸을 맡겼다. 그 훌륭한 테크닉에 아야는 몇 번이나 소리를 질렀다. 그러다 둘이 함께 절정에 도달했다. 품에 안긴 채 넓은 욕조 안의 아야의 육체는 흥분에서 깨어나지 않았다.

집에서의 편안한 저녁식사는 역도산으로서도 오래간만이었다. 세 명의 가정부가 있었기 때문에 아야는 지시만 하면 됐다. 팬티만 입은 역도산은 오른손 엄지손가락으로 땀을 닦아내면서 컵으로 술을 마셨다. 두 아이는 일찌감치 먹고 자기 방으로 모습을 감추었다. 아야만 남편을 상대하고 있었다.

침실로 옮기고 나서도 역도산은 술기운을 빌어 아야의 풍만한 육체를 지칠 줄 모르고 요구했다. 모든 것이 끝났을 때에는 1시가 넘고 있었다. 아야는 남편에게 몸을 맡기고 콧소리 섞인 소리로 말했다.

"세키토리, 부탁이 하나 있는데요……."

역도산은 덜컥 내려앉았다.

"뭐야. 부탁이란 게……."

역도산은 불안을 허세로 얼버무리면서 말했다. 아내인 아야는 남편의 기분이 좋고 섹스를 충분히 즐긴 뒤를 노려 무언가 부탁을 하고는 했다.

"저, 제 일이 아니라 당신에 관한 일인데요……."

"뭐야. 내 일이라고?"

허물이 많은 역도산은 움찔하지 않을 수 없었다.

"예. 교토 쪽 사람이 몇 번이나 끈질기게 제 앞으로 편지를 보내고 있어요. 미치코의 일로……."

역도산은 아차 싶었지만, 평정을 가장하고 풍염한 아야의 육체를 계속 애무했다.

"미치코 말인데요, 이번 1월 28일이 되면 만 12세가 된대요. 세키토리의 첫아이니까 적어도 호적에는 올려줬으면 해서요."

"음, 너도 알고 있었구나."

"예, 몇 번이나 끈질기게 편지를 보내오는데 모를 수가 없죠."

"그렇군, 그럼 할 수 없지."

역도산으로서도 언제까지 속일 수만은 없다고 생각하고 있었지만 딸이 하나 더 교토에 있다는 말은 도저히 입 밖에 낼 수 없었던 것이다.

"불쌍해요. 호적에 올려주기라도 해야……."

"그런가. 그럼 요시마치와 의논해서 호적에는 올려줘. 돈을 달라고는 안 하겠지? 돈은 곤란해……."

"돈은 모르겠어요. 저쪽 이야기를 잘 들어봐야……."

"돈은 안 돼. 호적만이야."

'아아, 돈, 또 돈이구나.' 하고 아야는 생각했다.

역도산으로서는 가뿐한 기분이었다. 19세에 교토의 여자가 낳은 아이가 벌써 12세, 요시히로보다 두 살 위인 누나였다. 역도산은 맺혀 있던 고민이 풀리고 보니 또 성욕이 솟아올랐다. 그 마술사와 같은 손가락이 아야의 육체를 더듬고 다니면서 또다시 쾌락의 세계로 끌어들였다.

그 즈음, 장녀인 미치코는 재혼한 친어머니와 함께 살면서도 밥조차 제대로 얻어먹지 못하는 생활을 보내고 있었다. 나중에야 겨우 아버지인 역도산의 집에 보내졌는데, 그러고 나서는 절대 찬밥을 먹으려 들지 않았다고 한다. 가정부가 물어보자, "먹을 수 있을 때 따뜻한 밥을 먹어둬야……." 하는 슬픈 대답이 되돌아왔다.

역도산, 일본명 모모타 미쓰히로, 즉, 김신락의 일본 호적에는 1956년 2월이 되어서야 딸의 호적이 덧붙여졌다.

역도산은 예정대로 1월 28일에 첫 번째 방문국인 싱가포르를 향해 하네다공항을 떠났다. 그날은 장녀 미치코의 12번째 생일이었다. 하지만 친어머니인 유키코는 그 생일조차 잊어버리고 축하도 해주지 않았다. 그렇게 거추장스러운 존재였던 미치코가 아버지 곁으로 온 것은 아야가 역도산의 곁을 떠나고 한 달이 지난 1959년 1월의 일이다.

역도산은 동남아시아, 유럽, 미국을 돌며 경기를 벌이고 예정보다 약간 앞당겨 4월 18일에 귀국했다. 하네다공항에서 열린 기자회견에서는 샤프 형제가 지닌 세계 태그 챔피언 벨트에 도전하는 계약을 맺어 26일에 엔도 고키치와 콤비로 싸우겠다고 발표했다.

때는 프로레슬링은 짜고 하는 것이란 얘기가 입에서 입으로 일본 전체에 퍼지고 있을 즈음이었다.

"프로레슬링은 짜고 하는 시합이다. 피를 흘리고 있는 것처럼 보이지만 실제로는 연극할 때 쓰는 가짜 피를 얼굴에 묻히는 것이다. 진짜 피가 아니다. 그래서 휴식 시간이 되어도 얼굴의 피를 닦지 않는 것이다. 게다가 방송시간 내에 딱 맞춰 끝나는 것도 이상하다. 짜고 하는 시합이지 진짜 대결이 아니다……."

일본인만큼 승부를 좋아하는 국민도 드물다고 한다. 흑인지 백인지 확실히 가리지 않으면 성이 차지 않는 것이다. 스포츠가 쇼에 불과하다면 아무래도 만족할 수가 없는 일이었다.

악역이 철저하게 반칙을 해서 역도산을 괴롭힌다. 그 고통을 뛰어넘어 우리의 영웅 역도산이 마지막으로 가라테 촙으로 때려눕혀서 승리를 거둔다……. 그런 식의 같은 줄거리가 매일 반복되니 텔레비전을 보는 팬들이 질리는 것도 당연했다.

역도산 자신도 시합 패턴이 굳어져 버리는 데에 고민을 하면서 시합을 하면서도 관객들이 기뻐할 기술을 연구했다. 어떻게 하면 관객이 입장료를 내고 들어온 시합에 만족할 것인가 하고, 새로운 기술을 선보이고 나서는 시합 뒤에 반드시 "그 기술 어땠냐?" 하고 관계자에게 물었다. 그러나 "관객들이 아주 좋아했습니다." 하고 아첨하는 사람들뿐이지 독불장군 역도산에게 충고할 만큼의 기골을 지닌 사람은 없었다. 그런 만큼 역도산은 항상 고독했다.

텔레비전 방영 시간 안에 정확히 결말을 내는, 훌륭한 진행력을 지닌 레슬러는 역도산 이후에 다시는 나타나지 않을 것이다. 당시에는 생방송이 당연한 것이었기 때문에 무리한 부분도 없지 않았다. 링 아나운서 겸 시간 담당인 오마쓰 아나운서가 링 사이드에서 앞으로 몇 분 남았다고 사인을 보내면 그에 맞춰 마지막에는 어떤 기술로 끝내야겠다고, 연극처럼 계산해두고 피날레를 장식했다. 하지만 각본을 쓰는 사람은 역도산 한 사람뿐이었으므로 시간이 3분밖에 남지 않았을 때 장외난투를 벌이다 보면 경기 시간이 끝나버려 해프닝을 기대하던 관객들을 만족시키지 못할 수도 있었다.

짜고 한다는 설을 날려버리려면 어떻게 하면 좋을까 하고 역도산은 계속 고민했다.

샤프 형제를 다시 불러 세계 태그매치 선수권 시합을 한다고 화려한 선전을 벌이기는 했지만, 재탕인 데다가 "아프다……."를 연발하는 엔도가 파트너였기 때문에 좀처럼 분위기가 살지 않았다. 도쿄의 경우는 61분 3판 승부의 세계선수권 시합이니만큼 1만 2,000명의 관객이 몰려왔지만, 지방 흥행은 초라한 숫자밖에 나오지 않았다. 그렇게 되면 아무래도 흥행을 대행하는 지방 흥행사에 대한 수수료도 높아지게 마련이어서 수입은 더더욱 줄어들었다.

샤프 형제를 맞아 벌인 그 시리즈에서는 일본프로레슬링흥업 주식회사가 역도산에게 1,000만 엔의 파이트머니를 지불했다. 그래도 그는 불만이었다. 왜냐하면 도쿄에서 단 한 번만 시합을 벌여도 600만 엔의 수익이 오른다는 것을 알고 있었기 때문이다. 역도산은 하루 빨리 자기 회사를 설립하여 도쿄, 오사카, 나고야, 삿포로에서 독립적으로 흥행을 하고 싶어 안달했다.

하늘은 역도산을 저버리지 않았다. 그는 실로 행운아였다. 매주 금요일 밤 8시부터 1시간 동안, 황금 시간대에 니혼텔레비전에서 프로레슬링을 방영하기로 결정한 것이다.

"회장님, 드디어 해냈습니다. 6월 15일 금요일부터 매주 1시간씩 텔레비전 방영 계약을 하고 왔습니다. 이제 짜고 한다는 소문을 날려버리겠습니다. 기뻐해주십시오."

역도산은 닛타건설의 사장실에 들어가자마자 인사를 생략하고 큰소리를 쳤다. 그런데 닛타 회장은 고개도 들지 않고 다시마를 가위로 톡톡 자르고 있었다.

"회장님, 매주 방영입니다. 이제까지 제가 외국에 가 있는 동안에는 개점휴업 상태였지만, 앞으로는 매주 팬들이 봐준다는 겁니다. 이걸로 프로레슬링의 인기를 만회시킬 수 있습니다."

"응, 그래? 잘됐군."

성의 없는 대꾸에 역도산은 맥이 빠져버렸다. 회장은 천천히 다시마를 자르는 손을 멈추지 않았다.

"신문에서도 짜고 하는 시합이라고 써대니까……."

"뭐, 너무 무리하지 말고 프로레슬링을 일본에 정착시켜 주게. 자네도, 흥행사도, 그리고 팬들도 기뻐할 수 있게 해줘. 돈은 천하를 돌고 도는 것, 무리하지 마. 사랑받는 역도산이 돼야지."

"알고 있습니다. 그래도 앞으로는 매주 150만의 개런티가 들어오는 겁니다."

"개런티? 출연료 말인가. 뭐, 너무 돈, 돈 하지 마. 세상엔 돈보다 소중한 것들이 있어……."

"돈보다 소중한 건……."

닛타 회장은 그제야 가위를 움직이던 손을 멈추고 역도산의 말을 막았다.

"신뢰야. 역도산, 내 말 알겠나? 닛타 신사쿠를 위해서라면 죽을 수 있다는 사나이가 내 주위에는 발에 차일 정도로 많다고 난 믿고 있어. 하지만 역도산을 위해 죽어도 좋다는 녀석은 한 사람도 없을걸? 자네는 입만 열면 돈이야. 자네 마음속엔, '난 조선인이다. 일본인 따위에게 질 수 없다. 그러려면 돈뿐이다.'라는 생각이 있는지 모르지만, 그래 가지고는 그릇이 너무 작은 거야. 자네는 천하의 역도산이다. 일본인도 조선인도 아냐. 우리는 동양인이다. 난 말이지, 전쟁 중에 미군 포로들도 아껴줬다. 인도적으로 학대를 용납할 수 없었기 때문이었지. 인간은 희든 검든 노랗든 간에 모두 같은 거야. 자네도 조선인이라는 의식을 버려."

"저는 일본인이 되었으니까, 조선인이라고 하지 마십시오."

"그럼 내 말 들어봐. 인생은 고작 50년이라고 하는데, 나도 이젠 51세. 50을 넘은 후로는 세상을 위해 살려 한다. 자네는 아직 31세라는 젊은 나이야. 앞날이 창창한 사내다. 적을 만들지 마."

"무슨 일입니까, 회장님. 이야기가 옆길로 빠지는 것 같은데……, 오늘은 새삼 깨달음을 얻는 양 말씀하시는군요."

"아냐, 난 아직 깨닫지 못했어. 곧 국철과 40억짜리 계약을 한다. 일은 이제부터야."

"저에게는 회장님 한 분밖에 없습니다."

천하에 무서울 자 없는 역도산도 회장님 앞에서는 소심한 한 사내에 지나지 않았다.

"그런데 다시마를 그렇게 작게 잘라서, 어쩌시려는 겁니까?"

"응, 다시마는 건강에 제일 좋은 약이야. 껌처럼 씹으면 오래 살아."

"다시마가 약이 된다고요? 저는 과학적으로 만든 약 말고는 믿지 않습니다."

"무슨 소리, 한방이 좋은 거야. 양약은 위험해. 자네도 이걸 먹어봐. 꼭 오래 살 거야."

"그렇습니까, 조금 주십시오."

"조금이라고 하지 마. 많이 줄 테니까 먹어봐."

회장은 톡톡 가위를 움직였다. 역도산의 얼굴을 쳐다보려고 하지도 않았다.

회장이 다시마를 자르고 있을 때에는 비서도 절대로 말을 걸지 않았다. 톡, 톡, 자르면서 대사업에 따르는 계획을 세웠다. 지금 회장의 머릿속은 국철을 상대로 한, 40억 엔이라는 어마어마한 사업으로 가득 차 있었다. 일생일대의 사업에 사나이 목숨을 걸고 부딪쳐보겠다는 작전을 짜고 있었던 것이다.

회장은 돈만 보고 움직이는 사람이 아니었다. 지역을 위해, 나라를 위해 해달라고 부탁 받으면 자신의 재산을 던져서라도 일을 해내는 사나이였다. 지금도 도쿄에는 요로이바시라고 하는 고풍스러운 다리가 있다. 그런데 그것은 측량 단계에서부터 난공사로 예측되어, 건설을 맡겠다고 나서는 토목회사가 없었다. 그런데 그 일을 꼭 좀 맡아달라는 부탁을 받자 닛타 회장은 적자를 각오하고 공사를 인수했다. 중역들의 반대를, "도쿄 사람들이 기뻐해준다면 그걸로 좋은 거다." 하는 한마디로 잠재우고 직접 진두지휘에 나서 공사를 완성시켰다. 닛타 신사쿠는 실로 사나이 중의 사나이였다.

그날 밤에도 역도산은 고급 나이트클럽에서 술과 여자를 즐겼다. 물론 후원자가 내는 것이었다. 다른 사람의 돈으로 술을 마시고 미녀와 노는 것만큼 재미있는 일은 없다. 더구나 역도산에게는 31세의 젊음이 있었다. 일본의 슈퍼 스타였기 때문에 어디서 놀더라도 방약무인했고 당당하게 여자를 꼬여서 품에 안았다. 그러고서 취한 상태로 차를 몰아 집에 돌아오는 것이 보통이었다.

벤츠의 스포츠카 특유의 요란한 폭음이 밤의 정적을 깨뜨렸다. 벼랑을 파내 만든 견고한 차고에 차를 넣고 철문을 잠근 역도산은 여자를 안아들고 돌계단을 가볍게 올라갔다. 튼튼한 철문에 달려 있는 벨을 누르고 소리쳤다.

"이봐, 나 왔어!"

부근에는 집이 한 채밖에 없었기 때문에 역도산의 아무리 소리를 쳐도 불평하는 사람이 없었다. 셰퍼드 세 마리가 주인을 맞아 요란하게 짖었다.

한밤중인 3시인데도 현관에서 응접실까지 환히 켜둔 불빛을 본 역도산은 화가 치밀어 또다시 소리쳤다.

"이 거지 자식들아, 전기를 그냥 켜두는 바보가 어디 있냐!"

아야는 떨리는 손으로 안에서 자물쇠를 열었다. 그 밝은 전등 아래에서 검은 상복 차림의 아야가 관자놀이 쪽에 경련을 일으키면서도 절을 했다. 그 뒤에는 후배 한타로가 큰 덩치로 머리를 숙이고 있었다. 놀란 역도산은 움찔해서 안고 있던 여자를 떨어뜨릴 뻔했다.

"다녀오셨어요."

"그래, 피곤하다. 신발 벗겨."

취해서 정신을 잃은 여자를 안은 채로 아야의 코끝에 발을 내밀었다. 그런데 양쪽 신발을 벗기고 나서는 남편의 얼굴을 올려다보더니 창백한 얼굴로 잘라 말했다.

"드릴 말씀이 있습니다."

"뭐야, 정색을 하고……."

"실은 회장님께서 지금으로부터 2시간 반 전에 돌아가셨습니다."

"뭐! 회장님이? 무슨 바보 같은 소리!"

역도산은 말문이 막혀 여자를 내던져버렸다. 그 바람에 여자가 유리 문에 부딪혀 유리가 깨져 사방으로 흩어졌다. 그 파편 위에서 여자는 욱욱 하고 토하기 시작했다. 역도산은 그저 멍하니 서 있을 따름이었다.

"바보 같은, 오늘도 만나고 왔는데! 그렇게 건강한 회장님이 돌아가시다니, 이런 어처구니없는……."

역도산의 두 눈에서 큰 눈물방울이 흘렀다.

"돌아가셨다는 사실밖에 모릅니다. 곧장 회장님 댁으로 오시라는 전화가 왔습니다."

"이 바보야. 왜 빨리 알리지 않았어. 2시간 반이나 되었다니!"

"죄송합니다. 하지만 여기저기 전화를 해봐도……."

"넌, 뭐야. 한타로가 와 있었구나. 야, 이 여자 내 침대에 재워!"

"하지만……."

"바보야, 넌 애들 방으로 가!"

여자는 유리 파편 속에서 얼굴을 숙이고 괴로운 듯이 계속 토했다.

"멍청하게 서 있지 말고, 빨리 양복 가져와!"

"하지만 저분은……."

"이 바보야, 넌 말이 많아. 저 여자는 한타로에게 맡겨. 빨리 해."

그 즈음, 역도산은 매일처럼 여자를 데리고 돌아왔다. 일찌감치 포기한 아야는 한마디도 그에 대해서는 말하지 않았다. 남자의 바람을 인정하는 것은 게이샤 시절에 익힌 슬픈 습성으로, 아야는 거울 속에 비치는 스스로를 위로할 따름이었다.

역도산은 평소에 철저하게 몸치장을 했다. 매일 아침 면도하고 속옷을 갈아입기까지 적어도 40분은 걸렸다. 그는 수염은 옅어서 매일 면도를 할 필요가 없었지만 그래도 항상 신경을 써서 깎았다. 그리고 짧은 머리를 몇 번이나 빗고 향수를 뿌렸다.

역도산은 울고 있었다. 목욕탕에서 머리 위로 물을 부으면서 울었다. 한타로는 그 이상한 모습에서 역도산의 다른 일면을 본 것 같았다. 처음 보는 모습이었다.

수염과 머리를 대충 다듬고서 검은 양복에 검은 넥타이, 가슴 주머니에는 시가를 두 개비 꽂고 현관에 섰다.

"아야, 넌 나중에 와도 되니까 저 여자를 봐줘. 한, 넌 같이 가자."

역도산은 의연하게 말했다. 눈물을 흘리던 얼굴이 아니었다. 아야는 절을 한 채로 얼굴을 들지 않고,

"다녀오세요." 하고 작은 소리로 말했다. 아야도 게이샤 시절의 언니였던 회장 부인과 부둥켜안고 울고 싶었다. 그래서 검은 상복까지 입고 기다렸던 건데…….

역도산은 묵묵히 좌측통행인 일본에 맞도록 벤츠에 특별 주문제작한 오른쪽 핸들의 자동차에 시동을 걸었다. 조용한 엔진소리였다. 초여름 밤이 밝아오기 시작했다.

쾌남아 닛타 신사쿠 회장은 죽었다. 그것도 18세에 처음으로 손님을 받은 게이샤와의 클라이맥스에서 복상사하였다. 그야말로 그에게 어울리는 장렬한 죽음이었다. 하지만 상대 여자는 공포감에 망연자실, 울 기력조차 없을 정도로 딱한 일을 당한 것이기도 했다. 다케에 부인은 아직 어린 티가 남은 그 게이샤에게 위로의 말을 건네는 것도 잊지 않았다.

역도산이 회장의 저택에 도착했을 때에는 부인을 비롯한 친척들의 모습은 거기 없었다. 그때까지도 요정에서 평온히 죽은 회장의 얼굴을 내려다보고 있었던 것이다. 그곳은 역도산이 회장과 자주 갔던 곳으로, 요정의 2층 안쪽 방이었다. 2층으로 오르는 좁은 계단을 조용히 올라간 역도산이 방으로 한발 디딘 순간, "앗." 하고 숨을 삼키며 우뚝 멈춰 섰다.

유체를 덮고 있던 비단 이불이 다케에 부인에 의해 조용히 걷어졌다.

회장은 실오라기 하나 걸치고 있지 않았다.

"마지막이니 회장님의 문신과도 작별을 고합시다."

가라앉은 목소리로 말한 부인은 친동생에게 눈짓을 했다. 회장의 땅 딸막한 몸이 옆으로 돌려졌을 때, 자리에 있던 사람들은 숨을 삼켰다. 역도산조차 방 입구에 선 채 움직일 수 없었다. 그것은 등, 엉덩이, 양팔에 걸쳐 새겨진, 혼이 깃든 훌륭한 문신이었다. 생전에는 절대로 남에게 보여주지 않았던 피부였다. 만발한 벚꽃나무에 이어 젊은 말이 뛰어오르고, 꽃잎이 등에서 팔과 다리로 흩어져 날리는 그림이었다. 회장은 여름에 아무리 덥더라도 긴 팔 셔츠를 입어 문신을 절대로 보여주지 않으려고 주의를 기울였다.

후쿠이 현의 목재상에서 태어난 닛타 회장은 14세에 도쿄에 올라와 철물점 심부름꾼으로 지냈다. 그런데 언제부터인가 인근에 세력을 뻗고 있던 스즈키 조직의 유력자가 되었고, 조직의 오야붕이 자기 구역을 팔아넘기고 아카사카로 진출함에 따라 같이 움직였다. 그 뒤에도 돈 씀씀이가 좋았던 닛타의 이름은 날로 유명해졌다.

1940년에 닌교초 2가의 임원으로 뽑힌 뒤에는 닌교초의 마을회장까지 되었다. 1944년에는 건설단을 조직해 군부에 협력하고, 게이샤들을 모아 해군이 감독하는 공장에서 일하게 하기도 했다. 같은 시기에 가와사키에 있었던 전쟁포로 수용소의 감독을 명령받았는데, 수용소 규칙에 따르면 술, 담배 등 배급되는 물건 이외에는 포로들에게 아무것도 줄 수 없었다. 그런데 닛타 신사쿠는 스스로 그 규칙을 깨고 담배는 물론 때로는 술이나 과자까지 남몰래 포로들에게 건네줬다. 일본이 전쟁에 져 포로 중 한 사람이 연합군 총사령부의 장교가 된 다음에도 닛타의 친절을 잊지 못해 그를 찾아냈고, 연합군 총사령부에서는 지바은행에 명령하여 닛타 회장에게 돈을 지원했다. 이에 닛타 회장은 인부를 모아 도쿄의 폐허를 정리하는 사업을 맡았는데, 이때 정말로 돈이 홍수처럼 쏟아져 들어왔다. 미군의 숙사 건설 등을 통하여 닛타건설은 더욱 커졌다. 그러면서도 개인 돈을 들여 운동장과 임시 경기장을 건설하기도 하고 불꽃놀이를 구경하기 위한 좌석 등도 만들어줘서 도쿄의 주민들을 기쁘게 만들었다. 쇼치쿠 영화사로서는 도저히 손을 쓸 수 없었던 메이지극장을 재건하기도 했다. 그리고 지금, 국철과의 40억 엔 규모 대사업을 눈앞에 두고 쓰러진 것이다.

역도산은 그저 망연자실하여 서 있었다. 너무나 큰 충격에 눈물조차 나오지 않았다. 다케에 부인은 눈물을 보이는 일 없이 남편의 유체를 닦고 옷을 입혔다. 평온하게 잠들어 있는 그 얼굴은 지금 당장이라도 "아, 잘 잤다." 하고 일어날 것만 같았다. 관이 들어오자 입관한 후에 부인은 회장이 애용하던 향수를 뿌렸다. 관을 옮길 차례가 되었는데, 계단이 좁아 2층 창문을 통해 밖으로 내릴 수밖에 없었다.

"역도산 선배, 그쪽을 들어주십시오."

히가시후지가 울음을 터뜨릴 듯한 표정으로 말했다. 역도산은 퍼뜩 정신이 돌아왔다.

'관이 아니라 내가 업고 돌아가겠다. 회장이 죽었다니 믿을 수가 없다. 그렇게 화려한 사람이……'

그러나 히가시후지의 재촉에 따라 관에 손을 댈 수밖에 없었다.

장례식이 치러지는 날, 주변에는 온통 함께 밤을 새우며 애도하러 온 사람들로 가득했다. 고인의 인덕이라고 해야 할까, 역도산은 너무나 많은 사람들을 보고 놀랐다.

'내가 죽어도 이렇게 많은 사람이 와줄까.' 하고 문득 생각했다.

장례는 회장이 재건한 메이지극장에서 행해졌다. 조화가 수백 미터에 걸쳐 늘어서서 거리에 넘쳤다. 장례위원장 자리에는 병상에 있던 정계의 보스 미키 부키치가 일부러 나와 지팡이에 의지하여 서 있었다. 누가 뭐래도 압권이었던 것은 천황상에 빛나는 말 메이지히카리가 영전에 고개를 숙인 일이었다. 경주마가 분향소에 나온 적이 또 있을까? 역도산은 그저 그 군중과 화환에 놀라고 있었다.

1956년 6월 26일, 51세로 닛타 신사쿠 회장이 죽었다. 하지만 역도산을 위해 해주어야 할 일을 다 해주고 죽었다. 그것은 바로 일본프로레슬링흥업 주식회사의 주식 건이었다.

닛타 회장과 함께 스모 선수 시절부터 역도산의 후원자였던 사람 중에는 도야마 미쓰루*의 오른팔인 하기야마 마사오라는 권력자가 있었다. 닛타 회장과 하기야마가 존재하지 않았다면 세계챔피언 역도산도 태어나지 않았을 거라는 말이 있을 정도로 큰 은인들이 따로 있었던 것이다.

회장은 죽기 이틀 전에 프로레슬링흥업의 주주를 액면가로 전부 역도산에게 넘긴다는 서류에 도장을 찍었다. 경리담당 중역, 가사야마 대령이 그 서류를 가지고 하기야마를 찾아가 협력을 요청했다.

"하기야마 선생님, 닛타 회장님이 가지고 있던 150만주를 역도산에게 줬는데, 다른 분들도 모두 역도산에게 양도하는 데 동의하도록 힘 좀 써주실 수 없으신지요."

하기야마는 잠자코 생각에 잠겼다가 고개를 들더니 엄숙한 얼굴로 대답했다.

"그것이 회장님의 뜻이라면 내가 다른 주주들과의 교섭에 나서지. 그런데 회장이라는 사람, 정말 대단한 인물이군."

그러면서 감탄하는 것이었다. 돈이 될 사업에서 손을 떼라고 하니, 주주들로서는 미련이 남을 수밖에 없었지만 정계의 흑막인 하기야마가 머리를 숙여 부탁해오는 데야 '노.'라고 말할 수가 없는 일이었다.

주식 전부를 돌려받았다는 사실을 안 장례식 다음날, 역도산은 슬픔과 기쁨에 울고 있었다.

---

*일본 우익계의 거두.

사슴 사냥

"선생님, 사슴 잡으러 가시죠. 12월 15일에 해금된답니다."

프리랜서 카메라맨 아카미 로쿠로타는 역도산에게 비서 요시마치처럼 선생님이라는 존칭을 붙였다. 그는 요시모토흥업에 출입했던 관계로 언제부터인가 오시야마 기획선전부장 밑에서 기록사진을 찍게 되었다. 외국 선수가 오면 하네다공항 도착에서부터 귀국할 때까지 꼼꼼하게 사진을 찍어서 고급 비단 표지의 호화로운 앨범에 사진을 붙여 오동나무 상자에 담아 증정하는 것이 일이었다.

"사슴?"

"올해는 그리 좋지 않았으니까 기분 전환 삼아 해보시지요. 제가 안내하겠습니다."

확실히 텔레비전 시청률은 좋았지만 흥행 그 자체는 나빴다. 프로레슬링은 한물갔다고 스포츠신문에서까지 쓰기 시작하였다. 샤프 형제, 톰 라이스, 마이크 마주르키, 시모노비치 등의 강호를 불러왔지만 흥행은 생각한 만큼의 성적을 올리지 못했다. 더구나 닛타 회장의 죽음도 있었다. '이제 내가 사장인데, 어떻게 손을 쓰지 않으면⋯⋯.' 하고 역도산은 초조해하고 있었다.

"정말 사슴이 있기는 하냐?"

"있죠. 제 고향인 걸요. 닛코 쪽에서 쫓겨 도망쳐 오죠. 원래는 1월 말이나 2월이 좋은데……."

"1월 말에는 미국에 가야 해. 12월은 어때?"

역도산은 가방에서 신궁력을 꺼내 익숙한 손놀림으로 후루룩 넘겨보았다.

"으음, 12월 24일로 하자. 대길일, 이날이 좋겠어."

"그럼 그날 중원축록*을 하는 건가요. 하하하."

역도산은 학식이 없어서 중원축록이라는 말의 의미를 몰랐다.

"23일 아침 10시에 우리 집으로 와라. 요시마치와 한타로를 데리고 가자. 넌 요시마치의 차를 타라."

역도산은 마음이 동하면 즉석에서 결정을 내렸다. 비서 요시마치는 바람둥이로서도 1류였지만 그 이상으로 명사수였다. 그의 친구이자 시나리오 작가인 우에다에게서 공기총에서부터 철저한 교육을 받은 바 있었다. 나는 참새를 떨어뜨리는 정도는 식은 죽 먹기고, 꿩, 산새, 오리 등 맞아 떨어진 사냥감을 보면 요시마치의 탄환이라는 것을 금방 알 수 있을 만큼 명중된 곳이 정해져 있을 정도였다.

가벼운 마음으로 역도산에게 사슴 사냥을 가자고 말하기는 했지만, 막상 사냥감이 나타나지 않으면 어떻게 하나 하고 아카미 로쿠로타는 불안해졌다. 아무리 좋은 미끼를 써도 12월에는 사슴이 나타나지 않는 때도 있다. 천하의 역도산이 빈손으로 돌아가서는 안 된다. 그래서 한 가지 꾀를 내서 아버지에게 속달로 편지를 보냈다. 그것은 선물용으로 한 마리 잡아두라는 것이었다.

사슴이 나타나지 않으면 아마 역도산의 기분이 나빠질 것이다. 그때를 대비하여 접대를 맡아줄 여자를 데리고 가자, 하고 로쿠로타는 생각

*中原逐鹿. 글자로는 중원에서 사슴을 쫓는다는 의미이지만, 실제 뜻은 제왕의 자리를 두고 다툰다는 뜻.

했다. 그것은 꽃집 딸이자 그의 여자친구였다. 생각난 김에 전화를 거니, 산에 간 적은 없지만 역도산과 함께라면 어디라도 좋다고 나섰다.

약속 당일, 현관에 파란 가운 차림으로 나타난 역도산은 로쿠로타의 얼굴을 보자마자 말했다.

"어이, 로쿠! 밥 먹어라."

"안녕하세요. 맛있는 것이 있으면 먹겠습니다."

"잔말 말고 식당으로 와!"

"감사합니다."

로쿠로타는 역도산의 말투를 흉내 내 대답했다.

식당에 들어가자 아야가 차를 내오면서 말했다.

"아무것도 없어요."

로쿠로타가 역도산에게 식사를 얻어먹는 것은 그것이 처음이었다. 천하의 역도산인데, 아무것도 없다고 해도 아침 겸 점심식사이기도 하니까 맛있는 고기 정도는 나오겠지 하고 기대했다. 그런데 나온 것을 보니 놀라지 않을 수 없었다. 밥과 야채절임, 해물조림뿐이었다. 된장국조차 없었다.

"이 해물조림, 선물로 들어온 건데 참 맛있어요."

부인이 친절하게 말해주기는 했지만, 국 하나 없이 밥을 먹다니 과연 구두쇠 역도산이구나 하고 감탄할 따름이었다.

"응, 이 해물조림은 정말 맛있군. 나중에 또 들어올까?"

역도산은 아구아구 먹으면서 뻔뻔한 소리를 했다. 로쿠로타는 단무지를 아그작거리면서 자신이 너무 사치스럽게 먹는 건가 하고 생각했다. 28세의 독신인 로쿠로타는 먹는 것만은 푸짐하게 먹었다.

식사가 끝날 무렵, 한타로가 요시마치의 차를 타고 나타났다.

"바보야, 늦었잖아. 바로 출발한다."

"하지만 차라도 마시고 가세요."

"아까워. 안 줘도 돼. 출발이다."

부인이 하는 말 따위는 들으려고도 하지 않고 뚜벅뚜벅 빈손으로 나가버렸다. 한타로가 역도산의 총 두 정과 모피 코트를 안고 허둥지둥 그 뒤를 쫓았다.

벤츠의 스포츠카와 요시마치의 고물차는 스피드가 다르다. 앗 하는 사이에 보이지 않게 되었다.

꽃집 딸 사치코는 가게 앞에서 목을 길게 빼고 기다리고 있었다.

"늦었잖아요, 바람맞은 줄 알았어요."

심통 난 얼굴로 말했다.

"내 탓이 아니야. 이 사람이 늦게 온 거라고."

로쿠로타는 요시마치 탓으로 돌렸다.

"내가 아니라 선생님 탓입니다."

요시마치는 황급히 변명했다. 바람둥이 요시마치는 과연 말을 잘했다.

"알았어요. 나, 로쿠 씨보다는 이쪽의 미남과 앉을래요."

사치코는 요시마치에게 안기듯이 조수석에 앉아버렸다.

"저, 사치코예요. 잘 부탁해요."

깍쟁이 아가씨였다. 요시마치의 차는 핸들이 왼쪽에 붙어 있었기 때문에 사치코는 그 오른팔에 안기듯이 바짝 붙었고, 혼자 뒷좌석에 앉게 된 로쿠로타는 부루퉁해져서 눈을 감았다.

외제차라고는 해도 고물인 요시마치의 차는 3시간이나 걸려서 도치기현의 로쿠로타의 고향집에 도착했다. 1시간이나 앞서 도착했던 역도산은 그 집 앞을 지나 마을 안쪽에 있는 유명한 산까지 구경하고 대략 시간에 맞춰 로쿠로타의 집 앞으로 되돌아왔다.

많은 산림을 가진 로쿠로타의 집안은 그래도 그 지역의 유지여서 넓은 마당에는 마을 어린이들은 물론 어른들까지 자전거를 타고 몰려와서 일본의 영웅 역도산이 나타나기를 이제나 저제나 하고 기다리고 있었다. 운 좋게도 요시마치의 차가 역도산이 오기 10분 전에 도착해서 로쿠로타의 부모를 비롯한 마을의 유지들과 함께 현관 앞에 나란히 정렬해서 역도산을 마중했는데, 모두들 가문의 문장이 들어간 일본식 예복까지 차려 입고 나왔다.

역도산은 신문사 지국에서 나온 기자와의 인터뷰를 마치고 나서 성큼성큼 로쿠로타에게 다가왔다.

"이봐, 얘들이 차를 만지면 흠집 난다. 줄이라도 쳐서 다가가지 못하게 해."

역도산은 화난 표정으로 말했다. 하기는 촌사람들이 처음 보는 벤츠의 스포츠카였다. 문이 새의 날개처럼 위로 열리니까 어린이들이 깜짝 놀라는 것도 무리가 아니었고, 진귀한 것이니 만지고 싶기 마련이다.

"얘들아, 선생님 차 만지지 마라."

로쿠로타는 어린이들을 밀어내면서 말했다.

"선생님이라니, 웃기네요. 학교 선생님도 아니잖아요."

"맞아, 프로레슬링 하는 역도산이잖아. 안 그래요, 아저씨?"

애들이 볼 때 역도산은 분명 선생님*이 아니었다. 동네 아이들이니 큰소리로 야단을 칠 수도 없는 일. 그래도 시골 아이들이라서 사인받자고 몰려들 줄 모르는 게 다행이었다.

역도산은 스모 출신답게 웃어른에게는 정중했다. 로쿠로타의 부모님 앞에 무릎을 꿇고 앉아 인사를 했다.

"오늘 초대해주셔서 정말로 감사드립니다. 아드님께는 평소에 많은 신세를 지고 있습니다. 두 분을 직접 뵙게 되어 기쁘게 생각합니다. 오늘은 참으로 감사드립니다."

버릇없게 감사합니다 한마디로 끝내지 않았던 것이다. 시골 소학교 교장을 정년퇴직하고 지역의 유지로 있기는 했지만 그냥 성실하기만 한 로쿠로타의 아버지는 깜짝 놀라고 말았다. 천하의 역도산이 눈앞에서 절을 하면서 자식에게 신세를 졌다고 하다니! 지금까지 방탕한 자식이

---

*일본에서 선생님이라는 호칭은 진짜 교육자나 존경할 만한 사람에게 붙인다.

라고 알고만 있다가 고맙다는 말까지 듣게 되니 감격이 북받쳐 눈물이 뚝뚝 떨어지면서 말도 제대로 할 수가 없었다. 어머니는 조금 전부터 기쁨의 눈물을 닦고 있었고…….

로쿠로타는 원래 스모계 출신들은 그 정도 인사가 보통이라고 얘기해둘 걸 그랬다고 생각하면서도 이토록 부모님이 감격할 줄은 상상도 못했던 만큼 자신도 기뻤다.

충복인 요시마치는 서둘러 잠자리와 목욕탕을 둘러보았다. 역도산의 마음에 들지 않으면 곤란한 일이었다. 그러나 역도산을 맞이하기 위해 20킬로미터나 떨어져 있는 시내까지 나가서 침구를 갖추고 목욕탕도 전부 노송나무로 새로 만들어두었기 때문에 불평을 할 구석은 하나도 없었다.

"애야, 역도산 씨에게 목욕하시라고 해라. 그리고 식사하셔야지."

어머니는 감격한 나머지 가슴이 벅차 목멘 소리로 말했다. 그리고 무슨 생각을 했는지 사치코에게 다가가 귓가에 대고 말했다.

"괜찮으니까, 역도산 씨의 등을 닦아주도록 해요."

"아니, 저는……."

사치코는 갑작스러운 말에 깜짝 놀라 목소리를 높였다. 로쿠로타의 어머니는 그녀가 역도산의 여자인 줄 알았던 것이다. 설마 아들의 애인일 줄은 생각조차 하지 못했다. 로쿠로타는 당황했다. 자기 애인이 요시마치에게 눈길을 주고, 끝내 역도산의 등까지 닦아주게 될 줄이야…….

"이니 괜찮아, 그렇게 하지 않아도……."

로쿠로타는 아연실색하면서 말했다.

"닦아주십시오. 항상 다른 사람이 닦아줬으니까요."

한타로까지 말참견을 했다. 로쿠로타의 걱정은 아랑곳하지 않고 사치코가 가볍게 일어섰다.

"그러죠. 저, 잘해요."

로쿠로타로서는 만사 끝장이었다. 기회를 노렸다가 방으로 데려가 자기 여자로 만들 심산으로 데리고 왔는데, 이렇게 되면 바람 앞에 등불이다. 21세의 사치코는 개방적인 여성이었기 때문에 남자친구도 많았다. 거기에 상대가 역도산이라면 가슴이 두근거리지 않을 수 없는 일이다.

약도산이 육체미를 자랑하듯 당당하게 알몸을 드러내자 사치코는 눈길을 줄 곳이 없었다. 그러면서도 몸에 털이 적은 데 놀랐다. 남자가 이렇게 털이 없다니……. 역도산이 검은 타이츠를 입는 까닭을 사치코는 비로소 알 수 있었다. 정강이에도 털이 드문드문 했던 것이다. 몸에 털이 적으니까 링의 왕자로서는 부족한 느낌이 들었다. 그러나 그런 생각에는 아랑곳하지 않고 물에 들어가 충분히 몸을 따뜻하게 한 역도산은 사치코 앞에 우뚝 섰다.

"그럼, 씻어주시오. 부탁하오."

이것 보란 듯이 내보이니 개방적인 아가씨라고 해도 얼굴을 붉히지 않을 수가 없었다. 역도산으로서는 그것 또한 즐거움이었다.

로쿠로타는 제정신이 아니었다. 자기 것으로 만들려고 기회만 노리고 있던 사치코가 발가벗은 역도산의 육체를 목욕탕에서 씻고 있다, 생각만 해도 화가 치밀어 올랐다. 요시마치는 빙글빙글 웃으면서 로쿠로타에게 말을 걸었다.

"어이, 포기해. 사치코는 이제 자네에게 관심이 없을 거야."

로쿠로타는 실망했다. 그때 목욕탕에서는…….

사치코는 젊은 남자의 몸을 씻어주는 것은 처음이었다. 그것도 일본의 영웅 역도산, 31세의 육체미를 자랑하는 남자였으니 얼굴이 상기되는 것도 무리가 아니었다. 그렇지만 역도산은 스모 선수 시절의 버릇이 남아 허벅지 안쪽까지 남이 씻어주는 게 당연하다고 믿고 있었다. 보란 듯이 자신의 심벌을 그녀에게 맡기고 즐겼다. 사치코도 남성의 살결을 모르는 것은 아니었지만, 그 늠름한 모습에 자기도 모르게 흥분되었다. 로쿠로타의 걱정 따위는 아랑곳하지 않고 사치코가 얼굴을 붉히며 목욕탕에서 나온 것은 그로부터 30분 뒤였다.

"목욕 참 잘했습니다. 아니, 이건 대단한 진수성찬이군요."

역도산은 상좌에 마련된 특제 방석에 털썩 앉으면서 말했다. 로쿠로타의 부모를 비롯하여 마을 유지와 내일 안내를 맡을 사냥꾼과 몰이꾼들이 무릎을 꿇고 정좌한 상태에서 기다리는 모습을 천천히 훑어보았다. 로쿠로타의 아버지가 한 사람 한 사람 소개한 다음,

"시골 요리라서 입에 맞을지 모르겠군요. 이 잉어는 천연기념물인 벤텐치 연못에서 솟아오르는 물로 키운 거라서 천하일품입니다."

하고 코를 벌름거리면서 득의양양해했다. 요리사는 사노 시에서 일부러 불러온 사람이었다.

"이거 정말 죄송합니다만, 저는 잉어회는 못 먹습니다. 만주 순회 시합 때 이걸 먹고 간디스토마에 걸렸거든요. 그게 스모계를 은퇴한 원인 중 하나이기도 하죠."

"그거 아쉽군요. 그럼 우리 집에서 놓아기른 닭을 드셔보시지요. 쇠고기는 도쿄의 미쓰코시백화점에서 사온 겁니다."

아버지는 실망한 목소리로 말했다. 하지만 로쿠로타는 놀라고 있었다. 요리사에게도 힘들었을 정도로 요리가 호화롭기 그지없었다. 멋지게 장식된 잉어회, 최고급 쇠고기는 두께가 3, 4센티미터는 될 것 같았다. 닭백숙에 장어구이 덮밥, 잉어탕에 잉어튀김, 이 정도면 집안 재산이 축날 정도인 것이다.

"저는 술 마시고 취한 적은 한 번도 없습니다. 숙취 같은 건 풋내기들이나 하는 거죠. 스모 선수를 할 때니까 종전 직후였던가, 오사카 역에서 돌아오는데 어떤 분이 술 두 병을 들고 쫓아오더군요. 그것도 발차 10분 전에 말예요. 그런데 술은 다른 데로 옮기고 병은 바로 돌려 달라고 하는 거 아닙니까? 그래서 그냥 마셔버리겠다고 하고 병나팔을 불었어요. 몇 분 걸렸을 것 같습니까?"

"한 되들이 두 병이요? 병째로는 마시기 힘드니까 10분 정도로는 불가능했을 것 같은데요."

마을 회장이 끼어들었다.

"무슨 말씀을! 딱 3분이었습니다. 그 기록은 아직까지 깨지지 않았다고 하더군요. 그 모습을 보던 팬들이 놀라서 눈을 동그랗게 떴죠."

역도산은 의기양양해서 큰소리로 웃었다. 말석에 앉은 사냥꾼들도 사람 좋아 보이는 역도산의 웃는 얼굴에 그제야 긴장을 풀었다. 그리고 역도산이 먹고 마시는 모습에 그저 경탄할 따름이었다.

"금년 1월에는 홋카이도에 갔었죠. 브로우닝 5연발 자동소총으로 500관*짜리 불곰을 맞췄습니다. 정말 기분이 좋았죠. 내일도 큰 놈을 잡고 싶군요."

역도산은 500킬로그램이라고 해야 할 것을 500관이라고 잘못 말해놓고 허풍을 떨었다. 그런데 로쿠로타는 역도산이 곰을 잡았다는 이야기는 들은 적이 없었다. 그래도 천하의 역도산이 말하니까 500관짜리 불곰 얘기도 사냥꾼들에게까지 진짜처럼 여겨졌다.

역도산은 아카미 집안의 가보인 붉은 큰 술잔을 들고 부어주는 대로 모두 마시고 먹었다. 실로 왕의 풍격이었다.

로쿠로타의 어머니는 사치코가 역도산의 애인이라고 믿고 있었기 때문에 다실이 딸린 별채로 역도산과 사치코를 안내했다. 역도산은 원래 술이 강했지만 청주를 많이 마신 적이 없는 사치코는 다리가 휘청거렸다. 역도산은 사치코를 거의 안다시피 부축하여 방으로 갔다. 별채는 산림을 가꾸는 로쿠로타 집안에 걸맞게 지어진 곳으로, 안쪽 방에는 역도산, 장짓문 하나를 사이에 둔 그 바로 옆방에는 사치코의 이불이 깔려 있었다. 그야말로 고양이에게 생선을 맡기는 꼴이었다. 로쿠로타의 어머니는 나름대로 눈치 빠르게 호화로운 이불까지 깔아두었던 것이다.

"그럼 편히 쉬십시오."

어머니는 깊숙이 머리를 숙여 인사하고 딸가닥 딸가닥 게다 소리를

---

*1,875킬로그램.

내며 여전히 계속되고 있는 잔치 자리로 돌아갔다.

진수성찬에 공짜 술은 맛있다. 동네 사람들은 돌아가려 하지 않았다. 하인이나 마찬가지인 한타로도 이날만은 도쿄에서 온 손님, 요시마치와 함께 큰 인기를 모았다. 질투심에 끓어오르는 것은 로쿠로타뿐, 이웃에서 일을 도우러 온 아가씨들이 따라주는 대로 꾸역꾸역 술만 마셔댔다.

역도산은 처음 만난 여자에게는 최고로 친절했다. 술에 취해 아양을 떠는 사치코를 이불 위로 옮기고 나서 하나씩 하나씩 정성들여 옷을 벗겼다. 머리는 아쉽게도 역도산이 좋아하는 긴 머리가 아니었지만, 청바지를 벗기자 늘씬하게 뻗은 다리가 눈부셨다. 속옷을 벗기자 21세의 젊음이 그곳에 넘치고 있었다. 잠옷으로 갈아입히니 갑자기 사치코가 두 팔을 벌려서 역도산의 목을 껴안았다. 의외의 행동에 놀란 역도산은 잠옷을 집어던지고서 안방의 큰 이불 위로 그녀를 옮겼다.

본채에서는 떠들썩함이 어느새 도치기 현의 민요로 바뀌고 있었다. 역도산은 그 소란함에는 아랑곳하지 않고 여자를 애무했다. 사치코는 거리낌 없이 기쁨의 소리를 올렸다. 죽을 것처럼 소리를 질렀다. 그 교성은 민요에 추임새를 넣는 것 같기도 했다. 역도산의 여성에 대한 봉사 정신은 타인의 추종을 불허한다. 사치코는 미친 듯이, 파도치는 대로 온몸을 역도산에게 맡기고 있었다. 12월의 밤은 그렇게 깊어갔다.

다음날 아침, 로쿠로타는 머리가 욱신거렸다. 깨질 것처럼 아프다는 정도가 바로 이것이리라.

완전한 숙취었나.

"아아, 싫다 싫어! 난 왜 이렇게 바보 같을까."

숙취로 깨어난 아침마다 항상 그렇게 생각하는 로쿠로타였다. 다시 이불 속으로 기어들어갔다.

"애야, 벌써 7시다. 일어나야지. 몰이꾼들은 4시에 출발했어. 빨리 일어나."

어머니가 장지문 너머에서 말했다.

"예." 하고 대답은 했지만 일어나기가 힘들었다. 그래도 로쿠로타는 벌레씹은 표정으로 얼굴을 찰싹찰싹 양손으로 때리면서 정원으로 나왔다.

"도련님, 잘 주무셨습니까?"

우두머리 사냥꾼인 할아범이 로쿠로타를 기다리고 있었는지, 손을 비벼대면서 조심스럽게 다가왔다.

"도련님, 그 여자도 산에 데리고 갑니까?"

"예. 왜요?"

로쿠로타는 무뚝뚝하게 마루에 걸터앉았다.

"사냥에는 곤란한데요. 도련님은 총을 안 쏘니까 모르시겠지만, 사냥엔 여자와 매실절임은 엄금입니다. 여자는 화장을 하잖아요. 야생동물들은 1리 앞에서도 냄새를 맡거든요. 그리고 매실절임은 목을 마르게 하기 때문에 주먹밥 속에도 안 넣죠. 사냥꾼이라면 누구나 이 두 가지를 꺼립니다. 여자는 빼주세요. 절대로 곤란합니다."

"그것 참. 그런 사실을 깜빡 잊었군. 이거 곤란한걸……."

마을 사람들도 역도산이 데리고 온 여자인 줄 알고 있었으므로 조심스럽게 말을 꺼내기는 했지만, 화장을 한 여자를 데려가는 일만은 허락해주지 않을 것 같았다. 그래도 로쿠로타의 입장에서는 사치코와 한 약속이 있으니 떼어놓고 갈 수가 없었다.

"그럼 잠깐 의논 좀 하고 올 테니 기다려줘요."

비실비실 일어나자마자 역도산이 자고 있는 별채로 가는 척하다가 본채 부엌으로 무거운 발을 끌고 들어가 물을 마셨다.

국자로 물을 퍼 꿀꺽꿀꺽 마시고 나서 남은 것은 머리에 부었다.

"앗, 차가워!"

그야말로 얼음물이었다. 깨질 것 같았던 머리가 쿵쿵 울렸다.

정원으로 돌아오니 할아범은 곰방대로 담배를 피우면서 새하얀 산들을 바라보고 있었다.

"할아범, 역도산 선생이 아무래도 산에 데리고 가고 싶다고 하는데요.

저도 이렇게 부탁드릴 테니 데리고 가줘요."

로쿠로타는 머리를 숙였다.

"그럼 화장품 냄새 때문에 사슴이 도망가버리더라도 내 책임은 아닙니다. 알았죠, 도련님?"

큰 눈으로 힐끔 노려보았다. 이렇게 되면 엎친 데 덮친 격이다. 로쿠로타는 그냥 사치코를 끌고 도쿄로 도망쳐버리고 싶어졌다.

역도산이 만족스럽고 상쾌한 얼굴로 이를 닦고 있는 옆에는 한타로 대신 사치코가 수건을 들고 서 있었다. 로쿠로타가, '제기랄, 아침 인사 따윌 내가 해야 되냐, 멋대로들 하라지.' 하고 생각한 순간, 또 머리가 쿵쿵 울렸다. 숙취만큼 처량한 일이 없다. 얼굴을 찌푸리면서 눈부신 듯이 하늘을 올려다보았다. 멋진 겨울 하늘, 푸른 하늘이 얼어 있었다.

아침 밥상에는 대나무 소쿠리에 계란이 잔뜩 담겨 역도산 앞에 놓여졌다. 아무리 달걀을 좋아하더라도 혼자서 더 많이 먹을 수는 없을 거라고 생각해 로쿠로타의 어머니가 밥상에 올려놓은 것이었다.

"놓아기르는 닭의 계란이어서 유성란이에요."

로쿠로타의 모친이 친절하게 권했다.

"고맙습니다. 도쿄 건 달걀까지 맛이 없어서……."

역도산은 큰 그릇을 하나 달라고 하더니 흰자는 그 안에 버리고, 선명한 빛깔의 노른자만을 흰 밥 위에 얹었다. 역도산 전용의 특대 밥공기에 여덟 개의 노른자가 얼굴을 나란히 했다. 그곳에 집에서 만든 간장을 뿌리더니 단숨에 휘저어 술술 입안에 흘려 넣었다.

"팔(八)이라는 건 내려갈수록 밑이 넓어지는 숫자라서 재수가 좋지요. 오늘은 꼭 잡을 겁니다."

역도산은 변명이라도 하듯이 말했다. 자그마치 밥을 네 공기, 달걀 32개, 잉어국 세 그릇이 역도산의 뱃속에 가볍게 들어간 것이다. 식욕이 전혀 없는 로쿠로타는 질린 듯이 바라보고 있었다.

젊은 몰이꾼들이 앞서 출발한 5시간 뒤에 역도산 일행 여섯 명은 두 대의 지프에 나눠 탔다. 운전대를 잡은 역도산에게 달라붙듯 사치코는 그 옆자리에 앉았다. 그리고 로쿠로타의 부모님을 비롯한 이웃 사람들까지 성대하게 전송해주는 가운데 의기양양하게 산을 향해 출발했다.

산을 향해 10킬로미터를 지프를 타고 들어간 다음 걸어서 산에 오르기 시작했다. 할아범이 앞서고, 역도산, 요시마치 그리고 사치코 등의 발걸음은 가벼웠다. 하지만 산에 약한 한타로와 로쿠로타는 일행들로부터 600미터나 뒤처져서 무거운 발을 끌고 있었다.

"어이, 빨리 올라오지 못해!"

역도산의 목소리가 산에 울렸다.

"예, 지금 갑니다. "

유순한 한타로가 대답했다. 그러나 로쿠로타는 포기 상태였다.

"한타로, 잠깐 쉬었다 가요."

"안 돼요. 로쿠로타, 세키토리 성격이 급한 거 알잖아요. 그래도 로쿠로타는 좋은 거야. 카메라는 가볍잖아. 난 쏘지도 못하는 총을 들고 가야한단 말야. 등산은 정말 싫다니까."

"야! 빨리 안 오면 쏴버린다!"

위에서 역도산의 목소리가 들려왔다.

"하하, 쏠 테면 쏴보라지."

로쿠로타는 비웃으면서 대답했다. 어차피 들리지도 않을 테고, 설마 진짜로 쏘는 어처구니없는 짓은 하지 않을 거라고 느긋하게 생각했던 것이다.

그런데 갑자기 역도산이 정말로 총을 쏠 자세를 취하는 것이 아닌가. 로쿠로타는 역도산이 가진 총이 4킬로미터 떨어진 곳에 있는 늑대나 사슴을 쓰러뜨리는 망원경 달린 소총인 것은 모르고 있었다.

돌연, "탕!" 하는 발사음과 함께 눈앞에 서있던 두툼한 소나무를 탄환이 꿰뚫었다. 두 사람은 철퍼 주저앉아버렸다. 맞은 곳의 입구는 작았지만 탄환이 튀어나온 출구는 직경 3, 4센티나 뚫려 있었다.

"후후, 재미있네."

사치코는 손뼉을 치면서 환성을 질렀다. 총기에 대해 엄격한 규칙을 강조하는 요시마치는 불쾌한 표정을 지었지만 대놓고 불평을 할 수는 없었다. 더구나 안내인인 할아범으로서는 더더욱 "바보 자식아!" 하고 야단칠 도리가 없었다. 그래도 하마터면 "바보 자식!" 하는 소리가 튀어 나올 뻔했다.

그로부터 얼마나 시간이 지났을까? 한타로와 로쿠타로는 간신히 일행을 따라잡았다.

드디어 배치에 들어갔다. 사냥개에게 쫓긴 사슴이 반드시 지나갈 입지 조건을 가진 장소로 각자 흩어졌다. 그런데 2시간이 지나도 사슴을 쫓는 사냥개 짖는 소리가 들리지 않았다. 그저 살갗을 파고드는 것 같은 찬바람뿐, 거기에 드문드문 눈까지 섞였다. 심심해진 역도산은 피울 맘도 없는 시가를 표범가죽 코트에서 끄집어냈다. 사치코가 재빨리 자기 라이터로 불을 붙여주었다. 꼭 연인처럼 행동하는 모습을 본 할아범이 안색을 바꾸며 50미터 정도 떨어진 자리에서 달려왔다.

"안 됩니다. 빨리 꺼요. 냄새 때문에 사슴이 이쪽으로 안 와요."

목소리를 낮춰 말했다.

"아, 미안 미안. 깜박했소."

할아범의 무서운 얼굴에 역도산도 잠시 움찔했다. 안 그래도 방금 전에 총을 쏜 일 때문에 할아범은 화가 나 있었던 것이다.

"어쩌죠, 나 화장실에 가고 싶어요."

엉덩이를 꾸물거리고 있던 사치코가 굳어진 분위기를 풀려는 것처럼 말했다.

"쉿, 목소리 낮춰……."

할아범이 목소리를 죽이면서 째려봤다.

"산에 화장실 같은 게 어딨어, 대충 알아서 해."

역도산은 꼼꼼하게 시가를 안주머니에 챙겨 넣으면서 말했다.

"못 참겠으니까, 나 그냥 일 볼래요."

사치코는 나무 그늘에 숨듯이 앉아 바지를 내렸다. 핑크색 팬티를 후다닥 끌어내리니 새하얀 엉덩이가 드러났다. 싱글거리는 역도산을 등지고 소변을 보기 시작했는데, 그 방향은 눈만 내밀고 숨어 있던 로쿠로타 쪽이어서 그 모습이 똑바로 보였다. 자기도 모르게 침을 꿀꺽 삼켰다. 처음 보는 미녀의 방수에 흥분을 누를 길이 없었다. 다른 사람이 없었다면 그냥 덮쳐버릴 참이었다.

그때, 계곡에서 눈을 품은 바람이 불어왔다.

"아이, 추워!"

사치코가 비명을 지르는 순간, 그녀의 오줌이 싱글거리면서 그녀의 모습을 바라보고 있던 역도산의 얼굴로 날아왔다.

"으잇, 뜨뜻미지근하군."

과장된 동작으로 장난을 쳤다. 사치코는 꽤 오래 볼일을 보았다. 상당히 참고 있었던 모양인지 마치 분수처럼 쏟아져 나왔다. 새하얀 넓적다리, 검은 정글, 연지를 바른 듯한 입술에서 안개처럼 품어져 나오는 것이었다.

"조용히 하세요. 사슴이 도망갑니다."

사치코는 메롱 하고 혀를 내밀더니,

"바람이 이렇게 찰 줄은 몰랐어요. 소중한 곳이 감기 걸릴 것 같네요."

태연한 얼굴로 팬티를 잡아 올리면서 역도산에게 윙크를 보냈다. 그때였다. 사냥개가 컹컹 거리면서 사슴을 쫓는 희미한 소리가 바람에 실려 산 너머로부터 들려왔다.

드디어 오는구나……. 여섯 명은 몸을 낮추고 기다렸다. 로쿠로타는 니콘카메라 두 대에 500밀리와 200밀리 렌즈를 달고 역도산에게 초점을 맞췄다.

정말로 갑자기였다. 아직 산 너머일 거라고 생각했는데, 큰 수사슴이 역도산의 눈앞으로 뛰어들었다. 하지만 손에 든 것은 망원경이 달린 소총밖에 없었다. 근거리용은 아직 한타로가 가지고 있었다. 너무 가까워 조준이 잘 되지 않았다. 역도산은 정신없이 방아쇠에 힘을 넣었다.

"탕!"

커다란 뿔을 흔들면서 펄쩍 뛰어올라 직각으로 방향을 꺾은 수사슴은 흰 엉덩이 털을 피로 붉게 물들이면서 눈 깜짝할 사이에 사라졌다. 총알이 엉덩이에 맞은 것 같았다.

"한, 그 총 줘!"

역도산은 완전히 당황하고 있었다. 이번에는 손에 쥐고 있던 원거리용 총으로 노리면 될 것을 거꾸로 근거리용 총으로 바꿔 쏘았다. 사슴은 펄쩍펄쩍 높이 뛰어 도망갔다. 역도산은 그냥 쏴댔다. 다섯 발이 연속으로 울렸다.

쫓기는 사슴이 지나는 길은 반드시 정해져 있다. 그래서 제1사수는 역도산, 제2사수는 요시마치, 제3사수는 할아범으로 정해두었다. 그런데 너무나 마구잡이로 쏴대는 통에 사슴이 방향을 바꿔 사라졌다. 진홍 핏자국이 점점이 계곡의 강가까지 이어져 있었다.

강을 건너면 개도 냄새를 맡을 수 없어서 오락가락 할 따름이다. 몰이꾼들의 발도 무거워져 있었다.

역도산은 아카미 집안에서 선물로 마련한 사슴을 벤츠 스포츠카의 트렁크에 넣으려 했지만 너무 커서 다리가 비죽 나와버렸다.

"이봐, 요시마치! 로쿠로타와 한을 데리고 아카사카에 있는 그 클럽으로 와라. 난 아가씨와 먼저 가 있겠다."

두 사람은 앗 하는 사이에 사라졌다. 요시마치의 고물차가 뒤를 따라 아카사카의 술집에 도착했을 때, 두 사람의 모습은 당연히 그곳에 없었다.

남과 여

아카미 로쿠로타는 그래도 속이 넓었다. 역도산에게 애인을 빼앗기고 서도 그게 운명이겠거니 하고 간단히 포기했다. 그는 나타나기만 해도 밝아진다는, 봄의 태양처럼 밝은 성격의 사내였다. 상대방이 화가 나 흥분을 하면 더욱 밝게 웃으며 화제를 돌렸다. 더구나 그렇게 남의 이야기를 잘 들어주는 사람도 없었다.

"선생님, 지금 최고의 인기 여배우인 오키 하마코를 어떻게 생각하세요?"

로쿠로타는 수수께끼를 내는 것처럼 역도산에게 물었다.

"글쎄, 미인에 머리도 좋고……. 만나보고 싶은 스타 중 한 사람이지, 근데 왜?"

올커니 하고 생각하면서도 로쿠로타는 별 것 아니라는 표정으로 이야기를 계속했다.

"그 오키 하마코에게 가정방문을 시켰으면 해서요."

"음, 그래서?"

역도산은 책상 위에 얹어놓았던 다리를 내리고 자세를 고쳐 앉았다.

"실은 월간 연예잡지에서 오키 하마코가 유명인사의 집을 찾아가는 걸 싣자는 의뢰가 들어왔거든요. 5페이지짜리 화보입니다만……."

"그래서……."

"편집부 쪽의 기획은 프로레슬링의 왕자 역도산 댁을 방문, '안녕하세요, 오키 하마코입니다'라는 제목으로 촬영해달라는 겁니다."

"우리 집에 하마코가 온다고?"

"그렇습니다. 촬영에 1시간 정도 필요합니다. 요시마치 씨를 통해 부탁드리려고 했는데……."

"요시마치 따위는 아무래도 좋아. 그래, 오케이다. 언제가 대길일이지?"

"8일입니다. 그날 결혼식장 예약이 반년 전부터 꽉 찼다고 하더군요."

"너, 꽤 잽싸구나."

"예, 작전은 치밀해야 하니까요."

과연 전 육군 소위다웠다. 비서 요시마치와도 벌써 스케줄을 맞춰봤기 때문에 그날은 안전했다. 로쿠로타는 차렷 자세로 서서 역도산의 눈을 똑바로 보면서 대답했다. 눈을 돌리면 지는 것이다.

"8일이라, 8은 좋은 숫자지. 다음 주 월요일인데, 몇 시쯤이 좋을까?"

"오키 양 쪽은 그날 하루 종일 비어 있답니다. 아무래도 오후가……."

"아침 11시라도 난 괜찮지만, 점심시간이 끼게 되니까 1시가 어때?"

처음 만나 점심식사를 대접하는 것은 아깝다. '내게 호의를 가져준다면 몰라도, 대스타인 하토다 고이치와 헤어졌다는 소문이 있기는 하지만 아직 모른다.' 하고 역도산은 그녀의 얼굴을 떠올리며 말했다.

"괜찮습니다. 1시부터 2시까지 촬영시간을 주십시오."

"알았다, 아카가 하는 일이니까 1시간이라고 해놓고 2시간쯤 걸리겠지."

역도산은 웃으면서 말했다. 아카미 로쿠로타를 아카라고 부를 때는 최고로 기분 좋을 때, 보통이 '뺀질이', 나쁠 때에는 로쿠라고 고함쳤다.

"선생님은 역시 보는 눈이 있으시군요. 뭐, 워낙 미인이니까."

"암, 여자는 예쁘지 않으면 안 돼. 이와 눈이 예뻐야지. 단, 다른 심부름꾼 따위는 오지 말라고 해. 방해가 되니까 혼자 오라고 하라고."

"예, 제가 하마코 씨만 데리고 가겠습니다. 선물로는 도라야의 양갱이라도 사라고 편집부에 일러놓겠습니다."

"응, 제일 비싼 걸로 많이 사와."

"넷! 참고로 말씀드리면, 하마코 씨는 지금 애인을 구하는 중입니다. 천하의 미남과 헤어졌으니까요."

"아, 그 남자와 헤어졌나? 그거 잘됐군, 애인이 있는 여배우에겐 흥미 없어."

"하지만 남의 여자와 노는 것도 스릴 있고 재미있죠."

"난 여자는 부족하지 않아. 여자 쪽에서 유혹하지 않으면 재미없단 말야."

"부럽습니다. 그런데도 제 여자까지 차지해버리고……."

"아, 그 꽃집의 사치코 말이냐? 그때도 그쪽에서 꼬인 거야. 그래서 안아주긴 했는데 맛은 별로였어. 그리고 사치코는 원래 자네를 좋아하지 않았다고."

"그럴 리가 없습니다만, 그건 그렇다 치고 비가 오더라도 촬영은 진행됩니다. 그럼 저쪽에도 연락해두겠습니다. 8일 1시, 부탁드립니다."

"응, 잘 전해줘."

미인 여배우라고 하니까 역도산이 흔쾌하게 시간을 내줬다. 물론 딴마음이 있었기 때문이다.

그날은 봄을 연상케 하는 따뜻한 날이었다. 잡지는 4월호였기 때문에 역도산은 목을 둥글게 판 빨간 셔츠를 입었고 하마코는 스포티한 봄옷 차림이었다. 촬영은 연예잡지에 흔히 실리는 포즈로 서재에서부터 시작되었다. 두 사람의 마음이 맞는 것처럼 보이자 정원의 잔디밭으로 이끌어내 상반신을 드러낸 역도산이 육체미를 그녀 앞에 선보이는 장면을 연출시켰다.

"그야말로 미녀와 야수군요."

로쿠로타는 롤라이 카메라의 파인더를 들여다보면서 놀리듯이 말했다.

"어머, 야수는 보기 흉하죠. 이런 프로레슬링계의 미남한테 그런 말씀을……."

하마코는 눈부신 듯이 그 육체를 바라보았다.

"아니, 상관없습니다. 당신처럼 아름다운 분과 함께라면요."

"어머, 기뻐요."

하마코는 작은 입으로 소프라노 목소리를 내며 애교를 부렸다. 역도산으로서도 대서비스를 하지 않을 수가 없었다. 이렇게 되니 로쿠로타도 달콤한 사진을 찍지 않을 수 없는 형국이었다.

"거기서 하마코 씨를 안아 올려 뺨을 맞대고……."

역도산은 상당히 쑥스러워했지만 여자 쪽은 과연 영화배우였다. 부끄러움을 모르고 육체미를 자랑하는 팔 안에서 넋을 잃었다. 로쿠로타는 역도산의 어색함이 사라질 때까지 기다려야겠다고 생각하고 계속 파인더를 들여다보았다.

서향꽃의 달콤한 향기가 로쿠로타의 코를 찔렀다. 문득 2층을 올려다보니 잠자코 내려다보는 차가운 시선이 그곳에 있었다. 로쿠로타는 오싹해서 멈춰 섰다.

인기 No.1의 영화배우, 오키 하마코의 방문에도 인사조차 하러 나오지 않았던 아야의 차가운 시선이 얼은 것처럼 움직이지 않았다. 부인이 외출한 줄로 알고 있었기 때문에 당황하기는 했지만, 그래도 로쿠로타는 프로 카메라맨이었다. 중지할 수는 없는 일이었다.

필름은 원고지와 같다. 프로는 물량으로 승부한다. 롤라이 카메라는 삼각대에 얹고 35밀리, 50밀리, 105밀리, 200밀리의 망원렌즈를 단 니콘 넉 대를 준비했다. 카메라맨은 셔터소리를 듣는 것만으로도 즐겁지만, 그 차가운 시선에 신경이 쓰이는 것은 어쩔 수가 없었다. 그런데 1시간 반쯤 지나자 이쪽에서 포즈를 주문할 필요가 없어졌다. 이제 두 사람은 렌즈 따위는 전혀 의식하지 않았다. 로쿠로타는 망원렌즈로 마구 찍어댔다.

"감사합니다. 수고 많으셨습니다."

로쿠로타는 차렷 자세로 군대식 경례를 했다.

"이제 됐나? 금방 끝났는걸."

2시간 반이나 걸렸는데도 역도산은 부족하다는 투로 말했다.

"예, 연기가 좋아서 찍기 편했습니다."

"로쿠 씨, 즐거웠어요."

하마코도 칭찬을 했다.

"고맙습니다, 탱큐입니다."

로쿠로타는 그녀에게 다시 한 번 군대식 경례를 했다. 그리고 역도산의 얼굴을 올려다보았다.

"그럼 하마 씨를 모셔다드리겠습니다."

"무슨 소리, 자네가 모셔다드리지 않아도 돼. 내가 하지."

"그건 곤란한데요. 모셔오고 모셔다드릴 책임은 저에게……."

"됐다니까. 내가 보내드릴게."

"그래도 그러면 매니저에게 잔소리를 듣게 되는데요."

"어머, 괜찮아요. 매니저에게는 제가 연락해둘 테니, 역도산 씨께 부탁드릴래요."

하마코는 신이 나 말하더니 역도산을 올려다보며 미소 지었다.

"괜찮으시겠어요? 걱정되는데……."

"임마, 쓸데없는 걱정하지 마."

역도산은 장난삼아 가라테 촙 날리는 시늉을 했다.

"어머, 멋져요."

하마코는 로쿠로타를 앞에 두고서도 발가벗은 가슴에 뺨을 갖다 댔다. 이렇게 되면 방해물은 물러나야 한다. 오래 있는 건 금물. 더 이상

꾸물거렸다가는 '이 바보야!' 가 날아온다.

"그럼, 하마코 씨. 매니저에게는 꼭 전화해주십시오. 나도 연락하겠지만……."

로쿠로타는 큰 알루미늄 상자에 카메라 등을 챙겨 넣고 문 밖에서 기다리던 잡지사의 자동차에 짐을 실었다.

오키 하마코는 대스타답게 외제차밖에 타지 않았다. 그것도 운전수가 딸린 재규어였다. 그런데 잡지사에서 보내온 차는 일본차였기 때문에 좋은 얼굴을 하지 않았다. 그래서 대신에 언론사 깃발을 달아주었던 것이다. 오늘은 역도산이 지닌 석 대의 차 중에서 그녀가 좋아하는 롤스로이스로 전송해주겠지, 하고 로쿠로타는 안심하며 눈을 감았다. 그래도 역도산과 하마코, 두 사람의 사이가 마음에 걸리는 것은 어쩔 수가 없었다. 더구나 부인의 그 눈을 떠올리니 불쌍한 사람이라는 생각이 새삼 들었다. 로쿠로타가 탄 차는 회사 깃발을 펄럭이면서 국도 1호선을 타고 긴자를 향해 달렸다. 시계 바늘은 4시 35분을 가리키고 있었다.

오키 하마코는 텔레비전으로밖에 프로레슬링을 본 적이 없었다. 프로레슬러는 야만인이라고 생각하고 있다가 역도산의 신사다운 모습을 실제로 보고서는 푹 빠져버렸다. 지금까지 여러 남자와 스캔들을 일으켰지만 이렇게 늠름한 남자를 만난 적은 없었다. 안 그래도 그녀는 남다른 취향을 가지고 있었던 것이다.

구두쇠 덩어리인 역도산도 그녀처럼 아름다운 여성에 대해서는 미끼값을 아끼지 않았다. 특별 사양의 롤스로이스에 태워 요코하마를 향해 품위 있게 운전했다. 롤스로이스를 몰 때는 옷도 정장을 입었고 운전도 스포츠카와는 달리 했다.

"만난 기념으로 드레스를 선물할 수 있게 해주십시오."

역도산은 조심스럽게 말했다.

"어머, 기뻐라. 드레스를……."

하마코는 제스처가 컸다. 기쁨을 온몸으로 나타냈다.

"스타 분들은 가시는 곳이 정해져 있지요?"

"그래요. 저는 요코하마와 긴자에 있는 두 곳을 가요."

"그럼 요코하마 쪽에서 최고급 드레스를 맞추도록 하죠."

"어머, 멋져요."

그녀는 역도산의 허리를 껴안은 듯이 붙어 앉아 기분 좋은 엔진소리에 빠져 있었다.

역도산은 갖고 싶다고 생각한 것은 전부 손에 넣는 남자였다. 세계챔피언 벨트도 반드시 따겠다고 호언장담하였고, 최고의 인기를 누리는 여배우 오키 하마코도 자신의 것이 안 될 리가 없다고 믿기 시작했다. 드레스 한 벌 정도에 이토록 기뻐하리라고는 생각지도 않았기 때문이다.

최고급 드레스는 그가 상상했던 것보다 비쌌다. 하지만 그녀 앞에서는 허세를 부렸다.

이어서 고급 클럽으로 간 하마코는 브랜디에 볼을 붉혔다. 그 요염한 모습에 역도산은 참을 수가 없었다. 이야기할 때마다 작은 입을 오물거리면서 커다란 눈으로 눈웃음을 쳤다. 그 새하얀 이가 진주처럼 빛났다. 그는 가볍게 스텝을 밟으면서 귓가에 속삭였다.

"하마코 씨는 정말 아름답군요. 당신처럼 아름다운 여배우와 춤을 출 수 있다니, 정말로 행복합니다. 오늘 밤만큼 즐거운 적이 없습니다. 감격으로 가득합니다."

"어머, 기뻐요. 저도 마음이 들떠서 취한 거 같아……."

하마코가 발이 엉킨 양 역도산에게 매달렸다. 역도산은 꼭 껴안으면서 그 귓가에 속삭였다.

"어때요? 이런 외국인 전용 나이트클럽보다는 항구가 보이는 그랜드 호텔에서 브랜디를 마시면서 둘만의 밤을 만듭시다. 이야기를 더 나누고 싶군요."

역도산의 스텝은 가벼웠다. 스포츠맨다웠다. 음악을 타고 춤을 추면서 그녀의 가는 목에 뜨거운 숨을 불었다. 절묘한 스텝 가운데 육체로 도전해오자 하마코는 꿈을 꾸듯 넋이 나가 몸을 맡겼다.

"그러네요. 아직 이르니까 호텔에서 잠깐 쉴까요?"

하마코는 가볍게 응했다. 역도산은 성급해지려는 마음을 누르고 외국인들만 우글거리는 나이트클럽을 뒤로 했다. 그녀를 획득하기 위해서라면 아무리 돈을 써도 아깝지 않다고 생각했다.

항구에서 자란 하마코도 분위기에 취했다. 호텔 특별실에서 바라보는 항구의 야경은 두 사람을 현실에서 도피시켰다. 달콤하고 가벼운 음악, 향수 같은 브랜디, 작은 초콜릿을 입에 가져다주자 하마코는 방긋 미소 지었다. 그것은 둘만의 세계였다. 손을 맞잡고 일어선 두 사람은 다시 춤을 췄다. 그저 흔들흔들 음악에 몸을 실었다. 입술이 겹쳐지고, 숨이 차오른 둘은 엉키듯이 침대에 쓰러졌다.

역도산의 여성에 대한 봉사 정신이 불처럼 타올랐다. 그는 귓불을 가볍게 물면서 살짝 속삭였다.

"아름다운 하마코 씨, 멋진 하마코 씨를 위해 저는 노예가 되고 싶소. 모든 것을 당신께 바치고 싶소. 사랑하오, 하마코."

그는 헐떡이면서 단어를 골랐다.

"기뻐요. 저, 죽어도 좋아요."

결국 마지막 말을 입에 담았다. 그녀도 정욕에 취했다. 아름다운 육체를 아낌없이 그에게 맡겼다. 구두를 벗기고 스타킹을 천천히 내렸다. 그는 무릎을 꿇고 여자의 발바닥에 입을 맞췄다. 핑크색으로 화장한 작은 발톱이 빛났다. 그 간지러운 쾌감에 하마코는 자기도 모르게 신음소리를 흘렸다.

그녀는 이제 모든 것을 맡기고 온몸에 힘을 빼고 있었다. 새하얀 스웨터와 브래지어를 벗기자 조각 같은 유방이 나타났다. 여성에 대한 그의 봉사는 야수와 아무 다를 바가 없었다. 그의 혀는 발바닥에서 정강이, 허벅지까지 아름다운 살결을 타고 기어 다녔다.

완만한 초원에 얼굴을 묻은 그는 필사적으로 흥분을 가라앉히려고 했다. 입술은 초원에서 사랑의 샘으로 미끄러져 들어가 그 꿀을 빨아들였다. 그녀로서는 처음 경험하는 충격이었다. 샘에서는 꿀이 분수가 되어 솟아나고, 그때마다 애달픈 소리가 달콤한 음악을 깨뜨렸다.

대스타 오키 하마코는 태어났을 때 그대로의 모습으로 눈이 풀린 채 몸을 활처럼 휘었다. 이렇게 가느다란 육체에 이런 끈기가 있을 줄이야 하고 놀랄 정도로 그녀는 강했다. 역도산의 공격은 쉴 줄을 몰랐다. 세 번째, 네 번째, 비술을 구사하여 계속 공격했다. 말 그대로 성의 제전이었다. 그리고 산화하였다.

그는 자신의 육체 위에서 정신을 잃고 있는 가냘픈 나신을 조용히 침대에 내렸다. 땀이 뒤범벅 된 유방에서 배로 내려가며 입을 맞추었다. 그리고 사랑의 샘에 다시 혀를 미끄러뜨려 넣더니 흘러넘치는 애액을 계속 핥았다.

하마코는 나신을 내던진 그대로 꼼짝도 하지 않고 무릉도원을 헤매고 있었다. 역도산의 애무는 멈출 줄 몰랐다.

그녀가 제정신으로 돌아온 것은 그로부터 30분 뒤였다. 가늘게 눈을 떠 그의 얼굴을 올려다보더니 쿡 하고 웃었다. 그에 그도 빙긋 웃었다. 서로 쑥스러웠다.

"자, 샤워로 땀을 씻지."

그는 가볍게 하마코를 들어 올리더니 욕실 문을 발로 밀어 열었다. 하마코는 그의 목에 매달려 아직 여운을 즐기고 있었다.

"나, 좀 단정하지 못했죠?"

작은 입으로 응석을 부렸다. 요염이란 단어는 그녀를 위해 있는 말이었다. 아름다운 최고의 예술품을 떠올리게 했다. 흰 살결이 빛나고 있었다.

그녀는 목욕 타월만 몸에 두른 채 담배에 불을 붙였다. 담배 피우는 모습도 예뻤다. 요정 같은 모습이었다. 그는 노예처럼 브랜디 잔을 그 왼손에 건네주더니 무릎을 꿇고 발가락에 입을 맞췄다. 그가 둘렀던 커다란 목욕타월이 펄럭 하고 발 아래로 떨어졌다. 그 순간, 남성의 심벌이 다시 숨쉬기 시작했다.

두 사람의 사랑의 제전이 계속되었다. 그것은 둘만의 세계였고, 천국의 모습이었다. 누가 그것을 외설이라 할 수 있을까? 남자와 여자의 사랑의 극치였다.

그후부터 프로레슬링 경기 스케줄을 하마코의 예정표와 맞춰 세울 정도로 두 사람의 사이는 날이 갈수록 깊어졌다. 역도산의 봉사적 테크닉에 빠져든 하마코는 애욕에 눈물을 흘렸고, 역도산도 인기 최고의 여배우와 사귐으로써 인기가 높아지자 득의양양해졌다.

일본에 한 대밖에 없는 스포츠카를 타고 요코하마에 나타났기 때문에 상점가에서는 둘의 사이가 공공연한 비밀로 되어 있었다. 마음에 드는 양장점이 보이면 들어가 드레스를 맞췄다. 역도산의 인생에 있어서 이때만큼 여자에게 선심을 쓴 적은 이전에도 없었고 이후에도 없었다. 그만큼 그는 오키 하마코에게 빠져 있었다.

그녀의 취향이 남다르다는 것을 그도 모르지 않았다. 그래서 지방 순회 시합 때에는 걱정이 되어서 호텔로 돌아가자마자 요코하마에 있는 그녀에게 전화를 걸었다. 밤 11시, 12시에도 돌아와 있지 않으면 초조해져서 술을 마셔댔다.

"저예요. 저 곤란한 일이 생겼어요. 빨리 와줘요."

취한 것이리라. 하마코의 달콤한 목소리가 수화기에서 흘러나왔다.

"뭐! 왜 그래? 무슨 일이야?"

"전화로는 안 돼요. 빨리 돌아와요……."

하마코는 연기하는 것처럼 응석을 부렸다.

"곤란하게 됐단 말예요."

"뭐가 뭔지 모르겠지만 내일 도쿄로 돌아갈 거야. 그 호텔에서 저녁이라도 같이 하지. 또 전화할게. 알겠지?"

역도산은 싱글거리면서 전화를 끊었다. 그녀가 곤란하다는 게 뭔지 도무지 알 수가 없었다. 설마 임신일 줄은 상상조차 못했다. 예나 지금이나 남자란 무책임하다.

역도산은 의심이 많았다. 자신 이외의 어느 누구도 믿지 않았다. 그녀가 다른 누군가와 즐기고 있을지도 모른다는 생각만으로도 화가 치밀어 올랐다. 그래서 침실에 들어가면 끈질기다고 할 정도로 육체를 핥아대면서 독점욕을 발휘했다.

욕정의 폭풍우가 지나간 뒤, 하마코는 그의 팔에 안겨 말했다.

"있잖아요, 생겨버렸어요."

"생겼다니, 뭐가?"

역도산은 시치미를 했지만 속으로는 철렁 했다.

"어떡하죠? 애가 생긴 것 같아요, 그게 없어요."

"아기라, 곤란하군……. 당신도 그렇잖아. 청순한 오키 하마코가 아이를 낳으면 대스타의 자리에서 굴러 떨어질 게 뻔해. 바로 처리해버리자, 그게 좋겠지?"

"응, 하지만 괜찮을까요?"

"괜찮아, 절대로 소문나지 않게 할 테니까."

"정말이죠? 꼭이에요?"

"맡겨두라고, 괜찮아. 그렇게 하기로 하고 샤워라도……."

하마코도 안심한 탓인지 환한 얼굴로 벌거벗은 채 욕실로 뛰어들어갔다. 탱탱한 엉덩이에 그는 참을 수가 없었다.

둘은 지칠 줄 모르고 서로를 요구했다. 어차피 낙태시킬 거라는 마음에 안심하고 성의 제전에 취했다.

다음날,

"이봐, 도요! 나중에 내 방으로 와라."

맹훈련으로 땀범벅이 된 역도산은 링에서 내려오면서 역기를 들어 올리고 있던 스모 출신의 레슬러에게 말을 걸었다. 도박 때문에 한때 어쩔 수 없이 은퇴를 했다가 겨우 컴백한 괴력의 레슬러 도요노보리였다.

"뭡니까? 세키토리."

"아무튼 나중에 와. 그때 얘기해줄게."

샤워를 하고 새빨간 수건을 허리에 두른 채 계단을 올라갔다. 도요노보리는 "꽤 심각하게 나오네." 하고 이상하다는 듯 그 뒷모습을 바라보았다.

도요노보리는 불량한 사내였다. 듬성듬성 자라는 대로 내버려둔 수염에 게다를 신은 스타일로 어깨를 좌우로 흔들면서 사장실에 노크도 하지 않고 들어갔다. 그가 세상에서 제일 좋아하는 것은 술이나 여자가 아니라 도박이었다.

"왔냐."

역도산은 커다란 가죽의자에서 일어나서 긴 의자에 앉으라고 눈으로 말했다.

"부탁이 있는데, 아무 말도 묻지 말고 시키는 대로 해라. 여기 10만 엔이 들어 있다. 입막음으로 주는 거다."

"엄청 어려운 문제인 모양이군요."

구두쇠인 역도산이 10만 엔을 턱 하고 내놓자 도요노보리는 놀라 긴장했다.

"내일 저녁 7시에 데이코쿠 호텔 바에서 어떤 여자 한 명이 브랜디를 마시고 있을 거야. 그 여자를 너하고 친한 산부인과 의사한테 데리고 가 줘."

"예? 또 지우는 겁니까?"

"그래, 서로 인기에 지장이 있으니까."

"그럼 여배우겠군요."

"응, 내일 보면 알 거야. 지금 바로 의사에게 연락해."

"세키토리의 부탁이니 어쩔 수 없이 해야겠지만, 10만은 너무 적은데요."

"이 자식, 약점을 잡았다 이거냐? 할 수 없군, 5만 엔 더 주지."

마지못해 1,000엔짜리 지폐 50장을 은색 가방에서 꺼내 테이블 위에 10장씩 올려놓았다.

"그 대신 정말로 비밀 엄수다."

"알고 있습니다. 걱정 마십시오."

도요노보리는 아무렇게나 15만 엔을 주머니 속에 집어넣고서 느릿느릿 일어섰다. 그리고 따각따각 게다 소리를 내면서 나갔다.

다음날, 호텔 바에서 사람을 기다리고 있는 듯이 혼자 브랜디를 마시고 있는 여성을 찾았다. 도요노보리도 처음에는 그 여자가 오키 하마코라는 것을 몰랐다. 하지만 그를 발견한 하마코는 짙은 선글라스 안에서 사인을 보냈다. 새하얀 얼굴에 한층 요염함이 더해졌다.

"늦어서 미안……."

도요노보리는 여자에 서툴렀다. 미인 앞에서는 인사도 제대로 못했다. 약속 시간에 5분밖에 늦지 않았지만 그렇게 말을 꺼낼 수밖에 없었다. 그런데 여자는 한마디도 입을 열지 않았다. '이 여자가……' 하고 생각했지만 선배의 여자이니 고개를 숙일 수밖에 없는 도요노보리였다.

애욕의 결정은 슬프게도 어둠에서 어둠으로 사라져갔다.

역도산은 독점욕이 강했다. 지방순회 시합 때조차 그녀가 바람 필까 봐 걱정이 되어 전화만으로는 만족하지 못하고 느닷없이 도쿄로 돌아와서 하마코를 놀라게 했다.

그녀는 또 임신했다. 역도산이 피임을 아주 싫어했기 때문에 어쩔 수 없는 하늘의 섭리였다. 그리고 또 도요노보리의 신세를 졌다. 예전에 시가 아쓰코라는 여배우가 낙태했다고 죄인 취급을 당했던 것과는 달리 패전한 일본에서의 하마코는 대스타의 자리를 흔들림 없이 지켰다. 하마코는 더욱 스마트해졌고 미모도 더욱 갈고 닦았다. 이제는 대스타로서의 관록도 충분해져서 인기나 연기도 최고라고 자타가 공인하는 존재가 되었다. 하지만 역도산이 가장 두려워하던 일이 다가오고 있었다.

어둠으로 사라진 두 사람의 아기에 대한 일은 영원히 알려지지 않았다. 만약에 도요노보리가 폭로했다 하더라도 누구 한 사람 믿는 사람이 없었을 거라고 할 만큼 그녀 자신이 청순함을 자랑했고, 세상도 그렇게 인정하고 있었다.

그러나 상대인 역도산은 아무래도 교양이 부족했다. 독서가로 자처하던 오키 하마코는 소설가나 화가들과의 교제도 폭넓어서, 그야말로 재색을 겸비한 대스타가 되어 있었다. 이제 역도산과 나누는 육욕만의 교제에 싫증이 나기 시작했다. 서로의 육체에 대해 너무 잘 알게 되었고, 무식에 질려 둘만 있을 때에는 이야기를 나눌 거리가 떨어지고 말았다.

한때 미남 배우 하토다와 하와이에서 영화를 찍으면서 뜨거운 사이가 되어 죽네 사네 대소동을 벌인 끝에 자취를 감추는 사건을 일으키기도 했던 하마코지만, 그 사실은 예전에 잊히고 지금은 여자 영화배우 넘버 원의 지위를 지키고 있었다.

그 즈음, 영국 영화계의 신예 감독이 일영 합작영화를 연출하기 위해 일본에 찾아왔다. 그 파티에서 하마코는 감독에게 푹 빠져버린다. 머리 숱은 별로 없지만 대학교수 이미지의 수수한 미남으로, 일본의 영화인과는 달리 늘씬하고 기품 있는 백인이었다. 하마코는 그 작품에 캐스팅되어 있지 않지만 소속된 영화사는 같아서 틈만 나면 세트로 찾아가 친밀감을 더해갔다.

그 소문을 들은 역도산은 지방순회 시합조차 차분하게 할 수 없었다. 하마코의 집을 비롯해 사무실까지 전화를 돌리다가 연결이 안 되니까 도쿄에 남아 있던 비서 요시마치에게 그녀를 찾아내라고 시키기까지 했다. 그렇지만 요시마치로서도 전화를 받지 않으니 도무지 어디에 있는지 찾을 도리가 없었다. 전화로 고함을 치는 역도산에게 요시마치는 손을 들고 말았다. 결국은 카메라맨인 아카미 로쿠로타에게 부탁할 수밖에 없었다.

"요시마치, 아무리 그래봤자 끝난 일이야. 늦었어, 안 돼, 안 된다고.

그 백인 녀석과 즐기고 있을걸? 하마코는 원래 취향이 독특해. 단념하라고 해. 이번 일은 미안하지만 거절이야."

"로쿠, 그러지 말고. 제발 전화라도 받아달라고 해줘."

"자네 부탁이니까 다른 일이라면 물불 가리지 않고 뛰어들겠지만, 남녀의 일은 나도 어떻게 된 건지 알 수가 없단 말야. 어제도 그녀를 만나서 떠봤는데 도저히 안 돼. 역도산에게 스포츠맨답게 깨끗하게 포기하는 게 좋겠다고 말해."

"입장을 바꿔 생각해봐, 자네라면 그럴 수 있겠어? 좀 봐달라고."

"안 돼, 안 돼. 역도산에게 사치코를 빼앗긴 적도 있어서 동정심도 느껴지지 않아. 그럼……."

전화를 끊었다. 요시마치의 난감해하는 얼굴이 떠올라서 불쌍하기도 했지만, 로쿠로타로서도 어떻게 할 수가 없는 일이었다.

결국 외동딸이었던 오키 하마코는 부모님의 눈물도 뿌리치고, 과감하게 대스타의 자리까지 버리고 그 감독과 결혼했다.

그 신문기사를 읽고 있던 경리인 니우라 나쓰코에게 역도산이 고함쳤다.

"나쓰, 뭘 읽고 있는 거야! 그럴 시간 있으면 차라리 나가 놀아!"

신문을 난폭하게 빼앗더니 꼬깃꼬깃 구겨서 발로 짓밟았다. 아무것도 모르는 나쓰코는 깜짝 놀라 펄쩍 뛰었다.

"왜 그러세요, 선생님."

"왜 그러긴 뭘 왜 그래. 청소라도 해."

역도산의 괜한 심통이 시작되었다. 걸핏하면 소리를 쳤다. 그 여파는 연습장까지 미쳐서 엔도가 또 엄살을 떨다가 결국 가라테 촙 한 방을 맞고 의식을 잃었다. 엔도 6단도 역도산 앞에서는 아기처럼 약했다.

사실 그 합작영화는 참담한 결과를 낳았다. 그래도 감독은 일본 미녀를 기념품으로 얻어 큰 화젯거리를 남기고 런던으로 돌아갔다. 소식통들은 "그래봤자 3년 가면 성공이다. 그 사람은 영국에서는 무명감독이라고 하더라." 하고 비판적이었다.

그 다음 해, 역도산은 미국에서 경기를 벌이고 돌아오는 길에 일부러 유럽을 경유하는 비행기를 타고 가서 영국인의 부인이 된 하마코를 만나러 아파트로 찾아갔다. 그런데 하녀가 "부인은 외출하셨습니다." 하고 굳게 문을 닫은 채 열어주지 않았다. 파리에 갔다는 얘기였다. 약이 오른 역도산은 파리까지 가서 사흘 동안 그녀를 찾아다닌 끝에 소재를 겨우 알아내기까지는 했지만 끝내 목소리도 들을 수가 없었다.

그렇게 귀국한 역도산은 쌓인 울분을 술로 폭발시켰다. 취해서 스포츠카를 운전하다가 택시와 접촉 사고를 내자 상대방을 두들겨 패고 면허증까지 빼앗아 가버리는 난폭한 행동을 저질렀다. 그래도 역도산이었기 때문에 대충 사건은 수습되었다.

나쓰코에게서 "잔뜩 화가 났어요."라는 전화를 받은 로쿠로타는, 군자는 위험한 것을 가까이하지 않는다는 말에 따라 역도산의 사무실을 멀리 하고 있었다.

그러던 어느 날, 오시야마 부장에게서 "즉시 오라."는 전화를 받고 오래간만에 사무실에 나타났다. 그런데 운 나쁘게도 복도에서 역도산과 마주쳤다.

"야, 로쿠! 하마코 따위를 소개해줘 가지고! 내가 그렇게 옷도 사줬는데 현관문도 열어주지 않더라고, 은혜도 모르는 년 같으니!"

"저한테 불평하셔야 무슨 소용이 있겠습니까. 선생님의 솜씨가 나빴던 겁니다."

"바보 같은 소리하지 마. 난 할 만큼 했어. 그년, 순진해 보이는 얼굴을 해가지고는 밝히기는! 야, 로쿠! 좀 더 나은 여자애를 데리고 와!"

그 이후 사무소에서는 오키 하마코의 이름을 입에 올리는 사람은 아무도 없었다.

타도! 루 테즈

1957년 2월 15일 역도산은 3개월 예정으로 미국으로 갔다. 첫째 목적은 무적의 왕자인 루 테즈와의 세계선수권 경기 계약이었다. 프로레슬링의 인기를 되살릴 활력제는 세계선수권을 겨뤄 타이틀을 손에 쥐는 것밖에 없었다.

예정을 앞당겨 4월에 귀국한 역도산은 의지를 보여주기 위해 하코네의 별장에 훈련 캠프를 쳤다. 레슬러 전원이 참가하는 합숙은 돈이 너무 많이 들기 때문에 3일로 잡았다. 하루나 이틀 정도만 하면 트레이닝캠프를 차렸다고 신문이 써주지 않을 터이므로 돈을 버리는 셈치고 광고 삼아 벌인 것이었다.

닛타 회장이 죽은 다음에는 그에게 뭐라고 하는 사람이 아무도 없었다. 그야말로 지구가 역도산을 중심으로 돌았다. 어떤 무리한 일이나 어려운 일이라도 밀어붙였다.

이제 독립 흥행을 하면 매상이 전부 역도산에게 들어오게 되었다. 경리부의 이케야마가 예매와 당일 매상을 청산하여 그날 중에 현금을 역도산의 저택으로 가지고 와야만 했다. 그러면 안주머니에서 큰 악어가죽 지갑을 꺼내어 1,000엔이라는, 역도산으로서는 대단한 금액을 책상 위에 올려놓고 "국수라도 사먹고 가."라고 할 뿐, 수고했다는 말은 절대하지 않았다. 월급 받고 하는 일이니까 당연하다고 여겼기 때문이다.

현금을 보고 있을 때의 역도산의 눈은 반짝반짝 빛난다. 술 냄새를 풍기면서 1,000엔짜리를 한 장 한 장 셌다. 이해 10월 1일에 5,000엔짜리가, 다음 해인 1958년 12월 1일에 1만 엔짜리가 새로 등장했다. 역도산은 한 장 한 장 세는 데 아무리 시간이 걸리더라도 개의치 않았다. 서재를 굳게 잠그고 큰 금고 앞에서 싱글거리면서 반짝이는 눈으로 지폐의 감촉을 즐겼다. 그에게 돈은 이 세상에서 가장 소중한 것이었고, 그것만이 믿을 수 있는 것이었다. 그 다음이 성욕의 배출구, 여자였다.

나이트클럽에서 데리고 온 여자도 이 현금이 운반되는 밤이면 새벽녘까지 침대에서 기다리고 있어야만 했다. 그리고 현금의 만족감에 취한 역도산은 그제야 제2의 목적인 여자에게 돌진했다. 여자에게는 전신전력을 기울여 봉사했다. 그 환희의 소리가 아내인 아야에게 들릴지라도 상관하지 않았다. 여자를 기쁘게 하고 나서야 그의 생명의 원천인 성의 제전은 피날레를 장식했다.

역도산은 억 단위의 돈을 갖고 싶었다. 미국에 가서 느낀 점은 입지조건이 좋은 곳에 호화로운 아파트가 서 있다는 것이다. 일본에도 머지않아 반드시 호화 아파트 시대가 오리라 믿었다. 땅, 그것도 교통 편리한 곳에 1,000평 정도는 확보하고 싶다고, 기회를 노리고 있었다.

1956년 6월 15일부터 시작된 매주 금요일 밤 8시부터 레슬링 경기를 방송하는 니혼텔레비전은 도쿄에 프로레슬링 상설관이 없었기 때문에 순회 시합하는 곳까지 텔레비전 카메라를 들고 가야만 했다.

구라마에 국기관은 1만 명 이상의 관객을 모을 수 있기는 했지만, 원래 레슬링을 위해 지어진 곳이 아니라서 두 달에 한 번 정도밖에 흥행을 할 수 없었다. 프로레슬링 전용 경기장을 세워서 매주 3,000명의 관객을 모으면 150만의 방영료 이외에도 입장료가 손안에 들어오게 될 터였다. 역도산은 프로레슬링 담당기자의 인터뷰에 이렇게 대답했다.

"가까운 장래에 3,000명 정도 들어갈 수 있는 프로레슬링 센터를 건설하겠습니다. 그래서 1회에 200이나 300장 정도는 무료초대권으로 마련하고, 입장료도 비싸봤자 300엔 정도로 해둘 생각입니다."

마음에도 없는 말이었다. 그를 알고 있는 모든 사람들은 무료초대권이나 입장료 300엔이라는 말을 듣고 피식 웃었다. 그 구두쇠가 아까워서 어떻게 그렇게 하겠나, 0을 하나 빠뜨린 거 아니냐는 얘기였다.

역도산은 보도관계자를 이용하는 솜씨가 뛰어났다. 그것은 기획선전부의 오시야마 부장의 작전이 좋았기 때문이기도 했다. 구두쇠여서 1엔도 아까워하는 역도산에게 선전비라는 명목으로 돈을 내게 했다. '프로레슬링은 짜고 한다. 프로레슬링의 인기가 떨어지고 있다.'는 말이 나오면 기자회견을 열어 허세를 부리는 일도 필요했다. 역도산은 가슴을 펴고 발언했다.

"나는 반칙 절대 금지라는 일본식 룰을 만들고야 말겠다. 일본의 팬은 프로레슬링에서 쇼를 기대하는 것이 아니라, 어디까지나 진지한 승부를 기대하고 있다고 생각한다. 그러므로 쇼의 요소는 가능한 한 버리겠다."

그러나 프로레슬링이 쇼라는 것은 그 자신이 미국에서 지겨울 정도로 피부로 느낀 사실이었다. 그런데도 태연하게 프로레슬링은 짜고 하는 시합이 아니라고 우겼다.

아카미 로쿠로타는 생각했다.

'프로레슬링이란 초인적인 사내들이 룰을 가지고 벌이는 싸움이니, 어디까지나 초인적으로 무시무시한 격투 쇼여야만 한다.'

역도산은 자신이 돈을 독점하고 있다는 내색을 결코 기자들에게 드러내 보이지 않았다.

"지금 일본 프로레슬링의 상태로서는 우수한 아마추어 레슬러를 뽑아와도 경제적으로 충분한 보증을 해줄 수가 없소. 좀 더 프로레슬러의 생활이 안정된다면 큰 몸집의 신인을 스카웃할 거요. 최근에 '자주 영화에 출연한다.'는 말을 듣는데, 난 물론 영화배우가 될 생각이 없을뿐더러 쇼 쪽으로 방향을 돌릴 생각은 털끝만큼도 없소. 일본 프로레슬링은 역도산, 바로 나의 프로레슬링이오. 그 프로레슬링을 중간에 포기해버린다면 사나이로서 면목이 서지 않는단 말이오. 어떻게 해서든지 이 시점에서 프로레슬링의 기초를 튼튼하게 굳혀놓지 않으면……."

"세키토리, 큰일입니다! 빨리……."

한타로가 뛰어들어왔다.

"바보야, 시끄러워. 5분 더 기다려!"

오사카로 갈 시간이었다. 한타로가 재촉했지만 역도산은 신문기자를 이해시키기 위해 열심히 설명했다.

그의 머릿속에는 사실 돈밖에 없었지만 그래도 내놓은 의견은 훌륭했다. 사실 젊은 레슬러에게 경제적인 보증을 부여하기보다는 자기만 돈을 벌면 그만이었다. 그의 독단적인 행동은 가라테 촙 하나만 보더라도 알 수 있었다. 이 기술은 다른 누구에게도 허락하지 않았다. 역도산 전용의 가라테 촙이 최대의 볼거리였기 때문에 링사이드로 몰려든 카메라맨들은 그 순간만 노리면 그만이었다. 멋있는 것은 사실이었다. 아카미로쿠로타를 비롯한 카메라맨들이 시합을 촬영할 때, 역도산만큼 멋진 피사체는 달리 없었다. 파인더를 통해 보는 그것은 정말 홀딱 반할 만한 순간이었다.

"세키토리, 기차 떠날 시간입니다. 벌써 나갔어야 하는데……."

"바보야, 떠들지 마!"

"그래도 시간이……."

"시끄러워. 한 통화 더 해야 해!"

한타로는 큰 여행 가방을 든 채로 서성이고, 신문기자들까지 안절부절못했다.

"야, 한타로! 현관에서 기다려라. 보기 싫다."

"예, 하지만 서둘러주십시오."

"알았으니까 빨리 나가."

아무리 사무실에서 도쿄 역이 가깝다고 하더라도 20분 전에 사무실에서 출발하지 않으면 안심할 수 없다. 역차를 타지 못하면 한타로의 책임이다. 역도산이 일어난 것은 발차 시각 15분 전이었다.

"시간 없다. 속도를 올려. 신호 따위는 무시하고 날아가!"

"안 됩니다. 법규가 있습니다."

한타로의 부탁도 전 육군 상사였던 운전수에게는 통하지 않았다. 초조해하던 역도산이 호통을 쳤다.

"이 바보야! 빨간불이면 어때, 치고 나가, 클랙슨을 울려!"

"경찰차가 올 겁니다."

"경찰 따위 상관없어. 밟아! 더 빨리 달려!"

한타로는 조바심치며 조수석에서 발을 동동 굴렀다. 자동차가 도쿄 역에 겨우 도착하자 역도산은 유유히 시가에 불을 붙이게 했다.

한타로는 커다란 여행용 가방을 양손으로 들고서 계단을 뛰어올라갔다. 발차를 알리는 벨이 울리고 있었다.

"세키토리! 빨리요."

한타로는 비명에 가까운 소리를 질렀다. 역도산이 계단 아래에서 소리쳤다.

"야, 한! 기차를 세워!"

"빨리, 빨리 오세요!"

"한, 세우라니까!"

"어떻게 그럽니까. 빨리……."

"바보 자식아, 기다리라고 해!"

그 소리가 끝나기도 전에 기차가 서서히 움직이기 시작했다. 그제야 겨우 홈에 도착한 역도산은 우뚝 서서 소리쳤다.

"기다려! 야, 기차! 기다리라니까!"

기차가 속력을 높여 완만한 커브를 돌아 모습을 감췄다. 마침 배웅 나온 사람들이 역도산의 모습을 알아보고 모여들었다.

"바보 자식아. 너 같은 느림보는……."

불붙인 시가를 한타로의 이마에 문질러 비비는 것이 아닌가. 지직 하는 둔한 소리가 나며 불이 꺼졌지만, 역도산이 시가에서 손을 뗀 뒤에도 이마에 그대로 붙어 있었다.

"바보 자식아, 요시마치에게 빨리 전화해. 비행기를 빌려. 비행기가 아니면 시합 시간에 맞출 수가 없어."

"여객기 말입니까?"

"바보야, 비행기다. 요시마치가 알아, 빨리 해!"

한타로는 유순했다. 시가를 이마에서 떼어내려고도 하지 않았다. 역도산의 눈앞에서 떼버리면 바로 가라테 촙이 날아올 터였기 때문에 시가를 이마에 붙인 채였다. 꼭 뿔 난 도깨비 같았다. 구경꾼들은 두 사람이 하는 모습을 멀찍이 바라보고 있었는데, 너무나 무시무시해서 다가가지 못했다.

"굉장하다, 그야말로 괴물이군."

"기차를 세우라니, 어처구니없군."

"불쌍해요. 저 하인, 좀 느리긴 해도 가여워……."

저마다의 감정을 말하면서 움직이려 하지 않고 바라보고만 있었다. 그 험악함에 사인을 해달라는 사람도 없었다.

초고속 전철인 신칸센이 운행되기 7년 전의 일이자, 역도산이 살해되기 1년 전의 일이었다.

1957년 10월 3일, 도쿄회관에서 성대한 파티가 열렸다. 부인을 동반한 루 테스의 손가락에서 화려하게 빛나는 10만 달러의 다이아몬드가 눈길을 끌었다. 그것은 실로 매력 있는 광채였다.

"좋아, 난 저것보다 더 큰 다이아를 낄 거다. 두고 봐. 난 반드시 이긴다."

역도산이 흥분해 떠들었다. 그는 은인인 닛타 회장을 흉내 내 모든 것을 세계적인 명품으로 하지 않으면 성이 차지 않았다. 나중 이야기지만, 리키 아파트를 완성시킨 역도산은 넓은 거실 200만 엔짜리 카펫을 깔았

다고 자랑했다. 그런데 어느 날 우익의 거물 하기야마 마사오의 부인이 새 집을 구경하러 왔을 때에,

"세계챔피언이라면 더 좋은 카펫을 까세요."라고 가볍게 말했다. 역도산은 부인이 돌아가자마자 한타로를 불러 그 카펫을 시부야에 자리한 리키 스포츠 팔레스의 응접실로 옮기라고 하고서 곧바로 500만 엔짜리 카펫을 깔게 했다. 혹자는 말했다. "그 돈도 지불하지 않은 것이 아닌가?" 하지만 그것은 분명하지 않다.

세계 초일류품을 좋아하는 역도산은 그날 파티에서도 초일류 음식을 마련하고 더 이상 호화로운 연회석은 본 적이 없다는 말이 나올 정도로 차렸다. 그렇게 허세를 부리면서도 실제로는 노랑이였다.

이날 파티에는 2대 커미셔너를 맡은 자민당 부총재를 비롯한 정치계의 거물들과 경제계와 연예계, 보도관계자 등 많은 사람이 나왔다. 역도산이 얼마나 발이 넓은가를 말해주는 일면이었다.

예정일이었던 10월 6일에 비가 내려 하루 연기된 7일 NWA 공인 세계타이틀 매치가 도쿄 고라쿠엔 야구장 특설 링에서 개최되었다. 3,600엔짜리 링사이드 표가 1만 1,000엔으로 치솟아 암표상의 웃음이 그칠 줄 모르는 밤이었다. 발매 입장권은 2만 7,000장, 흥행 수익이 3,000만엔을 넘었다고 한다. 이 흥행은 닛신프로의 나가타 사장이 프로모터한 것이었는데, 이 시합을 마지막으로 역도산의 프로레슬링에서는 손을 떼야만 했다.

루 테즈의 파이트머니가 그 한 판에 1만 5,000달러였다는 것도 신기록이었다. 사상 최강의 철인 루 테즈는 938연승을 올리고 있는 챔피언이었고, 타이틀 매치는 미국 대륙 외에 다른 곳에서는 행해진 적이 단 한 번도 없었다.

이날 밤 역도산의 이마에는 검은 마신 보보 브라질과의 사투에서 쇠망치로 맞아 깨진 상처가 붉게 남은 상태였다.

도쿄스포츠신문사에서 펴낸 〈프로레슬링 명승부 이야기〉에서 야마다

사쿠라이 기자는 다음과 같이 기록하고 있다.

나는 지옥을 보고 왔다.

– 세계 최강의 사나이 루 테즈에게 도전하는 역도산. 세계 프로레
슬링 제패로 이어지는 일전의 결과는 –

······긴 시합이 시작되었다. 종소리와 동시에 역도산은 루 테즈의
목을 잡으려고 했지만 테즈는 맞받아치듯 역도산의 손을 주먹으로 때
리더니 갑자기 헤드 록을 걸어 역도산의 안면을 때렸다. 역도산은 힘
껏 그를 로프 쪽으로 내던졌다. 테즈의 움직임은 빨랐다. 더구나 치밀
했다. 로프에서 튕겨 나오면서 통렬한 태클. 다시 한 번 로프로 날아가
붕 하고 위로 점프하더니 플라잉 바디 시저스!

역도산은 인간 탄환이 된 테즈의 기세에 눌려서 쓰러졌다. 쾅 하고
머리를 박았다. 역도산의 시계(視界)에 처음으로 어둠이 찾아왔다. 역
도산은 필사적으로 눈을 떴다. 심판인 데니 프레체스의 불도그 같은
얼굴이 바로 옆에 있었다. 프레체스는 카운트를 하고 있었다.

"······투, ······쓰리."

쓰리에서 역도산은 필사적으로 테즈를 밀어 제쳤다. 역도산이 바디
시저스로 역습했다. 테즈는 이를 엘보 더블 공격으로 풀고 토우 홀드
에서 데스 록으로 들어가려고 했다.

역도산은 혼신의 힘을 다하여 그 손을 찼다. 흥분한 테즈의 엄청난
숄더 블록! 역도산이 맞고 떨어졌다. 하지만 맹렬하게 다시 일어났다.
얼굴이 벌겋게 되어 왼손으로 상대를 밀어내면서 오른손으로 쾅 하고
가라테 촙을 폭발시켰다. 날아오르는 테즈······. 일어난 테즈는 링사이
드의 카라식(위트니스)에게 "반칙이다!" 하고 격렬하게 항의했다. 카라
식은 잠자코 고개를 흔들었다. 테즈는 화가 났다. 역도산의 왼팔을 감
아 리스트 록에서 키 록······. 역도산의 팔이 하얗게 되었다. 테즈의 키
록 공격은 약 5분간 계속되었다.

15분, 테즈는 갑자기 역도산의 허리를 뒤에서 안았다. "백 드롭이다!" 세컨드인 오키가 소리쳤다. 역도산은 자신의 넓적다리 사이로 테즈의 다리를 잡아 그를 쓰러뜨려서…… 토우 홀드로 뒤집었다. 솜씨 좋게 백 드롭을 막은 역도산은 테즈의 머리를 팔로 감아 쓰러뜨리고서 다시 토우 홀드에서 스텝 오버로 졸랐다.

사투는 계속되었다. 3만 5,000명의 관중…… 정적만 있을 뿐 누구도 목소리를 내지 않았다.

5년 만의 숙명의 대결.

25분 – 테즈가 로프로 날아갔다. 링 반동을 이용한 무시무시한 태클 공격, 역도산이 간발의 차이로 피했다. 방향을 바꾼 테즈의 맹렬한 허리 던지기! 일어서려는 역도산에 헤드 록에서 텍사스 불도저·······

테즈는 그런 기회를 기다리고 있었다. 역도산의 허벅지 사이로 손을 넣어 힘껏 안아 올린 테즈가 상체를 채찍처럼 휘었다. 세계 제일이라 불리는 필살기(백 드롭)이었다. 후두부를 링 바닥에 박은 역도산은 다시 일어날 수 없었다. 뇌진탕을 일으킨 것이다. 그런데 이상하게도 테즈는 폴을 시도하지 않았다. 테즈 또한 강하게 후두부를 부딪쳐서 가벼운 현기증을 일으켰던 것이다. 역도산을 백 드롭으로 공격하고 나서 몇 초가 지난 후에야 테즈는 폴을 시도했지만, 카운트 2에서 역도산은 몸을 튕겨 로프로 도망갔다. 역도산으로서는 최대 위기에서 탈출한 것이다.

40분……. 역도산은 가라테 촙을 휘둘러 테즈를 공격했다. 테즈도 어깨로 메어치면서 드롭킥으로 반격했다. 싸움은 또다시 일진일퇴의 공방으로 이어졌다. 테즈는 다시 한 번 백 드롭을 시도했다. 역도산의 허리를 안아 최고로 좋은 태세를 잡았다. 하지만 역도산은 테즈가 허리를 안자마자 오른발을 테즈의 다리에 걸어 감아서 버텼다. 개구리 걸기를 응용한 백 드롭 방어였다. 테즈의 백 드롭이 막히자 싸움은 교착 상태에 빠졌다. 역도산은 키 록으로 역습, 가라테 촙으로 성난 파노처럼 달려들어봤지만 테즈도 잘 견뎌내서 역도산에게 결정적인 포인트를 허락하지 않았다. "이 자식아!" 역도산은 소리 지르며 미친 듯이 가라테 좁으로 후려쳤다. 그 가라테 좁의 틈을 노려 테즈의 번갯불 같은 너클 베어가 날아오고, 달리고⋯⋯. 이윽고 시간이 다 되었다. 역도산은 털썩 무릎을 꿇고 테즈도 한숨을 내쉬었다. 테즈는 세계타이틀을 끝내 지켰다. 싸움이 끝나고 대기실로 돌아온 역도산의 첫마디는 이것이었다.

"백 드롭을 먹었을 때에는 뭐가 뭔지 알 수가 없었다. 눈앞이 캄캄해져서⋯⋯. 그 다음엔 새빨간 불이 나타났다. 난 오늘 지옥을 보고 왔다."

밖에서는 3만 5,000명의 대관중이 그때까지도 자리를 뜨지 않고 1시간에 걸친 대사투의 여운을 되씹으면서 밀물처럼 들썩거리고 있었다.

이상이 기자석에서 본 관전기이다.

이 시합 후반 30분은 명백히 역도산이 일방적 우세여서, 프로복싱 식으로 판정을 내렸다면 21-23으로 역도산의 승리했을 것이라고 프로레슬링 전문가가 평론했다.

10월 13일, 역도산은 오사카에서 테즈의 세계타이틀에 다시 도전하였다. 그 상황을 프로레슬링 해설자 다즈하마 히로시는 주간 파이트에 이렇게 쓰고 있다.

이날 밤, 역도산은 처음부터 가라테를 쓸 기회를 노렸고, 테즈 또한 이를 경계하여 위험하다고 생각되면 곧바로 로프 밖으로 상체를 피했다. 종이 울린 직후에 테즈는 재빨리 헤드 시저스로서 그랜드 레슬링으로 끌고 들어가 우위를 차지했지만, 4분이 지날 때쯤에 역도산은 암록에 이어 해머 록, 키 록으로 옮기려는데 안타깝게도 로프. 테즈의 몸놀림에는 스피드가 있고 부드러워 참으로 산뜻했다.

7분쯤, 역도산이 허벅지 아래로 테즈의 발을 잡는 데 성공. 토우 홀드로 나가려는 차에 테즈가 역도산의 팔을 잡고서 그대로 해머 록. (중략)

14분, 일어선 역도산이 허리를 낮춘 테즈에 헤드 록을 걸어 일으켜 세우려는 순간, 거꾸로 테즈의 특기 백 드롭이 폭발했다. 앞서 도쿄 경기 때와 마찬가지로 테즈의 허리는 낮았지만 이번에는 낙하 각도가 지난번보다 약간 깊었다. 역도산은 가해진 충격이 커서 일어나지 못했다. 시간은 34분 30초, 테즈가 한 판 선취.

두 번째 판, 경기 시작종이 울렸지만 역도산은 아직 완전히 회복되지 않았다. 그러는 사이에 매트 사이드의 오키 시키나가 상체를 디밀고 뭐라 소리치며 코치한 것을 가지고 테즈가 실랑이를 벌였다. 덕분에 역도산은 시간을 번 꼴. (중략) 24분 경, 테즈의 키 록을 빠져나온 역도산이 로프를 잡자, 브레이크를 건 심판이 마음에 들지 않았는지 테즈가 대들었다. 일어나 주먹을 쥐고 로프의 반동을 이용해 역도산을 덮치려 하는 것을 역도산은 전가의 보도인 회심의 가라테 촙으로 통렬하게 되받아쳤다. 테즈의 거구가 허공에 떴다 뒤집혀 떨어지자 일어서지 못해 25분 4초 만에 1-1.

(중략) 세 번째 판, 두 사람이 맞잡자마자 역도산이 헤드 록을 하려 하자 테즈가 즉시 백 드롭으로 나왔다. 그러나 역도산이 '개구리 자세'로 버텨 기술이 먹히지 않았다. (중략)

31분 경, 갑자기 테즈가 역도산의 몸을 들어 어깨 위로 얹었다. 비행기 던지기 형태를 취하면서 서너 번 크게 회전시켜 그냥 장외로 내던지려는 순간, 역도산이 필사적으로 로프를 움켜잡았다. 다음 순간, 로프의 반동을 먹은 테즈의 몸이 공중으로 떠올랐고, 둘 다 균형을 잃어 장외로 나가 떨어졌다. 우당탕 소리를 내며 추락한 두 사람 모두 일어서지 못한 상태에서 카운트다운에 들어갔다. 31분 54초. 1-1에서

양자 실격으로 결국 노 콘테스트가 선언됨으로써 끝내 도쿄와 오사카
에서 두 번에 걸쳐 이루어졌던 역도산의 타이틀 도전은 안타깝게도
승리를 놓쳤다.

다즈하마 히로시 저 〈일본프로레슬링 20년사〉에서.

챔피언 벨트는 결국 탈취할 수 없었다. 노린 것은 반드시 잡는다고 호
언장담했던 역도산도 루 테즈의 큰 기술은 이길 수가 없었다. 역시 루
테즈는 프로레슬링의 신이었다. 그래도 이 루 테즈와의 경기 덕분에 일
본 프로레슬링은 완전히 인기를 되찾았다.

루 테즈는 언제 어디서나 자신이 세계선수권 보유자라고 하는 의식을
잃지 않았다. 프로레슬링흥업이 준비한 아카사카의 호텔 뉴 저팬에는
묵으려고 하지 않는다. 프로레슬러로서 데이코쿠 호텔*에 숙박한 것은
루 테즈가 처음이자 마지막이었다. 하지만 챔피언을 잃고 일본에 찾아
왔을 때에는 루 테즈도 데이코쿠 호텔에 묵지 않았다.

'타도 챔피언'은 실현되지 않았지만 이 시합을 마지막으로 오사카의
요시모토흥업도 손을 뗌으로써 명실 공히 역도산의 1인 흥행사가 출발
하였다. 1958년 5월 말에 야마구치 도시오의 은퇴 경기에 이어서 다섯
신흥 프로레슬링 단체가 잇달아 해산했으며, 주요 선수들이 속속 일본
프로레슬링협회에 참가함으로써 역도산의 일본프로레슬링협회가 일본
의 프로레슬링을 통일하게 되었다.

1958년 7월, 역도산은 루 테즈를 좇아 여덟 번째 미국 원정 여행에 나
섰다. 그리고 8월 27일(일본 시간으로는 8월 28일) 로스앤젤레스의 오
디토리엄에서 루 테즈와 싸워 2-1로 이겼다는 전화가 역도산으로부터
걸려왔다. 끝내 세계 최강의 사나이 루 테즈를 이겼다는 말에 사무실에
서는 만세를 외치며 축배, 그러나 신문사로 "논 타이틀전이다. 루 테즈

---

*일본 호텔의 자존심이라고 불리는 최고의 호텔.

는 이미 딕 허튼에게 NWA 챔피언 타이틀을 빼앗겼다."는 내용이 UP와 AP통신에서 들어왔다. 이어서 "NWA의 회장 샘 마리닉이 NWA 창립 이래 오랫동안 챔피언 자리를 지켰던 테즈의 공적에 보답하기 위해 〈인 터내셔널 챔피언〉이라는 타이틀을 만들었고, 테즈를 이긴 역도산이 딴 것도 그 〈인터내셔널 챔피언〉이다."라는 소식이 들어왔다. 이리하여 역 도산은 NWA 공인 제2대 인터내셔널 챔피언을 획득한 것이었다. 당시 에는 세계챔피언이 각 프로레슬링 단체마다 있다는 사실을 몰랐기 때문 에 굉장히 떠들썩했다.

9월 3일, 귀국한 역도산의 손가락에는 10만 달러짜리 루 테즈의 것보 다 갑절은 클 것 같은 다이아몬드가 빛나고 있었다. 결국 루 테즈에게 반지로도 이긴 것이다. 그 이후 역도산은 파티가 열리면 반드시 그 다이 아몬드를 끼고 와서 득의양양하게 자랑했다.

역도산의 귀국 다음날, 세계 톱클래스의 돈 레오 조나단, 스카이 하이 리, 조니 바렌트 등이 급습해왔다. 그리고 9월 5일 구라마에 국기관을 시작으로 오랜만에 국제 시합 시리즈가 개최되어 첫 방어전에는 10월 2 일, 돈 레오 조나단이 도전했다.

구라마에 국기관의 메인이벤트로 벌어진 링 위, 꽃다발 증정이 끝나 고 심판의 주의를 들은 후에 두 사람이 악수를 나눴다. 역도산이 코너로 몸을 돌리려는 순간, 조나단이 악수한 손을 그대로 잡은 채로 덤벼들어 주먹을 휘둘렀다. 경기 시작을 알리는 종이 울렸을 때에는 벌써 역도산 의 이마가 깨져 선혈이 솟구치고 있었다. 하지만 역도산의 분노의 가라 테 촙이 폭발한 것은 시합 개시 후 20분이었다. 그리고 39분에 선제 폴 승. 두 번째 판은 두 사람 모두 피투성이가 되어 혼신을 다한 사투로 이 어졌다. 그러나 결국 두 번째 판은 피차 이기지 못하고 시간 종료, 타이 틀 방어에 성공한다. 역도산은 그 링에서 일본선수권 타이틀을 반납했 다. 그 시리즈는 10월 내내 전국을 돌며 남은 경기를 벌였다.

11월 7일에는 역도산이 요시노사토를 데리고 남미로 원정, 그가 없는 동안에는 히가시후지와 도요노보리가 간판 선수가 되어 타이니 밀스, 스턴 코와르스키와 경기를 벌였는데, 그때 이미 엔도는 반년 가까이 전열에서 떠나 있는 상태였다. 역도산이 나오지 않는 프로레슬링에는 관객도 들끓지 않아서, 새삼 역도산의 원맨 프로레슬링이라는 인상을 심어준 시리즈에 그치고 말았다.

히가시후지는 자신의 경기 스케줄을 소화한 다음에는 프로레슬링 센터 바로 맞은편에 잔코 냄비 요리집 개업 준비를 진두지휘하고 있었다. 그 자리는 일본 프로레슬링의 발상지라고도 할 수 있는, 연습장으로 이용되던 단층 창고자리로서, 역도산의 일본프로레슬링협회 바로 맞은편이라는 것은 히가시후지의 사나이로서의 고집이기도 했다.

히가시후지는 세상 물정을 몰랐다. 15세부터 스모만 하고 자란 도쿄 토박이로서, 허리의 힘이 강했고 역대 요코즈나 중 최고의 거구를 지녔다. 굉장히 사람이 좋았는데, 거기에 도쿄 토박이 특유의 "뭐야!" 하는 정신이 가미되어 있었다. 승부사로서의 기질 면에서는 실격이었다. 철저하게 강한 자, 끝까지 승부에 집착하는 자만이 알몸으로 버티는 투쟁의 세계에서 이겨 웃을 수 있는 것이었다.

히가시후지는 요코즈나로 있다가 은퇴한 후에도 스모협회의 임원이 되지 못하고 은퇴, 죽을 고생을 이겨내고 프로레슬러가 되어 닛타 회장의 은혜에 보답하고자 했지만, 요코즈나에서 프로레슬러로 전환하자마자 태도를 180도 바꾼 역도산의 횡포를 더 이상 견딜 수가 없었다. 인내에 인내를 거듭했지만 은인인 닛타 회장도 죽은 이제 와서는 요코즈나로서의 긍지가 더 이상 허락하지 않았다. 젊은 레슬러들은 마음씨 좋은 그를 "히가시후지 장사님."이라고 부르며 스모계에서와 마찬가지로 존경하고 따랐다. 그도 "내가 왜 젊은 놈들을 돌봐야 하냐. 나도 역도산에게서 제대로 돈을 못 받고 있는데……." 하고 푸념을 하면서도 돈을 대줬다. 그러나 이제 프로레슬링은 몸서리칠 정도로 싫은 격투기가 되었고, 피로 물든 링도 소름이 끼칠 정도였다.

고독한 전 요코즈나는 과거에 닛타 회장과 함께 역도산을 데리고 나리타 산에 가서 부처님 앞에서 기원을 올리던 추억을 가슴에 묻은 채, 그 나리타 산의 부처님에게 자신의 새출발을 기원하고서는 그 길로 역도산에 대한 절교장을 써서 만감을 담아 우체통에 넣어버렸다. 1958년 12월 17일, 역도산이 남미에서 귀국해 하네다의 기자회견을 통해 전적 17승 무패를 자랑스럽게 발표하던 즈음이었다.

버리는 신이 있으면 구원하는 신도 있기 마련. 후지텔레비전에서 그를 스모 해설가로 불러 1959년 1월 시즌부터 마이크 앞에 서게 해주었다. 기쁨과 슬픔을 모두 맛보고 구라마에 국기관의 방송석에 앉은 히가시후지의 감개는 어떠했을까? 히가시후지는 비로서 인생의 보람을 느낄 수 있었던 것이다.

한편 프로레슬링은 외국인 선수들이 번갈아 일본을 찾아와 브라운관을 장식하는 덕분에 1959년은 미쓰비시 파이트 맨 아워라는 프로레슬링 방송이 드디어 인기 프로그램으로 자리 잡게 되었다.

2부

제
왕
帝
王

마늘 냄새

"안녕하세요?"

높은 목소리의 여성이 경리부의 문을 살짝 열고 안을 들여다보며 웃었다.

"어머, 히히메코 씨, 오래간만이에요."

사무원인 나쓰코가 달려가 문을 열었다. 그 여자의 가슴에는 아기가 색색거리며 자고 있었다.

"어머, 귀여워."

나쓰코가 탄성을 질렀다. 사실 자고 있는 작은 아기는 아무리 봐도 원숭이 모습에 가까워서 입에 발린 말로라도 귀엽다고 할 정도는 아니었지만 19살인 나쓰코는 붙임성이 좋았다.

"안아봐도 돼요?"

귀엽다는 소리를 들었으니 히히메코로서는 허락하지 않을 수 없었다.

"히히메코, 남자아이인가?"

독설가인 특공대 출신의 이케야마가 물었다.

"어머, 공주님이냐고 물어보는 법이에요."

나쓰코가 입을 삐쭉 내밀며 말했다.

이케야마는 빙글빙글 웃으면서, "아니, 히히메코가 남자를 좋아하니까 아기도 사내를 낳은 줄 알았지."

"실례예요."

히히메코는 인상을 구겼다. 그녀는 얼마 전까지 역도산의 비서였다. 쓰다여자대학을 중퇴한 작은 몸집에 미모의 여성이었다. 학생 시절에 졸업을 반년 앞두고 남자에게 버림을 받자 졸업을 포기했다. 그리고 예쁜 얼굴을 살려 1년간 역도산의 비서로 근무했다. 영어 발음도 얼굴과 마찬가지로 아름다웠다. 그러다가 역도산의 열광적인 팬이라는 귀여운 남자에게 푹 빠져, 일곱 살이나 연하라는 사실을 잊고 21살인 그와 동거를 시작, 비서를 그만두었다. 그때 이미 그녀는 임신 중이었다.

"히히메코가 왔구나. 하도 시끄러워서 누가 왔나 했지."

"어머 선생님, 오랜만에 뵙습니다."

"응, 오랜만이구나."

역도산은 핥듯이 히히메코의 몸을 쳐다보았다. 나쓰코가 그 사이를 가로막듯이 끼어들어,

"사장님, 히히메코 씨의 아기예요."

하고 역도산의 눈앞으로 아이를 내밀었다.

"오호, 나랑 닮았나?"

역도산이 들여다보면서 말했다.

"어머, 실례의 말씀을. 우리 그이를 닮았죠."

히히메코는 진지한 표정으로 변명했다.

"유감스럽게도 사장님을 닮지는 않았군요. 너무 작아요."

경리부장 미야자와가 심각한 얼굴로 말했다.

"안 닮아서 다행이군."

이케야마가 또 끼어들었다.

"안 닮았다니 아쉽군. 응, 내 아이가 아니라, 그 녀석의 자식이군."

"선생님, 그 녀석이라고 하지 마세요. 제 남편이에요."

"아, 미안. 입바른 소리를 해버렸군."

역도산은 자신과 닮지 않았다는 사실을 알고 나서는 가벼운 농담을 날리면서 웃었다. 루 테즈와의 경기로 프로레슬링의 인기가 올라 있었기 때문에 기분이 좋았던 것이다.

히히메코는 꽤나 남자를 밝혔다. 이케야마는 '가슴 아래로는 인격이 없다'고 비꼬았다. 그렇게 작은 몸집의 히히메코가 어째서 그토록 섹스를 좋아하는지 감탄할 정도였다.

"나쓰코, 아기만 안고 있지 말고 좋은 나이가 되었으니까 남자도 가끔 안아야지."

"실례의 말씀이에요, 사장님……."

나쓰코는 뾰로통해서 히히메코에게 아기를 돌려주었다. 역도산은 웃으면서 나쓰코에게 말했다.

"그렇게 화내지 말라고. 그건 그렇고, 우리 집에 좀 갖다 와. 서재 책상 위에 니혼텔레비전이라고 찍힌 큰 봉투가 있을 테니까 그걸 갖고 와 줘. 그리고 또 팬레터를 보자기에 싸서 요시마치에게 전해줘. 5시까지 돌아오면 되니까……."

역도산은 아기의 볼을 가볍게 찌르고 나서 히히메코에게는 별 말 없이 그냥 나가버렸다.

"선생님은 정말 너무하셔."

히히메코는 입에 붙은 선생님을 연발했다.

"그래도 남편을 닮았으니 좋잖아. 이렇게 작고 원숭이 같은 얼굴이니까 누가 봐도 왕초의 아이라고 하지는 않을 거야. 안심해."

"이케야마 씨도 참……."

"왕초든 누구든 간에 옛날 일은 그만 얘기하자고, 서로 탄로나 좋을 게 없으니까……."

"이거야 제가 동네북도 아니고, 저 갈래요."

"그럼 도쿄 역까지 같이 가요."

나쓰코는 아기를 소중하게 안은 히히메코와 함께 나섰다.

"나랑 닮았냐는 왕초의 한마디. 그거 멋지더군. 개라면 앞쪽 수컷의 피가 들어간다지만 인간은 한 방 승부니까 그런 점은 다행이야. 역시 인간은 만물의 영장이란 말이지."

이케야마는 뻔뻔하게 말했다. 그와는 대조적으로 학도병이었던 경리부의 미야자와는 사람의 안색을 살피면서 대놓고 험담을 하는 경우는 절대 없었다. 싱글싱글 웃는, 팔방미인적인 존재였다.

나쓰코는 도쿄 역에서 히히메코와 헤어져 국철을 타고 오모리 역으로 향했다. 열차는 비어 있었다.

역도산의 저택은 택시를 타고 가지 않으면 안 될 정도로 교통편이 아주 나빴다. 주위는 밭이었고, 커다란 철문이 버티고 있는 안쪽으로는 세 마리의 큰 셰퍼드가 넓은 정원을 서성이고 있었기 때문에 침입이 불가능했다.

가정부도 세 명이나 있어서 아야는 아무 할 일이 없었다. 재정을 맡는 입장이라면 비상금이라도 마련할 수 있겠지만, 돈에 관해서는 역도산이 꼭 움켜잡고 있었다. 그래서 자신이 쓸 물건조차 무엇 하나 살 수가 없었다. 시간이 남아돌아서 샤미센을 꺼내어 튕겨보기도 했지만 영 재미가 없었다. 그래도 남이 보면 '얼마나 행복한 부인인가.' 하고 생각할 거야……, 하고 거울 속 자신에게 쓴웃음을 짓는 아야였다.

결혼 당시, 내일 아침에 먹을 쌀이 없어서 게이샤 시절의 선배인 닛타 회장의 부인을 찾아가 부엌에서 쌀과 돈을 얻어오던 일이 추억으로 떠올랐다. 그 무렵의 역도산은 아무리 취해도 반드시 혼자 집으로 돌아왔다. 하지만 지금은 올지 안 올지도 몰랐고, 새벽 2시나 3시에 돌아올 때면 호스티스를 데리고 왔다.

"야, 일어나! 넌 얘들 방에서 자."

하고 발로 차버리는 남편이었다. 아야가 자고 있던 특대형 부부 이불에 두 사람은 발가벗고 뛰어들었다. 그야말로 아야는 이불을 데워놓는 역할에 불과했다.

어젯밤에도 방구석에 우두커니 서 있자, 갑자기 머리맡에 있던 전기 스탠드를 던진 남편이었다. 그리고 두 사람의 교성은 아래층 아이들 방에까지 적나라하게 들려왔다. 아야는 잠이 부족한 얼굴로 그 일을 떠올려보았다.

"사모님, 회사의 나쓰코 씨가 서류를 가지러 오셨습니다. 이쪽으로 안내해드릴까요?"

가정부인 노파의 소리에 퍼뜩 정신을 차렸다. 그리고 거울을 들여다보면서 권태롭게 말했다.

"응접실로 안내해요. 곧 나갈 테니까."

나쓰코는 응접실의 호화로운 가죽 의자에 앉았다. 테이블 위에는 팬레터가 수북이 쌓여 있었다. 팬이라는 것은 고마운 존재였다. 텔레비전이나 링 위의 역도산은 확실히 멋있다. 하지만 현실은 달랐다. 사인도 거의 요시마치의 대필이었다. 이제는 본인의 글씨보다 요시마치 비서 쪽의 사인이 더 진짜 같을 정도니 딱한 일이다. 역도산의 사인이라고 돌아다니는 것 중에 과연 몇 장이나 진짜일까? 역도산 본인이 눈앞에서 써준 것을 빼면 전부 비서 요시마치의 사인이라고 보면 틀림없다. 팬들이 불쌍하다는 생각을 하면서 나쓰코는 엽서 한통을 빼내 읽다가 깜짝 놀랐다. 그것은 일본어와 한자, 한글이 뒤섞인 것이었다.

그 엽서는 오무라 수용소에서 보낸 것이었다. 글자들이 뒤섞여 있어서 타이피스트인 나쓰코도 정확히 읽을 수가 없었다.

"너와 나는 20살까지 서로 새끼를 꼬면서 가난하게 살아온 사이가 아니냐. 겨우 돈을 모아 밀항까지 해서 찾아갔는데, 대문도 안 열어주다니 쌀쌀맞은 놈이다. 네가 그렇게 차가운 놈일 줄은 정말 몰랐다. 대단한 사람이 되면 옛 친구도 만나기 싫어지나 보군……."

겨우 그렇게 알아볼 수 있었다.

"어서 와요. 이 집은 찾아오기 힘들지요?"

아야는 웃는 얼굴로 나쓰코와 마주 앉았다. 띠 동갑인 그녀와는 마음이 잘 맞았다. 뭐든지 숨김없이 얘기할 수 있었다. 그녀라면 입이 무거우니 괜찮을 거라고 믿고 있었다.

"사모님, 이상한 편지네요. 몇 번이나 왔는데 대문 안에도 들어오지 못하게 했다니……."

"어머, 그래요? 그럼 그 사람이겠군요. 조선 사람인데 끈질기더군요. 아침 일찍 오기도 하고 한밤중에 오기도 하더라고요. 세키토리는 조선 사람은 만나지 않잖아요. 그때가 몇 번째였더라, 아침 6시에 나타나서는 엄청나게 고집을 피우더라고요. 그이는 순회 시합 중이었고, 게다가 막말을 해대니까 화가 나서 경찰을 불렀더니 금방 경찰차가 와서 끌고 갔어요. 경찰에서 나중에 전화가 온 바로는 밀항자였대요. 그 사람, 세키토리의 어린 시절에 대해 전부 알고 있는 모양이더라고요. 빠른 말투에 이상한 발음으로 뭐라 뭐라 떠드는데……."

"그래서 오무라 수용소에서 편지를 보냈군요. 좀 불쌍하네요."

"그렇죠? 돈이라도 좀 줬으면 좋았을 텐데, 저도 가진 돈이 없거든요. 사람들 눈에 띄면 곤란하니까 태워버릴까 했어요."

"그러세요? 그럼 제가 태울게요. 딴 사람이 읽으면 큰일이잖아요."

"부탁할게요. 그이 앞에서 조선이란 단어는 절대금지잖아요. 왜 그렇게 자신의 고향을 숨기려 하는 건지……."

"일본인이 아닌 게 알려지면 소년 팬들의 꿈이 깨질 거라고 생각하시는 거 아닐까요?"

"호적으로는 제가 연상이지만, 실제로는 저보다 서너 살 쯤 위인 것 같아요. 그 편지에도 20살까지 조선에서 살았다고 쓰여 있잖아요. 대여섯 살 정도 나이를 줄여서 일본 호적을 만든 게 아닐까……."

놀라운 발언에 나쓰코는 눈을 크게 떴다.

"요즘엔 흑인과 결혼하는 사람도 있는데, 어느 나라 사람이든 상관없잖아요? 민족이란 것에 집착할 필요 없다고 생각해요."

"그렇죠, 저도 그렇게 생각해요. 하지만 그이는 일본인이 아니면 싫어

해요."

나쓰코는 재빨리 그 편지를 핸드백 안에 집어넣었다. 누구나 남의 비밀을 아는 것을 좋아한다. 나쓰코도 그중 하나였다.

그래도 역도산이 제일 좋아하는 것은 아무래도 조국의 맛, 조선요리였다. 그는 일생에 딱 한 번이라도 좋으니까 내일 일은 걱정하지 말고 마늘냄새가 풀풀 나는 불고기를 배터지게 먹어보고 싶다는 염원을 가지고 있었다. 입에 불이 나게 매운 김치와 마늘이 잔뜩 들어간 불고기가 세상에서 가장 맛있다고 믿고 있었다. 그렇지만 자기가 조선 출신임이 드러나는 것은 두려웠다. 그래서 내일 일을 생각하면 마늘이 들어간 것을 맘껏 먹을 수 없었다.

그런데 그런 보스의 마음을 모르는 젊은 레슬러들이 마늘 냄새를 풍기면서 점심 식사를 마치고 돌아온 적이 있다. 역도산의 분노가 폭발했다.

"이 바보 자식들아! 내가 못 먹고 있는데 네 놈들이 배불리 먹고 와?!"

퍽 퍽 하고 옆얼굴이 울렸다. 레슬러들은 불고기를 먹었다고 왜 맞아야 하는지 알 수 없었다. 자기 돈으로 자기가 좋아하는 음식을 먹은 게 뭐가 나쁘다는 건지, 멍청한 눈으로 얻어맞았다. 사실 레슬러들은 뺨을 맞은 정도로는 별 느낌이 없었다. 그 정도에 느낌이 온다면 결코 레슬링으로 밥을 먹고 살 수 없는 것이다.

경리부 사람들은 토요일 밤에만 록본기로 조선요리를 먹으러 갔다. 부장인 미야자와는 술을 못 마셨기 때문에 잘 어울리지 않았고, "그래, 다녀와."라고 할 뿐이지 주머닛돈을 꺼내준 적도 없었다. 주로 두목 역할을 하는 이케야마가 신바시, 오자키, 그리고 나쓰코를 데리고 갔다. 토요일에는 다음날에 역도산 사장을 만나지 않을 테니까 안심하고 마늘 냄새를 풍길 수 있었던 것이다.

가게 문을 여니 여종업원인 에쓰가 달려와 이케야마에게 속삭였다.

"저기요, 사장님이 2층에 와 계셔요."

"이거 곤란하군. 들키면 큰일이다."

동글동글한 에쓰가 웃으면서,

"곤란한 건 저쪽이죠. 역도산 사장님은 절대로 사람들 눈에 띄지 않으려 하거든요. 반드시 뒷문으로 살짝 들어와서 2층 특별실의 문을 걸어 잠그고 혼자 먹어요. 다 드시고 나서는 껌을 한 통 다 입안에 집어넣고 냄새를 없앤 후에 뒷문으로 도망가듯이 돌아간다니까요. 사람들의 눈이 무서운가 봐요. 인기 스타는 불쌍해요. 식사도 당당하게 못하는 걸요."

에쓰는 인기스타의 고뇌라고 생각하고 있었다. 조선요리를 두려워한다는 사실은 몰랐다. 나쓰코는 무슨 일에든지 호기심이 강했다.

"어머, 특별실이 있어요?"

"호호호, 진짜 특별실이에요."

에쓰는 장난스럽게 웃었다.

"근데 다른 분은 안 돼요."

"안 된다고요?"

"거긴 우리 휴게실인 걸요. 역도산 사장님 이외의 사람은 들어갈 수 없어요. 왜냐하면 여자들만의 방이라서 남자는 금지예요."

"뭐야, 뒷방이란 말이잖아. 그래서야 기분이 나겠어? 맛있는 건 역시 턱 하니 멋진 데에 앉아서 먹어야지."

이케야마는 호화로운 분위기를 좋아해서, 맛없는 음식을 배불리 먹는 것보다는 비싸더라도 맛있는 음식을 조금 먹는 편이 낫다는 고급 취향을 가지고 있었다.

"왕초는 불쌍하군, 마늘도 맘껏 먹지 못하다니……. 조선 음식을 먹었다고 해서 조선인이라고 생각할 사람은 아무도 없을 텐데."

"맞아요, 사장님은 소심해요. 덩치는 그렇게 크면서……."

나쓰코까지 맞장구를 쳤다.

"왕초의 혈액형은 AB형이야. 초일류 신경질이지. 그런 남자는 나도 본 적이 없다고."

이케야마에게 걸리면 천하의 역도산도 너덜너덜해지고 만다. 나쓰코가 몸을 내밀며 말했다.

"사장님이 약 마니아인 줄은 아무도 모를 걸요? 새 약이 나오면 제가 사러 가야 해요. 여행가방 안을 보고 저도 깜짝 놀랐다니까요. 무슨 약장수 같더라구요. 프로레슬링의 왕자가 그렇게 약을 먹다니, 체면이 안 서는 일이죠."

놀라운 얘기였다.

"약물광이라는 건 알고 있었지만 가방에까지 채우고 다닌다니. 근데 왕초는 시합 전에 흥분제를 먹잖아. 프로니까 허락이 되는 거지, 아마추어라면 실격이라고. 어쨌거나 그 흥분제라는 건 맘에 안 들어, 왕초는 중독된 건가……."

네 사람은 연기를 피워 올리며 불고기 맛을 즐겼다. 다 같이 마늘을 먹으면 상대방의 냄새를 느끼지 못한다. 내일은 일요일이다. 네 사람은 술도 별로 마시지 않고 열심히 고기를 구워 먹었다.

그 2층 특별실에서는 역도산이 홀로 술을 컵으로 벌컥벌컥 마시면서 불고기를 마음껏 즐기고 있었다. 여종업원의 휴게실이었기 때문에 그만큼 여자의 향기로 가득 차 있던 것이 역도산에 의해 가게 안과 마찬가지로 불고기 냄새로 바뀌었다. 그는 껌을 씹으면서 뒷문 계단으로 재빨리 내려오자마자 주차장까지 달려갔다. 하와이에서 산 캐딜락에 시동키를 꽂더니 창문으로 껌을 뱉고서 그제야 안심했다는 표정으로 달리기 시작했다.

그해 12월 15일 아침 9시의 닌교초 일대는 추위 탓인지 사람들의 발길도 뜸했고, 하얀 입김이 나왔다. 근처 전철역에서 내린 나쓰코는 핸드백을 껴안듯이 들고 몸을 앞으로 구부린 채 서둘러 걸어갔다. 버스 정류장에서 5분 정도의 거리에 일본프로레슬링흥업 주식회사가 있었다. 핸드백에서 열쇠꾸러미를 꺼내 짤그랑거리면서 문을 열었다. 아직 초라한 목조 건물이었다.

사원들은 10시 출근이었는데, 나쓰코를 포함한 여자 세 명은 교대로 일찍 출근해서 청소를 해야 했다. 먼지떨이로 먼지를 털고 있는데,

"안녕하세요. 히사마츠 서에서 나왔습니다만……."

문밖에서 굵은 목소리가 들려왔다.

"어머, 꽤 부지런한 순경 아저씨네."

나쓰코는 중얼거리면서 청소하던 손을 멈추고 문을 열었다. 그곳에는 제복을 입은 경관 뒤에 훤칠한 여성이 고개를 숙이고 서 있었다.

"꽤 일찍도 오셨네요. 또 팬인가요?"

"아니, 그게 말이죠. 아무래도 아닌 것 같아서요. 이 사람은 어젯밤 9시 반에 우에노 역에 도착해서 여길 찾아다녔답니다. 도쿄에 온 건 아키타에서 수학여행 온 적 말고는 없어서 동쪽 서쪽도 구분하지 못하고……."

"어머, 어젯밤에요?"

"그렇답니다. 닌교초가 도쿄 역 근처라는 얘기는 들었는데, 이 사무소를 찾아낸 게 밤 12시였다니 딱한 일 아닙니까. 입구 밖에 서 있는 걸 순찰차가 발견한 게 3시 반, 이렇게 차가운 바람 속에서 3시간이나 서 있었다는군요."

사투리 억양이 남은 젊은 순경은 미녀에게는 친절했다.

"어머, 3시간이나, 추웠을 텐데……."

"그래서 파출소에서 보호하고 있었는데, 역도산 씨를 만나고 싶다는 말 말고는 한마디도 안 하더군요. 자세한 사정은 모르겠지만 만나게 해주세요. 가엾게도 거의 잠도 안 잤어요. 잘 부탁합니다."

"알겠습니다. 수고하셨어요."

경관은 거수경례를 하고 쿵쿵 차가운 발소리를 울리면서 사라졌다.

"추웠죠. 어서 난로 옆으로……."

"고맙습니다. 죄송해요."

금방이라도 울음을 터뜨릴 것 같은 얼굴이었다. 그래도 키가 크고 흰

살결에 머리가 긴 아가씨였다. 나이는 스물에서 한두 살 더 먹었을까?

"아침 아직 안 드셨지요?"

"예."

"그럼 빨리 준비할게요. 선수들의 합숙용 쌀이 있으니까 여기서 몸을 녹이세요."

나쓰코는 익숙하게 움직였다. 쌀을 씻어 솥을 올리고 반찬거리를 사러 뛰어나갔다. 정류소 앞 가게는 아직 문을 열기 전이었지만, "아줌마, 저예요. 어서 열어주세요" 하고 밝은 목소리로 소리쳤다.

아키타에서 올라온 아가씨가 "죄송합니다."를 연발하며, "잘 먹겠습니다." 하고 젓가락을 들었을 때, 갑자기 입을 막았다. 그리고 욱욱 하며 토했다. 눈물을 흘리면서 몸을 덜덜 떨었다.

"이런, 큰일이네요. 속이 안 좋아요? 기차를 타서 피곤한 데다가 잠도 못 잤으니."

"……."

"마침 잘됐어요. 사장님의 약이 있으니까 그걸 먹고 식사하세요."

"정말 죄송합니다."

약을 억지로 삼키기는 했지만, 가지런한 콧날의 아름다운 얼굴은 새파랬다.

"죄송해요. 또 토할 것 같아서……."

"그럼 조금 더 있다가 드세요. 여기, 차예요."

키 크고 하얀 피부에 길고 검은 머리칼이 역도산이 좋아하는 스타일이었다.

"사장님이 출근하시는 건 빨라도 오후 1시경이에요. 그때까지 누워 계세요. 문을 잠글 수 있는 작은 방이 있어요."

"정말로 죄송합니다. 신세를 지게 되어서……."

그녀는 머리를 숙인 채로 힘없이 일어나 나쓰코의 뒤를 따랐다.

사장인 역도산이 나타난 것은 그로부터 4시간 후였다.

불 붙이지 않은 시가를 입에 문 역도산이 유유히 스포츠카 좌석에서 일어서자 요시마치 비서의 라이타에 불이 켜졌다. 예전에 가죽점퍼를 입고 오토바이를 타고 빗속을 달리던 사람과 같은 인물이라고는 생각할 수 없을 정도로 태연자약한 모습이었다. 스포츠카 특유의 폭음을 듣고 황급히 현관 앞에 정렬한 사원들은 일제히 머리를 숙여 인사했다.

"사장님, 안녕하십니까?"

"응, 응."

역도산은 의젓하게 고개를 끄덕였다.

"사장님, 저기……."

"바보야, 사장실에서 얘기해."

요시마치의 얼굴에 시가 연기를 후 하고 내품었다. 비서였던 요시마치도 새 회사 설립과 함께 이제는 전무이사로 출세한 상태였다. 뒤에서는 시종이라고 수군댔지만, 사실 역도산보다 두 살 위였다. 그는 프로레슬러로서는 선생님, 회사 업무에 관한 일일 때는 사장님이라는 호칭을 절묘하게 구분해 썼다. 강한 자에게 약하고 약한 자에게 강하다는 뒷말을 들을 정도로, 세일즈맨으로서는 요령이 좋은 비서 겸 전무였다.

요시마치를 앞세우고 시가를 피우면서 계단을 올라가는 역도산의 모습을 보며 나쓰코는, "오늘 사장님은 기분이 좋으시네." 하고 안심했다.

역도산은 사장실에 들어가면 반드시 창가로 가서 밖을 바라보며 창틀에 손가락을 대보았다. 그리고 사장용으로 특별 제작한 책상 표면을 문질러봤다. 그래서 손가락이 더러워지면 날벼락을 쳤다. 그러나 오늘 아침에는 나쓰코가 아키타에서 온 아가씨를 위해 꼼꼼하게 청소를 해두었기 때문에 잔소리를 할 구석이 없었다. 나쓰코는 요시마치의 보고가 끝날 때쯤 사장실을 노크했다.

"사장님, 아키타에서 아름다운 분이 찾아오셨습니다. 방에서 쉬고 있는데, 데리고 올까요?"

"뭐? 여자 팬이야?"

"팬은 아닌 것 같습니다. 뭔가 사정이 있는 것 같습니다. 식사를 준비해줬더니 욱욱 하고 토하기만 하고……."

"뭐, 토해?!"

"예, 전혀 먹을 수가 없었습니다. 속이 안 좋은 거 같아서 약을 줬습니다."

"알았다, 내가 가지."

화가 난 듯이 일어서자 나쓰코와 부딪칠 듯한 기세로 방을 나갔다. 입에 물고 있던 짧은 시가를 툇 하고 뱉더니 아가씨가 자고 있는 방문을 거칠게 두드렸다.

"어이, 나다. 문 열어!"

안에서 "예."라는 작은 목소리가 나더니 문이 열렸다.

"나쓰코, 넌 가서 일해."

호통을 치고 나서 탕 하고 문을 닫았다. 나쓰코는 도망치듯이 자리로 돌아왔다. 하지만 안절부절못했다. 역도산이 사장실로 되돌아온 것은 그로부터 20분 후였다.

"어이, 요시마치. 한을 불러."

"예, 한타로는 외출 중입니다만."

"그럼 할 수 없군. 너, 아는 산부인과 의사 없나?"

"예, 있습니다만."

"좋았어. 그럼 저 여자를 데리고 가."

"어디 아픕니까?"

"지울 거야."

"예? 낙태입니까?"

"그래."

"불쌍하게……."

"잔말 하지 마. 당장 가!"

요시마치는 허리를 굽혀 인사를 하고 사장실을 나오자마자 여자가 있는 방문을 두드렸다. 잠시 후에 방에서 나온 요시마치는 계단을 재빨리 내려와 경리부로 뛰어들며 소리쳤다.

"나쓰코, 저 사람에게 약을 줬다면서?"

"예. 왜요?"

요시마치는 갑자기 웃음을 터뜨렸다. 눈물까지 흘리면서 배 아파 죽겠다는 듯이 계속 웃었다. 경리부원들은 의아한 얼굴로 요시마치를 바라보았다.

"야, 입덧을 하는 사람에게 소화제 같은 게 듣겠어? 저애는 임신 중이야."

"네?!"

나쓰코는 말문이 막혔다. 저렇게 순수해 보이는 아가씨가 사장님의 씨를 갖게 되다니…… 불쌍한 아기…….

"영웅호색이라고, 왕초는 여자에 관해서는 손이 빠르지. 나도 좀 닮고 싶군."

이케야마가 감탄한 듯이 비꼬았다.

"불결해요, 사장님은……"

나쓰코가 얼굴을 찌푸렸다.

"무슨 소리, 사내는 다 불결한 거야. 하지만 왕초는 좀 차원이 다르지. 어쨌거나 돈과 여자만 있으면 항상 싱글벙글이거든."

그때 거칠게 문이 열렸다.

"앗! 깜짝 놀라잖아요."

"뭐하는 거야, 모두들."

경리부장인 미야자와가 수상하다는 듯이 훑어보았다.

"아니, 아무것도 아녜요. 왕초를 욕하고 있었는데 본인이 나타난 줄 알았죠."

요시마치가 비실비실 웃으면서 변명했다.

"이케야마, 자기 회사 사장인데 너무 그러지 마."

고지식한 미야자와는 불편한 표정으로 말했다.

"헐뜯고 있는 게 아니잖아요. 진실을 말한 것뿐이라고요. 안 그래, 나쓰코?"

이케야마는 나쓰코의 도움을 요청했다. 하지만 나쓰코는 잠자코 타이프라이터를 타닥타닥 두들기고 있었다.

그날, 최근에 연습량이 부쩍 줄어들었던 역도산이 오래간만에 본격적인 트레이닝을 한 뒤 샤워를 하고 새빨간 타월을 목에 걸고서 사장실의 긴 의자에 몸을 던져놓고 천정을 바라보고 있었다. 아무리 그래도 오늘 아침의 아가씨 일이 마음에 걸려서 생각에 잠겨 있는데, 똑똑 하고 노크하는 사람이 있었다.

"누구냐, 들어와."

요시마치 비서 겸 전무가 평소대로 90도로 허리를 꺾어 경례를 하고 다가왔다. 그 뒤에는 창백한 아키타의 아가씨가 간신히 걸어서 따라 들어왔다.

"선생님, 다녀왔습니다. 이제 괜찮을 거라고 합니다."

'이제 괜찮을 거' 라는 이상한 보고를 올렸다. 분명 역도산으로서는 지워버리면 괜찮은 일인지도 모르지만, 여자로서는 괜찮다고 할 경우가 아니었다.

"응, 그러냐. 사나에, 그럼 내일부터 여기서 일해라. 당분간 요시마치 집에 신세를 지고."

"제가 맡으라고요?"

"그래, 귀여워해주란 말야. 하지만 손대지는 마. 넌 손이 빠르단 말야."

"당치도 않습니다. 선생님이 쓰신 중고를……."

"바보야, 중고라니! 당사자 앞에서."

"예, 죄송합니다."

"오늘은 그만 데리고 돌아가서 빨리 재워."

사나에라 불린 아가씨는 입술을 깨물면서 겨우 눈물을 참고 있었다.

역도산은 두 사람의 모습이 방에서 사라지자 짐을 덜었다는 표정으로 천장을 뚫어지게 바라보았다.

'나에게 불가능은 없다. 이 강인한 육체와 남들보다 갑절은 우수한 두뇌는 그 누구에게도 뒤지지 않는다. 일본인이 뭐냐, 지구는 나를 중심으로 돌고 있단 말이다.'

방해물들은 모두 꺼져버려라 하고 마음속으로 외쳤다.

아키타의 아가씨를 나쓰코가 현관까지 상냥하게 배웅했다. 요시마치의 고물차에 탄 아가씨는 나쓰코에게 깊숙이 머리를 숙였다. 그 모습이 애처로웠다.

다음날 아침, 요시마치와 함께 출근한 사나에는 나쓰코와 책상을 나란히 하고 앉았지만 일은 아무것도 할 줄 몰랐다. 청소와 차 심부름밖에 할 수 없었다. 그리고 사흘째 아침이 왔다.

"나쓰코 씨, 정말 신세 많이 졌어요. 이제 고향으로 돌아가서 다시 시작하겠습니다."

"그래요. 잘 생각했어요. 교통사고라 생각하고 잊어버려요. 아직 젊잖아요."

"예, 모두 흘려버려야죠."

깊이 머리를 숙이는 그녀는 금방이라도 울어버릴 것 같은 얼굴이었다. 나쓰코는 그녀가 불쌍해서 견딜 수가 없었다. 책상서랍에서 목걸이를 꺼내어 그 손에 쥐어줬다.

"이거 사장님이 외국에서 사 오신 선물이에요. 선물 받은 거지만 기념으로 드릴게요. 받아주세요."

그것은 나무 열매로 만든 싸구려 목걸이였다. 사나에로서는 역도산의 선물이라고 하니 별로 받고 싶지 않았지만 나쓰코의 호의를 거절할 수도 없었다.

"고마워요. 기쁘게 받을게요."

사나에는 감사의 마음을 담아 대답했다. 눈물도 말라버린 그녀는 혼자서 쓸쓸히 고향 아키타로 돌아갔다.

평소답지 않게 오전 11시에 나타난 역도산에게 나쓰코가 그녀의 일을 보고하자,

"그래? 잘됐군. 그럼 된 거야."

역도산은 스포츠신문에서 눈을 뗄 생각도 하지 않고 차갑게 말했다.

'이게 남자라는 거구나. 난 남자 따위에게 속지 않겠어.' 하고 나쓰코는 새삼 결심했다. 나중 이야기지만, 그 결심대로 나쓰코는 결혼하지 않았다.

역도산에게 있어서 사나에는 그저 순회 시합 중에 만난 한 여자에 지나지 않았다. 침대 속에서는 그토록 사랑을 속삭이며 그녀의 육체를 위해 봉사했으면서도 임신해서 나타났을 때에는 손조차 잡으려 들지 않았다. 게다가 사랑의 결정체를 물처럼 흘려버렸다.

역도산은 7~8명의 여자를 첩처럼 거느리고 있었는데, 아이만은 낳게 하지 않았다. 그의 생애에 있어서 피를 이은 자식은 교토의 여자가 낳은 세 명과 그가 죽은 후에 태어난 두 명의 아이를 합해 다섯 명밖에 존재하지 않았다.* 나머지는 모두 저 세상으로 보내버렸다.

나쓰코는 지금도 생각이 난다고 한다. 사나에 씨는 어떻게 지내고 있을까, 하고. 행복해졌을까? 아름다운 아가씨였는데…….

나쓰코에게 남자란 여자의 적에 지나지 않았다. 아야가 법적인 정식 배우자가 된 지 6년 9개월이나 되었는데도 남편인 역도산은 매일 밤 여자를 데리고 와 아내로서 아야가 자야 마땅할 이불에서 쫓아버린다는 이야기를 듣고서는 남성을 불신하지 않을 수 없었던 것이다.

---

*북한에 한 명이 더 있다고 함.

밤에 찾아오는 남편

1958년 가을, 미국 원정을 떠나는 역도산을 공항까지 나가 전송하지도 않고 아야는 오모리 저택 서재의 큰 책상에 앉아 펜을 움직이고 있었다.

"신세 많이 졌습니다. 안녕히. 아야."

이때 요시히로는 중학교 2학년, 미쓰오는 초등학교 5학년이었다. 아야의 마음에 걸리는 것은 아직 만난 적도 없는 장녀 미치코의 일이었다. 1956년 2월 1일에 호적에는 올려주었지만 "여자아이는 필요 없다."면서 역도산은 받아들이기를 거부했다. 들리는 소문에 의하면 의붓아버지가 학대를 해서 세끼 밥도 제대로 먹지 못하고 있다고 한다.

아야가 혼인신고를 통해 정식 부인이 된 지 고작 6년 9개월. 게이샤로 자라서 남녀 관계에 대해서는 달관했다고 해도, 남편은 매일 밤 여자를 끌고 들어왔다. 아내로서 자야 마땅할 부부 이불에서 쫓겨나고 보니 이제는 더 이상 있을 곳이 없었다. 피를 나눈 것은 아니지만 두 아이는 귀여웠다. 그래도 더 이상은 참을 수 없었다.

영화배우 오키 하마코가 외국 영화감독과 손을 잡고 유럽으로 떠난 뒤에 역도산의 색도(色道) 수련은 더욱 심해졌다. 그것은 역도산이 여자에게서 처음으로 맛본 굴욕이었다. 마치 그것을 잊기 위해서인 것처럼 아름다운 여성을 매일 밤 데리고 오는 것이었다. 아야도 이제 36세, 한창 때를 지난 나이가 되었다.

역도산이 돈다발을 쌓아두고 한 장 두 장 헤아리던 흑단나무 책상 위에 "안녕히."라는 쪽지를 남겨두고 아야는 떠났다. 한 번도 뒤돌아보지 않았다. 손에는 핸드백 하나. 세 명의 가정부들은 그냥 외출인 줄로만 알고 "다녀오세요." 하고 현관에서 전송했지만, 세 마리의 개들만은 묘하게 짖어댔다. 마지막으로 어리광을 부렸던 것일까?

일찍이 어머니를 여읜 아야는 늙은 아버지가 홀로 사는 본가에 상한 심신을 뉘었다. 나머지는 변호사를 통해 이혼 수속을 밟는 일뿐이었다.

12월 25일에 하네다로 돌아온 역도산은 공항특별실에서의 기자회견을 마치자마자 곧장 오모리의 저택으로 향했다. 그는 이제까지 곧바로 집으로 돌아간 적이 없었기 때문에 한타로를 비롯한 다른 사람들은 깜짝 놀랐다. 그는 정말로 아내 아야가 없는지 확인하고 싶었던 것이다.

두 아들과 세 가정부가 마중 나온 가운데 역도산은 아무 말 없이 서재로 들어갔다. 금고 앞에 있는 책상 위에는 아야가 남기고 간 쪽지가 그대로 놓여 있었다. 그는 그 한 장의 종이를 집어 들자마자 둘로 넷으로 갈가리 찢어버렸다.

"요시히로, 미쓰오, 성적표 가지고 와!"

너무나 거친 목소리에 한타로는 하마터면 차를 얹은 쟁반을 계단에서 엎어버릴 뻔했다. 역도산은 의자에 앉지도 않고 방안을 서성이고 있었다. 위험신호였다. 군자는 위험한 것을 가까이하지 않는다는 말에 따라, 한타로는 차를 놓자마자 재빨리 물러났다. 그와 교대를 하듯이 아들들이 오들오들 떨며 들어왔다.

요시히로가 말없이 내미는 성적표를 잡아채더니 성적은 보는 둥 마는 둥 화를 폭발시켰다.

"바보 자식아, 이게 뭐야! 이래가지고도 천하의 역도산의 아들이냐, 미쓰오도 내놔봐!"

미쓰오는 자포자기한 태도로 아버지에게 내밀었다.

"형제 모두 바보 멍청이군. 뭐야, 성적이! 머리를 식혀주마, 이리와!"

책상 위에 성적표를 내던지고 오른손에 요시히로, 왼손에 미쓰오를 가볍게 들고 계단을 거칠게 뛰어내려갔다. 정원에는 잔디가 깔려 있었다. 슬리퍼도 신지 않고 그냥 아들들을 들고 달려갔다. 두 아이는 무서워 아무 소리도 낼 수 없었다. 수영장에는 얇은 얼음이 얼어 있었다.

"이 바보 자식들아, 물속에서 머리를 식혀!"

첨벙 하고 수영장에 던져진 아이들은 물속에 가라앉았다가 떠올랐다.

"올라오지 말고 잘 생각해봐."

12월의 바람은 차갑다. 그것도 황량한 밭 가운데 지어진 집의 정원, 노을이 다가온 4시 반이었다. 역도산은 수영장 가장자리에 우뚝 서 있었다. 그는 하늘을 처다보며 떠난 아내에 대한 분노와 똑똑하지 못한 아이들에 대해 눈물을 흘리면서 울부짖고 싶었다. 눈물 많고 소심한 역도산, 아버지로서의 고독한 모습이 거기 있었다.

1분, 2분, 3분……. 현관에 서 있던 한타로에게는 긴 시간이었다. 역도산은 한타로에게는 눈길조차 주지 않고 현관에서 신발을 신고서는 그대로 차고로 내려가 난폭하게 차고 문을 열었다. 벤츠 스포츠카가 거칠게 튀어 나갔다. 한타로는 나가는 모습을 확인하고서야 수영장으로 달려갔다.

"애들아, 빨리 올라와."

입가까지 물에 잠겨 있던 미쓰오가 높은 목소리로 외쳤다.

"쓸데없이 나서지 마. 아버지가 나오라고 할 때까지 여기 있을 테야."

"말도 안 돼. 세키토리는 회사에 갔으니까 빨리 올라와. 감기 걸려요."

한타로는 손을 뻗어 끌어올리려고 했지만, 요시히로는 넘쳐 나오기 시작하는 눈물을 머금고 물속에서 힘껏 버티고 서서 주먹을 불끈 쥐고 올라오려 하지 않았다. 저녁 하늘에는 초승달이 보기만 해도 추워보였고, 그 아래에서 샛별이 빛나기 시작하고 있었다.

"자, 빨리 올라와."

한타로는 힘껏 몸을 뻗었다. 요시히로의 오른쪽 어깨를 잡은 순간, 몸이 허공을 헤엄치다 물속에 빠져버리고 말았다. 그 꼴에 두 아이가 웃었다. 눈물을 흘리면서 세 사람은 소리를 내며 웃었다.

사무소에 도착한 역도산은 사장실에 들어가지 않고 트레이닝복으로 갈아입고 젊은 레슬러들을 잇달아 링 위로 불러 올렸다. 그야말로 링의 귀신이었다. 유도 6단의 엔도를 아이 취급하였고, 바디 슬램, 해머 던지기 등의 연속 기술이 작열하면서 잇따라 기절하는 사람이 생겼다.

사무직 사원들도 보고를 하기 전에는 퇴근할 수가 없었다. 연습이 끝난 것은 밤 8시 반을 넘어서였다. 전무 겸 비서인 요시마치가 히죽거리면서 경리부 책상으로 다가왔다.

"빨리 여자를 안겨주지 않으면 위험하니까, 자세한 보고는 내일로 해줘. 사장님 취향에 맞는 여자를 찾아났으니까 괜찮아."

요시마치는 변함없이 시종과 같은 전무였다. 역도산의 기분이 나쁠 때에는 그 취향에 맞는 여자를 찾아다가 받치면 만사 오케이. 그러한 호흡을 잘 알고 있었기 때문에 비서에서 전무로 발탁된 것이다.

아카사카의 나이트클럽에서는 그날도 신사숙녀인 척하는 남녀가 품위 있게 춤을 추고 있었다. 고급 브랜디나 스카치위스키, 양담배 연기 속에서 남자와 여자가 서로를 속이는 곳이었다. 남자는 어떻게 하면 여자를 잘 꼬여서 하룻밤 잘까, 여자는 어떻게 남자에게서 돈을 짜낼까, 겉으로는 즐거운 척 웃고 있었지만 서로의 빈틈만 노리고 있는 것이다.

역도산이 시가를 물고 힘차게 들어온 것은 11시가 조금 넘어서였다. 2시간 반의 연습 후에 긴자의 클럽에서 위스키를 한 병 마시고, 그러고도 차를 몰고 아카사카에 나타난 것이다. 동행은 요시마치와 지방의 흥행사 두 사람, 물론 흥행사가 내는 돈으로 노는 것이었다.

"마실 것은 어떤 것으로 하시겠습니까?"

웨이터가 의자를 권하면서 지방의 흥행사에게 물었다.

"바보 자식아, 넌 뭐야! 나다, 날 뭘로 보는 거냐, 이 자식아!"

역도산의 눈이 묘하게 곤두서 있었다. 요시마치는 미리 찍어두었던 역도산 취향의 여자가 나타나지 않아 안절부절못하고 있었다. 그때였다. 옆 테이블에 있었던 호스티스가 들으라는 듯이 떠들었다.

"뭐야, 짜고 하는 싸움이나 벌이는 주제에 인기 스타인 척하기는……."

"이봐, 그만둬. 들리잖아."

동석했던 남자가 황급히 여자의 입을 막았다. 하지만 여자는 그 손을 뿌리치고 소리쳤다.

"내가 왜, 틀린 말했어?"

여자는 혀가 돌아가지도 않을 정도로 취해 있었다. 역도산은 시가를 테이블 위에 비벼 끄고 바로 일어섰다.

"야! 너 지금 뭐라고 했어?"

어슴푸레한 어둠 속에서 역도산의 눈이 이상하게 빛났다.

"왜? 불만이야?"

여자도 일어서려고 했지만, 남자 손님이 붙잡아 앉혔다.

"선생님, 그만두세요. 여긴 나이트클럽입니다. 저쪽은 술에 취했고, 게다가 여자 아닙니까."

요시마치가 즉각 끼어들어서 90도로 허리를 꺾어 대신 사과했다. 역도산은 그것을 가볍게 후려칠 생각이었는데, 힘이 너무 셌다. 요시마치의 몸은 벽까지 날아가서 뒤통수를 세게 부딪쳐 기절하고 말았다.

"이년아, 다시 한 번 말해봐!"

"그래, 몇 번이라도 말해주지. 이 살인자! 설마 아키타의 사나에라는 아가씨를 잊지는 않았겠지? 널 위해서, 역도산이라는 싸움꾼을 위해 석 달 된 아이를 지워버린 사나에를……."

"닥쳐! 이 창녀야!"

의자에 앉아 있던 여자의 머리채를 움켜잡더니 가볍게 들어올렸다.

여자는 "꺄악!" 하는 비명과 함께 다리를 버둥거렸다. 그때, 밴드의 볼륨이 한층 높아져 두 사람의 욕설을 지워버렸다.

역도산은 왼손으로 드레스를 갈기갈기 찢으면서도 오른손에 쥔 긴 머리채는 놓지 않았다. 브래지어도 팬티도 찢어져서 알몸이 된 여자를 플로어로 끌고 다녔다. 하지만 누구 한 사람 말리지 못하고 그 난폭한 행동을 지켜볼 따름이었다. 여자는 비명을 지를 기력도 잃은 상태였다.

머리카락은 몽땅 빠지고, 등에서 엉덩이까지 새빨간 피가 솟아올랐다. 모양 예쁜 유방만이 숨이 붙어 있었다. 역도산은 내던지듯 여자를 팽개치더니 컵의 물을 단번에 비우고 그 컵을 으드득 으드득 씹었다. 그리고 정신을 잃은 알몸의 여자에게 퉤 하고 그 유리 파편을 뱉었다. 배에서 하반신에 걸쳐 달라붙은 유리 파편들이 요상하게 빛났다.

"가겠다!"라는 말만 남기고 역도산은 기절한 두 사람을 내버려두고 당당하게 팔을 흔들면서 차고로 걸어갔다. 악몽과도 같은 순간이었다.

역도산은 마구잡이로 차를 몰았다. 그러다가 접촉 사고가 났네 아니네 하는 사소한 일로 택시운전수와 싸움이 붙자 운전수를 두들겨 패고 면허증까지 빼앗아가지고 집으로 돌아갔다. 다음날 신문에는 "역도산 횡포!"라고 하여 택시 운전수와의 사건이 실렸지만, 클럽의 여자에 대해서는 한 줄도 쓰여 있지 않았다.

여자는 구급차로 실려 갔다. 요시마치가 말 그대로 여기저기 뛰어다닌 끝에 50만 엔으로 겨우 합의를 봤다. 그 여자는 아키타의 그 아가씨와 친한 진子였던 것이다. 역도산은 안 좋은 일을 저질렀다는 말 한마디도 없이, "50만 엔은 비싸다. 아깝다." 하고 거듭 요시마치에게 말했다.

음주 운전에다가 택시 운전수에게 폭행까지 했지만 사건은 쉽게 마무리되었고, 그의 음주 운전은 계속되었다.

1959년 2월 2일, 역도산은 그제야 이혼서류에 도장을 찍었다. 혼인신고를 한 뒤부터 따져 6년 9개월의 짧은 부부생활 중에서 아야에게 즐거운 추억으로 남은 것은 고작 몇 달 되지 않았다. 간신히 바늘방석에서 해방되었지만 그곳에는 공허밖에 남아 있지 않았다.

"퉁 퉁 퉁." 하고 현관 유리문을 난폭하게 두드리는 소리가 꿈속에서 들린 것 같았다. "퉁 퉁 퉁." 그것은 현실 속의 소리였다. 괘종시계는 밤 3시 10분을 가리키고 있었다. 정확하게는 2월 3일 새벽의 일이었다.

"어이, 아야. 나다. 일어나."

아야는 깜짝 놀라 이불을 뒤집어썼다. 지난해 말부터 남편에게 들키지 않으려고 게이샤 시절의 친구 집을 전전하면서 지내다가 겨우 정식으로 이혼을 인정받자 아버지 집에 돌아와 있었던 것이다.

"이제 저 사람은 남이다. 절대로 일어나지 않을 거야."

아야는 이불 속에서 큰 몸을 작게 웅크리고 있었다. 그러자 스포츠카 특유의 폭발음과 함께 벤츠의 클랙슨이 빵빵하고 울렸다.

"울릴 테면 울려보라지." 아야에게도 고집이 있었다. 절대로 일어나지 않을래, 하고 귀를 막았다.

"얘야, 우리 집 같지 않으냐? 방금 전부터 차 소리가……."

옆방에서 자던 병든 아버지가 말을 걸었다.

"괜찮아요, 아버지. 저 사람과는 어제부터 남이니까요."

"그래도 이웃 사람들에게 폐가 되잖니."

"괜찮아요. 이웃집과는 멀리 떨어져 있잖아요."

"그건 그렇지만, 경적소리가 꽤 크구나."

아야의 예상과는 달리 그는 쉽게 포기하지 않았다. 붕붕 하고 엔진을 공회전 시키면서 집 둘레를 천천히 돌다가 거기에 클랙슨까지 빵빵거리기 시작했다. 그렇게 나오면 이웃 사람들도 참기 힘들 터였다.

"얘야, 일어나거라. 아무리 그래도 이웃 사람들에게 미안하잖니."

"그러네요. 어쩔 수가 없군요."

아야는 떨떠름하게 일어났다. 변함없이 요염한 긴 소매의 속옷 차림이었다. 경대의 거울을 들여다보면서 머리를 고치고, "걱정하지 마, 내일은 내일의 바람이 부니까……." 하고 스스로에게 들려주는 아야였다.

겉옷을 걸치고 현관의 전등을 켰다. 그러는 동안에도 차의 폭음과 클랙슨은 계속 울리고 있었다.

현관에 불이 들어오자 차가 집 앞에 섰고, 역도산이 아무렇지도 않은 표정으로 다가왔다.

"뭘 꾸물거려. 벌써 자고 있었어?"

술 냄새를 풍기며 화난 얼굴로 껴안더니 억지로 왼손을 옷자락 안으로 집어넣고 입술을 빨았다. 아야의 몸이 한순간 경직되었다.

"그만해요. 이젠 남이에요."

아야는 밀어버리려고 했지만 두 팔에 안겨 움직일 수가 없었다. 게다가 왼손이 은밀한 부분을 애무하고 있었다. 몸이 저렸다.

"좋잖아. 오랫동안 부부였잖아. 일부러 찾아온 거란 말야."

남자란 제멋대로다. 도장을 찍은 지 아직 하루도 지나지 않았는데 밤에 찾아오는 사람이라니. 역도산의 경우, 여자란 항상 섹스 대상에 지나지 않았다. 아내였던 아야의 입술을 빨면서 왼손은 넓적다리를 더듬기 시작했다. 그녀는 양다리에 힘을 넣어 벌리지 않으려고 했지만, 전신의 힘이 쏴악 하고 빠져나가고 있음을 자신도 알고 있었다. 그만큼 그의 테크닉은 교묘했다.

역도산은 입술을 빨면서 가볍게 아야를 안아들더니 그대로 침실로 들어가 조용히 이불 위에 내려놓았다. 그리고 속옷을 단단히 매고 있던 진홍빛 띠를 풀었다. 그 속에는 아무것도 입고 있지 않았다.

"추워요."

아야가 어느새 콧소리 섞인 소리로 말했다. 그는 유방에서 천천히 복부로 입을 맞추면서 이동해 나갔다. 왼손이 완만한 초원의 언덕에서 사랑의 샘으로 들어가더니 손가락 끝으로 그녀의 약한 곳을 공격했다. 아야는 자기도 모르게 "하아." 하고 소리를 흘렸다. 이제 그곳에는 이성이 사라지고 없었다. 몇 달 만의 쾌감일까, 머릿속까지 징 하고 저려왔다. 이제 사랑의 샘까지 빨아대자 아름다운 나신을 아낌없이 열고 애절한 신음 소리를 흘렸다. 늙은 아버지가 옆방에서 자고 있다는 사실 따위는 이미 염두에 없었다.

이를 꽉 물고 애절한 소리를 올렸다. 그는 양손과 입은 물론 발가락까지 써서 공격해왔다. 죽을 것 같은 신음 소리는 가늘어졌다가 굵어졌다가 하면서 띄엄띄엄 이어졌다.

작은 파도가 여덟 번째에 이르러 큰 파도로 변해 그녀를 산산이 부숴 놓았다. 그래도 그는 공격을 늦추려 하지 않았다. 깊게 얕게, 그리고 빠르게 천천히 치고 들어왔다. 야수로 변한 두 사람은 몸부림치면서 환희의 덩어리가 되어 천국에 몸을 던지고 있었다.

이윽고 천천히 그녀의 위에서 내려온 그는 땀을 닦고 또다시 핥아대는 정력적인 사내였다.

그로부터 얼마나 시간이 흘렀을까. 아야는 나른한 몸을 일으켰다. 역도산은 장식장에 진열되어 있던 브랜디를 머리맡에 가지고 와서 발가벗은 채로 책상다리를 하고 마시고 있었다.

"이봐, 목욕물 데워."

아야는 그때까지도 꿈속을 헤매고 있었다.

"몇 시예요?"

"5시 반이다. 벌써 아침이야."

"안 자요?"

"씻고 싶다. 빨리 해."

아야는 그대로 푹 자고 싶었다. 하지만 시키는 대로 하지 않으면 "바보 자식아!"라는 말이 날아올 터. 힘없이 매무새를 고치고 경대 속의 자기 얼굴을 들여다보았다.

"걱정하지 마……." 아야는 킥 하고 웃고는 일어났다.

모든 일본인들이 국위를 선양한 '영웅 역도산'이라 떠들어대지만, 사실은 이상한 남자라고 아야는 생각했다. 이혼 신고를 마친 날 밤, 헤어진 아내에게 당당하게 진군나팔을 불면서 쳐들어오는 전 남편이 어디에 있을까. 원한이 뼈에 사무친 남자에게 안겨 정신을 잃고 쾌락의 늪에 빠져버린 나 자신도 이상한 여자이기는 마찬가지라고 생각했다. 이상한 사람끼리 이상하게 이어져서……, 자기도 모르게 후후 하고 쓸쓸한 웃음이 북받쳐 올랐다.

"아버지는 어떻게 생각하실까? 그렇게 소리를 냈으니……. 어떻게 생각하시든 어쩔 수 없지. 강한 상대였으니까, 일본 최고의 사내인걸 뭐……."

아야는 혼자 말하며 일어섰다. 목욕탕의 가스불이 기분 좋은 소리를 내면서 타올랐다. 그 푸른 불을 바라보고 있는 사이에 지나간 날들이 주마등처럼 되살아났다.

스모 선수였던 역도산에게 처음으로 안겼던 게이샤 시절의 감격적인 밤, 겨우 가정을 차렸다 싶었는데 나타난 두 아이, 가난의 밑바닥, 매일 술과 싸움으로 지새다가 나중에는 무책임하게 자기만 훌쩍 미국으로 가버린 남편, 귀국과 함께 일본의 영웅이 된 순수한 조선인, 호화로운 저택을 짓고 현금이 물처럼 쏟아져 들어오는데도 생활비밖에 건네주지 않던 구두쇠 남편, 세계적인 역도산의 아내가 되어 존경과 선망의 눈길을 받던 그 시절, 하지만 그것도 잠시였고 매일처럼 젊은 여자를 데리고 들어와 자고 있던 이불에서 내쫓기던 그 나날들이 이어졌다.

약 8년 동안의 부부생활이 꼬리에 꼬리를 물고 푸른 가스불 속에서 떠오르고, 또 허무하게 사라졌다. 그것은 아야에게 있어서는 인내의 세월이었다. 어린 게이샤 시절부터 진실한 사랑을 찾아 아내의 자리를 꿈꾸었던 아야지만, 역시 손이 닿지 않는 꿈속의 꿈에 지나지 않았다. 결국 아야도 정력의 영웅, 역도산의 성욕 분출구로서의 한 여자에 지나지 않았는지도 모른다.

"세키토리, 목욕하세요."

"좋았어, 지금 가지."

브랜디를 꿀꺽 마시고는 "영차." 하고 스모 자세로 일어섰다.

방은 둘밖에 없지만, 부엌과 목욕탕은 넓은 셋집이었다. 새로 지은 싸구려 집이어서 역도산이 걷자 뻐걱뻐걱 소리가 났다.

176센티, 105킬로그램의 역도산이 욕조에 목까지 담그자 물이 쏴 하고 흘러넘쳤다. 구두쇠 그 자체와도 같은 그였지만, 목욕물만은 넘치도록 채워두게 했다. "으음." 하고 신음소리를 내더니 천장을 뚫어지게 바라보면서 꼼짝도 하지 않았다. 성욕을 발산하고 나면 돈벌이 말고는 염두에 없었다.

"어떠세요?"

문득 정신을 차린 역도산은 그곳에 서 있는 아야의 모습을 바라보았다. 요염한 긴 소매의 속옷 자락이 갈라져서 새하얀 넓적다리가 보였다. 또다시 성욕이 치솟았다.

"응, 좋아. 너도 들어와."

"하지만 좁아서……."

"괜찮으니까 들어와, 그리고 오랜만에 등도 닦아줘."

여전한 고집이었다. 반대해봤자 통할 사람이 아니었기 때문에 아야는 자조적인 웃음을 띠우면서 진홍빛 띠를 풀었다.

그는 친절해서 여자의 몸을 씻어주는 것이 아니었다. 살결에 듬뿍 비누를 묻혀 거품 속에서 손으로 그 감촉을 즐기면서 여성을 흥분시키기 위함이었다. 원래 여자는 약하다. 급소를 누르면 자신의 의지와는 상관없이 욕정에 휩쓸린다. 그것은 거품의 춤이었다. 두 사람의 몸이 거품에 뒤덮인 채로 엉겼다. 아야의 흐트러진 모습을 실컷 즐기고 나서 물을 뿌려 거품을 씻어냈다. 그리고 그 다음부터가 그의 특기였다. 전신을 빠짐없이 핥아대는 것이다. 보통이 아닌 정력으로 치고 들어오니 그 교성이 목욕탕을 울렸다. 아무리 역도산이라고 해도 서서히 절정에 이르렀고, 마침내 경직된 두 사람 모두 움직일 수 없게 되었다.

얼마나 시간이 흘렀을까? 역도산은 아야의 육체에서 몸을 떼고 좍좍 물을 어깨에서부터 부어줬다. 그리고 가볍게 70킬로그램의 큰 몸집을 지닌 아야를 들어 욕조 속에 조용히 내려놓았다. 두 사람이 함께 들어갈 수 있는 큰 욕조가 아니었다. 오모리의 저택에서라면 이제부터 다시 여성에 대한 봉사 정신을 발휘할 때였다.

아야는 오래간만에 만족감에 취해 있었다. 지칠 대로 지쳐 움직이기도 싫었다. 그는 친절하게도 안아서 이불까지 옮겨 실오라기 하나 걸치지 않은 풍염한 육체를 눕혀주었다. 아야는 길게 다리를 뻗고 후 하고 깊은 한숨을 쉬었다.

그는 타월을 허리에 두른 채로 방석에 앉아 브랜디를 컵에 반 정도 따르더니 단숨에 들이켜고 아야의 익을 대로 익은 육체를 바라보고 있었다. 아이를 낳은 적이 없는 그녀의 나신은 역시 아름다웠다. 소학교를 졸업하자마자 곧바로 화류계에 들어가 갈고 닦은 만큼 요염했다. 다른 사람에게는 아야를 넘겨주고 싶지 않다고 역도산은 생각했다. 그는 이불을 그 나신에 덮어주고서 입술을 빨고 손을 집어넣었다. 집요하게 사랑의 샘을 확인하고는 아쉽다는 듯이 일어나 던져놓았던 바지에서 지갑을 꺼내 5만 엔을 컵 옆에 놓았다.

역도산은 몸단장을 마치고 말없이 방을 나갔다. 아야는 일어나지 않았다. 하지만 엔진 소리에는 자기도 모르게 몸이 움직였다. 문득 탁상 위에 놓인 50장의 지폐가 눈에 들어오자 눈물이 그칠 줄 모르고 흘러내렸다. 자신이 너무나 애처로웠다. 아야가 브랜디를 컵에 따른 것은 그때였다…….

"역도산은 돌아갔니?"

누워만 있는 아버지가 옆방에서 말을 걸었다.

"예, 방금이요."

아야의 슬픈 목소리였다.

"그럼, 잘 자거라."

"……"

딸이 걱정스러운 늙은 아버지는 위로하듯 말했다. 아야의 눈물을 뼈저리게 이해할 수 있었다.

'불쌍한 아야, 내가 일을 할 수 없으니······.'

아내를 잃고 지금은 누워서밖에 지낼 수 없는 아버지는 그렇게 생각했다.

첫닭이 울었다. 바깥이 하얗게 밝아오기 시작했다.

역도산은 한 달에 한 번이나 두 번, 그것도 반드시 밤 2시나 3시에 밀고 들어왔다. 그리고 당연한 듯이 성욕을 두 번 발산하고는 묵묵히 돈 5만 엔을 탁상 위에 놓고 돌아갔다. 그는 다시 합치자는 말은 한 번도 하지 않았다. 그저 성욕을 발산할 뿐이었다.

역도산의 '사모님'으로서 아야의 이름을 입에 올리는 사람은 이제 한 사람도 없게 되었다. 그저 경리부원 중에서 나쓰코와 카메라맨인 아카미 로쿠로타만이 불편한 곳에 살고 있는 아야를 잊지 않았다. 아야도 나쓰코에게만은 편지를 썼다. 그리고 모든 일을 의논했다.

헤어진 부인을 밤에 찾아오는 이상한 남편과의 관계가 1960년, 61년, 62년으로 계속되었다.

이 이야기 속에서 아야라는 존재는 이제 역도산의 죽음 이후의 장면 외에는 나올 곳이 없다. 독자들 중에는 '아야는 결국 어떻게 되나?' 하고 궁금해하는 사람들도 있으리라. 이 책은 추리소설이 아니니 그 결말을 밝히도록 하겠다.

그날, 평소대로 밤 3시에 벤츠 스포츠카의 클랙슨이 짧게 두 번 울렸다. 아야가 현관으로 나갔지만 그는 곧바로 육체의 문에 그 가라테 춉의 손을 집어넣지 않았다. 대신 역도산은 가지고 온 미제 위스키를 스트레이트로 마시기 시작했다. 영문을 몰랐지만 그래도 아야는 안주로 할 야채절임을 내오고 목욕물을 데우기 위해 불을 붙이고 나서 그와 마주 앉았다.

"약혼했어."

역도산은 툭 내뱉었다.

"그렇다면서요. 텔레비전에서 봤어요."

아야는 그래도 '축하한다' 는 말은 할 수가 없었다.

"주위가 너무 시끄러워서."

"됐어요, 그걸로……."

"응."

"어머, 벌써 목욕물이 데워졌을 거예요."

아야가 처음으로 보는 역도산의 얼굴이 그곳에 있었다. 그것은 먼 옛날의 역도산의 모습을 생각나게 했다.

그날 밤 이후로 벤츠의 클랙슨은 울리지 않았다. 그리고 그 다음 해, 정확하게 말하자면 1963년 11월 8일 롤스로이스의 우아한 클랙슨이 울렸다. 현관에 선 그 모습은 턱시도 차림이었다. 역도산은 운전하는 차에 따라 복장을 달리했다. 스포츠카, 캐딜락 그리고 롤스로이스 등 차에 맞춰 옷을 입는 멋쟁이이기도 했다.

"내일부터 지방흥행이야. 다음엔 언제 올 수 있을까?"

"이제 오지 않는 게 좋아요. 젊은 부인이 불쌍해요. 울리면 안 돼요."

"응, 하지만 네 몸을 잊을 수가 없어."

"벌써 오래 전에 이혼한 부인이 사는 곳을 찾아오는 역도산을 주위 사람들이 어떻게 생각하겠어요?"

"알게 뭐야. 난, 나 하고 싶은 대로 해. 난 세계챔피언이란 말야."

위스키를 벌컥벌컥 마시면서 말했다.

역도산은 늘 그랬듯이 두 번 섹스를 즐기고 나서 일어섰다.

"자, 이제 가야해. 그애는 배가 불러서 이젠 안을 수가 없어. 집에 가 봤자 재미가 없어."

"벌써 7개월이죠? 뱃속의 아기, 소중히 여겨주세요."

"응."

"조심하세요."

"그래, 안녕."

역도산이 아야에게 처음으로 안녕이라고 말했다. 그녀는 문득 불길함을 느꼈다. 이 사람이 왜 이러는 걸까, 하고. 설마 그로부터 한 달 후에 칼에 찔려 죽을 줄은 신이 아니고서야 알 길이 없었지만……

역도산은 돌아갔다. 그것도 영원히 사라졌다. 다시는 그 엔진 소리, 클랙슨 소리를 들을 수가 없었다.

그해 1963년 12월, 역도산이 죽은 지 얼마 안 되어 아야는 유방암으로 입원했다. 이미 늦은 상태였다. 문병 오는 사람은 나쓰코와 로쿠로타 두 사람뿐이었다. 아야는 로쿠로타에게 옛이야기를 몇 번이나 들려주었다. 게이샤 시절의 역도산, 신혼, 먹을 것이 없던 생활, 행복의 절정, 그리고 절망 등등…….

나쓰코와 로쿠로타는 매주 일요일에 병원을 찾았다. 몸집이 큰 그녀가 날이 갈수록 야위어갔다.

"이제 그 사람에 대해서 이야기할 거리도 없어졌어요. 이 앨범은 로쿠 씨에게 드릴게요. 이 은비녀는 나쓰코 씨에게. 정말 고마워요. 보답해드릴 것도 없어서……."

아야의 큰 눈에서 눈물이 흘러내렸다. 그 풍만하고 요염한 육체는 이제 찾아볼 수도 없게 되고 말았다.

역도산이 죽은 다음 해의 늦은 봄, 아야는 나쓰코와 로쿠로타의 손을 굳게 잡고서 "고마웠어요. 정말로 고마웠어요."라고 말하며 43세의 나이로 쓸쓸하게 죽었다. 두 사람은 소리 내 울었다. 그것은 너무나 불쌍한 여인의 모습이었다. 역도산의 전처는 비녀와 한 권의 앨범만을 남겼을 뿐이다.

운을 타고 나다

사람에게는 저마다의 운이 있다. 그리고 운이 따르는 사람이 성공한다. 사람은 첫째가 운, 둘째가 운, 셋째가 실력이다, 라고 역도산은 믿고 있었다.

"프랑스의 영웅 나폴레옹은 부하를 발탁할 때 운이 좋은 녀석을 골랐다고 한다. 내겐 행운의 신이 붙어 있어. 그래서 그 뜻을 거스르지 않기 위해 신궁력을 참고하는 거다. 운이 따르지 않는 녀석은 가까이 오지도 마."

역도산은 가슴을 펴고 말했다. 그는 타이틀 매치를 비롯하여 큰일에 관해서는 모두 신궁력에 나온 대길일에 따랐다. 이세 신사에서 발행하는 그 달력을 영험한 운세 책이라고 믿고 있었던 것이다.

역도산과 항상 행동을 같이 하는 은색 가방에는 이 신궁력과 새로 나온 약으로 꽉 차 있었다. 몸종과도 같은 한타로에게조차 그 안에 든 것들은 보여주지 않았다. 항상 약을 사러 심부름을 가는 나쓰코만이 그 안에 무엇이 들었는지 짐작할 수 있을 따름이었다.

"천하의 역도산이 약만 먹고 있다는 걸 알면 팬들의 꿈이 깨져버리니까 절대로 말하지 마. 하지만 난 저혈압이라서 육체적으로 의지할 데라고는 약밖에 없어. 신궁력은 정신적으로 의지가 되지. 이 두 가지가 나를 받쳐주는 거야."

나쓰코에게 그렇게 얘기할 정도로 소심한 역도산이었다. 그는 또 살무사 피와 로열젤리를 믿고 애용했다. 이것은 기후 지방에 사는 하야시라는 흥행사가 가져다주었다. 역도산은 공짜라서 더욱 효과가 좋은 것 같다고 느꼈다. 하야시는 타이틀 매치가 시작되면 4홉들이 병 하나에 로열젤리, 그리고 또 다른 병에는 살무사 두 마리를 넣어서 가지고 왔다.

역도산은 운을 타고 났다. 1954년에 미국에서 수련을 마치고 귀국한 직후에 사서 집을 지어놓은 땅이 도쿄 도가 운영하는 지하철의 차고로 결정되었다. 아야가 집을 나가버려서 속이 상해 있는 판에, "부디 도쿄 도를 위해서 땅을 팔아달라."고 담당 직원이 머리를 조아리며 나타난 것이다. 그때 제시된 금액은 샀을 때 가격의 10배 이상 웃도는 것이었다. 인플레 시대라고는 해도 나쁜 조건이 아니었다.

역도산의 대은인인 닛타 신사쿠 회장은 '나라를 위해, 지역을 위해' 라는 말이 나오면 아무것도 따지지 않고 기꺼이 부탁을 들어주었는데, 역도산도 대의명분에는 약했다.

"도쿄 도를 위해서라면 도민의 한 사람으로서 희생하지. 난 일본인이니까……."

곤란하다는 표정을 짓기는 했지만 속으로는 한몫 건졌다고 생각했던 것이다.

그 큰 집은 정말 살기 불편했다. 가능하다면 도심의 땅을 찾아 집을 지어야겠다고 생각하고 있던 참이었다. 지금 저택이 있는 오모리는 하네다공항과는 가까웠지만 나머지는 불편이 이만저만이 아니었다. 부하 직원을 부르려고 해도 택시 삯이 너무 많이 들었다. 그 교통비가 모두 자신의 피와 땀으로 만든 돈이라고 생각하면 너무 아까웠다. 그런데 기회가 저절로 굴러들어온 것이다.

그 즈음, 닌교초에는 역도산 도장 건설공사가 착착 진행되고 있었다.

프로레슬러를 총동원하여 싸게 짓는다는 작전으로, 역도산 자신이 삼태기를 지고 진두지휘, 트레이닝을 겸한 노동을 계속했다.

그 공사현장으로 역도산을 만나겠다고 온 자그마한 사내가 있었다. 그 사람의 용건을 들은 비서 겸 전무 요시마치는 어이가 없었다.

"이 땅을 팔아주십시오. 역도산 씨에게 직접 부탁하고 싶습니다."

4층짜리 도장을 세우기 위한 공사가 착착 진행되고 있던 때였기 때문에 요시마치로서는 그 사람의 머리를 의심할 수밖에 없었다. 이런 미친 녀석을 사장님에게 데려갔다가는 자기가 큰코다칠 것이 뻔했는데, 그의 명함에는 '다이토 토지건물 주식회사 영업계장 아오모리 이치로'라는 일류 회사의 이름이 화려하게 인쇄되어 있었다.

"계장이라고? 사장님과 만날 것까지도 없어. 이건 무리야."

요시마치의 태도는 냉랭했다.

"그렇습니까? 역도산 씨를 만날 때까지 몇 번이고 찾아오겠습니다. 이것도 비즈니스니까요."

아오모리 계장은 어처구니없을 정도로 정중하게 머리를 숙여 인사하더니 머리를 왼쪽으로 조금 기울인 채 돌아갔다. 비서로서 이런 황당한 일을 보고했다가는 "이 바보 자식아!" 하고 야단맞을 것으로 알았기 때문에 이 일에 대해서는 한마디도 보고하지 않았다.

1959년 6월 6일, 닌교초의 역도산 도장에서는 피로연이 화려하게 열렸다. 1층은 레슬링 연습장, 2층은 사무실과 스모 연습실, 3, 4층은 합숙소로 이루어진 당당한 건물이 완성되었던 것이다. 정계와 재계, 그리고 연예계와 흥행사들이 보낸 축하 화환이 자그마치 350여 개, 그야말로 거리가 화환에 파묻힐 정도였다.

2층 스모판의 개장을 위해 요코즈나인 와카노하나가 등장 의식을 행하고 다른 선수들이 몸을 부딪는 무시무시한 훈련을 선보였다. 1층의 프로레슬링 링에서는 특별히 복싱 스파링이 치러진 다음에 드디어 젊은 레슬러들의 연습이 시작되었다. 500명이 넘는 참석자들은 맥주를 마시는 것도 잊은 채 그 죽음의 특별훈련에 경탄의 소리를 질렀다. 그것은 인간의 한계를 느끼게 할 정도로, 프로의 육체와 육체가 맞붙는 싸움이 었다.

그때, 1층 화장실 앞에서 조그만 남자가 요시마치를 불렀다.

"요시마치 전무님, 접니다. 다이토 토지건설의 아오모리입니다. 모른 척하지 말아주십시오."

"아, 자넨가? 놀랐잖아."

"그렇게 놀라실 거 없지 않습니까. 오늘로 48번째, 오모리 저택에 찾아가면 용건도 묻지 않고 문전에서 쫓아내셨잖아요. 제발 역도산 씨를 만나게 해주세요."

"오늘은 곤란해. 빌딩 완공 축하 파티에서 땅을 팔라고 하는 건 미친 짓이라고. 내가 야단맞아. 아무리 나라고 해도 이렇게 많은 사람들 앞에서 바보 녀석이라는 말을 듣기는 싫단 말야."

"그러니까 이렇게 허리를 굽혀 부탁드리는 거 아니겠습니까. 어떻게 좀 해주십시오."

"자네 정말 끈질기구먼. 이런 경사스러운 날에 사장님 앞에서 그런 말 꺼냈다가는 자네 따위는 한 방에 날아갈걸. 그만두는 게 좋아. 군자는 위험한 데 다가가지 않는 법이야."

"아니, 경사스러운 날이니까 온 겁니다. 저는 이게 일이니까 맞아도 괜찮습니다. 만나게 해주십시오. 부탁드립니다."

"장난이 아냐, 오늘은 싫어."

요시마치 전무가 도망치려고 할 때, 역도산이 빠른 걸음으로 화장실로 오다가 멈춰 섰다.

"이봐, 요시마치, 처음 보는 분이군."

역도산은 과연 기분이 좋아 보였다.

"예, 다이토 토지건설의 아오모리 계장입니다. 고집이 센 사람이라서 처치 곤란입니다."

"아, 자네인가. 아침저녁으로 나타나는 부동산업자가 있다는 얘기는 가정부에게서 들었네. 무섭게 끈질긴 사람이라더군."

"아니, 그 정도는 아닙니다."

"그래, 그 끈기가 좋군. 그럼, 내일 오후 3시에 이리로 와. 그때 상세한 용건을 듣도록 하지. 오늘은 일을 떠나 축하주나 마시고 가도록 해."

"고맙습니다. 내일 3시에 오겠습니다. 잘 부탁드립니다."

"요시마치, 내일 3시부터 30분간 스케줄에 넣어둬."

역도산은 소변이 급했는지 난폭하게 화장실 안으로 뛰어들어갔다. 요시마치는 알 수가 없다는 표정이었다. 땅을 사겠다고 나서는 부동산업자를 만날 마음이 왜 생겼는지 도무지 이해할 수 없었던 것이다. 하지만 아오모리 계장은 뛸 듯이 기뻤다.

'이런 곳에서 공짜 술이나 마시고 있을 수는 없지. 곧바로 돌아가서 과장님께 보고해야 돼.' 하고 택시를 잡아 올라탔다.

아오모리 계장은 1951년에 대학을 졸업하고 회사에 들어가 입사 동기 중에서는 톱으로 계장이 되었고, 지금은 과장 자리가 눈앞에 걸려 있었다. 이번에 역도산의 땅을 매수하게 된다면 과장 자리는 틀림이 없다고 그는 믿고 있었다. 그렇게 되면 결혼도 가능하다, 라고 마음먹고 있는 남자였다.

그는 반년 동안 역도산에 관한 자료를 긁어모았다. 지독한 구두쇠, 여자를 매일 밤 안아야지 이틀만 안지 못해도 코피가 날 정도로 정력이 강한 사내, 그런데 그 이상으로 그가 관심을 가진 것은 오야붕인 닛타 신사쿠를 흉내 내느라고 나라를 위해, 지역을 위해서라고 하면 다소 무리를 해서라도 허락해준다는 역도산의 성격이었다. 그렇지만 역도산이 왜 그토록 '나라를 위해'라는 말에 약한지는 눈치 챌 수 없었다. 역도산이 순수한 조선인이며, 오랫동안 꿈꿔왔던 귀화에 의해 일본인이 되려 하고 있다는 것은 상상조차 할 수 없었다.

역도산 명의로 되어 있는 약 200평의 땅은 7,800만 엔에 닛타 회장에게서 일본프로레슬링흥업 주식회사가 산 땅이었다. 일본전신전화공사*가 전화국을 확장하기 위해서 어떻게든 손에 넣으려고 하는 그 땅은 이제 부동산업자들의 눈빛을 바꿀 정도로 높은 가치를 가지고 있었다.

그 다음날, 여름이 온 것 같은 더운 날씨였다. 아오모리 계장은 회사 차의 뒷좌석에 빼기고 앉아서 역도산 도장 앞에 도착했다. 빼기면서 오기는 했지만 키가 작고 주걱턱인 탓에 궁상스러워 보이는 건 어쩔 수가 없었다.

다이토 토지건물 본사에서 도장까지는 차로 10분도 걸리지 않았다. 시계 바늘은 아직 3시 15분 전, 그는 단숨에 얘기를 꺼낼 수 있도록 서류가방에서 원고를 꺼내어 연설하는 투로 읽기 시작했다. 운전수는 어이없다는 얼굴로 백미러 속의 아오모리 계장을 보고 있었다.

3시 5분 전, 1층 안내 데스크에는 아무도 없었다. 아오모리 계장은 2층에 있는 경리부의 문을 밀고 들어가 오늘만큼은 가슴을 펴고 나쓰코 앞에 섰다.

"역도산 사장님과 3시에 약속했습니다."

나쓰코도 이 남자의 끈기에 질려 하면서 사장실에 들어갔다. 그리고 돌아오더니 정중하게 말했다.

"3분만 더 기다려주십시오."

아오모리 계장은 놀랐다. 몇 분만 더 기다리라고 지정하는 얘기는 처음 들었다. 그것도 고작 3분이었다. 과연 텔레비전 생방송 시간에 딱 맞춰 상대 선수를 요리하는 사람은 다르구나, 하고 더욱 존경심이 깊어졌다. 그렇다고 쳐도, 이렇게 되면 약속된 30분 이상은 매달릴 수 없다는 뜻이다. 준비한 원고대로 말하겠다는 결심으로 온 아오모리 계장이었다. 3시 30초 전, 사장실에서 벨이 울렸다. 아오모리 계장은 긴장하며 일어섰다.

---

*국영통신사업자.

사장실로 한 발자국 들어서자마자 깜짝 놀랐다. 의자에서 테이블까지 모든 것이 크고 호화로운 것들이었고, 역도산은 초특대 책상 위에 구두를 신은 채 발을 올리고 시가 연기를 천천히 피워 올리고 있었다. 문을 연 공기의 흐름으로 그 연기가 크게 흔들렸다.

아오모리 계장은 뚜벅뚜벅 역도산 사장 앞에 서자마자, 발뒤꿈치를 착 하고 모은 다음 90도로 허리를 굽혀 인사를 했다. 그리고 역도산의 눈을 똑바로 쳐다보면서 입을 열었다. 그러고서 그야말로 원고 그대로, 아무 소리 말고 들으라는 식의 긴박함을 담아 단숨에 떠들었다.

시가 연기를 천장을 향해 뿜어 올리던 역도산은 책상 위에 얹었던 발을 천천히 내리더니 아오모리 계장을 노려보는 자세로 귀를 기울였다. 계장은 주변 지역의 전화 사정을 누누이 설명하고 이 땅을 살 회사는 일본전신전화공사라는 것을 원고에 쓴 그대로 열의를 담아 떠들었다. 잠자코 듣고 있던 역도산 사장은 그제야 입을 열었다.

"자네 회사는 요컨대 브로커라는 거군. 그런데 의뢰인의 이름을 말해도 되나?"

"예, 사장님을 사나이로 보고 있기에 말씀드린 것입니다. 보통 경우라면 절대 말하지 않습니다. 그것이 업자의 상식입니다. 그러나 저는 사장님을 존경하고 있습니다. 패전으로 일본 국민이 의기소침해 있을 때에 샤프 형제를 물리치고 세계챔피언인 철인 루 테즈까지 때려눕혀주셨습니다. 청소년들에게는 패기를 불러일으켜주셨고 나아가 귀중한 달러를 벌어온 일본의 영웅이십니다. 그런 분이기 때문에 손해득실을 따지지 않고 일본을 위해서, 니혼바시 지역을 위해 협력해주셨으면 해서 말씀드린 것입니다."

계장은 원고보다도 과장되게 이야기하면서 자기 자신도 흥분하고 있었다.

"응, 좋았어. 자네도 꽤 괜찮은 데가 있군. 하지만 이제 막 완성된 건물, 그런 따끈따끈한 땅을 팔라니 놀라운걸. 이 4층 건물은 나의 성이야. 자네 같으면 팔겠어?"

"예, 저라면 나라를 위해 팔 것입니다."

"음, 훌륭하군. 젊은데도 확실한 생각을 지니고 있어. 마음에 들었다. 나라를 위해서라면 협력하지. 난 일본인이니까 말이야, 암."

역도산은 일본인이라는 단어에 힘을 넣어 말했다.

"예, 고맙습니다. 사장님이라면 꼭 나라를 위해서 토지를 제공해주시리라 저는 믿고 있었습니다. 아오모리 이치로, 일생일대의 감격입니다. 이렇게 감사드립니다."

느닷없이 아오모리 계장은 무릎을 꿇더니 낮은 주먹코를 두툼한 카펫에 비빌 듯이 절을 해서 역도산을 놀래게 만들었다.

"그래, 됐으니까 일어나서 의자에 앉아."

"예, 고맙습니다."

아오모리 계장은 푹신한 가죽의자에 앉았다. 키가 작아서 역도산에게는 목밖에 보이지 않았다. 그래도 '작달막하고 뻔뻔스럽지만 믿음직스러운 놈이군.' 하고 감탄하게 되었다.

"사실은 팔고 싶지 않아. 하지만 일본을 위해서라면 어쩔 수 없지. 게다가 일본전신전화공사라면 비싸게 사주겠지? 계약은 언제 할까? 어이, 요시마치, 신궁력으로 찾아봐."

"대길일이라면 신궁력에서 찾아봤습니다. 내일이 8일로 대길일, 내일 18시가 어떠십니까?"

아오모리 계장은 요시마치 비서보다 빨리 대답했다.

"8일 18시라, 오늘은 행운의 7일이었던가. 그래 좋은 날이 겹쳤군. 그렇게 하자."

"예, 고맙습니다. 내일은 전무와 함께 찾아뵐 테니 잘 부탁드립니다."

역도산은 다시 책상 위에 발을 올리고 크게 기지개를 폈다. 아오모리 계장의 눈앞에는 역도산의 커다란 구두 둘이 불쑥 올라왔지만, 쾌히 승낙받고 나니 그 더러운 구두에서도 후광이 뻗어 나오는 것처럼 느껴졌다. "해냈다, 만세!" 하고 외치고 싶었다.

그 땅은 원래 닛타 회장이 생명보험회사에서 빚을 끼고 산 것이었는데, 쾌남아에 돈에 연연하지 않았던 회장은 꽤 시간이 흘렀는데도 돈을 지불하지 않았다. 생명보험의 모리타 전무는, "내 입장도 있으니까 이자만이라도 내줘." 하고 부탁했지만, 태평한 닛타 회장은, "얼마 되지도 않는 돈 가지고 일본 제일의 보험회사가 왜 그래."라고 대꾸하는 식이었다. 그러다가 프로레슬링흥업 주식회사를 설립하면서 돈을 냈고, 회사가 역도산의 것이 되자 땅도 그의 소유가 되었다. 공짜나 다름없이 얻은 땅이 1억 2,000만 엔이라는 거금이 되어 역도산의 호주머니로 굴러들어오게 된 것이다.

그 즈음, 히가시후지는 역도산과 파이트머니를 두고 다툰 끝에 편지로 절교를 선언하고 깨끗이 프로레슬러에서 은퇴해버렸다. 요코즈나 히가시후지의 삶은 그야말로 운이 따르지 않았다. 닛타 회장은 역도산의 독단을 막으려고 히가시후지를 끌어들였지만, 그는 역도산의 적이 되지 못했고, 믿고 있던 회장까지 급사하고 말았던 것이다. 프로레슬러를 그만둔 히가시후지가 도장 맞은편에 당당히 요리집을 벌이는 게 역도산으로서는 달갑지 않았다. 그 자리는 황족이 연습을 구경하러 왔던 일본 프로레슬링의 발상지였다. 그러나 그 땅은 히가시후지가 회장이 살아 있을 때 사둔 것이어서 불평을 할 수가 없었다. 역도산으로서는 안 그래도 운이 따르지 않는 가난뱅이 히가시후지를 잊기 위해서라도 더 편리하고 넓은 곳으로 옮기고 싶었기 때문에 땅을 팔라는 얘기는 사실 일생일대의 찬스였다.

역도산은 수표나 어음을 받지 않았다. 현금만이 전부였다. 오모리의 자택과 닌교초의 도장 덕분에 생각지도 못한 3억 엔 남짓 되는 현금이 굴러들어왔다. 서재 테이블 위에 3억 엔이나 되는 현금을 올려놓았다. 새삼스럽게 보는 거액의 현금은 그를 기뻐 미치게 만들었다. 1만 엔짜리 지폐가 없던 시절이었기 때문에 1,000엔짜리 지폐로 3억 엔은 테이블 위에 산처럼 쌓여 있었던 것이다.

그날 밤, 역도산은 카펫 위에 1,000엔짜리를 깔고 그 위를 뒹굴었다. 빳빳한 1,000엔짜리 지폐였다. 흥분이 되어 잘 수가 없었다. 선반에서 선물 받은 위스키를 꺼내어 혼자서 건배, 기쁨이 가슴 밑바닥에서부터 솟아올랐다. 역도산의 머릿속에는 커다란 꿈들이 잇달아 떠올랐다. "난 해낼 거야!" 하고 큰소리로 외치고 싶었다.

위스키 한 병을 비우고 다시 돈을 요 삼아서 누웠지만, 눈은 더욱 말똥말똥해지기만 했다. 뚫어져라 천장을 바라보면서 1,000엔짜리의 감촉을 즐기고 있다가 벌떡 일어났다. 역시 흥분되어 잠이 오지 않았다. 장식장에서 브랜디를 꺼내 컵에 따라 단숨에 삼켰다.

"좋았어, 땅으로 시작하는 거다. 이 거금은 전부 땅에 쏟아 붓고 건물은 프로레슬링 흥행에서 나오는 이익으로 세우자. 오늘부터 땅 물색에 나서는 거다. 큰 부자가 되는 거다."

초여름 밤이 하얗게 밝아왔다. 이제 역도산은 가만히 있을 수가 없었다. 사랑스럽다는 듯이 현금을 곱게 금고에 넣고서 철로 된 무거운 문을 조용히 닫았다. 그 소리가 묵직하니 기분 좋았다. 역도산은 무슨 생각을 했는지 발가벗더니 정원으로 뛰어나갔다. 여름의 이른 아침은 상쾌했다. 잔디 위에서 두 팔을 한껏 뻗으며 소리쳤다.

"우워, 우워!"

수영장 둘레를 빙글빙글 달리기 시작했다. 세 명의 가정부가 역도산이 울부짖는 소리에 무슨 일인가 싶어 덧문을 열고 바라보다가 그 꼴을 보고 놀라 고개를 움츠렸다. 세 마리의 셰퍼드도 함께 환성을 질렀다. 역도산은 수영장 주위를 뛰다가 풍덩 하고 물속으로 뛰어들었다. 달아오른 몸에 닿는 차가운 물이 기분 좋았다. 되는 대로 헤엄을 쳤다. 셰퍼드들은 합창하듯 짖어댔다. 가정부들은 창문을 조금 열고 수상하다는 듯이 쳐다보고 있었다.

1959년 9월 21일, 아카사카다이마치 15-1번지에 440.22평, 15-2번지에 567.56평의 토지 매매계약을 맺고 다음날 등기까지 마쳤다. 역도산은 등기와 동시에 저당권을 설정하여 신용금고에서 3,000만 엔을 대출 받았다. 모두 다이토 토지건설의 아오모리 계장의 분투에 의한 것이었다.

"사장님, 시부야 역에서 2, 3분 거리에 300평짜리 땅이 있습니다. 그건 확실히 오릅니다."

"그래, 시부야에? 어느 쪽인데."

"서쪽 출구 버스터미널에서 걸어서 1분 정도 걸리는 곳입니다."

"좋았어, 사! 거기에 프로레슬링의 대전당을 세우자. 아오, 너 제법이구나."

"사장님! 그 아오, 아오라는 말은 삼가해주십시오. 말 이름 같아요."

하지만 역도산은 아오라는 호칭이 왜 말 이름 같은지 이해하지 못했다. 시오하라 다스케*의 애마 '아오' 얘기 같은 것은 몰랐고, 그 시오하라 다스케와 아오모리 계장이 같은 고향 출신인 것은 더더욱 몰랐다.

"그래, 말 같아서 싫어? 말 입장에서도 뚱땡이 아오와 똑같이 취급하지 말라고 화를 낼걸."

기분이 좋은 역도산은 큰소리로 웃었다.

"사장님에게는 못 당하겠습니다."

"그래, 그래. 근데 말이야. 이번에 닛타 회장처럼 나도 치카라퀸이라는 말을 갖게 됐어. 경마장의 마주석에 앉아보고 싶었거든."

"말이요? 말이라, 그거 돈 많이 먹는네요."

"괜찮아. 회장처럼 천황상을 따면 돼."

나에게는 불가능한 일이 하나도 없다는 듯한 얼굴이었다.

준비 완료, 그리고 무조건 밀고 나갔다. 아카사카다이마치에는 8층짜

---

*18세기 무렵 단돈 열 냥을 가지고 고향을 떠나 엄청난 부자가 된 사람. 고락을 함께 한 아오라는 이름의 말과 이별하는 에피소드가 유명하다.

리 분양 아파트와 현대적 설비를 자랑하는 임대아파트 건설이 시작되었다. 아파트의 최상층인 8층 전부가 역도산의 집이 될 예정이었다. 엘리베이터도 역도산 일가 전용, 1층에 있는 인터폰을 통해 방문객이 면회를 요청하면 엘리베이터가 손님을 맞이하러 내려가는 식이었다. 이렇게 해두면 어떤 적도 멋대로 침입할 수 없을 터였다. 비상용 계단도 없었다. 그리고 임대용 아파트에서는 매달 약300만 엔의 수입을 얻는다는 계산이었다.

새로 산 시부야 쪽의 땅에는 프로레슬링 상설경기장을 주체로 해서 지하는 볼링장, 1층은 레스토랑, 사우나, 그리고 프로레슬링 연습장. 2층은 프로레슬링 경기장. 3층은 일본프로레슬링흥업 주식회사와 리키 엔터프라이즈 본사. 4층에서 8층까지를 임대 사무실로 설계했다. 옥상에는 시부야 거리를 내려다보는 대형 광고탑, 그것이 리키 스포츠 팔레스의 청사진이었다.

1959년 9월, 전기통신 기념일에 일본전신전화공사가 보낸 초대장이 날아왔다. 아오모리 계장까지 달려와, "역도산 사장님에 대한 표창식이 있을 테니 반드시 참석해주십시오." 하고 다짐을 받았다.

엄숙한 행사, 역도산은 일본전신전화공사의 국장에게서 감사장과 기념품을 증정 받았다. 역도산은 생전 처음으로 받는 표창장에 감격, 사람들 앞인데도 굵은 눈물을 뚝뚝 흘렸다. 전혀 뜻밖의 장면에 국장까지 감격의 눈물, 아오모리 계장은 눈물과 콧물로 뒤범벅이 된 얼굴을 지저분한 손수건으로 닦고 있었다.

표창식과 리셉션이 끝나고 역도산은 만면에 웃음을 떠올리면서 돌아갔다. 국장은 그를 배웅하고 나서 아오모리 계장에게 다가가 그 손을 굳게 잡고 머리를 숙였다.

"아오모리 계장, 고맙네. 정말 고마워. 이제 니혼바시의 전화는 걱정할 게 없어. 정말로 고마워."

"아니, 국장님, 역도산이 대단한 거죠. 제가 아닙니다."

"물론 그 말도 맞지만, 건축할 때부터 시작해서 완공 파티에까지 찾아가 땅을 팔아달라고 할 사람이 자네 말고 누가 또 있겠나. 정말 고마워. 오늘은 정말 좋은 날이었어. 역도산은 멋진 사나이였네. 그렇게 인간미 넘치는 사람일 줄은 몰랐어. 멋있어, 사나이 중의 사나이야."

국장의 흥분은 식지 않았다. 아오모리 계장이 과장이 될 날이 가까워졌다.

향락이 끝나고

역도산은 아카사카의 나이트클럽에서 평소처럼 공짜 술을 마시고 있었다.

술자리가 5차까지 이어지자 역도산도 별수 없이 다리가 휘청거렸다. 시가 연기를 내뿜으면서 왼쪽에 끼고 있는 아담한 몸매의 히로미의 귀에 뜨거운 입김을 불어넣으면서 속삭였다.

"지금부터 드라이브 하러 가자."

역도산이 좋아하는 긴 머리를 올린 히로미는 22, 3세의 조용한 여성이었다.

"어머, 지금요? 하지만 혼자는 싫어요."

"그럼 친구와 함께 갈까?"

"아이, 좋아요. 가오리와 함께라면······."

기모노를 입은 히로미는 기쁨을 큰 제스처로 표현했다. 그 이상으로 히로미의 친구인 가오리도 화려하고 밝은 여성이었다. 역도산은 생각했다. 바나 나이트클럽의 여자를 데리고 가려고 하면 꼭 여자친구 두세 명이 따라와서 먹고 마시니, 정말로 약은 것들이다. 얘들도 그럴까······, 하고.

차는 투도어의 캐딜락이었다. 이 차는 역도산을 형처럼 따르던 모리

도오루가 프로야구에서 홈런왕이 되면 축하 선물로 주겠다고 신문에 공표하고서도 그가 막상 구와타 선수와 공동 홈런왕이 되자 모른 척해 버린 바로 그 차였다.

밤 1시 반에 아카사카를 출발, 취하기는 했지만 역시 운전에서는 취했다는 느낌이 들지 않았다. 역도산은 맹스피드로 고속도로를 달렸다. 닛코의 이로하 고개를 단숨에 넘어 호수에 도착했는데도 날은 아직 밝지 않은 채였고, 관광 시즌을 벗어난 호수는 냉기 속에서 조용히 잠들어 있었다.

호수 표면이 하얗게 밝아왔을 때였다. 푸른 목의 오리가 무리를 지어 날아올랐다. 역도산은 그 모습을 보며 여관과 상점가를 지나서 숲속으로 천천히 차를 몰았다. 눈앞에서 유유히 헤엄치고 있는 오리를 보니 더 이상 참을 수 없었다. 트렁크 안에는 사냥총 세 정이 들어 있었다. 그중에서 레밍턴 연발총을 꺼내 물가에 매놓았던 작은 배에 뛰어올라 오리에게 다가갔다. 갑작스러운 인간의 출현에 오리가 일제히 날아오른 순간, 레밍턴이 불을 뿜었다. 그것은 아침의 맑은 고요를 갑자기 깨뜨리는 소리였다. 오리 몇 마리가 수면에 떨어졌다. 물가에서 지켜보던 여자들은 환성을 지르며 손뼉을 쳤다. 그는 떠 있는 오리를 건져 올리자마자 황급히 차로 달려왔다. 여자들은 왜 그렇게 서두르는지 영문을 알 수 없었다.

"빨리 타. 가야 돼."

"어머, 선생님. 좀 더 찾으면 다른 오리가……."

"됐으니까 빨리 와. 사람들이 오면 귀찮아져."

그녀들은 사냥 금지 기간 같은 것은 몰랐다. 그러니 뭐가 귀찮아진다는 건지도 이해할 수 없었다. 하지만 역도산의 화난 얼굴을 보고 놀라 뛰어왔다.

차는 도망치듯이 엄청난 속도로 그 자리를 떠났다. 역도산의 얼굴에 그제야 웃음이 떠올랐다. 그것은 뜻밖에 오리를 수확한 데 대한 회심의 미소였다. 오리를 잡으리라고는 상상도 하지 못했던 만큼 기분이 좋았다.

"온천 호텔에서 아침밥을 먹으면서 건배하자."

"선생님, 멋진 솜씨였어요. 탕 탕 하고 쏘니까 털썩 하고 떨어져서 깜짝 놀랐어요. 멋지네요, 총이란 건……."

가오리는 개방적이고 명랑했다.

"그래도 좀 불쌍해요."

히로미는 얌전하게 말했다. 역도산은 두 여자의 대화를 즐겁게 듣고 있었다. 속으로는 이것들을 어떻게 요리할까 하는 궁리만 하고 있었다.

역도산은 여자를 손에 넣기 위해서라면 큰돈이 들더라도 어쩔 수 없다고 생각하고 있었다. 역도산에게 2만, 3만 엔은 거금이었다. 그래서 여자를 손에 넣고 나서는 지갑을 탁 닫아버렸다. 하지만 대스타 오키 하마코만은 별개였다. 그때만큼은 돈을 아까워하는 기색도 보이지 않고 썼지만 결국은 일본을 떠났다. 그 여배우만큼은 쓰디쓴 추억으로 남아 있었다. 그래도 역도산은, '천하의 역도산에게 안겼다는 걸 영광으로 여겨라.' 하고 생각하고 있었던 것이다.

호텔 프론트에서는 역도산의 얼굴을 보자마자 최고의 방으로 안내했다. 마실 것을 주문하는 동안에도 가오리는 아름다운 풍경에 혼자 즐거워하고 있었다. 역도산은 호수에서 오리를 잡은 것이 꽤나 기뻤던 모양인지 맥주를 물 대신으로 마시고 위스키를 목구멍 깊숙이 부어 넣으면서 거듭 잔을 채웠다.

"기분도 좋고, 나 온천에 들어갈래요."

"어머, 나도 들어가고 싶어."

"뭐야, 둘 다 온천에 간다고?"

역도산은 불쾌한 표정을 지었다.

"딴 데 가지 않고 이 방에 딸린 특별 가족탕에 갈 거예요."

"응, 그래? 그럼 빨리 하고 와."

역도산은 방바닥에 길게 몸을 뻗었다. 다다미가 깔린 호텔도 기분이 좋았다. 한숨도 자지 않은 데다가 알코올이 들어가니 졸렸다. 하지만 자는 시간이 아깝다. 여자를 데리고 왔으니 시간을 유효적절하게 써야 한다. 꾸벅꾸벅 졸고 있자니 "슥, 스윽." 하고 기모노의 띠를 푸는 소리, 히로미의 작은 나신이 눈꺼풀 안으로 떠올라 다가왔다.

"아아, 안고 싶다." 역도산은 더 이상 참을 수가 없었다. 벌떡 일어나, "어때, 목욕물은……." 하고 말을 걸었다.

"아주 좋은 온천이에요."

가오리의 높은 목소리가 되돌아왔다. 그는 그 목소리에 이끌린 듯 바지를 벗기 시작했다. 참을 수 없다. 될 대로 되라, 하고 목욕탕 문을 열었다.

"싫어요, 안 돼요!"

작은 몸집의 히로미가 비명에 가까운 소리를 지르며 욕조 안으로 뛰어들어갔다.

"선생님, 들어오면 싫어요."

가오리는 여유 있게 거품이 잘 나지 않는 비누를 문지르면서 역도산을 올려다보았다. 그는 타월도 없이 남근을 늘어뜨리고서 이것 보라는 듯이 들어왔던 것이다.

"가족탕이니까 같이 들어가자."

"어쩔 수 없네요. 하지만 이상한 짓은 하지 마세요."

가오리는 가볍게 대답했다.

"응, 괜찮아."

태연하게 말했지만, 도대체 뭐가 괜찮다는 건지 알 수가 없었다. 그의 물건이 끄덕 끄덕 맥박 치기 시작했다. 바가지에 물을 떠서 다리 가랑이에 세 번 붓고 나서 히로미가 들어가 있는 욕조에 첨벙 뛰어들었다.

"어멋."

머리에서부터 물을 뒤집어쓴 히로미가 비명을 질렀다.

"으음, 물 좋구나. 유황 냄새도 나쁘지 않은걸."

"물보다 여자가 둘이나 있어서 좋은 것 아녜요?"

가오리는 뒤꿈치를 돌비누로 문지르면서 말했다.

"하하. 뭐, 그렇기도 하지."

그는 가오리의 뒷모습을 핥듯이 쳐다보았다. 그것은 성숙한 아름다움이었다. 커다란 유방은 멋지게 둥근 선을 그리고 있었고, 엉덩이의 선은 남자를 아는 여자만의 성을 느끼게 했다.

"가오리, 내가 등을 닦아줄게."

일어서면서 말했다.

"괜찮아요. 제가 할래요."

"사양하지 마."

그는 물러나지 않았다. 타월을 빼앗더니 왼손으로 그녀를 누르고 오른손으로 어깨부터 씻기 시작했다.

"간지러워요, 그만해요!"

그것은 결과적으로 불난 데 부채질한 격이었다. 등에서부터 엉덩이, 그리고 뒤에서 껴안는 자세로 가슴을 애무했다. 목덜미에 강렬하게 입맞춤을 하니 여자도 참을 수가 없었다. 가오리는 자기도 모르게 "흐응." 하는 교성을 내고 말았다. 그 모습에 히로미는 욕조에서 나오고 싶어도 나오지 못하고 빨갛게 달아오른 얼굴로 참고 있었는데, 결국에는 의식이 몽롱해지고 말았다.

땀을 뚝뚝 흘리면서 가오리에게 서비스를 하고 있다가 문득 히로미가 마음에 걸려 뒤를 돌아본 역도산은 깜짝 놀랐다. 히로미는 욕조 가장자리를 꼭 잡은 채 움직이지 못했다. 얼굴에는 핏기가 사라져 있었다.

"이런, 큰일이군. 히로미가……."

가오리를 밀치듯이 일어나더니 그대로 첨벙 하고 욕조에 들어가 히로미를 안아 올렸다. 가오리는 흥분한 나머지 웅크린 채로 히로미를 보려고도 하지 않았다. 몸이 말을 듣지 않을 정도로 쾌감에 젖어 일어설 수가 없었던 것이다. 히로미를 가볍게 안아 들더니 방으로 가 목욕 타월 위에 살짝 눕혀놓고 귀여운 입술을 빨았다. 손바닥 안에 딱 들어가는 크기의 유방 감촉을 즐기는 역도산이었다. 그 왼손이 하복부의 초원 안으로 미끄러져 들어갔을 때, "으응." 하는 작은 소리를 내면서 번뜩 눈을 떴다.

"어머!"

그 소리는 그의 입술에 의해 지워졌다. 아름다운 나신이 늠름한 팔 안에서 숨 쉬고 있었다. 얼마나 시간이 흘렀을까. 모든 것이 끝났을 때, 히로미는 눈을 감은 채로 나신을 내던지고 꼼짝도 하지 않았다. 그는 일어나서 이불을 가지고 와 조용히 덮어주고 다시 욕실로 들어갔다.

가오리는 욕조 가장자리에 걸터앉아 멍하니 호수 위에서 놀고 있는 물새를 바라보고 있었다. 그것은 그가 들어오길 기다리고 있는 모습이었다. 돌아온 역도산은 뒤에서 양손으로 두 개의 커다란 유방을 안고서 귓불을 가볍게 물었다. "아이잉." 하고 응석을 부리면서 그의 가슴 안으로 파고들었다. 그는 지칠 줄 모르는 섹스의 야수였다. 미녀 두 사람을 맞아서 그의 심벌은 왕성하게 그 위용을 자랑했다.

성욕을 발산한 다음의 술자리는 즐겁다. 세 사람은 먹고, 또 마셨다. 가오리는 혼자서 떠들고, 또 노래 불렀다. 양손에 꽃을 든 그는 아주 기분이 좋아져 시가를 피우면서 그녀들의 밝은 모습을 싱글거리며 바라보고 있었다.

역도산은 과연 프로레슬러다웠다. 술자리가 끝나자 다시 성의 제전이 펼쳐졌다. 알코올이 그녀들에게서 수치심을 빼앗아가 버렸다. 내성적이고 온화한 히로미까지 환희의 소리를 흘렸다. 그는 동시에 두 여자를 위해 봉사할 수 있는 테크닉의 소유자였다. 그가 가진 비술로 공격하고, 천천히 자세를 고쳐 세우고, 서서히 결정타를 질러 넣은 뒤에 산화했다. 그녀들은 지칠 줄 모르는 그의 기교 속에서 천국을 유영하고 있었다.

세 사람이 눈을 떴을 때에는 이미 해가 기울어 호수 표면에는 초승달이 빛나는 저녁 시간이 되어 있었다. 특별히 마련된 저녁 식사를 먹으며 술잔을 기울이고 나서 호텔을 출발한 것은 밤 10시 반, 다른 숙박객들이 잠자리에 들 시각이었다.

그 즈음, 비서 겸 전무 요시마치는 친한 친구인 우에다 겐이치로와 위스키를 마시고 있었다. 낚시와 사격에 대해서는 명인 수준에 오른 요시마치는 그것 때문에 일부러 강변에 집까지 지었다. 그것도 창을 통해 낚시를 할 정도로 낚시광이었다. 낚시가 가능할 정도로 외따로 떨어진 집이었지만, 넓은 부지 안에는 연못 속에서 고기가 유유히 헤엄치고 있었다. 총잡이는 개가 중요하다고 해서 사냥개를 다섯 마리나 기르는 행복한 생활이었다.

두 사람 다 도쿄 토박이로서, 긴자에서 태어나 긴자에서 자랐다. 게이오 유치원에서 대학까지 줄곧 같이 다녔다.* 명문대학 출신에 요시마치는 미남이기도 해서 여자들이 가만히 놔두질 않았다.

겐이치로는 그때까지도 독신이었다. 그렇지만 앞니가 빠졌기 때문에 37세로 보는 사람이 없었다. 과일이나 야채나 가지에서 열린 것은 절대로 먹지 않는 사람이었다.

역도산이 두 여자를 태우고 도쿄를 향해 달리고 있을 때, 요시마치와 겐이치로는 조니워커 블랙 위스키를 언더 록으로 즐기고 있었다. 겐이치로는 긴자의 비단 도매상의 외아들이었다. 게이오대학 문학부를 졸업하자마자 군대에 끌려가 보병으로 중국대륙을 전전, 하사관 생활을 했는데 권총으로 나는 새의 눈알을 맞춰서 식량으로 삼을 정도의 명인급 실력을 가지고 있었다. 일본이 패전하여 귀국하자마자 영화촬영소로부터 권총 연기 지도를 해달라는 요청을 받아 스크린에 그 뛰어난 기술을 선보이기도 했다. 물론 요시마치처럼 미남이 아니었기에 그의 얼굴은 나오지 않았다. 찍힌 것은 오로지 그의 손가락과 총알이 명중하는 순간

---

*일본의 명문 사립 유치원에 입학하면 초중고교는 물론 대학까지 자동으로 올라갈 수 있다.

뿐이었다. 요시마치는 이 어릴 적 친구의 영향을 받아 총에 관심을 갖게되었고, 그에게서 기본부터 배웠다. 지금은 권총을 빼면 스승인 겐이치로를 능가할 실력을 갖추게 되었다.

두 사람의 이야기는 총에 관한 것뿐이었다. 요시마치는 총을 네 자루가지고 있었는데, 겐이치로는 회사가 망하는 탓에 지금은 가난해져서한 자루도 없었다. 윈체스터를 쓰다듬으면서 위스키를 털어 넣고 있을때였다. 전화가 요란하게 울렸다.

겐이치로는 깜짝 놀란 얼굴로 말했다.

"지금 시간에 누구야? 벌써 새벽 2시 반이잖아. 주정뱅이가 장난하는거 아냐?"

"아니, 도쿄와는 달리 여기엔 장난 전화가 없어."

요시마치는 무겁게 일어나 수화기를 들었다. 그때였다. 벌떡 일어나더니 부동자세를 취하는 것이었다.

"예, 예! 곧 가겠습니다. 거기서 움직이지 말고 계십시오."

전화기에 굽실 하고 인사까지 하더니 몸을 돌려 소리쳤다.

"겐! 교통사고란다. 빨리 같이 가자."

"아버님도 저쪽에서 주무시고 계시는데 누가?"

"우리 사장님 말야. 닛코 가도가 두 갈래로 갈라지는 곳에서 사고를냈다는데 이 근처야. 좀 도와줘."

"역도산이 여기까지 뭐 하러 온 거야, 이상하군."

"투덜대지 말고 빨리 준비해!"

"그래, 가기는 가는데 음주 운전이잖아. 이거 참."

요시마치는 재빨리 점퍼를 걸치고 현관문을 열었다. 바깥에는 억수같이 비가 내리고 있었다.

"이야, 엄청난 비다. 술이 다 깨네."

"그런 말 말고 차에나 타."

요시마치는 고물차에 열쇠를 꽂았다. 역도산의 비서가 되기 전에는 외제차 세일즈맨으로서 일본 제일이라는 말을 들을 정도였던 만큼 운전도 프로급이었다. 아무리 취해도 자신의 감각은 흐트러지지 않는다는 자신감을 가지고 있었다.

1959년 10월 25일의 닛코 가도를 달리는 차는 별로 없었다. 더군다나 새벽 2시 반을 넘기고 있었다. 음주 운전으로 붙잡힐 걱정도 없다. 요시마치는 스피드를 올렸다. 그렇지만 이내 고물차의 서러움을 실감하지 않을 수 없었다. 와이퍼 상태가 아주 나빴다. 그는 앞 유리에 얼굴을 갖다 붙이듯이 대고 앞을 노려보았다. 겐이치로도 조금 전의 취기는 어딘가로 사라지고 앞이 잘 보이지 않는 만큼 바짝 긴장하고 있었다. 억수같이 퍼붓는 비에 와이퍼가 별 도움이 안 되었다.

닛코 가도는 소나무 가로수를 지나면 두 갈래로 갈라진다. 그 분기점에 보행자를 위한 콘크리트 장애물이 설치되어 있었다. 거기에 역도산의 차가 정면충돌하여 엔진 부분까지 쑥 들어간 모습이 빗속에서 떠올랐다.

"엄청나군. 국산 차였으면 즉사다."

겐이치로는 놀라 소리를 질렀다. 그 정도로 심하게 대형 캐딜락이 처박혀 있었다. 요시마치는 빗속으로 뛰쳐나가 차문 손잡이를 힘껏 잡아당겼다. 그런데 의외로 문짝은 평소와 마찬가지로 가볍게 열렸다. 과연 캐딜락이었다. 그러나 그 통에 요시마치는 흙탕물 속으로 나가 떨어졌다.

"선생님, 괜찮으십니까?"

"응, 야단났다. 여자애들을 봐줘. 살아 있나?"

"살아 있는 것 같습니다. 움직이는데요."

"다행이다. 좋아, 빨리 여기서 도망가자."

역도산의 얼굴은 검붉은 피로 물들어 하얀 이빨만 기분 나쁘게 번쩍번쩍 빛났다. 하지만 프로레슬링의 피에 익숙했기 때문에 겐이치로도 별로 놀라지 않는다.

"선생님, 좀 다치셨군요."

"바보야, 좀이 아냐! 큰 부상이다. 그래도 잘 왔다. 빨리 여자를 끌어내."

히로미는 머리와 가슴을 부딪쳤는지 기절한 상태였고, 가오리는 얼굴에서 새하얀 블라우스까지 피로 새빨갰다.

"아파요, 아파."

사고 현장 근처에 공중전화가 있어서 역도산에게는 그나마 행운이었다.

요시마치는 울고불고 하는 가오리를 뒤에서 껴안고, 겐이치로는 다리를 잡아 영차 하고 차에서 몸을 빼내려던 참이었다. "아악!" 비명을 지르더니 여자가 하이힐 신은 발을 그냥 차올렸다. 그 뾰족한 구두 앞부분이 겐이치로의 턱에 명중했다. "윽!" 소리를 지름과 동시에 몸집이 작은 겐이치로는 차 밖으로 나가떨어져서 웅덩이 속에 첨벙.

"제기랄." 하면서 겨우 구정물에서 기어 나왔다.

"바보야, 뭘 꾸물거리고 있어? 경찰이 오잖아. 빨리 해!"

역도산은 무엇보다도 경찰이 두려웠다. 경찰의 눈에 띄면 경찰서 출입기자들에게 좋은 기삿거리를 주게 된다. 시간이 늦어서 조간신문에는 올라가지 않겠지만 석간신문에는 여자를 태우고 음주 운전했다는 나쁜 행실이 실리고 만다.

"제기랄! 빨리 해. 뭘 꾸물거려."

역도산이 귀신같은 꼴로 소리 질렀다. 요시마치와 겐이치로 두 사람은 억수같이 쏟아지는 차가운 빗속에서 겨우 여자들을 다른 차에 옮겨 실었다. 다음에는 캐딜락을 콘크리트 장애물에서 잡아당겨야 했다.

"선생님, 좀 도와주십시오. 저희가 이쪽에서 밀 테니까요, 겐! 이리와."

"임마! 부상당한 사람에게 밀라는 거냐? 이 바보 자식아!"

운전대에 얼굴을 숙이고 있던 역도산이 화난 목소리로 호통을 쳤다.

"어쩔 수 없습니다. 둘이서는 움직일 수가 없어요."

요시마치가 가슴을 펴고 말했다. '내가 안 하면 어쩔 건데. 꼴좋다.' 하고 속으로는 소리치고 있었다.

"알았다, 밀지."

과연 불사신 역도산이다. 끄응 하고 힘을 주자 캐딜락이 콘크리트 장애물에서 "그극." 하고 떨어져 나갔다. 역도산의 얼굴은 비에 피는 씻겼지만, 구멍이 난 이마의 상처로부터 굴럭굴럭 하고 피가 솟아나왔다. 그런데도 닦으려고 하지 않았다. 프로레슬러는 출혈이 있더라도 시합 중에는 절대로 닦지 않는다. 이마의 피는 요란해 보이기는 해도 그리 아프지는 않다. 그런 습관 때문에 피를 그냥 흘리고 있었는데, 사실 그 상처는 프로레슬링 시합 때와는 달리 가볍지 않았다. 더구나 가슴을 핸들에 강하게 부딪혀서 골절을 당했을 위험도 있었다. 역도산은 머리가 멍해졌다. 그래도 한시라도 빨리 이곳에서 도망치지 않으면 위험하다고 안달하고 있었다. 트럭이 맹렬한 속도로 지나갔다. 억수같이 쏟아지는 비가 아니었다면 구경꾼들이 물려왔을 장소였다. 모든 것이 역도산 편이었다. 캐딜락을 요시마치의 고물차에 로프로 연결하여 천천히 달리기 시작했다. 역도산은 엎어진 채로 얼굴을 들려고 하지 않았다. 두 대의 차는 간신히 요시마치의 집 마당에 옮겨졌다.

기다릴 때에는 시간이 길게 느껴지는 법. 요시마치는 의사를 데리러 간 뒤로 아무 연락이 없었다. 역도산은 화가 나기 시작했다.

"야, 겐 ! 의사는 아직이냐? 당장 요시마치에게 전화해."

역도산은 얼굴을 찌푸리면서 겐이치로를 야단쳤다. 응급처치를 하고 있던 요시마치의 아내는 바들바들 떨고 있을 뿐이었다. 클럽의 호스티스 출신인 그녀는 이런 큰 상처를 치료한 적이 없었다. 정신을 잃었던 히로미가 겨우 깨어나더니 또 "아파요, 의사를 불러줘요!" 하고 울며 아우성쳤다.

겐이치로는 혼자 골이 나 있었다. 역도산을 패주고 싶을 정도로 열이 올라 있었던 것이다. 캐딜락의 트렁크가 충돌시의 충격으로 자물쇠가 풀려 열려 있었다. 그런데 그 안에는 레밍턴 연발총과 오리가 여섯 마리나 들어 있는 것이 아닌가. 사냥 해금까지는 아직 5일이나 남은 상태인데 총으로 오리를 잡았다니! 게다가 여자를 둘씩이나 데리고 놀다가 음주 운전으로 충돌사고를 냈다. 도저히 용서할 수가 없다고, 겐이치로는 뿌드득 이를 갈고 있었다. 위스키를 홧김에 입에 퍼 넣고는 굵은 한숨을 토해냈다. 정의감이 무럭무럭 솟아올랐지만 상대방이 역도산이고 보니 어쩔 수가 없었다.

'죽을 정도로 부상당했어야 했어. 울어라, 아우성치라고! 역도산 따위, 죽으라고 해……."

속으로 소리치고 있었다. 아프던 말든 내가 알 바 아니다. 마시고 취해서 자버리는 수밖에는 달리 화를 풀 방법이 없었다. 겐이치로는 꿀꺽꿀꺽 술을 들이켰다. 그리고 의사가 오기도 전에 드르렁 코를 골기 시작했다. 여자들의 비명을 자장가 삼아…….

세 사람의 상처를 본 의사는 놀랐다. 곧바로 입원하지 않으면 위험한 상태였다. 그건 그렇고, 역도산의 몸에는 새삼 놀라지 않을 수 없었다. 보통 사람은 얼굴과 가슴이 부딪혔으니 즉사다. 이 얼마나 놀라운 운동신경이며, 강인한 신체란 말인가.

그래도 역도산의 오른쪽 이마에는 큰 상처가 남았다. 그러나 차 사고로 인해 생긴 상처라고 생각하는 사람은 아무도 없었다. 명예의 상처로 알고 사람들은 더욱더 역도산의 위대함에 경의를 표했다. 하지만 두 여자의 상처는 심했다. 소중한 얼굴에 큰 흉터가 남아 화장으로 감춰야만 했다. 그러나 이 자동차 사고에 대한 기사는 어떤 신문에도 실리지 않았다. 모든 것이 영웅 역도산이라는 이름 아래에서 지워져 버렸던 것이다.

1961년 4월 15일, 일본 최신예 설비를 자랑하는 8층짜리 리키 아파트와 분양 맨션아파트가 완성되었다. 역도산이 미국과 유럽 아파트를 보고 다니면서 연구한 결과가 멋진 결실을 맺었다. 1층에서 7층까지는 임대해줬는데, 경호원과 전화교환수를 24시간 대기시켜서 무단침입을 막고 장난전화를 차단했다. 집을 비웠을 때도 전화 연락에 대해 걱정할 필요가 없었다.

뒤쪽 정원 모퉁이에는 역도산 일가의 출입문과 전용 엘리베이터가 마련되어 있었다. 방문객은 물론 역도산 자신도 8층으로 오가는 방법은 엘리베이터에 의존할 수밖에 없었다. 그는 화재보다도 청부살인업자를 더 무서워했다. 자물쇠가 없는 생활은 생각할 수도 없을 정도로 소심한 역도산이었다. 세상에서 믿을 수 있는 사람은 아무도 없다고 생각했다. 자기 자신에게만 의지할 수밖에 없는 애처로운 영웅이었다.

이사는 레슬러들을 총동원해서 돈 한 푼도 들이지 않고 이루어졌다. 그는 물건이 깨지거나 없어지지 않도록 고래고래 소리를 질렀을 뿐, 손하나 까딱 하지 않았다.

완성된 리키 아파트는 역도산이 좋아하는 참신한 설비를 자랑했다. 7층까지의 세대수는 80, 역도산의 집은 8층 전체인 200평이었다. 파티를 위한 대응접실은 100평이나 되었는데, 터키의 카펫이 깔리고, 새하얀 그랜드 피아노, 영광의 트로피가 가지런히 늘어서 있었다. 베란다로 나가면 발 아래로 변형 수영장이 펼쳐지고, 탈의실, 샤워실, 화장실, 그리고 음료에서 가벼운 식사까지 갖춰진 바가 설비되어 있었다.

역도산은 호화로운 가죽 의자에 몸을 묻고 조금 전부터 꼼짝도 하지 않고 사색에 잠겨 있었다.

'내달에는 총 공사비 3억 5,000만 엔을 투자한 스포츠 오락의 대전당 리키 스포츠 팔레스가 완성된다. 매주 금요일 밤 8시부터 1시간 동안 하는 텔레비전 생중계는 이 경기장을 사용하고, 그 이외의 날에는 임대해서 놀리는 일 없이 돈을 벌자. 문제는 레슬링 도장이다. 1년에 3분의 2는 지방 순회다. 도쿄에 있을 때도 연습은 반나절밖에 하지 않으니까 아무리 생각해도 아깝다. 사용하지 않는 시간을 살리려면 복싱밖에 없다. 내가 정복하고 싶었던 중량급 복싱에서 젊은이들을 육성해 세계챔피언

을 만들어내고 싶다. 나에겐 불가능은 없다. 스포츠 팔레스를 토대로 해서 비약하는 거다.'

가슴속으로 그렇게 크게 외치고 있었던 것이다. 이제 역도산은 일개 프로레슬러가 아니었다. 일본프로레슬링흥업 주식회사, 리키 엔터프라이즈, 리키 프로모션이라는 3개 회사의 대표이사이고 동시에 리키 스포츠 팔레스, 클럽 리키, 리키 아파트의 경영자이기도 했다. 이제 역도산은 프로레슬러 겸 프로모터 겸 대실업가, 거기에 가라테 촙은 그 누구도 써서는 안 된다는 원맨 체제였다.

그때, 실내 연락 전화의 벨이 경쾌하게 울렸다.

"주인님, 요시마치님이 오셨습니다."

늙은 가정부의 목소리였다.

"응, 엘리베이터를 내려."

역도산은 천천히 몸을 움직여 탁상 위의 시가 통에서 시가 한 개비를 집었다. 역도산 전용 엘리베이터는 외부인의 침입을 막기 위해 평소에는 전원을 꺼두었다.

"선생님, 안녕하세요?"

시종 같은 존재인 요시마치 비서 겸 상무는 대략 아침 인사를 하고 라이터 불을 갖다 댔다.

"오, 겐이치로도 함께 왔나."

"예, 호화로운 새 저택을 보고 싶어서 같이 찾아왔습니다."

육군 중사 출신인 겐이치로는 예의가 발랐다.

"그래, 마침 잘 왔군. 실은 전화를 해서 겐이치로를 부를 참이었어."

"저를요? 그럴 일이 있으신가요?"

겐이치로는 몸을 앞으로 내밀었다.

"그래, 총 손질 말이야. 사냥철도 지났는데 이사하느라고 기름도 바르지 못했어. 자네가 해줘. 어차피 백수니까 시간 많잖아."

"저도 그럴 생각에 겐이치로를 데리고 왔습니다."

요시마치는 변함없이 약삭빨랐다. 겐이치로는 쓴웃음을 지으면서도 그렇게 좋아하는 총 앞으로 걸어갔다.

"선생님, 가구가 들어오니까 정말 호화롭군요. 이 정도면 누가 보더라도 세계일류입니다. 멋지다는 말밖에 할 말이 없습니다."

요시마치는 항상 역도산의 안색을 살피면서 말을 한다.

"요시마치, 오락가락하지 말고 어서 여기 앉아."

"네, 너무 훌륭해서……."

"무슨 소리, 더욱더 호화롭게 만들 거다. 난 뭐든지 세계일류가 좋아. 올해 안으로 세계챔피언 벨트를 획득할 거야."

"기대됩니다. 기회만 오면 되는 거지요."

"그래, 난 운이 따르잖아. 인생은 운이다. 첫째가 운, 둘째가 운, 셋째가 실력이야. 하하하!"

역도산은 기분 좋게 웃으면서 천장을 향해 시가 연기를 뿜어 올렸다.

"선생님, 스포츠 팰레스의 완성 피로연 날짜 말씀인데요……."

"응, 이번 달 중에 3층까지 완성되니까, 다음 달 5일 3시로 정했다. 성대하게 하자. 날씨가 좋아야 할 텐데."

"5월 5일이면 단오절이니까 커다란 고이노보리*를 옥상에 세울까요?"

"그래, 시부야 역에서도 보이도록 큰 걸로. 어디서 기증 받도록 해. 그리고 화환은 말이지, 가능하면 손수건으로 만든 꽃이 좋겠어. 그거라면 나중에도 쓸 수 있잖아."

"손수건 화환은 몇 배나 비싸고, 훔쳐 가는데요."

"바보야, 도둑맞지 않도록 조심해야지. 그리고 비싸더라도 내가 돈을 내는 게 아니잖아. 상관없어. 그런데 화환은 몇 개나 들어올까?"

"닌교초 때에 300개 이상이었으니까, 이번엔 500개는 들어오겠죠.

*잉어 모양의 일종의 깃발. 단오절에 바람에 나부끼게 하는 풍습이 있다.

시부야 거리가 화환으로 메워질 것입니다.”

“그래, 기대되는군.”

“초대 손님을 아무리 줄여도 1,000명이 넘습니다. 홀에 다 들어올 수 있을까요?”

“정원이 약 3,000명이니까 괜찮아. 3시부터 6시까지니까 문제는 교통정리다. 차로 오는 사람이 많을 거야…….”

역도산은 눈을 감고 이런저런 즐거운 공상에 잠겼다. 그때였다. 조금 전부터 묵묵히 총 손질을 하고 있던 겐이치로가 느닷없이 큰소리로 외쳤다.

“역도산 씨, 이게 무슨 짓입니까? 탄환이 다섯 발이나 들어 있지 않습니까. 난 괜찮지만, 보통사람이었다면 그냥 방아쇠를 당긴단 말입니다. 이런 비상식적인 일은 하지 마세요!”

평소에는 화내는 적이 없는 겐이치로가 파랗게 질려 소리쳤다.

“안전장치는 해뒀잖아.”

“농담이 아닙니다. 풀려 있단 말입니다. 레밍턴 30, 위험한 겁니다. 바보 같은 짓 하지 마세요.”

“이런, 미안 미안. 제일 안쪽 총에는 항상 탄환을 넣어두고 있거든. 그런데 안전장치는 걸어놨을 텐데…….”

겐이치로는 더욱 목소리를 높였다. 총에 관한 한 역도산도 그에게는 한 수 접어주고 있었다. 그럴 정도로 겐이치로는 사격의 대선생이었다.

“격납 상태에 탄환을 넣어두다니, 이게 뭡니까. 천하의 역도산이라는 사람이 창피하게…….”

평소에는 선생님이라고 경칭을 썼지만, 총 얘기가 되면 역도산 씨라고 말하는 겐이치로였다.

“화내지 마. 만일의 사태에 대비하기 위해 총에 탄환을 넣어둔 거야. 언제 어떤 놈이 뛰어들어올지 모르잖아, 몸을 지키기 위해서라고.”

“세계의 역도산이 그런 소심한 말을 하다니요. 8층으로 올라오는 길은 엘리베이터밖에 없잖습니까."

"응, 그래도 불안하단 말야. 총에 탄환을 장전해두지 않으면 안심하고 잘 수가 없어. 이런 기분, 자넨 모를 거야."

입을 다물고 있을 수가 없었는지, 비서 겸 상무인 요시마치가 끼어들었다.

"겐, 선생님을 그렇게 나무라지 마."

"농담하는 게 아냐, 나무라는 게 아니라 위험하니까 위험하다고 말하는 거야. 총 조작을 모르는 녀석은 꼭 방아쇠에 손가락을 댄다고. 나 같은 프로는 총을 손에 잡으면 반드시 탄창을 열어서 탄환이 있는지 확인하니까 괜찮지만, 이 윈체스터로 맞으면 즉사야."

"알았어. 다음에는 빼둘게."

역도산도 겐이치로의 험악함에는 꼬리를 내리지 않을 수 없었다. 특히 총에 관해서는 완고한 사람이어서 절대 타협을 허용하지 않았다. 역도산에 대해서는 총의 스승이자, 이해관계도 전혀 없었기 때문에 자기 생각을 거침없이 말했다. 앞니가 두 개밖에 없어서, 문자 그대로 입에 거품을 내며 소리쳤던 것이다. 그 분노는 2월 말의 오리 사냥에도 원인이 있었다.

역도산은 그때 요시마치와 겐이치로 두 사람을 길 안내인 삼아, 사이타마 현으로 오리사냥을 떠났다. 안개가 짙은 이른 아침이었다. 미끼를 써서 오리를 끌어들이는 작전을 쓰고 기다리던 중에 역도산은 좋아하지도 않는 시가에 불을 붙였다. 그때였다. 상처를 입은 오리가 비슬비슬 나타났다. 프로 헌터는 헤엄치고 있는 오리를 쏘는 것은 떳떳하게 생각하지 않는다. 하지만 역도산은 오리가 나타나기만 하면 어떠한 조건이든 간에 쏴버렸다. 그때도 지체 없이 연발총이 불을 뿜었다. 그 직후, 안개 속에서 어떤 사냥꾼이 모습을 드러냈던 것이다.

"그건 내가 쏜 오리요."

숨을 헉헉 몰아쉬면서 항의했다. 그러자 총을 그 사람에게 겨누고 소리쳤다.

"이 바보 자식아, 내가 누군 줄 알아!"

그는 당연하다는 듯이 그 오리를 허리에 매달고 의기양양해했던 것이다.

영웅이란 상식적인 인간이 아닌지도 모른다. 역도산의 경우, 확실히 악인은 아니었다. 응석을 부리고 떼를 써서라도 천하의 역도산이라고 뻐기고 싶었던 것이리라. 하지만 겐이치로는 그런 모습이 싫어서 견딜 수가 없었다.

그때, "차 드세요." 하고 늙은 가정부가 들어와 분위기가 누그러졌다.

"겐, 차라도 한 잔 마시고 해."

요시마치가 다행이라는 듯한 목소리로 말했다. 역도산은 겐이치로에게 호통을 맞고서도 기분은 좋았다. 모든 사업이 착착 실현되고 있는 지금은 겐이치로의 독설 따위는 아무렇지도 않았다. 그것을 알아차린 요시마치가,

"선생님, 교토의 미치코 말입니다만."

역도산은 테이블 위에 올렸던 다리를 내리더니 정색을 하고 요시마치에게 얼굴을 돌렸다.

"교토에서 뭐라고 하든가?"

"예, 모쪼록 혼자 남은 미치코를 받아줬으면 좋겠답니다. 저쪽 생활은 상당히 힘든 모양입니다. 선생님의 따님이 그런 꼴이라면 불쌍합니다."

"여자도 여자지만, 무능한 서방이군."

"선생님, 미치코는 벌서 17살입니다. 그냥 두기엔 너무 불쌍합니다."

"응, 그런가. 언제까지나 그런 여자에게 맡겨둘 수는 없겠지. 데리고 와서 호적도 이쪽으로 올려."

"고맙습니다. 미치코도 기뻐할 겁니다. 고등학교에서 성적도 아주 좋다고 하니까……."

"응, 그 아인 박복한 거다. 운이 없는 거지. 네가 교토에 갔다 와."

"예, 학교 일도 있으니까 빨리 손쓰겠습니다. 이쪽 사립으로 전학 와서도 잘할 거라 생각됩니다."

"그래, 네게 맡기겠다."

역도산은 남의 일처럼 요시마치에게 명령했다. 지금의 역도산에게는 첫아이의 행복이 아니라 대사업만이 머리에 있을 따름이었다.

"선생님, 그리고 한국의 대통령이 국빈으로 초대한 건입니다만, 어떻게 할까요?"

"음, 별로 내키지는 않는데."

"그래도 주일대사에게서 어제도 전화가 왔습니다. 꼭 오시라고……."

"글쎄, 국빈 대우라고? 하지만 일본에 보도되는 건 곤란해."

그래도 역도산은 그다지 싫지 않은 표정이었다.

몰락으로 가는 걸음

역도산의 짧은 생애에 있어서 1961년, 62년, 63년에 이르는 3년간은 호화롭고 화려한 나날이었다. 사업은 착착 진행되고, 매일 밤 새로운 미녀에, 프로모터로 들어오는 현금은 금고에 쌓였다가 은행에 들어갔다. 이 3년이야말로 운에 운이 따랐던 세월이 아니었을까? 그래도 역도산은 변함없이 돈에 사로잡혀 있었다.

1961년 7월 30일, 시부야의 언덕 위에 하얀 원형 돔이 예정보다 크게 지체되어 완성되었다. 4층 이상은 아직도 건축 중이었다. 그래도 스포츠 팰레스의 피로연날 날씨는 좋아서, 옥상에 잉어 깃발을 올리지는 못했을망정 성대하게 치러졌다. 이 행사의 클라이맥스에는 일본적십자사의 훈장이 역도산에게 수여되도록 짜여 있었다. 그것은 프로레슬링 흥행 수익 중 일부를 적십자사에 기부한 공적에 대한 공로장이었다. 역도산에게 있어서는 생전 처음으로 가슴에 다는 명예로운 훈장이었다. 감격해서 금방이라도 울 것 같은 얼굴로 훈장을 받더니 바로 가슴에 달고 하늘을 우러러보았다. 그때 그의 마음속을 오가던 것은 무엇이었을까?

니혼텔레비전의 카메라맨은 이 긴장한 역도산의 얼굴을 잔뜩 촬영했다. 그는 참석자 한 사람 한 사람에게 정중하게 악수하고, 더 이상의 기쁨은 없다는 듯이 웃었다. 나무로 만든 축하 술통이 기세 좋게 열리고,

맥주도 펑펑 따졌다. 전국의 흥행사가 한곳에 모인 광경은 이채로웠다. 우익의 거물, 고다마 요시오는 검은 제복을 입은 측근에게 둘러싸여서 주위를 흘겨보고 있었다.

"축하한다. 자, 마시자."

역도산은 사람들에게 술을 권하면서 자기도 컵으로 청주를 마셨다. 니혼텔레비전에서 밤 7시 뉴스 시간에 이 완성 축하식과 훈장 수여식이 방영된다고 하니 기분이 좋은 것도 당연했다. 손님들은 6시가 가까워지자 돌아가기 시작했다. 프로레슬링 관계자들이 접대 역할에서 해방되어 본격적으로 술을 마시기 시작한 것은 6시 반이 지나서였다.

"이봐, 텔레비전을 홀로 가지고 와라. 7시 뉴스에 나온댔잖아."

훈장 받는 장면이 텔레비전으로 방영된다는 생각만으로도 역도산은 가슴이 두근두근했다. 시계바늘이 7시를 가리키는 것을 이토록 기다린 적은 지금까지 한 번도 없었다. 감사장은 몇 번이나 받았지만, 가슴을 장식하는 훈장은 처음이었다. 기다리고 기다리던 7시 뉴스. '리키 스포츠'라는 흰 글자가 브라운관에 뜨기 시작했다. 일동이 "와아―" 하고 박수를 치면서 소리를 질렀다. 먼저 팔레스의 건물 모습, 화환 행렬부터 시작하여 참석한 유명인의 얼굴, 그리고 드디어 행사로 옮겨졌다. 그런데 그게 너무 싱거웠다. 훈장 수여식이 잘려나간 것이었다.

홀에 썰렁한 공기가 흘렀다. 텔레비전을 보겠다고 남아 있던 게이샤들이 서둘러 홀에서 모습을 감췄다. 역도산이 쥐고 있던 큰 글라스를 갑자기 으드득 깨물기 시작했다. '위험하다.' 하고 다들 생각했다. 컵을 깨무는 것은 위험신호였다.

"사토야, 니혼텔레비전의 사토야 어딨냐?"

역도산은 핏발 선 눈으로 소리쳤다.

'나오면 위험해. 없어야 할 텐데…….' 사람들은 니혼텔레비전 프로레슬링 프로듀서가 나타나지 않기를 바랐다. 하지만 학생시설에 레슬링 챔피언이었던 사토야였다.

"예, 여기 있습니다."

당당히 대답하고 나오는 것이 아닌가. 잔을 내려놓고 역도산이 그에게 달려왔다. 그리고 글라스를 바닥에 내던지더니 다짜고짜 사토야의 멱살을 쥐고 소리쳤다.

"이 자식아, 제일 중요한 훈장 수여식이 커트됐잖아. 파티 따위는 아무래도 좋아. 훈장이 제일 중요하단 말야, 이 개자식아!"

고함소리가 끝나자마자 가라테 춉을 날리는 그 주먹이 날아갔다. 그것도 양쪽으로, 끝으로 마무리 한 방이 턱을 때렸다. 사토야 프로듀서의 커다란 몸이 5미터 가까이 날아가 콘크리트 벽에 후두부를 강하게 부딪더니 움직이지 못하게 되었다. 이렇게 되고 보니 축하의 자리도 엉망. 슬금슬금 한 사람 두 사람 빠져버리고 남은 것은 한타로와 요시마치, 그리고 카메라맨인 아카미 로쿠로타뿐이었다.

역도산은 홀 중앙에 우뚝 서서 술을 들이키더니, 컵을 으드득 깨물어 퉤 하고 바닥에 뱉어냈다. 붉고 아름다운 적십자사의 훈장만이 공허하게 가슴에 달려 있었다. 역도산은 양쪽 눈에 눈물이 고인 채, 애써 참으려는 듯 홀의 둥근 천장을 올려다보았다. 역도산은 고독했다. 아카미 로쿠로타는 작은 잔에 술을 가득 부어 말없이 내밀었다. 그것을 꽉 잡더니 단숨에 마신 역도산은, "바보 같은 것들, 제기랄!" 하고 소리치고는 손에 든 잔을 천장을 향해 내던졌다. 그 커다란 두 눈에서 큰 눈물방울이 멈출 줄 모르고 흘러 떨어졌다. 로쿠로타는 몇 발자국 떨어진 곳에서 그 애처로운 역도산의 모습을 가만히 바라보고 있었다.

생각해보면, 이 리키 스포츠 팔레스는 어려운 사업이었다. 아카사카의 리키 아파트와 동시에 공사를 진행했기 때문에 자금 면에서도 힘들었다. 그만큼 그 완성과 적십자사에서 받은 훈장은 일생일대의 감격이었던 것이다.

역도산은 언제까지나 훌쩍거리지는 않았다. 그가 힘껏 외쳤다.

"난 해낼 거다, 이 개자식들아!"

큰 걸음으로 로쿠로타에게 다가왔다.

리키 스포츠 팔레스는 완성까지 3년이라는 시간이 걸렸다. 3억 5,000만 엔이라는 공사비 때문에 어렵게 진행되었지만, 역시 운이 따르는 역도산이었다. 전 레슬러인 에라를 현장감독으로 임명했는데, 머리가 나빠 일이 엉망이었다. 화가 난 역도산은 그를 해고했다. 그때 렌터카 회사 사장으로, 역도산을 위해서라면 죽어도 좋다고 떠드는 쾌남아가 나타났다. 이 야마다라고 하는 36세의 독신 남성이 나타나지 않았다면 건물은 끝내 완성되지 못했을 것이다. 야마다는 3년 가깝게 비바람이 부는 미완성 콘크리트 건물 안에서 숙식을 하면서 결국 해내고야 말았다.

사우나탕을 1층에 만들라는 지시를 받자, 도쿄는 물론이고 간사이까지 자기 돈을 들여 뛰어다니면서 연구했다. 그 위에 볼링장과 레스토랑까지 만들었다. 그 사내가 없었다면 시부야의 스포츠 전당은 미완성으로 끝났으리라. 역도산은 어디까지나 운에 운이 따르는 사나이였다. 야마다는 역도산을 위해서 100만 엔 이상의 돈을 대신 치렀다. 하지만 그 돈은 영원히 되돌아오지 않았다. 그래도 "역도산 씨에게 도움이 된 거니까 그걸로 좋습니다." 하고 웃어넘겼다. 이러한 숨은 힘이 역도산을 받치고 있었다.

영국에 주문한 세계의 명차 롤스로이스가 도착한 것은 스포츠 팔레스가 완성된 10일 후의 일이었다. 역도산은 이로써 넉 대의 차를 사업용과 유흥용으로 나눠 쓰면서 복장에 맞춰서 차를 바꿔 타는 신분이 되었다.

롤스로이스가 달리면 택시나 트럭도 길을 열고 차 안을 들여다보면서 "와, 역도산이다!" 하고 경탄의 소리를 질렀다. 그것은 역도산이라면 당연하다는 선망의 소리이기도 했다. 이 롤스로이스만은 운전수에게 맡기고, 그는 시가를 피우면서 의기양양한 사업가의 표정으로 으스대며 앉아 있었던 것이다.

초가을의 하늘은 푸르고 맑아서 실로 드라이브하기 좋은 날씨였다.

역도산은 드물게도 직접 롤스로이스의 핸들을 잡고 사가미 호수를 향해 달리고 있었다. 그 옆에는 이치조 지즈루가 황홀한 눈으로 그에게 붙어 있었다.

"와, 좀 더 스피드를 내요. 네? 조금 더요……."

"롤스로이스는 품위 있게 달리는 거야. 스포츠카와는 달라."

"품위 있는 척할 거 있어요? 어차피 같은 인간인데."

"너에겐 못 당하겠군. 자, 스피드를 올려볼까?"

역도산은 구욱 하고 엑셀을 밟았다. 롤스로이스는 엔진소리도 가볍게 미끄러지듯이 스피드를 올려갔다.

"나, 미스 저팬 문제없겠지요? 이왕 나가게 되면 꼭 1위 하고 싶어요."

"문제없어, 내가 있잖아. 맡겨둬. 반드시 1위 당선이다. 얼마든지 돈을 쓸 테니까."

"어머, 기뻐요. 꼭 1위가 되어 미국에 가고 싶어요."

"넌 반드시 미스 저팬이다. 내가 있으니까."

역도산은 자신 있게 말했다. 그로서는 어떻게 해서든지 그녀를 미스 저팬으로 만들고 싶었다. 당시의 미스 저팬은 어느 신문사에 소속된 주간지의 후원으로 행사가 치러져, 잡지에 투표권이 붙어 있었다. 독자는 그 후보 미인 중에서 한 명에게 투표하는 방식이었다. 역도산은 잡지 발매 전날인 목요일 저녁에 사원들에게 1인당 1,000엔을 주고 그 주간지를 사 모았다. 한 부에 45엔 하는 잡지를 산처럼 쌓아놓고 투표권만 잘라내고 나머지는 경리과의 나쓰코가 아는 고물상에 팔아버렸다. 사원들은 1,000엔이 아깝다고 하면서도 투표권을 잘라 보냈다. 2개월 동안의 표 대결로 미스 저팬이 결정되었는데, 역도산이 매주 5만 엔을 들여 사 모은 표는 확실히 이치조 지즈루의 점수로 가산되어 갔다.

지즈루는 토요일 저녁이 되면 어김없이 시부야의 리키 스포츠 팔레스에 나타나 그 발송을 지켜보았다. 자기 눈으로 확인하지 않으면 안 된다는 불안 탓이었다. 그녀는 역도산의 손을 꼭 쥐고, 바쁘게 움직이는 사원들을 보면서도 한 번도 도와 드릴까요라는 말은 하지 않았다.

지즈루가 나타나도 나쓰코는 차를 내오려고 하지 않았다. 높은 콧대를 싫어했다. 혼혈처럼 일본인과는 다른 용모에 질투가 났던 것이다.

사가미 호수에 도착한 것은 오후 2시가 조금 넘어서였다. 철 지난 호수에는 물결도 일지 않는데, 그 정적을 깨뜨리듯이 모터보트의 폭음과 수상스키를 즐기는 젊은이들이 난무했다.

"시부야의 팔레스는 의외로 힘들었어. 이번엔 사가미 호수다. 지즈루, 저 산도 가까운 시일 내에 살 거다. 100만평의 땅이 필요해."

"산까지요?"

"응, 골프장을 만드는 거다."

"산에서는 골프를 칠 수 없잖아요?"

"무슨 소리, 불도저로 평평하게 미는 거야."

"그게 가능해요?"

지즈루는 아름다운 손을 이마에 대고 그 산들을 바라보았다.

"가능하고말고. 내겐 불가능한 일이 없어. 이곳에 동양 제일의 종합 레저센터를 건설할 거다. 남편은 골프, 아내는 승마나 양궁, 아이들은 요트에 낚시, 클럽하우스 옆에는 볼링장을 포함한 실내 체육관. 물론 온수 수영장도 있어야지. 1년 내내 가족들이 즐길 수 있는 시설이야."

"어머, 대단한 구상이네요."

"응, 내가 아니면 할 수 없는 것을 만들 거다. 회원제로 하니까 지즈루는 멤버 넘버원이다."

"어머, 기뻐요."

말을 하다가 안달이 난 역도산은 그녀를 안더니 입술을 겹쳤다. 그의 왼손은 스커트 속으로 미끄러져 들어갔다. 지즈루의 몸에서 힘이 쑤욱 빠졌다. 역도산은 그 육체의 감촉을 즐기면서 이야기를 계속했다.

"지금 땅을 사 모으고 있어. 아마 산을 깎아 골프장을 만들 줄은 아무도 생각하지 못했을걸. 내년 여름쯤에는 회원 모집을 개시한다. 100만평 넓이로 말이야."

"완성은 언제예요?"

지즈루는 콧소리로 말했다.

"성급한 소리하지 마. 골프장은 공사를 시작해 2년 정도면 되겠지만, 다른 시설은 5년 계획, 내 오랜 꿈을 여기에 쏟아 붓는 거다. 눈에 들어오는 것 모두 내 땅으로 만들 테다. 지즈루는 이 레이크사이드 레저센터의 퀸이다."

"아아……."

입술을 합치면서 큰 키의 지즈루를 안아 들더니 풀 위에 조용히 눕혔다.

"아, 아름다운 가을 하늘!"

"지즈루가 더 아름다워."

입술에서 목덜미, 그리고 귓밥을 가볍게 깨물었다.

"사장님, 누가 오면 곤란해요. 이런 데서……."

"괜찮아. 누가 온다고 그래. 이렇게 아름다운 푸른 하늘 아래에서 연애하는 것도 좋잖아."

"연애가 아녜요. 사랑이에요."

"그래, 그 이상이지."

그의 왼손은 교묘하게 스커트 지퍼를 내리고 있었다.

"안 돼요, 이런 곳에서……."

"상관없어. 이런 길도 없는 산 속에 누가 오겠어."

"그만해요……, 부끄러워요."

그러나 그녀의 목소리도 이미 들떠 있었다. 그의 손가락은 마술사의 그것처럼 21세의 아름다운 살결을 흥분시켜 복숭아 빛으로 만들었다.

"지즈루, 지즈루, 아름다운 지즈루."

"……."

"사랑해, 나의 지즈루."

그의 애무에 그녀의 육체는 욕정의 세계에 도취되었고, 이제는 부끄러움의 조각마저 남아 있지 않았다. 두 사람 모두 밝은 대낮에 나신을 드러내고 있는 대로 교성을 질러댔다. 그는 그러지 않을 것 같은 여자의 문란한 모습을 바라보는 것을 즐겼다. 짐승처럼 뒹굴며 죽을 것처럼 소리 지르는 그녀를 보고 그도 흥분했다. 그 푸른 하늘 아래에는 둘만의 세계밖에 없었다.

그 멋진 노래는 큰 파도 작은 파도가 되어 밀려들어 바위에 산산이 부서졌다. 풀 위라서 느껴지는 아픔 따위는 조금도 개의치 않았다. 그는 지즈루를 자신의 육체 위에 올렸다. 숨이 끊어질 것 같은 그녀는 그 하반신을 치고 올라오는 강인한 힘에 끝내 실신했다. 그리고 역도산도 절정에 달했다. 끝없이 맑은 푸른 하늘 가운데 산뜻한 구름이 지나갔다.

얼마나 시간이 지났을까? 역도산은 부드럽게 애무하고 있었다. 아무도 의식하지 않고 밝은 태양 아래서 벌인 정사는 그야말로 백일몽이었다. 둥글고 탄력 있는 엉덩이, 탱탱한 유방, 그에 어울리게 매력 있는 초원 속에서 숨 쉬고 있는 붉은 장미……. 역도산은 그 모든 것을 볼 때마다 참을 수가 없었다.

시간이 지나 흥분이 가라앉기 시작할 때, 지즈루는 역도산의 가슴에 얼굴을 묻으면서 킥킥거렸다.

"해님 아래서, 부끄러워요……."

"아냐, 이게 진짜 사랑의 모습인 거야. 귀여운 지즈루, 언제까지나 언제까지나 사랑한다."

"기뻐요. 사랑해요, 사랑해요. 지즈루는 죽도록 행복해요……."

21세의 젊음은 푸른 하늘 아래에서 눈부시도록 아름답게 빛나고 있다. 그야말로 대리석이었다. 이에 대해 역도산의 몸은 털이 별로 없었다. 그래서 37세의 나이에도 청년처럼 젊어보였다. 여자는 이대로 언제까지나 알몸으로 역도산에게 안겨 있고 싶었다. 호수를 건니는 가을바람은 두 사람과는 아무 관계가 없었다. 그녀는 남성다운 근육 덩어리의 육체에 도취되어 있었다. 태어나 처음으로 느낀 쾌감이었다. 그녀의 행복은 세 번째 남자인 역도산에 의해 눈을 떴다. 이 세상에 이렇게 멋진 남녀의 행위가 있으리라고는 상상조차 하지 못했던 것이다. 그 정도로 역도산의 섹스에 대한 봉사정신은 철저했다.

역도산은 눈부신 태양 아래에서 사가미 호반의 대사업에 취해 있었다. 욕정이 사라지면 역시 모든 것이 돈으로 쏠리는 그였다. 프로레슬링의 링과 자신이 확보한 땅에서 돈이 척척 벌리는 착각에 빠졌다. 돈을 갖고 싶다. 명예를 갖고 싶다. 나는 세계 제일의 남자가 될 테다 하고, 소리치고 싶은 충동에 사로잡혔다. 멀리서 들려오는 사람 소리에 그가 일어섰는데도 여자는 나른한지 오랫동안 알몸을 햇살 아래 드러내고 있었다. 그 순간 다시 그의 남근이 하늘을 노려보았다. 바람 소리였는지, 사람 소리였는지……. 흥분한 그는 개처럼 엎드려 초원의 붉은 장미에 입술을 밀어붙이고 그 달콤한 꿀에 취했다. 지구는 두 사람을 위해서 돌고 있었다. 끝날 줄 모르고 호반의 제전이 이어졌다. 살아 있다는 환희만이 그곳에 있었다.

같은 해 10월 31일에 독자 투표가 마감되었다. 11월 3일, 미스 저팬의 영광은 예상대로 이치조 지즈루의 머리 위에서 찬란하게 빛났다. 2위와는 5만 표나 벌어져 압도적으로 1위의 자리를 차지했던 것이다.

역도산은 기뻤다. 자신의 섹스 상대였지만 미스 저팬에 뽑혔으니 파티에도 당당하게 손을 잡고 참석했다. 큰 키에 일본인 같지 않은 미모의 지즈루는 인기 스타보다도 눈에 띄는 존재였다. 역도산에게는 외국인 감독의 손을 잡고 곁을 떠나버렸던 대스타보다도 아름답게 보였다. 이긴 건 결국 나라고 뻐기고 싶었다.

미스 저팬은 세계 미인 콘테스트에 참가할 특권이 있어서, 그녀도 하네다를 통해 미국으로 출발하게 되었다.

"조심히 다녀와, 바람피우지 말고."

역도산이 귓가에 속삭였다.

역도산은 어떻게 해서든지 지즈루와 함께 미국 플로리다에서 열리는 미스월드 미인 콘테스트에 가고 싶었다. 동행하는 신문사 사업부장의 의기양양 신사인 척하는 꼴이 보기 싫었다. 누군가 빼앗아갈지도 모른다는 불안감이 앞섰다. 여행지에서 젊은 남자가 친절을 베풀면 지즈루가 바람을 피울지도 모른다는 생각에 안절부절못했지만 꽉 찬 시합 스케줄을 내팽개칠 수는 없었다. 그런 역도산의 기분과는 달리 지즈루는 기쁨을 온몸으로 드러내면서 일본 제일의 미인으로서 청결 그 자체인 미소를 띠며 비행기 트랩에서 전송 나온 사람들에게 손을 흔들었다.

"한 번 더 안고 싶다." 하고 역도산은 간밤에 갖은 교태를 다 부리던 지즈루의 나신을 눈앞에 떠올리는 것이었다.

비행기는 전송 나온 사람들에게 제트 엔진 특유의 폭음과 미지근한 바람을 쏟아내면서 천천히 움직이기 시작했다.

"잘 다녀오세요."

"잘 하고 와!"

16번 게이트에서 손을 흔들고 있던 사람들이 일제히 소리쳤다.

역도산의 불안은 현실이 되고 만다. 지즈루는 콘테스트 예선에서 탈락했다. 그런데 돌아오는 길에 들른 하와이에서, 일본 전통예술을 잇는 명문 가문의 셋째 아들 센게 미쓰마라는 젊은 미남에게 식사 초대를 받게 된다. 그녀는 예선 탈락의 분함을 이 잘생긴 남자에게서 위로받았다. 178센티미터, 28세의 젊음은 36세의 프로레슬러보다 지성과 장래성이 있어 보였다. 그는 교토의 대학을 졸업하고 경험을 쌓기 위해 미국 유학 중이었는데, 좋은 환경에서 자란 것이 세련된 행동거지 속에 배여 있었다. 젊은 두 사람은 그날 밤에 정욕이 끌리는 대로 서로의 나신을 갈구했다.

그녀와 동행한 사업부장은 한발 먼저 귀국했기 때문에 지즈루는 하와이의 공기를 만끽하면서 그와의 육욕에 취했다. 역도산에 의해 눈뜬 지즈루의 성에 대한 지식은 플레이보이를 자인하고 있었던 센게 미쓰마를 기뻐 미치게 만들었다. 두 사람은 짐승처럼 성욕에 빠져 미친 듯이 서로를 요구했다. 식사도 관광도 팽개치고 그저 미친 듯 성의 잔치만 펼치고 있었다. 그 도중에 가끔 일본으로부터 전화가 오기도 했지만, "외출 중이라고 전해줘요." 하고 거칠게 수화기에 소리쳤다.

역도산은 전화 연락이 닿지 않아 초조해하면서 매일 순회 시합을 벌였다. 그 초조함을 해소하려면 여자밖에 없었다. 비서 요시마치는 역도산 취향의 여자를 순회 시합을 벌이는 지역마다 찾아다녔는데, 좀처럼 마음에 들 만한 여자를 찾을 수 없으면 도쿄나 오사카에서 미녀를 조달해야만 했다.

지즈루는 귀국 날짜를 아무한테도 알리지 않고 예정보다 반달이나 늦게 하네다로 돌아왔다. 마중 나온 사람도 없었기 때문에 두 사람은 공공연하게 손을 잡고 비행기 트랩을 천천히 내려왔다. 그리고 곧장 교토로 가버렸다.

시부야의 프로레슬링 사무소에서는 나쓰코가 이케야마에게 싱글거리면서 속삭였다.

"지금 요시마치 씨가 얻어 낸 정보에 의하면 미스 저팬이었던 그 여자가 하와이에서 건진 남자와 함께 교토로 가버렸대요."

"호호, 왕초의 실수로군."

"이상한 얘기하지 마세요."

"순회 시합에서 돌아오면 한바탕 소동이 일어나겠군. 재미있어지는 걸."

"만사가 돈으로 되는 세상이라고는 해도 그런 여자가 미스 저팬이라니, 정나미 떨어져요."

나쓰코는 토해내듯 말했다.

"그래도 그 남자 얼굴이 보고 싶군."

"아주 미남이래요, 돈에 명문 가문에 미남, 멋지죠……."

"뭐야, 나쓰코도 그렇잖아. 어쨌거나 바보가 된 건 우리 왕초인가. 돈만 퍼붓고 딴 남자에게 가로채였으니, 우는 애 뺨 때린다는 꼴인가."

조금 전부터 잠자코 있던 미야자와 부장이 참을 수 없다는 듯이 끼어들었다.

"자기가 다니는 회사의 사장을 헐뜯으면 안 돼. 아무리 영웅이라 해도 조금 모자란 데가 없으면 재미없는 거야. 인간답고 좋잖아."

"헐뜯는 게 아녜요. 지구가 자기를 중심으로 돌고 있다는 사고방식, 세상 모두 자기 맘대로 될 거라는 생각에 빠져있는 게 싫은 거죠. 뭐, 대단히 매력적인 남자이기는 하지만……. 어쨌든 외국인 감독의 손을 잡고 일본을 떠난 그 영화배우에 이어서 이번에는 미스 저팬, 여자로서는 두 번째 패배가 되겠군……."

"어머, 두 번째가 아니에요. 헤어진 아야 사모님도 사장님을 버린 거예요. 그러니까 세 번째죠. 솔직히 사장님은 남자로서는 최고의 매력이 있지만 여자관계에서는 최고 저질이에요."

"나쓰코도 까다로워졌구먼. 하지만 영웅호색이란 말도 있어."

이케야마가 미야자와 부장의 얼굴을 슬쩍 보면서 말했다.

"뭐, 아무리 그래도 캐보면 허물없는 사람이 없는 법이야. 좋은 점을 인정해주지 않으면 사람들과 어울려 살 수 없는 거라고. 누구나 조금은 결점이 있기 마련이지."

부드러운 성격의 미야자와 부장다운 발언이었다.

그 즈음, 역도산은 지방 순회 시합 중이었다. 지즈루가 미국으로 떠난 후에 거의 매일 밤 스케줄에 쓰인 호텔로 전화를 걸었다. 처음에는 들뜬 지즈루의 밝은 목소리였는데, 예선에서 떨어져 하와이로 돌아온 뒤로는 연락이 뚝 끊기고 말았다. 비서 요시마치에게 연일 호통을 치다가 기껏 거처가 판명된 것은 그녀가 귀국한 지 한 달 뒤의 일이었다.

역도산은 미친 듯 가라테 촙을 휘둘러 외국인 레슬러들을 떨게 만들었다. 고독한 그는 더욱더 일본인에 대한 불신을 품게 되있다.

가늘게 이어지는 여운

440.12평의 대지에 세워진 리키 아파트는 567.56평의 택지를 추가로 확보하고 있었다. 그 택지에 최신 설비를 자랑하는 맨션아파트를 세워 분양한다는 계획을 가지고 있었지만, 3억 엔이라는 건축자금을 댈 수가 없었다. 그렇지만 역도산은 역시 운이 강한 사람이었다. 역도산 도장의 땅을 팔 때 보여준 그의 태도에 반한 다이토 토지건물의 가토 사장이, 자기가 자금을 댈 테니 공동으로 아파트를 짓자고 제의해왔다.

1962년 2월 20일, 아카사카 신마치의 건물과 땅에 저당권을 설정하고 미쓰비시전기와 400만 엔의 임차계약을 맺었다. 이 아카사카 지역에는 이 이외에도 128.90평과 그와 이어진 41.10평의 땅도 있어서 그곳에 지상 3층의 아파트, 지하에는 고급 나이트클럽인 클럽 리키가 있었다. 6월 25일에는 이 땅에 덴쓰와 2,000만 엔, 도쿄방송과 1,000만 엔의 임차계약, 설정계약이 성립되었다.

역도산의 커다란 꿈은 사가미 호반의 종합 레저센터에 있었고, 이를 위해 계속 토지를 사들였다. 프로레슬링 흥행 수입의 대부분이 여기에 투자되었다. 지난해까지는 1년에 약 100시합이었던 것을 그해부터는 150시합 예정으로 늘려 흥행을 짰다. 이해에 프로레슬링의 텔레비전 방송이 대망의 컬러가 되었던 것이다.

밤이 되면 후원인의 초대를 받아 고급 바나 나이트클럽에서 술을 마시고 다녔다. 역도산에게 무리지어 다가온 여자들은 하룻밤의 성의 광연에 기꺼이 따랐다. 역도산이 오랜만에 클럽 리키에 얼굴을 내민 것은 11시가 조금 넘어서였다. 이 클럽은 역도산이 경영한다고 해서 연예인들도 모습을 보였기 때문에 매일 밤 만원이었다. 그는 입구에 서서 어두침침한 내부를 둘러보다가 유명인이 눈에 띄면 즉시 다가가 웃으면서 인사를 했다. 그야말로 클럽 사장의 얼굴이었다.

"어이, 넌 새로 들어왔나?"

기모노가 잘 어울리는 자그마한 호스티스를 불러 세웠다.

"예, 기누에입니다. 근데 석 달이나 된걸요."

기누에는 긴장한 표정으로 대답했다.

"그래? 석 달이나……."

역도산은 놀라운 표정을 지었다. 이제까지 몰랐던 것이 이상했지만, 기누에는 클럽에는 어울리지 않아 보일 정도로 조용한 태도를 지니고 있었다.

"사장님, 얘는 품위가 있거든요. 그래서 눈에 잘 안 뜨여요."

역도산 옆에 붙어 있던 데루코가 높은 목소리로 말했다.

"그래? 기누에라, 너한테 어울리는 이름이군. 오늘 밤은 나하고 마시자. 알겠지?"

"어머, 사장님. 저는요?"

데루코가 끼어들었다.

"넌 됐어. 기누에만이다."

"어머, 싫어라. 기누에, 사장님은 조심해야 해."

"녀석아, 쓸데없는 말은 하지 마. 난 페미니스트야. 죽을 때까지 여자를 사랑하고 봉사한다. 단, 미인에 한해서."

역도산은 기분이 좋았다.

"사장님이 뭘 사랑한다는 거예요."

데루코는 뾰로통한 얼굴로 일어서서 잘 아는 손님의 테이블로 가버렸다. 클럽 안에는 템포 빠른 다케코시 히로코의 노래가 대화를 지워버릴 정도로 크게 울리기 시작했다.

역도산은 오래간만에 기분 좋게 취했다. "지금까지 난 술에 취한 적이 한 번도 없다."고 으스댔지만, 그날은 덴쓰, 도쿄방송과의 계약을 마쳤다는 기쁨 탓에 과음하여 다리가 휘청거렸다. 이로써 골프장용 토지 매수 자금은 걱정할 것 없다. 이번 가을에 드디어 회원 모집을 개시하여 대사업을 시작한다고 생각하니 술맛도 각별했다.

화장실에 가려고 일어섰는데, 다리가 휘청거려서 기누에 쪽으로 쓰러졌다.

"사장님, 정신 차리세요."

기누에는 비명에 가까운 소리를 질렀다. 당장에 깔려 찌그러질 듯한 모습이었다.

"괜찮아. 나 안 취했어. 오늘 밤엔 집에 돌아가도 재미가 없으니까 너희 집에 가서 마시자. 그러기로 하는 거다."

"안 돼요. 사장님이 묵으실 만한 데가 아녜요. 좁고 지저분해서……."

"됐어, 됐어……. 혹시 남자라도 있는 거야?"

"남자라니, 말도 안 돼요."

기누에는 진지한 얼굴로 부정했다. 클럽 리키에 있는 열 몇 명의 호스티스 중에서 우수를 머금은 채 말수 적은 그녀는 여자로서의 뜬소문도 없었다. 기누에는 단기대학에 다니던 중 부모님과 남동생을 교통사고로 잃은 슬픈 과거 탓인지, 19세라는 젊음에도 불구하고 항상 쓸쓸함이 감돌고 있었다. 클럽 영업이 끝난 뒤에도 손님과 어울려 식사를 하는 일도 거의 없었다.

"됐어, 사장의 명령이다. 알았나."

"사장님의 명령은 거절할 수 없는 건가요? 정말 곤란해요."

"내 명령에는 누구나 절대복종이다. 알았나?"

"그럼 할 수 없죠. 하지만 지저분한 데라는 건 각오하세요."

"응, 좋아 좋아. 그 대신에 목걸이를 사주마."

"괜찮아요, 그러시지 않아도……."

"바보야, 내가 사준다고 하면 잠자코 받는 거야."

"이것도 사장님의 명령인가요?"

기누에가 무심코 역도산의 얼굴을 보려고 했을 때, 역도산이 가볍게 그녀를 안아 올려 입술을 맞췄다. 너무나 갑작스러운 일에 기누에는 눈을 감은 채로 꼼짝도 못하고, 찌릿 하고 저려와 기절할 지경이 되었다. 그것은 그녀에게 있어서 첫 입맞춤이었고 첫 남자였다. 하지만 역도산은 조금 후에 생길 일에 대해 속으로 입맛을 다시고 있었다.

기누에를 안으면서 역도산은 정말 귀엽다고 생각했다. 매일 밤 마음껏 욕정을 채우고 있는 그였지만 말수가 적은 기누에에게서 푸른 나무 열매 같은 매력을 느끼고 있었다. 뒷문으로 빠져나온 두 사람은 어깨를 나란히 하고 밤거리를 걸었다. 뺨에 닿는 초여름의 바람이 기분 좋았다. 시계바늘은 벌써 새벽 1시를 넘기고 있었고, 택시만이 빠르게 달리고 있었다. 역도산은 젊었을 때처럼 가슴을 두근대며 오른팔에 그녀를 끼고 천천히 감촉을 즐겼다. 택시를 잡으려고도 하지 않았다. 기누에는 한마디도 하지 않고 몸을 맡기고 걸었다. 인기척은 이미 없었다.

기누에의 집은 하라주쿠의 한 모퉁이에 있는 작은 3층 건물에 있었다. 방 한 개짜리 작은 집은 그녀의 귀여운 성답게 인형과 꽃이 장식되어 있었다. 역도산은 한발 들여놓으면서 깜짝 놀란 것처럼 소리 질렀다.

"야, 볼만한걸. 마치 소녀의 방 같군."

"인형 만들기가 취미거든요. 전 혼자라서 집에서는 인형과 얘기를 해요."

"응, 귀여운 취미구나. 색깔도 좋군."

"칭찬해주셔서 기뻐요."

그는 주머니에 질러 넣고 온 위스키를 바닥에 놓으면서 풀썩 앉았다.

"어이, 그런데 목욕탕은 있나? 땀을 흘렸으니까 시원하게 씻고 싶군."

"있기는 한데, 작아요. 들어가실 수 있을까……."

"샤워라도 괜찮아."

"예, 그럼 잠깐만 기다리세요. 온수기에 불을 붙일게요."

그것은 귀여운 방에 어울리지 않게 커다란 순간온수기였다. 혹 하고 가벼운 소리를 내고 가스가 타올랐다. 역도산은 천천히 일어서 기누에 뒤로 다가가서 살짝 안았다. 너무 힘을 넣으면 부서질 것 같은 화사한 몸이었다.

"어머!"

기누에가 돌아본 순간, 번지르르한 얼굴이 크게 다가왔다. 입술이 겹쳐지자마자 그의 혀가 들어오고, 그리고 강하게 빨아들였다. 기누에는 온몸의 힘이 빠져나갔다. 역도산은 조용히 입술을 떼고서 그 귓가에 속삭였다.

"샤워해야지."

"예."

금방이라도 무너져버릴 것 같았지만 겨우 참으면서 고개를 끄덕였다. 그 순종적인 모습이 참을 수 없이 귀여웠다.

역도산은 재빨리 알몸이 되어 욕실 문을 열었다. 과연 좁았다. 비좁아서 목욕한 기분도 나지 않을 것 같았다. 그의 화려한 리키 아파트의 목욕탕은 2미터의 장신이 다리를 길게 뻗어도 괜찮을 정도로 설계되어 있었다. 그는 욕조에 들어가는 것을 포기하고 머리에 물을 부었다.

"기누에, 등 좀 닦아줘."

"예, 곧 가겠습니다."

그런데 기모노의 소매를 걷어 올리고 들어와서 역도산은 깜짝 놀라 일어났다.

"바보구나, 그럼 다 젖잖아. 발가벗고 와."

"엣! 발가벗고……."

"응, 벗고."

"하지만⋯⋯."

"됐으니까 벗고 와."

"안 돼요. 부끄러워요."

"됐으니까 빨리해."

"저, 벗을 수 없어요."

몸을 돌린 그는 재빨리 그녀를 안아 그 목덜미에 입술을 갖다 댔다.

"안 돼, 안 돼요. 옷 젖어요."

헐떡이면서 겨우 말했다.

"그럼 빨리 해, 명령이다."

"예, 명령인가요⋯⋯."

그는 그렇게 말하면서도 우스웠다. 명령이라고 하니 재미있었다.

기누에는 등을 돌린 채 띠를 풀기 시작했다. 띠가 사삭 사삭 소리를 냈다. 그는 이 옷감 스치는 소리를 참을 수 없을 만큼 좋아했다. 그 소리는 사내의 욕정을 강렬하게 불러일으켰다. 기누에는 타월로 앞을 가리면서 좁은 욕실로 들어왔다. 그 나신은 동그란 느낌에, 가슴의 융기가 예술품처럼 눈부셨다. 그는 안 보는 척하면서 거울 속의 모습을 바라보고 있었다. 그녀는 엉거주춤 몸을 움츠리면서 타월에 비누를 묻혀서 넓은 등을 천천히 밀기 시작했다.

"힘을 넣어서, 좀 더."

기누에로서는 남자의 등을 미는 것이 처음이었다. 그것도 발가벗고서였다. 하지만 여자의 마음은 차츰 대담함을 더해갔다.

역도산은 불편한 듯 영차 하고 몸을 돌렸다. 그러고서 그도 당황했다. 바로 코앞에 사랑의 샘을 숨긴 음영이 있는 것 아닌가. 남자 되는 자로서 어찌 참을 수 있을까. 그렇지 않아도 이틀만 여자를 안지 않으면 코피를 쏟는 역도산인데, 천국이 코앞에 다가와 있는 것이다. 가랑이에 있는 남근이 끄덕끄덕 하면서 살아 있는 것처럼 맥박 치기 시작했다.

"가랑이부터 씻어줘."

"어머……."

"됐으니까 씻어."

그의 잔학성이 또 발휘되었다. 약한 여자를 괴롭히는 것은 너무 즐겁다. 잔혹하고 사랑스러운 처형이었다.

"빨리 해."

"예."

그녀는 새빨개져서 떨리는 손으로 다시 타월에 비누를 묻혔다. 처음 보는 남성의 늠름한 심벌, 낯이 달아오르고 목이 말라 당장이라도 정신을 잃을 것만 같았다.

"타월이 아니라 손으로 씻어야지."

그녀는 그 물건을 잡은 순간, 더 이상은 엉거주춤하게 있을 수가 없었다. 자기도 모르게 맥없이 주저앉았다. 손바닥 안에서 그것은 불끈불끈 움직이고 있었다.

"그래, 정성들여서 씻어."

그는 순진한 그녀의 동작을 재밌다는 듯 보면서 말했다. 역도산에게 그것은 최고의 쾌락이었다. 이성의 살결을 모르는 처녀를 실컷 괴롭히다가 죽이는 것과 마찬가지였다.

"좋았어. 내가 씻어주지."

"전 괜찮아요."

"괜찮지 않아. 씻게 해줘."

뜨거운 물을 부어주면서 그 매끈매끈한 피부를 쓰다듬었다. 그리고 그 아름다운 피부에 비누를 잔뜩 칠해 두 손으로 그 감촉을 즐겼다. 유방이 부풀어 올라 앵두처럼 빨갛게 물들었다. 탱탱한 엉덩이까지 손이 미끄러져 내려가자 더 이상은 참을 수 없을 것 같았다. 하지만 마음속으로 외쳤다.

'힘내라, 역도산! 침대가 있잖나, 맛있는 건 천천히 시간을 들여서 즐

겨야 하는 거야.'

그래도 흥분은 더해만 갔다. 가슴에서 배, 그리고 하복부, 소복한 초원에서 사랑의 샘에 있는 꽃잎에 손가락이 닿자, 그녀도 참지 못하고 "하아ー." 하고 소리를 흘렸다.

그는 어떤 경우에든 여자를 애타게 만들었다. 그것이 남자 되는 자의 역할이라 믿고 있었다. 그래서 어떠한 경우든 30분 이상의 애무가 이어졌다. 그리고 사랑의 말을 속삭이는 것이 역도산식 봉사 정신이었다.

금방이라도 무너져 내릴 듯한 모습에 그는 애무를 멈추고 샤워를 시켜주었다. 그리고 가볍게 안아 들고 침대로 가 조용히 눕혔다. 작은 싱글침대는 그가 앉을 자리도 없었다. 부드럽게 타월로 나신을 닦아준 다음 다시 안아서 카펫 위에 내려놓았다. 그녀는 눈을 감고 그냥 몸을 맡기고 있었다. 그는 무릎을 꿇고 그녀의 가는 목덜미에 입술을 갖다 대고 귓불을 가볍게 깨물면서 속삭였다.

"기누에, 나의 기누에, 사랑해. 귀여운 기누에."

그의 목소리도 언제부터인가 들떠 있었다. 그리고 유방에서 하반신으로 입맞춤을 되풀이했다. 굳게 닫혀 있던 양다리를 강제로 벌려 그 음영의 언덕에 얼굴을 묻었다. 그곳에는 남자의 살결을 모른 채 아름다운 붉은 빛을 띤 사랑의 입술이 단단히 숨어 있었다. 그는 그 조개처럼 닫힌 입술에 살짝 혀를 집어넣고, 그리고 빨았다. 향기로운 처녀의 냄새가 그를 미치게 만들었다.

별로 비싸지 않은 카펫이 피부를 따끔따끔 자극했다. 그도 융단에 직접 나신을 던진 것은 처음이었다. 몸을 돌려 자기 위로 그녀를 올렸다. 그런데 똑바로가 아니라 반대 방향이었기 때문에 얼굴 위에 사랑의 샘이 있었다. 그 샘에 입술을 밀어붙이고 정신없이 입맞춤을 계속했다.

기누에는 정신이 멀어지는 것 같았지만 간신히 참고 있었다. 그녀의 상기된 얼굴 앞에는 위대한 심벌이 끄덕끄덕 숨 쉬고 있었다. 그녀는 사기도 모르게 그것을 움켜쥐었다. 이제 부끄러움이고 뭐고 없었다. 심벌에 입을 맞추는가 싶더니 그것을 입속에 집어넣었다. 그곳에는 둘만의 세계밖에 없었다.

기누에는 카펫 위에서 발가벗은 채로 안겨 결국 한숨도 자지 못하고 눈부신 아침을 맞이했다. 살짝 그에게서 몸을 떼고는 아침식사 준비를 시작했다. 몇 시간 전의 자신의 미친 듯한 모습이 부끄러워서 우후후 하고 살짝 웃음을 흘렸다.

10시에 눈을 뜬 역도산은 먼저 전화기를 잡았다. 그의 하루 일과는 반드시 전화에서부터 시작했다. 그것은 사무소에 사원이 전원 출근했는지를 확인하기 위함이었는지도 모른다. 자기 자신 말고는 신용할 수가 없었다. 그래서 경리부, 영업부, 기획선전부, 마지막으로 비서 겸 전무인 요시마치와 그날의 스케줄을 확인하는 것이었다.

"요시마치, 오늘은 아부라쓰보 쪽 땅을 돌아보고 오겠다. 저녁 5시엔 꼭 돌아갈 테니까 기다리고 있어."

"예, 그럼 1시와 3시의 인터뷰는 연기하겠습니다."

"응, 내일이나 모레로 해. 알겠지?"

"예, 그럼 내일 1시와 3시로 변경하겠습니다. 그럼 5시에 회사에서 기다리고 있겠습니다."

전화를 끊고 천장을 뚫어지게 쳐다보았다. 조용한 아부라쓰보의 해변에 요트 항구를 건설할 청사진이 그의 머릿속에 그려지고 있었다. 사가미 호반의 골프장을 포함한 레저센터가 완성되고 나면 아부라쓰보로 진출하기 위한 8,000평의 토지를 벌써 확보해두었던 것이다.

그녀는 전화가 끝나기를 기다렸다가 조용히 문을 열었다. 부끄러움을 감추려는 듯 두 무릎을 붙이고 엉거주춤한 자세로 눈을 내리깐 채 말했다.

"일어나셨어요?"

그것은 사랑스러운 새색시의 모습이었다.

"응, 잘 잤다. 날씨는?"

"예, 오늘도 더울 것 같아요."

"그래? 덥다니 잘됐군."

"저, 식사 준비가 되어 있는데요……."

"오호, 밥을……. 우선 세수부터 하고, 그리고 뭐 입을 거 없나?"

"예, 잠옷은……."

"그렇지, 네 긴 속옷 내놔."

"넷? 기모노 안에 입는 거요? 제 걸 어떻게……."

"그래, 그거. 빨리 가져와."

그녀는 한숨도 자지 않았는데 들뜬 얼굴이었다. 구름 위의 존재였던 역도산에게 알몸으로 안겨서 하룻밤을 함께 했다는 기쁨에 처녀성을 잃은 감상 따위는 잊고 있었다. 역도산은 붉은 속옷을 진홍빛 허리끈으로 묶고 딱딱한 나무 의자에 앉았다.

"부서질 것 같으니까 바닥에서 먹자. 그게 마음이 편해."

"죄송해요."

그녀는 차를 내밀면서 사과했다. 그 모습이 그에게는 참을 수 없이 귀여웠다. 스모 선수 시절에는 언제나 식탁 없이 아침 겸 점심을 먹었다. 그때는 마룻바닥이었으니까 카펫 위는 호강 중에 호강이다. 그가 책상다리를 하고 앉자 그 앞에 김, 달걀프라이, 야채절임 등이 놓였다. 역도산은 일회용 나무젓가락을 짝 가르면서 빙긋이 웃었다.

"어이, 같이 안 먹어?"

"예."

"됐으니까 같이 먹어. 혼자 먹으면 맛없어. 마주 앉아서 먹으면 신혼 기분이 나. 빨리 와."

"예, 그럼 그렇게 하겠습니다."

그는 후루룩 소리를 내며 뜨거운 미역 된장국을 마셨다.

"밥을 먹고 나서 미우라 반도의 아부라쓰보에 가자."

"어머, 저도요?"

"응, 좋은 곳이야."

"어머, 멋져요. 저, 미우라 반도에 가본 적이 없거든요."

"그래, 주먹밥을 싸가지고 갈까? 보트 위에서 먹자."

"어머, 도시락도요. 재밌겠어요."

그녀는 부끄러움도 잊고 마음이 급해지는지 젓가락을 부지런히 움직였다.

2인승 벤츠, 그것도 문이 새의 날개처럼 위로 열리는 스포츠카에 그녀는 깜짝 놀랐다. 승차감도 좋았고, 게다가 스피드를 내자마자 차례차례 다른 차들을 추월하는 기분이라니……. 기누에는 간밤의 일을 비롯한 모든 게 꿈의 연속 같았다. 구름 위를 날고 있는 것 같아서, 도저히 믿을 수 없는 변화에 볼을 꼬집어보았다.

"아얏."

무심코 들뜬 소리를 냈다.

"왜, 아파?"

흘깃 기누에의 얼굴에 눈을 돌렸던 역도산은 바로 전방을 주시했다. 스포츠카는 스피드를 올려 달리고 있었다.

"어머, 아무것도 아녜요."

"아무것도 아닌 게 아니라, 지금 아프다고 했잖아."

"예, 너무 행복해서 꿈이 아닐까 싶어 뺨을 꼬집어봤어요. 근데 아픈 걸 보니까 정말인가 봐요."

"뭐야, 꼬집어봤다고."

그도 기쁜 듯이 웃었다. 그녀는 그의 옆얼굴을 보면서 남자답고 상냥한 분이구나……, 하고 황홀해했다. 먼 곳에 있는 아부라쓰보가 기누에에게는 너무 가깝게 느껴졌다. 언제까지나 이대로 차를 달리면서 곁에 있고 싶었다. 하지만 역도산은 별장에 가까워지자 소나무숲 속을 천천히 달리면서 의기양양하게 말했다.

"여기서부터 해안까지 다 내 땅이야. 멋진 곳이지?"

바다를 끼고 산장처럼 보이는 별장이 하나 있었다. 차가 그 앞에 조용히 멈춰 섰다.

"8,000평의 땅이다. 지금은 이 집에 관리인을 두고 있어. 이곳에 요트 항구를 만드는 거다. 동양 제일의 설비를 지닌 클럽 하우스를 세워야지. 자연을 그대로 살리면서 그 속에 8층짜리 건물, 물론 수영장과 호텔, 레스토랑까지……."

"어머, 대단해요."

"이 바다는 내 거야. 10년 후에는 틀림없이 해양 레저 시대가 온다. 바다는 넓어. 사나이의 세계지. 클럽 하우스가 완성될 쯤에는 호화 요트를 건조할 거야. 그 안에 기누에의 방도 만들어줄게."

"멋져요. 마치 꿈만 같아요."

"무슨 소리, 조만간에 반드시 만들어 낸다. 난 할 수 있어."

역도산은 반드시 할 수 있을 거라고 믿고 있었다. 눈을 감자, 바다에는 호화로운 요트가 떠있고, 푸른 소나무숲 속에는 클럽 하우스가 세워져 있다.

"자, 이번에는 모터보트로 달려볼까?"

"모터보트요?"

"그래, 관리인이 보관하고 있지. 그걸 타고 달려 보는 거야."

"저, 기모노라서요, 위험해요."

"그럼 내가 안아주지. 비탈길이니까 조심하지 않으면 미끄러져."

"아이, 부끄러워."

45킬로그램의 작은 몸을 가볍게 안아 올려 걷기 시작했다. 그녀는 모든 것이 꿈만 같았다. 어제 이 무렵에는 상상도 할 수 없는 일이었다. 모든 일본 사람들이 동경하고 있는 인기인에게 안겨 있는 것이다. 아직도 스스로 믿기지 않을 정도의 행복에 취해 있었다.

"어이, 누구 없어?"

바다를 향해 역도산이 소리치자, "예, 나갑니다." 하는 소리와 동시에 노인이 뒤뜰에서 얼굴을 내밀었다.

"아이고, 사장님. 어서 오십시오. 전화를 주셨으면 준비해두었을 텐데……."

"아니, 오늘은 낚시하러 온 게 아냐. 이 사람에게 여길 보여주고 싶어서 갑자기 찾아온 거다."

"아이고, 어서 오십시오. 아가씨."

그녀는 안긴 채로 얼굴을 붉혔다.

"저어, 부끄러워요. 내려주세요."

"그러지."

그제야 그녀는 정신을 차렸다.

"할아버지, 지금 뭐 하고 계셨어요?"

"네, 낚시도구를 손질하고 있었죠. 오늘은 바다도 조용하고 아주 좋은 날씨네요."

노인의 주름 깊은 얼굴은 청동색으로 빛나고 있었다.

"좀 쉴 테니까 문 좀 열어줘. 그리고 보트에 기름 가득 채우고……."

"예, 알겠습니다. 별장은 매일 청소하고 있으니까 어서 이쪽으로."

노인은 타박타박 발소리를 내며 앞서 걷기 시작했다. 그녀는 주먹밥이 든 작은 바구니를 들고 종종걸음으로 노인을 따라갔다. 바다에서 불어오는 바람이 상쾌하게 기모노의 옷자락을 어지럽혔다.

별장이라고는 했지만, 산장풍의 작은 건물이었다. 역도산은 장롱에서 금빛 장식이 달린 선장 옷을 꺼내 입고 해군장교처럼 모자도 썼다.

"어머, 멋져요."

"어울리지? 조만간에 기누에에게도 멋진 옷을 맞춰주지."

"기뻐요, 사장님. 근데 마도로스는 파이프잖아요."

"그래도 난 시가야."

그때 창밖에서 목소리가 들렸다.

"사장님, 보트 준비가 다 되었습니다."

"좋았어, 지금 가지. 스텐바이 해둬."

"예, 준비 완료입니다."

노인은 역도산이 소나기구름처럼 갑자기 왔다가 갑자기 가버린다는 것을 알고 있었기 때문에 준비가 빨랐다.

엔진이 방약무인한 폭발음을 터뜨리자 모터보트가 앞머리를 세우듯 이 올리고 파도를 갈랐다. 큰 파도가 다가오면 그것을 후려치듯 붕붕 스 피드를 올리며 달렸다.

"우와, 대단해요!"

"좋아, 스피드를 더 올리지."

그녀는 어제부터 처음 경험하는 일들뿐이어서 자기도 모르게 역도산 에게 달라붙었다.

"재미있어?"

"예, 너무 행복해서 두려울 정도예요."

"그래? 이제부터 더욱 행복하게 만들어주지."

다소 속도를 줄이더니 왼손으로 그녀의 턱을 들었다.

"뭐야, 눈물까지 흘리고."

"하지만 너무 기쁜걸요."

잠시 애교를 부리자 그는 오른손에 핸들을 잡은 채로 입술을 들이밀 었다. 그녀는 입술을 내주고 몸을 맡긴 채 눈을 감고 쾌감에 취해 있었 다.

"바다는 좋아. 스피드를 마음껏 낼 수도 있고 부딪히는 것도 없지. 이 곳엔 우리 둘만의 세계밖에 없어."

기누에의 기모노 옷자락에 손을 대더니 훌렁 걷어 올렸다. 그 날씬하 고 아름다운 허벅지 안으로 베이지색 팬티가 보였다.

"뭐야, 팬티 따위를 입다니. 그런 건 벗어버려."

그는 손을 넣더니 난폭하게 잡아당겼다. 얇은 팬티가 찢어졌다.

"아얏!"

"아플 리가 없잖아. 기모노를 입을 때엔 팬티 같은 거 입지 마."

"그래도……."

당황해하면서 옷자락을 여미려고 했다.

"아무도 안 봐. 괜찮아……."

그의 왼손은 솜씨 좋게 기모노를 걷어 올리고 엉덩이를 노출시켰다.

"으음, 참을 수가 없군. 이 귀여운 엉덩이."

"이런 곳에서, 부끄러워요."

"뭐, 둘밖에 없는 바다 위다. 부끄러워 할 거 없어."

"……."

"어제는 아팠어?"

"응, 조금요. 하지만 사장님이 친절하게 대해주셔서……."

"출혈을 해서 깜짝 놀랐다. 나도 처음 경험하는 일이거든."

부드럽고 오동통한 살결의 감촉을 즐기고 있던 그의 손가락이 그것으로는 만족하지 못하고 초원 안으로 미끄러져 들어갔다. 그녀는 몸을 맡긴 채 상쾌한 엔진 소리에 도취되어 있었다. 보트는 다시 스피드를 높여 커다란 파도를 향하여 돌진하고, 그 기세로 날아올랐다.

"어이, 내 팬티도 벗겨."

역도산이 호통 치듯 말하자 그녀는 도취에서 깨어났다. 맹렬한 스피드 속에서 그녀는 중심을 잡지 못하고 어설픈 동작으로 겨우 바지를 벗겼다.

"팬티도."

"예."

반짝이는 초여름 태양 아래서 솟아오른 남성의 심벌은 보기만 해도 늠름했다. 이렇게 큰 것이 내 안으로 들어오다니……, 신기하기만 했다.

"기누에, 내 무릎 위에 앉아."

"무서워요……."

"괜찮으니까 앞을 보고 앉아. 됐어? 그럼 날아간다."

그녀는 조심조심 그의 무릎 위에 통통한 엉덩이를 얹었다. 두 사람은 벗은 하반신을 밀착시켰다. 보트는 파도를 가르고 나갈 때마다 점프를 하고, 뜨겁고 단단한 심벌은 사랑의 입술을 비벼댔다. 그는 미친 듯이 속도를 냈고, 큰 파도를 갈라 찢으며 보트가 날았다. 그의 흥분은 극에 달한 것처럼 보였지만, 그것은 전희에 불과했기에 아직 넣으려고 하지 않았다. 오히려 그 샘으로 미끄러져 들어가버리지 않도록 주의하고 있었다. 기누에의 앞쪽 하반신은 바닷바람에 차가웠지만 엉덩이에서부터 사랑의 샘에 이르는 곳은 불처럼 타오르고 있었다.

역도산의 자학성이 폭발했다. 보트는 파도 사이를 좌우로 선회하면서 미친 듯 내달렸다. 이 모터보트를 해안 절벽 위에서 지켜보는 사람이 있다고 해도 두 사람 모두 앞을 보는 자세로 겹쳐져 있었기 때문에 발가벗은 하반신이 밀착되어 있으리라고는 누구도 상상할 수 없을 것이다.

역도산이 자랑하는 쾌속정이 크게 흔들릴 때마다 잔뜩 솟아오른 심벌에 의해 사랑의 샘이 흘러넘쳤다. 그녀는 날려 떨어지지 않게 그의 양팔을 꼭 잡고 있었지만, 환희의 절정이 찾아올 때마다 당장에라도 공중으로 날아가버릴 것 같았다.

큰 파도가 쾌속정에 밀어닥쳤다. 순간, 온몸을 던지듯이 보트가 그 파도로 들어갔다. 보트의 앞머리가 하늘을 향한 그때, 그녀의 몸속에 그의 일부가 맹렬히 미끄러져 들어왔다. "으읏." 하고 자기도 모르게 그녀의 입에서 신음소리가 흘러나왔다. 몸이 상하좌우로 흔들리고, 깊게 또 얕게 육체의 깊은 곳으로 치고 들어왔다. 그것은 멈출 줄을 몰랐다.

기누에는 이미 앞을 볼 수가 없었다. 핸들에 매달리듯이 하여 엉덩이를 내밀고 있었다. 그는 그 귀여운 엉덩이를 보면서 쳐올렸다. 그 스피드와 섹스의 환희에 자기도 신음소리를 냈다. 신음했다기보다는 부르짖었다. 인생의 최고의 환희가 아닐까. 아니, 아직 아냐……, 하고 외치면서 역도산은 쳐올렸다.

미국제 크라이슬러 엔진이 쾌적한 폭음을 울리는 가운데 하늘을 나는 물고기처럼 모터보트가 해상을 달렸다. 그런 스피드 속에서 물보라를 맞으며 발가벗은 하반신을 섞고 있는 두 사람의 흥분은 극에 달했다. 역도산은 마지막 힘을 쥐어짜 그 큰 파도 속으로 처넣으면서 "워-." 하고 울부짖었다. 그리고 승천했다. 기누에는 핸들에 매달린 채 꼼짝도 하지 않았다.

격정이 사라진 바다 위에는 요트의 흰 돛이 파도 사이로 춤추고, 콩알처럼 작아 보이는 보트가 흰 선을 그리며 달리고 있었다. 하늘은 한없이 맑았고, 기분 좋은 바닷바람이 볼을 어루만졌다. 보트는 천천히 선회하여 뭍을 향했다. 역도산은 기누에를 안아 일으켜 무릎 위에서 내려놓았다. 그녀는 황급히 옷매무새를 고치고서도 멍한 상태로 해안을 바라보고 있었다.

"기누에, 밥은 별장에서 먹을까?"

"저, 보트에 더 있고 싶어요. 여기서 먹어요……."

온몸에 힘이 빠져 나른해서 꼼짝하기도 싫었다.

"응, 그럼 천천히 달리면서 먹을까."

보트의 키를 한껏 꺾어 다시 바다를 향해 스피드를 올렸다. 바닷물에 손을 씻은 그는 바구니 안에서 보온병을 꺼내 차를 마시고, 김으로 싼 주먹밥을 먹기 시작했다. 그녀는 그저 그런 그의 옆에 딱 붙어 있을 따름이었다.

역도산은 스모 선수 시절 때 항상 남의 눈을 의식하며 살아왔다. 천하의 역도산이 된 지금은 보통 사람들은 먹을 수 없는 고기 요리를 주문해 보란 듯이 먹기도 했다. 그의 경우, 먹고 싶어서 먹는 것이 아니라 역도산이라는 위대한 이미지에 맞추기 위해, 보여주기 위해 식사를 했다. 돈이 전부라고 생각하면서도 역도산이라는 이름을 위해 호화 저택에서 살고, 최고급 승용차를 타고, 시가를 피웠다. 유명 여배우와 함께 식사하는 것은 선전이라고 생각해서 참을 수 있어도, 돈이 아까워서 바나 클럽의 호스티스에게 밥을 사주는 일은 없었다. 정복해버리고 나면 여체의 매력도 반으로 줄어드는 느낌이었다.

정욕의 폭풍우가 지나간 그의 머릿속은 요트 항구로 가득했다. 해안선 근처를 천천히 달리면서 한마디도 하지 않았다. 묵묵히 먹으면서 묵묵히 핸들을 잡고 육지를 관찰하고 있었다.

역도산의 머릿속에는 청사진이 완전히 만들어졌다. 길이 50미터, 폭 25미터의 경기용 수영장, 변형 어린이용 풀, 게다가 100미터짜리 미끄럼틀, 클럽 하우스는 8층 건물로 2층에서 7층까지가 분양 별장, 8층이 고급 레스토랑, 1층은 대중식당, 오락실과 사무실, 자연을 파괴하지 않기 위해 주차장도 8층 건물로 하고, 해변에는 100척을 수용할 수 있는 격납고를 만들고, 대형 요트를 위해서는 폭풍우에도 안전한 방파제……. 그의 청사진은 점점 부풀어 올랐다.

"그렇군. 헬기장도 필요하다."

기누에는 그 한마디에 퍼뜩 제정신으로 돌아왔다.

"예? 뭐라고 하셨어요?"

"아, 그래. 기누에가 있었구나. 미안, 지금 헬기장이 떠올랐어. 자동차로는 도쿄에서 오는데 시간이 걸리잖아. 헬리콥터라면 금방 날아오지."

"어머, 자동차가 아니라 헬리콥터로요? 멋지네요."

"응, 앞으로 10년 정도 지나면 도로는 자동차로 가득 찰 거야. 아마 지금처럼 달릴 수 없을 테지. 그렇게 되면 사가미 호반의 레저센터에도 헬기장을 생각해둬야 해. 일본에 고속도로가 앞으로 얼마나 만들어질지 몰라도 도로 사정은 뒤져 있거든. 차를 타고 돌아다니면서 즐거워하는 시대는 이제 곧 끝나. 앞으로는 하늘과 땅, 좋았어! 엄청나게 크게 만들 테다."

그녀에게는 그 커다란 계획이 뜬구름 잡는 이야기로밖에 여겨지지 않았다. 하지만 '날 위해 요트에 방을 만들어주겠다고 말했어.' 하면서 새삼스레 남자의 옆얼굴을 바라다보았다. 믿음직스러웠다. 이대로 죽어도 행복하다고 생각되었다. 처녀성을 바친 것도 전혀 후회되지 않았다. 오히려 자랑스러웠다.

주먹밥을 우물거리던 역도산이 무슨 생각이 들었는지 명령 투로 말했다.

"어이, 기누에! 옷 벗어."

"옛, 뭐라고요?"

얼떨결에 되물었다.

"알몸이다. 나도 벗을 테니까 너도 벗어. 그리고 한 판 더다."

역도산은 셔츠를 벗고 알몸으로 앞을 노려보았다. 대사업의 청사진이 머릿속에 완성되자, 또 성욕을 발산시키고 싶어졌다. 그는 일본식으로 올린 머릿속에 손을 집어넣어 헝클어뜨리면서 하는 섹스를 즐겼지만, 이 쾌속정에서 파도를 차고 나가며 하는 성교에서 최고의 흥분을 맛보았던 것이다. 대낮에 발가벗은 몸으로 파도와 여체에 다시 도전하고 싶어진 것이다.

"빨리 해! 그리고 무릎 위로 올라와. 꾸물대지 말고."

기누에는 몸을 움츠리면서 발가벗고서 어색하게 안겨왔다. 그는 왼손으로 여체를 애무하면서 스피드를 올렸다. 그러한 스릴 속에서 바닷물을 맞으며 육체의 향연이 이어졌다.

공포의 살인 태클

"오시야마 부장님, 역도산의 대단함은 '월드 리그전'을 확립시킨 데에 있다고 하겠죠?"

아카미 로쿠로타는 리그전 제1회 프로그램부터 살펴보면서 일본프로레슬링협회 사무국장 겸 일본프로레슬링흥업 주식회사 기획선전부장에게 말을 걸었다.

"그렇지. 역도산은 10년 앞을 내다보는 사람이야. 뭐, 인간적으로는 보는 시각이 여러 가지 있겠지만, 동양의 영웅임에는 틀림없어. 그런 실력을 지닌 사람은 드물걸. 대단한 사나이지. 역도산이라는 사람은……."

오시야마는 미국의 프로레슬링 매거진을 보면서 대답했다. 그는 역도산(力道山)을 일본어로 발음할 때, '리키도잔'이라고 해야 보통인 것을 꼭 '리키토잔'이라고 했다. 왜 그러는지 본인이 직접 이유를 밝힌 적은 없지만, 그렇게 발음하는 쪽이 한국어에 좀 더 가까울 것이라는 하나의 반발이었는지도 모른다.

기록에 의하면 역도산은 월드 리그에 참가할 레슬러들과 계약하기 위해 1959년 3월 24일 혼자 미국으로 건너가 로스앤젤레스의 그레이트 토고를 창구 삼아 계약을 진행했다. 외국 선수와 대등하게 싸울 수 있는 것은 히가시후지, 도요노보리, 엔도 고키치, 요시무라 미치아키 정도밖에 없었다. 그런데 히가시후지가 그만두고, 엔도가 모습을 감춰버리고 나니 리그전이라는 방법 말고는 외국인을 부를 방법이 없었던 것이다. 전원이 리그전을 벌여 우승 결정은 승률 4위에 오르는 선수들만 추려서 토너먼트에 의한 결전을 통해 왕좌를 결정한다는 방식이었다.

역도산이 일본을 비웠던 4월 3일의 텔레비전전에서는 빨간 망토에 붉은 복면을 쓴 미스터 아토믹이 처음으로 등장, 복면 속에 흉기를 감추고 남미에서 돌아온 요시노사토에게 박치기와 주먹 연타를 가하고 마지막에는 넥 브레커로 기권시켰다.

이해 4월 10일, 황태자의 결혼식이 거행되는 등에 힘입어 텔레비전 보급률은 도시가 4.2세대 당 한 대, 농촌은 23.3세대 당 한 대라고 발표되었다. 컬러텔레비전의 본 방송은 다음 해 9월 10일 예정이었지만 벌써 텔레비전 수신자 수는 173만대(1959년 1월)로 매년 두 배 이상으로 급증하고 있었다.

4월 20일, 귀국한 역도산은 공항에서 참가 선수를 발표했다. 외국 선수는 엔리키 토레스, 제스 오르테가, 미스터 아토믹, 로드 브레어스, 킹콩, 대니 프레체스, 타룩 싱.

이에 맞서는 일본 선수는 역도산, 도요노보리, 그리고 약 1년간 일본 프로레슬링에서 모습을 감추었던 엔도 고키치가 오랜만에 되돌아왔다. 시합은 8분 3라운드제, 전원이 시합에 참가하는 리그전이었다.

리그 개막은 5월 21일, 도쿄체육관에서 시작하여 전국을 순회, 결승전은 6월 15일 도쿄체육관. 이제 내리막길로 접어들었다는 소리를 듣던 프로레슬링이었지만, 모든 대회장마다 매진되었고 오래간만에 암표 값이 1만 엔을 넘었다. 이 대성공은 니혼텔레비전의 방송에, 미쓰비시전기라는 대형 스폰서, 그리고 그레이트 토고의 창구 역할에 의해 일본프로레슬링의 국제적 지위를 높임으로써, 그 국제적 신용을 움직일 수 없는 것으로 만들었다.

승률 상위 네 명에 남은 사람은 예상대로 엔리키, 오르테가, 아토믹, 그리고 역도산이었다. 킹콩은 이미 1955년의 마력을 잃은 상태였다.

이 제1회 월드리그전의 최대 경기라고 할 수 있는 전율의 혈전은 준결승에서 붙은 역도산 대 아토믹의 대결일 것이다. 다즈하마 히로시는 〈일본프로레슬링 20년사〉에 다음과 같이 관전기를 싣고 있다.

……제1라운드 초반부터 아토믹은 완전한 베어 너클 복싱 스타일, 좌우 훅으로 역도산의 몸통을 정확하게 공격. 역도산은 처음부터 고전하며 필사적으로 버텼지만 코너로 밀렸고, 아토믹은 무릎차기와 팔꿈치 치기로 몰아붙였다. 반칙을 보고 끼어드는 심판을 붙잡고 겨우 서 있을 정도로 역도산은 힘들어 했지만 종료종이 울려서 위기에서 벗어났다.

제2라운드도 똑같이 아토믹이 몸통을 노리고 육박, 오른쪽 스트레이트를 강타하려는 순간에 역도산이 사이드 스텝으로 피하자, 뒤에 있던 심판의 턱에 아토믹의 강타가 제대로 맞았다. 심판이 매트에 뻗어 정신을 잃었기 때문에 대니 브레체스가 임시 심판으로 교체되어 시합은 속행되었다.

제3라운드에서도 아토믹이 집요하게 몸통 공격을 시작, 고전하던 역도산은 로프의 반동을 이용한 가라테 수평 치기. 기회를 놓치지 않고 기운을 차린 역도산은 아토믹을 드높이 안아 올려서 링 밖으로 던져버려 장외 난투, 역도산은 엄청난 바디 슬램으로 아토믹을 바닥에 처박았다. 그로기 상태로 링으로 돌아온 아토믹을 역도산이 매트에 깔고 올라타 붉은 복면을 벗김과 동시에 맹렬한 펀치로 얼굴을 난타했다. 아토믹의 이마가 깨져 엄청난 피가 매트까지 흥건하게 적셨다. 아토믹은 전의를 상실, 깨진 이마의 상처를 한손으로 누르면서 비틀거리며 일어서려는 것을 흥분한 역도산이 광기에 사로잡힌 듯 심판의 제지도 아랑곳하지 않고 상처를 계속 후려치는 통에 거꾸로 심판에게서 반칙패를 선언당했다.

역도산은 이 리그에서 유일하게 반칙으로 패배를 맛보았지만, 아토믹이 출혈 과다로 일어서지 못하고 이후의 시합을 포기했기 때문에 통산 승률 1위의 역도산이 오르테가와 결승전을 벌여 제3라운드 35초에 오르테가에게 폴승을 거둬 타이틀을 쥐었다……

제1회 월드리그는 대성공을 이루었는데, 그 인기가 대단해서 외국인 베스트 쓰리인 오르테가, 아토믹, 토레스는 이후에도 함께 전국 순회 시합을 벌였다.

개선 흥행이라고도 할 수 있는 이 추가 순회 시합 또한 만원으로 이어졌고, 최종 경기는 8월 7일 도쿄에서 벌어졌다. 역도산이 가진 인터내셔널 타이틀 매치에 미스터 아토믹이 도전, 역도산이 1-0으로 방어했다. 이때에도 흉기를 복면 속에 넣은 박치기와 펀치에 맞서 역도산의 분노의 가라테가 폭발, 피바다 속에다 아토믹을 녹아웃시키고 붉은 복면을 벗겨서 관객들을 후련하게 만들었다. 역도산은 항상 악을 물리쳤고, 그로써 정의는 승리했다.

니혼텔레비전은 매주 금요일 밤 8시부터 프로레슬링 방송인 미쓰비시 파이트 맨 아워를 방영하기 시작했다. 그를 위해 마이크 프이듀스, 레리 잭슨이 일본에 왔다. 그리고 9월 14일에 도요노보리와 요시무라는 미국 원정에 나섰다. 이들과 교대를 하듯이 일본프로레슬링의 미국 쪽 창구 역할을 하는 그레이트 토고가 일본으로 왔다.

10월 6일 다이토체육관에서 그레이트 토고는 역도산, 엔도 팀을 맞아 프이듀스와 한 팀이 되어 대소동을 벌였다. 1-1에서 양자 반칙 카운트 아웃으로 무승부. 그렇지만 게다를 신고 링에 올라오더니 게다로 상대 선수를 때리고, 휴식 시간이 끝나자마자 양치질용 물이 담긴 맥주병으로 엔도를 때려눕히는 등, 그레이트 토고의 난폭함에 관객들은 간담이 서늘해졌다.

11월에 들어서 '애리조나의 살인마' 빅 짐 라이트, 호주 챔피언 알렉스 야고비테스가 역도산에게 도전해왔다.

1960년 1월 30일, 짐 라이트의 도전을 2-1로 방어한 역도산은 제2회 월드리그전의 준비를 위해 미국으로 건너가 브라질까지 원정했다. 이때에 17전 전승의 성적을 가진 안토니오 이노키(이노키 간지)라는 대단한 선물을 가지고 귀국한다.

이노키는 1957년까지 요코하마에서 샤프 형제나 킹콩의 피투성이 싸움을 텔레비전으로 보고 자란 소년으로, 중학교 2학년 때에 할아버지와 어머니, 두 형과 남동생 등 여섯 명이 브라질로 이민을 떠났다. 그중 6남인 안토니오 이노키는 1959년 가을, 브라질 전국대회에서 원반던지기 45미터, 포환던지기에서 15미터 70으로 우승하고, 창던지기에서도 2위의 성적을 올렸다. 4남인 형도 1,500미터, 5,000미터, 1만 미터, 세 종목에서 우승하여 형제끼리 다섯 종목을 제패하는 쾌거를 올리기도 한 소년이었다.

스포츠 센터에서 열린 기자 회견에서는 190미터, 80킬로그램의 이노키보다 더 큰 바바 쇼헤이(자이언트 바바)라는 두 사람이 나란히 나타났다. 출발할 때부터 둘은 라이벌이었다. 이 두 사람의 데뷔는 9월 30일, 다이토체육관에서 바바는 이기고 이노키는 폴로 졌다.

제2회 월드리그전은 4월 15일부터 5월 13일까지 전국 주요 도시를 돌면서 치러졌다. 이때의 외국인 선수는 태클의 왕인 레오 노멜리니, 산처럼 거대한 몸집과 턱수염을 자랑하는 혼브레 몬타나, 독수리처럼 민첩한 전 세계쥬니어 헤비급 챔피언 소니 마이어스, 몽고의 괴인 루 킴, 싱싱한 청년 레슬러 단 밀러, 독일의 매라고 불린 한스 헤르만, 봅 오튼, 스탠리 리소와스키, 프랭크 바로아, 그리고 일본계 미국인 악역 그레이트 토고였다. 이에 일본 측은 역도산, 도요노보리, 엔도, 요시무라로 맞서야 했다.

노멜리니는 강력한 우승후보였는데, 역도산이 1952년 2월 프로레슬링으로 전향하고 처음으로 나선 해외 원정에서 역도산의 콧대를 꺾어버렸던 상대였다.

이탈리아계 미국인인 노멜리니는 샌프란시스코에서 자라 미네소타대학 시절부터 불세출의 미식축구 선수로 유명해서 미식축구의 메이저 팀인 샌프란시스코 49에서 살인 태클로 이름을 날리는 한편, 샌프란시스코의 보스 조 마르코비치의 손에 의해 프로레슬링을 시작하여 미국축구 선수와 프로레슬러, 양쪽에서 돈을 벌면서 대스타의 가도를 질주하고 있었다. 이러니저러니 해도 루 테즈의 938연승을 스톱시킨 인물이었다.

월드리그전에서 노멜리니의 살인 태클의 희생자 제1호는 인간 산맥 혼브레 몬타나로, 158킬로그램의 거구가 한 방에 장외로 날아가 갈비뼈에 금이 가서 기절했다. 2호는 요시무라로, 그의 살인 태클에 제대로 걸려 장외로 떨어지면서 갈비뼈 두 대가 부러져 기권하는 참패를 당했다. 그레이트 토고는 4분 만에 피를 토하면서 녹아웃, 스탠리 리소와스키, 봅 오튼도 살인 태클의 먹이가 되었다.

노멜리니의 장기는 다리 십자 꺾기로 완전히 상대의 다리를 죽여놓고 비틀거리며 일어나려고 할 때 128킬로그램의 거구로 갈고 닦아온 '강철 어깨'에 무게를 실어 가하는 살인 태클이었다. 이 플라잉 태클에 맞으면 마지막이었다. 장외로 날아가 머리를 처박으면서 시합도 끝장이 났다.

결승에 진출한 것은 예상대로 10승 1패 2무승부(1패는 도요노보리에게 장외에서 태클을 시도하여 반칙패)인 노멜리니, 8승 0패 2무승부의 역도산이었다. 결승전은 5월 13일에 도쿄도체육관에서 시간 무제한 3판 승부로 치러진다고 발표되었다.

도쿄스포츠신문사에서 펴낸 〈프로레슬링 명승부 이야기〉에서는 다음과 같이 '구사일생으로 살아난 역도산'이라는 제목의 복수전을 상세히 설명하고 있다.

······ '갈비뼈 한두 대가 부서지더라도 가라테 촙으로 놈의 목뼈를

부셔버리겠다.'는 기분이었다.

8년 전의 사투가 되살아났다. 역도산은 찡 하고 갈빗대에 통증이 오는 것을 느꼈다. 기분 탓이었다. '이래선 안 돼! 노멜리니에게서 먹은 태클 따위는 잊어버리는 거다.' 역도산은 필사적으로 자신에게 암시를 걸었다. 종이 울렸다. 노멜리니는 거구를 천천히 흔들며 나왔다. 역도산은 오른쪽으로 돌았다. 수많은 관중들은 침을 삼켰다. "타잇!" 하고 공격을 한 것은 역도산이었다. 한쪽 다리 태클에서 토 홀드로 공격했지만, 노멜리니는 오른 다리로 차내면서 역도산의 목에 헤드 시저스를 걸었다.

구욱 하고 노멜리니의 굵은 다리가 역도산의 경동맥을 압박했다. "빠드득!" 역도산은 이를 악물었다. 탕 하고 양다리로 매트를 차면서 탈출하려고 했지만, 노멜리니의 다리는 바이스처럼 역도산의 굵은 목을 죄어들어왔다. 눈이 캄캄해졌다. 로프에 다리를 걸었다. "브레이크!" 심판의 목소리에 헤드 시저스를 푼 노멜리니는 빙긋이 웃었다. 여유 있는 웃음이었다. '얼마든지 덤벼라, 역도산.' 하고 노멜리니는 웃음으로 말하고 있었다. "젠장!" 역도산이 흥분했다. 이번에는 리스트 앤드 암록으로 노멜리니를 비틀어 눌렀다. 노멜리니는 바닥에 뒹굴면서 오른쪽 팔꿈치로 통렬하게 역도산의 안면을 강타했다. 머리를 감싸고 뒹구는 역도산. 거기에 또 노멜리니의 엘보 스터프가 두 방 세 방 작열했다.

"컴온, 역도산!", "유 갓뎀, 선오브비치!"

역도산이 타올랐다. 슈욱 하고 바람을 가르며 날린 엘보 스매시를 목을 움츠려 피한 역도산은 타닥 하고 노멜리니에게 뛰어들면서 "파악!" 드디어 첫 번째 가라테 춉이 맞았다. 목 밑을 누르며 뒹구는 노멜리니.

"그렇지, 역도산!" 관중들이 소리쳤다. 퍽 퍽······, 가라테 춉은 두 방 연속 터졌다. 로프로 도망가는 노멜리니, 역도산이 돌진했다. 다음 순간, 노멜리니가 로프의 반동을 이용하여 역도산에게 부딪쳤다. 어깨로 쳐올리는 듯 숄더 블록에 얻어맞은 역도산. 구웅 하고 쇄골에 부젓가락으로 지지는 것 같은 아픔이 꿰뚫었다. 눈이 빙빙 돌았다. 역도산은 무릎을 꿇고……, 일어나려고 했지만 일어날 수가 없었다. 노멜리니가 퍽 하고 때리듯이 역도산의 다리를 붙잡았다.

노멜리니가 자랑하는 다리 공격술, '십자 다리 꺾기'에 걸렸다. "으." 하고 역도산은 이를 악물고 고통을 참았다. 하지만 왼쪽 다리가 죽어가는 것을 확실하게 알 수 있었다. 필사적으로 로프로 탈출하여 일어서는 역도산. 그러나 거기에 또 한 방 태클이 닥쳐왔다. '당했구나.' 역도산이 바닥에 고꾸라졌다. 역도산이 그 다음 어떻게 된 것인지 모르고 암흑의 세계에서 헤매고 있는 동안에 한판을 먼저 빼앗겼다.

두 번째 판의 종이 울렸을 때, 역도산의 의식은 제대로 돌아오지 않은 상태였다. 비틀비틀 앞으로 나오는 역도산……. 노멜리니가 있는 힘껏 달려들었다. "와앗" 하고 소리를 지르며 눈을 감는 팬들. 하지만 다음 순간, 눈을 뜬 팬들이 본 것은 무시무시한 역도산의 가라테 춉의 십자포화였다.

노멜리니의 콧대를 팍 하고 때리는 역도산의 오른손, 노멜리니의 코가 퍽 하고 찌그러졌다. 역도산은 가라테 춉에 목숨을 걸었다. 노멜리니의 어깨, 목 아래에 퍽 퍽 하는 소리를 내며 필사적으로 미친 듯이 가라테 춉을 날렸다.

11방 째에 노멜리니의 거구가 휘청하고 흔들렸다. 팔을 감아 호쾌한 해머 슬로우. 로프에 튕겨 되돌아오는 노멜리니에게 점프를 하면서 한 방, 역도산은 기도하는 듯 수평 치기를 먹였다. 노멜리니의 몸이 썩은 나무처럼 쓰러졌다. 역도산이 그 위를 덮쳐서 폴! 시합은 원점으로 되돌아갔다…….

그렇게 그 무시무시한 모습을 야마다, 사쿠라이 기자는 묘사했다.

　세 번째 판은 정신력과 기력의 승부였다. 가라테 촙을 날리는 오른팔을 턱 하고 붙잡더니 끌어당기듯이 숄더 블록, 역도산의 허리가 부서졌다. 비틀비틀 일어서는 순간에 또다시 필살의 플라잉 태클! 역도산의 운동신경은 신기(神技)였다. 마무리 한 방으로 보였던 그 살인 태클을 역도산은 링 바닥에 몸을 낮춰 간발의 차이로 피했다. 그 바람에 노멜리니의 거구는 총알처럼 로프를 뛰어넘어 장외로 추락, 콘크리트 바닥에 머리를 처박아 끝내 일어설 수 없었다.

　역도산은 이겼다. 8년 전의 굴욕을 당당하게 일본 팬들 앞에서 씻었던 것이다.

연출된 프로레슬링

"1961년 무렵부터 역도산의 자신감은 절정에 달했지요? 시부야에 프로레슬링의 대전당인 '리키 스포츠 팔레스'가 완성된 해니까요."

로쿠로타는 오시야마의 컵에 술을 따르면서 말했다.

"그렇지. 그해 제3회 월드리그전은 규모도 비약적으로 커져 폭발적인 인기였어. 리키 스포츠 팔레스가 완성되기는 했지만 지상 4층까지여서, 5, 6, 7층은 창문 섀시도 아직 설치되지 않았어. 그게 아마 전부 해서 3억 5,000만 엔 들었다고 했던가? 근데, 그 지하 1층의 볼링장 말이야, 그 당시에 볼링장에 관심을 가지다니 대단한 거지. 도쿄에도 아오야마에 말고는 볼링장이 없었거든. 처음에는 사람이 손으로 핀을 세웠는데, 얼마 지나지 않아서 역도산이 좋아하는 독일식으로 핀에 실을 달아서 세우는 신기한 설비로 바뀌었지. 역도산은 독일인이야말로 세계에서 머리가 가장 좋다고 믿었어."

"그래서 차도 벤츠를 좋아했죠. 그 외에도 세계최고급 자동차인 롤스로이스를 가지고 있었으니, 대단했어요."

술 좋아하는 두 사람이 술을 마시게 되면 역시 역도산에 대한 인물평가로 흘렀고, 위대한 영웅이라는 점에서 일치했다.

1961년에 나타난 외국인 선수들도 볼만했다. 그 면면은 미스터 X, 칼 클라우저, 로니 에치슨, 아이크 에킨스, 짐 라이트, 헤라클레스 로메로, 그레이트 토고, 그레이트 안토니오였다. 이에 맞선 일본 선수는 역도산, 도요노보리, 요시노사토, 엔도, 그리고 요시무라였다. 당하는 역할 전문처럼 되어버린 요시무라였지만 1960년 말에 하와이로 원정을 떠나 전 NWA 인정 세계챔피언인 딕 허튼과 격렬한 승부를 벌였다는 소식도 들어와 있었다. 그 요시무라가 제3회 월드리그전에 참가하기 위해 돌아온 것이다.

이 시리즈의 화제는 누가 뭐래도 그레이트 안토니오. 하네다 공항에 나타났을 때에는, 목에 굵은 쇠사슬을 감고 있었는데 그 쇠사슬 끝을 토고가 거머쥔 채 기분 나쁜 웃음을 짓고 있었다. 200킬로그램의 거구인 안토니오는 수염과 머리카락이 멋대로 자라 있었고, 캐나다 나무꾼 차림이라는 이상한 모습이었다. 대형 관광버스 넉 대를 이어 버스에 사람을 가득 태우고 쇠사슬로 끌어당기는 괴력을 5,000명이나 되는 관객들의 앞에서 과시하여 간담을 서늘하게 만들었다. 그런 그레이트 토고의 연출을 역도산은 쓴웃음을 지으면서 바라보고 있었다. 그 얼굴을 아카미 로쿠로타는 잊을 수가 없었다.

그레이트 토고의 연출은 계속되었다. 안토니오는 전야제에서 링 아나운서 오마쓰의 두 다리를 움켜잡고 링에서 거꾸로 들어 장외로 던져버리는 횡포를 부려 관객들을 기쁘게 만들었다. 그러는 바람에 미스터 X나 칼 클라우저의 인기는 내려가버렸다. 안토니오는 실력자라도 되는 양 대기실에서도 우쭐댔지만, 이 시리즈의 참가자들은 모두 진정한 격투기 실력자들이었기 때문에 링에서 그의 실력이 드러나고 말까봐 관계자들은 조마조마해했다. 결국 시리즈 후반에 들어가자마자 방약무인한 안토니오의 행패를 참지 못한 미스터 X가 링 위에서 싸움을 벌여 괴력을 자랑하던 안토니오를 반쯤 죽여놨다. 그로부터 일주일 뒤에는 대기실에서 세계 제일의 실력을 지닌 칼 클라우저에게 얻어맞고, 겁에 질린 나머지 도쿄로 도망쳐 모습을 감춰버렸다.

우승 결정전은 미스터 X와 역도산, 시합은 오사카에서 벌어졌다. 이 시합은 악역인 X가 늘 그러하듯이 선제공격, 펀치 암 록으로 역도산을 괴롭히다가 흉기를 복면 속에 감춰두고 박치기, 일방적으로 역도산이 당하다가 X가 한판을 먼저 이겼다. 두 번째 판에서는 분노의 가라테 춥이 폭발, 1–1이 되었다. 드디어 세 번째 판에도 또다시 흉기를 품은 필살의 박치기에 역도산은 링 위를 뒹굴 정도로 처참한 타격을 입었다. 카운트 쓰리에 들어가려는 순간이었다. 링 사이드에 있던 커미셔너 사무국장이 링 위에 뛰어올라서 오키 심판에게 흉기의 소지 여부를 조사하라고 지시했다. 마스크 안에서 흉기가 굴러 떨어지고, 그 움직일 수 없는 증거로 인해 X의 반칙패라는 진기한 장면으로 시리즈전은 역도산의 우승으로 끝났다.

이 시리즈전에서 가장 깊은 인상을 남긴 것은 칼 클라우저일 것이다. 독일군 식으로 발꿈치를 딱 맞추면서 인사를 하는 멋진 모습, 프로레슬링을 하기 위해서 태어났다고 한다면 바로 그를 말하는 것이리라. 그의 저먼 스플렉스 홀드는 세계 최고의 예술품이라고 할 수 있었다. 상대의 허리를 안은 순간, 채찍처럼 몸이 뒤로 휘면서 공중에 반원을 그리며 상대방의 정수리를 바닥에 처박는다. 그 직후에 상대방의 허리에서 두 손을 떼지 않은 채 브리지, 클러치 홀드 형태로 폴에 들어간다.

나중 이야기가 되지만, 1972년에 안토니오 이노키가 신일본프로라는 새로운 프로레슬링협회의 깃발을 올렸을 때, 칼 고치라는 이름으로 등장한 그의 허리에는 둔하게 빛나는 금 벨트에 루비와 사파이어 등이 박혀 있는 리얼 월드 챔피언벨트가 빛나고 있었다. 그것은 초대 세계챔피언인 프랑크 고치가 찬 벨트이기도 했다.

이해 8월, 자이언트 바바는 요시노사토, 매머드 스즈키와 함께 그레이트 토고를 따라 미국으로 건너간다. 역도산은 이해에 NWA 인정 인터내셔널 방어전을 세 번 치렀다. 6월 2일에 괴력의 거한 그레이트 안토니오를 2–0으로 이기고, 7월 21일에는 미스터 X를 2–1로 물리치고, 11월

19일에는 제브라 키드를 2-1로 이겼다. 이로써 12번의 방어를 이루어 내면서 1961년의 모든 시합 스케줄을 소화해낸 것이다.

타이틀을 둘러싼 대결

"오시야마 부장님, 1962년은 일본프로레슬링의 최고의 해였잖아요. 신춘 시리즈에선 2월 3일에 니혼대학 강당에서 루터 렌지, 리키 월드 팀에게 역도산, 도요노보리 팀이 1-2로 져서 아시아 태그 타이틀을 빼앗겼지만, 2월 15일에 다시 시합을 벌여 되찾았죠. 그리고 역도산은 미국으로 가고 말예요."

자료를 보면서 오시야마 부장과 이야기를 하다 보면 화제가 끊이지 않았다.

"그해는 역도산이 브라시를 물리치고 WWA 세계챔피언이 된 해지. 그렇지만 7월에 WWA의 초빙을 받아 로스앤젤레스 올림픽 오디토리엄 링에서 가진 브라시의 리턴 매치에서는 온몸이 미친개에게 물린 것처럼 되어 출혈과다로 닥터 스톱, 챔피언 벨트는 커미셔너가 맡기로 했지만 브라시가 챔피언이 되었지. 그런데 디스트로이어가 그에 도전하여 4자 굳히기로 브라시를 기권시켰고, 세계프로레슬링 사상 첫 복면 챔피언이 탄생했어. 그건 WWA의 기괴하기 그지없는 작전이기도 했지. 그래도 좋은 해였어."

"제4회 월드리그전은 4월 23일부터 시작했죠. 그 WWA라는 신흥 파벌의 초대 챔피언인 브라시를 물리치고 귀국했기 때문에 역도산의 인기는 대단했죠. 텔레비전의 정기 방송도 있었고, 월드리그전, 그리고 인터내셔널과 WWA 세계챔피언, 역도산의 인기가 굉장했죠."

일단 월드전에 돌입하면 기획선전부는 한가해져서, 두 사람은 차나 마시면서 잡담을 나누었다.

제4회 월드리그전은 역도산이 브라시에게서 WWA 왕좌를 획득한 지 1개월 만에 개막되었다. 외국 선수는 루 테즈, 프레드 브라시, 딕 허튼, 마이크 샤프, 바디 오스틴, 디마크 호프만, 레리 헤닝, 아놀드 스콜런, 미스터 아토믹, 그레이트 토고. 일본 측은 역도산, 도요노보리, 요시무라, 엔도로 짜여 있기는 했지만 사실 역도산의 독무대였다.

리그전 개막 파티에 나타난 브라시는, 큰 줄을 들고 나와 카메라맨 앞에서 입을 크게 벌리고 줄로 흰 이빨을 슥슥 갈더니 미친 것처럼 기자들에게 "우와." 하고 이빨을 드러내면서 달려들었다. 너무나 멍청한 연출이었지만 손님들은 아주 기뻐했고, 브라시가 물어뜯기, 고환차기, 펀치 공격으로 나와주기를 기대하는 무책임한 팬도 있었다. 그 미친개와 같은 브라시에게 분노의 가라테가 폭발하여 피의 바다에 가라앉고 마는 꼴을 보는 쾌감을 일찌감치 기대하고 있었던 것이다.

4월 23일에 브라시가 역도산에게 도전했다. 그것은 프로레슬링이라기보다는 브라시의 광기만이 매트 위에 가득한, 고환차기와 물어뜯기로 얼룩진 무시무시한 혈투였다. 컬러텔레비전은 전국의 안방에 괴이한 쇼크를 안겨주었고, 결국 텔레비전을 보던 사람 중에서 남자 다섯, 여자 세 명의 노인들이 충격으로 죽어 여론을 들끓게 만들었다. 그 첫 방어전은 2-1로 역도산이 이겼다.

4회 월드리그전에서는 브라시만 불필요하게 두드러져, 딕 허튼의 코브라 트위스트도 그 그늘에 가려져 버렸다. 이 시리즈에서도 역도산이 우승했다.

WWA라고 하는 것은 그 전년인 1961년에 생긴 새로운 프로레슬링 단체였다. 그 초대 챔피언을 결정하는 토너먼트가 12명에 의해 행해졌는데 그중에는 딕 허튼, 에드 카팬티어, 카운트 빌리 바르거, 그리고 프레드 브라시의 이름이 들어 있었다. 초대 챔피언은 브라시가 획득, 그러나 3월 28일 역도산이 도전하여 2-0으로 승리해서 타이틀을 빼앗았고, 4월 23일에는 도쿄체육관에서 방어에 성공, 다시 7월 25일에 로스앤젤레스에서 시합이 벌어졌다. 시합 룰은 모두 시간 무제한 3판 승부, 오후 10시에 경기 시작종이 울렸다. 역도산은 상대가 기술로 나올 때는 가라테 촙을 사용하지 않았다. 하지만 브라시의 반칙 공격에 화가 난 역도산은 브라시를 로프에 던지고 반동으로 튕겨 나오는 것을 수평 때리기 공격, 바디 슬램에 이어 몸을 눌러 폴승을 거두었다.

두 번째 판은 브라시가 회복하기 전에 가라테 촙으로 마구 공격해서 코너에 몰아넣은 뒤에 몸통 부딪치기, 그러나 브라시가 피해버렸다. 그런데 그 코너는 캔버스를 누군가가 벗겨놓아서 쇠기둥이 그대로 드러나 있는 상태였다. 역도산은 그 쇠기둥에 머리를 박아버리고 말았다. 피가 솟아올랐다. 심판 스톱, 링 닥터는 상처를 보고 고개를 좌우로 흔들면서 캘리포니아 룰에 의한 출혈 과다로 닥터 스톱을 선언했다. 세 번째 판은 기권패, 결국 2-1로 패전. 그런데 그 코너 백을 벗겨놓은 사람은 나중에 역도산과 싸우게 되는 디스트로이어였다.

브라시의 손으로 되돌아간 WWA 타이틀은 다시 디스트로이어에게 넘어갔고, 두 번 다시 역도산의 수중으로 돌아오지 않았다. 그래도 WWA 인정 인터내셔널 타이틀에 대해서는 11월 9일에 역도산이 오키나와에서 무즈 쇼락을 2-1로 물리치고 14차 방어에 성공했다.

"오시야마 부장님, 챔피언 타이틀 말인데요, NWA는 1948년에 생겼고, 그 초대 왕자는 루 테즈였죠?"

"미국은 장사를 잘 하지. 1960년에 AWA를 만들어서 초대 왕자로 V. 가니아, 다음 해 1961년에는 WWA를 결성하여 초대 왕자로 F. 브라시, 다음으로 1963년에는 WWWF가 깃발을 올리면서 초대 왕자로 B. 산마르티노를 앉혔지. 그러니까 각지에 챔피언이 있는 셈이야. 어느 세계에서든지 지위를 갖고 싶기 마련이고, 그건 프로레슬링계도 마찬가지지."

오시야마 부장은 차가운 차를 한 모금 마시고 다시 미국 프로레슬링 잡지를 읽기 시작했다.

월드리그전

"오시야마 부장님, 1963년 2월에 바바가 디스트로이어가 보유하고 있던 WWA 세계타이틀에 도전했지요?"

"바바가 젊었을 때지. 그건 디스트로이어의 교묘한 작전과 테크닉에 농락당한 시합이었어. 3월에 역도산은 미국으로 가서 바바를 데리고 개선 귀국했고 그리고 나서 제5회 월드전으로 돌입했지. 이게 그때의 참가 선수들이야."

오시야마 부장은 그때 팔았던 프로그램을 내밀었다. 그곳에는 다음과 같은 외국인 선수의 이름이 있었다.

킬러 코와르스키, 패트 오코너, 지노 말레라(고릴라 몬순), 프레드 애트킨스, 헤이스텍 칼혼, 봅 엘리스, 프랭크 타운젠트, 썬더 자보, 그레이트 토고, 이에 맞서서 일본 측에서는 역도산, 도요노보리, 엔도였다. 거기에 미국 원정을 떠난 요시무라와 요시노사토를 대신하여 신인인 오키 긴타로(김일), 자이언트 바바, 안토니오 이노키가 일본 측 선수로서 처음 등장했다.

이 시리즈전에서 인기를 모은 것은 거인 레슬러 칼혼이었지만 결승전은 코와르스키와 역도산이 올라갔다. 그것이 역도산의 화려한 생애를 장식하는 마지막 월드전이었으며, 거기에서 5연승의 위업을 달성했다.

역도산은 다시 WWA 세계타이틀에 도전하여 왕자 복귀를 노리고 마
왕 디스트로이어를 초빙했다. 1차전은 오사카에서 행해졌는데, 마왕의
물어뜯기 공격에 이마가 찢어지고 헤드 록에 걸려 기자석의 의자에 처
박히는 등, 그야말로 전대미문의 거친 공격에 피투성이가 된 끝에 결국
4자 굳히기에 걸려 참패하고 말았다.

6월 5일에는 아카사카의 호텔 오쿠라에서 결혼피로연이 열릴 예정이
었다. 그것을 눈앞에 두고 어떻게 해서든지 이기고 싶었다. 역도산은 마
지막 복수의 기회를 잡았다. 그것은 5월 24일 도쿄체육관, 시간 무제한
의 단판 승부로 정해졌다.

도쿄스포츠신문의 8월 25일자에서는 그 혈전을 다음과 같이 싣고 있
다.

죽음의 승부가 시작되었다. 마왕은 힘껏 역도산을 로프로 밀어붙여
킥 공격을 선보였지만, 역도산도 킥과 펀치로 눈이 팽팽 돌 정도로 빠
르게 반격. 그때마다 디스트로이어는 링 아래로 도망갔다. 그러나 틈
을 노려 링으로 돌아오자마자 팔꺾기로 시작하여 강력한 목조이기로
옮겨갔다. 붉어진 얼굴로 몸을 뒤집은 역도산은 솜씨 좋게 일어나 거
꾸로 풀 넬슨으로 맹공. "컴온!" 하고 외치는 모습에는 힘이 가득했다.
5분이 지나, 로프에 기대서 브레이크가 되자 디스트로이어는 타이즈
에서 흉기를 꺼내 재빨리 복면에 집어넣더니, 뒤를 돌아보자마자 그냥
박치기 세 방. 역도산이 털썩 무릎을 꿇었다. 거기에다가 또 다시 3연
발. 역도산의 이마 가운데가 쫙 하고 벌어지더니 선혈이 솟아나와 가
슴으로 흘러내렸다.

그 피를 본 디스트로이어가 미쳤다. 상처를 텁석 물었다. 역도산은
안면을 피로 물들이면서 완전 그로기 상태. 그 찬스를 놓칠세라 디스
트로이어가 펀치, 킥에다가 양다리로 더블 니 드롭으로 집중 공격. 궁
지에 몰린 역도산은 필사적으로 로프 쪽으로 다가가 몸을 일으키더니

킥과 통렬한 가라테 두 방. 디스트로이어가 장외로 나가떨어져버렸다.

카운트 11에 기어 올라온 디스트로이어, 역도산의 폭풍 같은 역습이 시작되었다. 킥, 펀치, 수직 내려치기, 수평 때리기……. 마왕은 두 번 세 번 장외로 떨어졌다. 흰 복면은 새빨갛게 물들었다. 두 사람 모두 사력을 다하면서 피가 튀는 시합이 되었다. 마왕은 필사적이었다. 역도산이 방심한 틈에 갑자기 바디 슬램을 걸더니 눈 깜짝할 사이에 필살의 4자 굳히기, 하지만 역도산은 로프로 빠져나가 다시 해머 록과 해머 스로로 디스트로이어를 장외로 날려버렸다.

위기를 벗어난 역도산은 아수라처럼 날뛰었다. 마왕을 코너의 철기둥에 박아버리고, 안면을 노려 가라테 촙을 난타. 마왕의 흰 복면은 피로 축축……. 역도산의 이마도 피로 흠뻑 젖어 있었다. 그러나 마왕은 쫓기는 척하다가 아래 쪽 급소에 통렬한 한 방을 먹였다. 사타구니를 누르며 뒹구는 역도산. 마왕은 거기에 레그 블록, 레그 브레커로 단숨에 승부를 걸더니 끝내 완벽한 4자 굳히기로 들어가버렸다.

"컴온, 리키!" 마왕은 자신의 몸으로 캔버스를 탕탕 치면서 다리를 조여왔다. 괴로워하는 역도산. 다리가 부러지느냐 기권하느냐. 그러나 역도산은 이를 악물고 그 어느 쪽도 택하지 않았다. 4자 굳히기 에 걸려 6분……. 역도산이 몸을 반쯤 돌리더니 완전히 한 바퀴 굴렸다. 역 4자 굳히기. 역도산의 다리도 마왕의 다리도 모두 하얗게 변했다. 두 사람 모두 격렬한 통증을 필사적으로 참고 있었다. 뼈에 금이 가지 않았을까.

정신력과 정신력의 싸움이었다. 시간은 28분 10초를 경과하고 있었다. 두 사람은 반쯤 의식을 잃은 상태였다. 역도산이 으득 하고 목을 꺾는가 싶더니 다시 힘을 내서 고개를 들었다. 두 사람 다 심판의 "기브업?"이라는 물음에 고개를 저었다.

4자로 엉킨 뒤 8분여……. 28분 15초. 결국 심판이 시합 중지와 함께 무승부를 선언했다. 세기의 4자 공방 – WWA 세계 타이틀전은 무승부로 마왕 디스트로이어가 왕좌를 방어, 왕좌 복귀를 노린 역도산의 야망은 이루어지지 못했다.

두 사람의 다리는 풀리지 않았다. 심판인 애트킨스는 가위를 가지고 오라고 해서 둘의 신발 끈을 자르고 신발을 벗기고서야 겨우 풀 수 있었다. 역도산이 비통하게 외쳤다.

"부탁한다, 10분만 더 줘!."

애트킨스가 소리쳤다.

"이 이상 계속하면 둘 다 죽어!"

…….

애트킨스는 기자 회견에서 말했다.

"30년 이상 프로레슬링을 봐왔지만, 이런 사투는 본 적이 없다."

디스트로이어의 앞니는 가라테 춥에 맞아 세 개가 부러졌고 보라색으로 변한 다리는 걸을 수가 없어서 젊은 레슬러의 도움을 받아 퇴장했다. 역도산의 다리도 보라색으로 부어올라서 하루 밤낮을 얼음으로 식혀야 했다.

며칠이 지나가 사무소에 나타난 역도산을 둘러싸고 이루어진 기자회견이 끝나자, 미식축구 선수 출신의 덩치가 큰 기자가 가볍게 물었다.

"4자 굳히기가 그렇게 아픕니까?"

역도산의 안색이 삭 하고 변했다. 눈 깜짝하는 순간, 그 기자에게 4자 굳히기를 걸어버렸다.

"우으으, 아파……. 우으윽, 도와줘……."

기자가 소리쳤다.

"무슨 소리야, 이건 가벼운 거다. 원래는 이 정도가 아냐."

역도산은 여유를 가지고 말했다.

"도와줘!" 끝내 기자는 소리 내 울기 시작했다. 역도산은 웃으면서 일어나더니 그대로 사장실로 들어갔다. 기자가 병원으로 직행한 것은 당연한 일이었다.

1963년 12월 7일, 역도산 최후의 시합은 하마마쓰에 있는 후생연금체육관에서 벌어졌다. 디스트로이어, 부디 오스틴, 일리오 데 파울로 팀에 맞서 역도산, 도요노보리, 그레이트 토고라는 6인의 태그매치였다.

그 시합으로 그해 모든 경기 스케줄이 끝났다. 그리고 그 다음날이 운명의 날이 될 줄은 신이 아니고서야 아무도 알 수가 없었다.

갑작스러운 약혼

역도산의 생애에 빼놓을 수 없는 여걸이 두 명 존재한다. 한 사람은 닛타 회장의 부인이며, 또 한 사람은 프로야구 선수인 모리 도오루의 어머니인 노부코였다. 노부코는 일본이 전쟁에 지기 전까지 만주에서 큰 호텔의 여사장으로 있으면서 명물로 알려진 여성이다. 도쿄의 스모 선수단이 만주에서 순회 시합을 벌일 때, 당시 역도산은 16세의 신참에 불과했는데도 노부코는 무엇을 보고 그랬는지 특별히 잘 돌봐주었다. "기무, 기무."라고 마구잡이로 불리면서 혹사당하고 있던 조선인 소년에게 남몰래 음식을 주고 용돈까지 듬뿍 주었다.

패전에 의해 노부코와 그 아들은 무일푼이 되어 목숨만 건져 돌아왔지만, 그래도 역시 여걸다웠다. 도쿄는 재미가 없다면서 기지촌인 요코스카에 눈을 돌린 그녀는 매춘부를 상대로 한 여인숙을 세워 잔뜩 돈을 벌어서 도쿄로 진출했다. 1953년 역도산이 미국에서 개선하여 일본의 영웅이 되었을 때에도 노부코는 그의 앞에 모습을 나타내지 않았다.

1955년, 여섯 개 대학 리그전에서 와세다대학에 재학 중인 모리 선수가 출전하여 홈런 타자가 되었을 때에야 노부코의 아들인 모리 도오루가 역도산과 재회했다. 그리고 그 이후로 형처럼 따르면서 그를 지켜보았다.

"역도산이 프로레슬링 세계챔피언이 되고서도 혼자 살면 안 되지. 어떡하든 올해 안으로 장가를 보내야 돼."

뚱뚱한 몸을 흔들면서 노부코가 말했다. 그러나 역도산의 호색 행각은 엄청난 것이었다. 하라주쿠에 사는 귀여운 기누에 말고도 여덟 명의 여성이 '세컨드'와도 같은 존재였다. 특이하게도, 이혼한 부인인 아야에게까지 밤에 찾아갈 정도로 정력에 넘치는 나날을 보내고 있었다.

1962년 9월, 외아들인 도오루에게 일본항공의 스튜어디스 아가씨가 색시로 어떻겠냐고 맞선 사진을 가지고 온 사람이 있었다.

"어머니, 전 제가 커서 그런지 큰 여자는 싫어요. 아직 결혼하고 싶지도 않고요."

이미 아들에게 기모노가 잘 어울리는 일본적인 애인이 있다는 사실을 어머니는 몰랐다.

"맞아, 이 여자는 역도산이 좋아할 스타일이네요. 어머니, 한번 보여 줘 봐요."

"하지만 지금은 순회 시합 중이라서 내일쯤은 삿포로에 있을걸."

"삿포로라면 비행기가 있잖아요. 제가 표를 사드릴까요?"

"아직 너한테 신세지고 싶지는 않다. 그럼 내일이라도 가볼까?"

어머니는 하와이 와이키키 해변에서 찍었다는 다구치 게이코의 수영복 차림의 칼라 사진을 가지고 삿포로로 날아갔다.

"역도산, 제발 장가가도록 해. 내가 열심히 찾아낸 아가씨야. 미인에 건강하고 일본항공 스튜어디스니까 영어도 척척, 이게 마지막 찬스일걸."

"어머님, 이 여자 이는 예쁜가요?"

"그럼, 아름다운 치아야. 충치 하나도 없이 건강 초우량이야."

본 적도 없으면서 만나보고 온 양 술술 얘기를 풀어놓는 어머니였다.

"생일은요?"

"1941년 6월 6일, 좋은 날이지? 아직 21살이니까 젊지."

"오호, 생일이 6월 6일, 도오루의 등번호도 6번. 음, 좋네요. 이 여자에게 장가들도록 하죠."

노부코는 깜짝 놀라 그를 쳐다보았다. 그렇게 마누라는 필요 없다, 결혼하지 않겠다고 하던 사람이 이와 생일만 물어보고 결혼하기로 결정내린 것이다. 거친 세상을 담판으로 헤쳐온 여걸로서도 놀라는 게 무리가 아니다.

그로부터 한 달 뒤인 10월 초, 호텔 뉴 저팬의 다이닝 룸에서 일본항공 관계자와 역도산의 만남이 이루어졌다. 참석자는 20명, 그 수영복 사진의 주인공 다구치 게이코도 과장을 따라서 참석했다. 그녀는 텔레비전에서조차 프로레슬링을 본 적이 없었다. 신문잡지에서 얻은 지식으로는 술 취해 행패를 부리는 사람이라는 선입관이 강했다. 그런데 만나보니 세상의 평판과는 달리 남자답고 예의 바른 사람이라는 첫인상을 강하게 받았다. 설마 그것이 맞선이라고는 상상조차 하지 못했다.

"프로레슬링은 아프지요?"

이것이 그녀의 첫마디였다.

"다음 비행은 언제입니까?"

"내일 로스앤젤레스에 가요."

"그럼 부탁이 있습니다. 로스앤젤레스의 그레이트 토고에게 갖다 줄 물건이 있는데……."

"예, 좋아요."

두 사람의 대화는 고작 그뿐이었다. 먹는 것을 남들보다 갑절은 더 좋아하는 그녀는 말없이 먹기만 했다. 그녀는 대단한 식도락가였다.

그 다음 달, 역도산은 그녀의 비행 일정을 알아보고 일부러 같은 비행기에 탔다. 스튜어디스가 웃음으로 승객을 맞이했다.

"이거, 또 같이 타게 됐군요."

"어머, 지난달에도 갈 때 올 때 같이 탔는데, 우연이 겹치네요. 즐거운 비행이 될 거 같아요."

"잘 부탁합니다. 그럼, 나중에·········."

평소와 다름없이 행동했지만, 역도산은 소년처럼 가슴이 두근거렸다. 안고 싶은 욕망을 필사적으로 억누르고 있었다.

당시의 스튜어디스는 1개월에 90시간에서 100시간 정도 비행을 했다. 그것도 예를 들면 유럽 편을 타고 파리나 런던으로 가면 다음 편을 탈 때까지 1주일은 관광을 즐길 수 있는 느긋한 근무였다. 그녀는 19기생으로 동기는 고작 15명밖에 없었다.

다구치 게이코에 관해서는 비서 요시마치가 이미 조사를 끝냈기 때문에 역도산도 기회만을 노리고 있었다. 그녀가 사용한 물수건을 회수할 때에 그는 눈짓을 하면서 메모를 건네줬다. 그녀는 직업적인 미소 위에 장난스러운 윙크를 얹어 보냈다.

"오늘 밤 7시, 호텔로 모시러 가겠습니다. 꼭 맛있는 식사를 함께하고 싶습니다. 단, 혼자서 오십시오."

메모에 쓰인 글이 체구에 어울리지 않게 꼼꼼한 글씨여서 그녀는 놀랐다. '내 생각대로 남자답고 예의 바른 사람이구나.' 가슴이 두근거렸다. 역도산은 그때 '오늘 밤이야말로!' 하고 있었던 것이지만······.

그녀는 맛있는 음식에 약했다. 아무리 바쁠 때라도 맛있는 것을 먹자고 하면 이내 따라 나섰다. 취미가 뭐냐는 질문을 받아 "식도락입니다."라고 대답해서 상대를 놀래게 만든 적도 있었다. 그 정도로 식욕이 왕성했다.

하와이는 그야말로 꿈의 나라였다. 돈과 시간을 가지고 사랑을 속삭인다면 천국이라고 할 수 있지 않을까? 폴리네시아 특유의 달콤한 멜로디에 가슴 설레면서 파티 요리인 루아우로 식욕을 채우는 것이다. 그녀는 특히 고기를 좋아했다. 루아우란, 구덩이를 파고 빨갛게 달군 돌을 그 속에 넣은 다음 돼지를 통째로 얹고 찻잎을 덮어 만드는 요리로, 그 고기를 먹으면서 그녀는 삶의 행복을 느꼈다. 165센티 60킬로그램이라는, 당시 여자로서는 큰 체구답게 양주에도 강해서 역도산이 깜짝 놀랄 정도로 먹고 마셨다.

즐거운 식사가 끝나자 알로하 차림을 한 역도산이 화려한 무우무우*
를 입은 그녀의 허리에 손을 돌려 안은 듯한 모습으로 해변을 거닐었다.

"게이코 씨, 난 뭐든지 세계 제일을 좋아하지. 당신을 세계에서 가장
행복하게 만들어주겠소."

말이 끝나자마자 꽉 껴안고 입을 맞췄다. 뭐라 대답할 겨를도 없는 막
무가내 프러포즈였다. 역도산은 그녀를 가뿐히 들어 올리더니 그대로
조용히 하얀 모래 위에 눕혔다.

길고 긴 입맞춤이 이어졌다. 파도 소리는 달콤한 음악이었고, 달빛은
두 사람을 위한 조명이기도 했다.

"자, 지금부터 당신에게 선물을 주지. 쇼핑하러 갑시다."

"하지만 지금은 가게들이 다 닫았을 거예요. 조금 더 이대로 있고 싶
어요."

그녀는 응석을 부렸다. 하지만 그는 한시라도 빨리 가야할 곳에 가고
싶었다. 입맞춤만으로는 만족할 수 없었던 것이다. 게이코는 알코올이
기분 좋게 올랐는지, 입을 조금 벌리고 눈을 감고 있었다. 새하얀 이가
달빛 속에서 진주처럼 빛났다.

그 다음날, 보석상에 가서 금 펜던트를 골라 역도산의 일본 이름인 미
쓰히로의 M과 게이코의 K라는 머리글자를 조각해달라고 부탁하고 식
사를 하러 갔다. 돌아오는 길에 찾으러 가보니, 거기에는 RK라고 새겨
져 있었다. 하와이에서도 리키라는 이름이 유명해져서 가게 주인이 일
부러 친절하게 M을 R로 고쳐 새겼던 것이다. 그는 쓴웃음을 지으면서
돈을 지불했다. 그녀에게 그것은 최고의 보물이 되었다.

게이코는 11월 30일부로 일본항공을 퇴사, 길일인 12월 8일에 약혼선
물을 교환했다. 그와 동시에 역도산과의 동거에 들어갔다.

---

*하와이의 민속 의상.

그해 11월 30일, 아카사카 쪽의 땅을 담보로 2,000만 엔을 대출 받아 골프장 공사비에 충당했다. 내년 봄 일찌감치 골프장 회원을 모집하기로 하고, 개인 특별회원 회비는 80만 엔으로 정했다. 분양 맨션 건설도 예정대로 나아갔고, 골프장용 토지 매수도 순조로웠고, 결혼식도 다가오는 등, 그에게 있어서는 충실한 나날이었다. 촛불이 꺼지기 직전의 마지막 광채였다 해도 좋으리라.

"이봐, 게이코, 신궁력 가지고 와."

역도산은 어떤 여자라도 육체관계에 들어감과 동시에 반말로 불렀다.

"정월이 지난 후에 대길일은 1월 7일이군. 그래, 결혼 발표 기자회견은 이날로 하자. 1월 7일 오후 3시다."

"기자회견이요?"

그녀는 놀란 듯이 목소리를 높였다.

"그래, 난 세계챔피언이야. 세계 제일이란 말야. 그러니까 기자회견을 안 하면 보도관계자들이 난리를 치지. 기자회견도 결혼식도 일본에서 제일 성대하게 하겠어."

그녀로서도 스포트라이트를 받는 것이 싫지 않았다. 오히려 스타가 된 것 같아서 가슴이 두근거릴 정도로 기뻤다. 요코하마에서 여학교를 다니던 시절에 멀리서 선망의 눈길로 바라보았던 영화스타 오키 하마코를 대신하여 자신이 결혼 상대로 뽑혔다고 생각하니, 새삼스럽게 기쁨이 밀려왔다.

"미국 시합, 일본 쪽 스케줄로 봐서 결혼식은 6월이 되겠군. 음, 5일이 좋은 날이다. 좋아, 6월 5일로 하자."

역도산은 항상 신궁력에 의지했다.

"6월 5일이요? 지금부터 준비하면 시간이 맞을까……."

"맞지 않으면 맞게 만들어, 알았나?"

그야말로 막무가내였다. 그녀의 희망 따위는 들어갈 여지가 조금도 없었다. 그래도 6개월이나 남았으니 어떻게 되겠지, 하고 그녀는 생각했다.

"신혼여행은 한 달 정도로 할까? 세계 제일의 관광지를 돌아보면서."

"한 달이나요? 제가 스케줄을 세우고 싶어요."

"바보야, 내가 세운다. 넌 잠자코 따라다니면 돼."

그는 약혼자에게 절대복종을 명령했다. 자신이 생각하는 대로가 아니면 누구라도 상관하지 않고 바보 자식이 튀어나왔다. 고함을 치고 나면 비로소 산뜻한 얼굴이 되는 것이었다.

"요시마치, 미야자와, 이케야마 세 사람을 불러. 당장 오라고 전화를 걸라고."

역도산은 커다란 수조에서 헤엄치는 열대어의 무리를 바라보면서 지시했다. 그의 아이디어는 그 수조 속에서 나왔다. 1시간이든 2시간이든 간에 말없이 물고기들을 좇았다. 유심히 쳐다보는 것도 아니었다. 그저 말없이 바라볼 따름이었다. 그렇게 함으로써 그의 커다란 꿈을 키웠던 것이다.

"손님들이 오셨는데, 이쪽으로 모실까요?" 가정부가 물었다.

"그래, 이쪽으로."

세 사람이 헐레벌떡 달려왔을 때, 역도산은 골프 클럽을 붕붕 휘두르고 있었다. 기분이 좋을 때에는 문득 생각났다는 듯이 특별 제작한 클럽을 닦아서 힘껏 휘둘렀다. 천장이 높기 때문에 샹들리에만 피하면 됐다.

요시마치 비서 겸 전무, 미야자와 경리부장, 이케야마 과장은 홀에 들어오자마자, '기분이 좋으시군.' 하고 마음을 놓았다.

"응, 빨리 왔군. 자, 앉아."

드물게 칭찬까지 했다. 상자에서 시가 한 개비를 꺼내 그 끝을 충치 하나 없는 이로 물어뜯었다. 물론 그 순간에 요시마치의 금으로 된 던힐 라이터가 불을 붙였다.

"나는 세계챔피언이다. 그러니까 그에 걸맞은 기자 회견과 피로연을 해야 한다. 결혼 발표는 1월 7일 오후 3시, 결혼식은 6월 5일의 대길일,

초대 손님은 아무리 줄여도 1,500명 이하로는 안 될 거다. 그렇게 알고 준비해."

"저, 2,000명 가까이나 되니 호텔 오쿠라로 할까요?"

요시마치는 조심스럽게 말했다.

"그것을 조사하는 게 네 일이다. 얼마나 비용이 들지 견적서를 제출해. 뭐, 1억은 들겠지."

"옛! 1억이나……."

차를 가지고 온 게이코가 놀라 자기도 모르게 소리를 질렀다.

"5,000만 엔 정도로 가능할 것 같습니다만……."

미야자와가 손을 비비면서 말했다.

"그래, 바로 알아봐. 이제까지의 결혼식에 들어간 최고 비용이 얼마인지, 하객들에게 준 선물은 무엇이었는지 말이야. 그 기록을 전부 깨버린다. 웨딩 케이크는 세계에서 제일 크게 만들도록 해. 사진 촬영용으로."

"예, 연회 담당 과장과 상의해서 기획하겠습니다."

"응, 호화롭게 하면 축의금도 많아질 테니 밑질 거 없어."

"예, 축하선물로 고급승용차 한 대를 기증하겠다는 회사도 있습니다만, 흑자는 아무래도 무리입니다."

이케야마는 거침없이 말했다.

"그래? 적자는 안 돼. 손해보고 싶진 않아."

그는 자기 결혼식조차 후원을 받아 공짜로 치르려고 했다. 답례 선물도 사실은 주기 아까웠다.

"피로연은 이제 됐고……, 다음은 분양 맨션 건이다."

이케야마가 검은 가방 속에서 두터운 서류를 테이블 위에 올려놓았다. 그러자 무슨 생각이 났는지 게이코가 소리쳤다.

"와, 대단한 서류네요."

역도산이 그 소리가 끝나기도 전에 그녀를 향해 고함을 쳤다.

"야, 이 양갈보야! 언제까지 여기 있을 거야. 남자 일에 여자가 끼면 방해되니까 저쪽에 가 있어!"

그녀가 놀란 것은 당연한 일이고, 그보다도 더욱 놀란 것은 세 사람이었다. 동거를 시작한 지 얼마 안 되는 약혼자에게 '양갈보'라고 소리 지르는 사람이 세상에 또 있을까? 그렇지만 역도산은 지극히 당연하다는 얼굴로 시가 연기를 후우 하고 내뿜었다. 연기를 목까지 빨아들이는 법은 없었다. 보통 담배라고 해도 마찬가지였다. 게이코는 파랗게 질려 기분이 상했다는 듯이 나가버렸다. 그에게 있어서 여자는 항상 성욕을 처리하는 대상에 지나지 않았다. 일단 낚은 고기는 내 것이다. 먹이 따위는 주지 않아도 된다. 죽이든 살리든 내 맘이다……, 그렇게 믿고 있었다.

경리에 관해서는 이케야마의 독무대였다. 미야자와 부장도 잔소리를 할 부분이 없었다. 독설가이니만큼 자기 할 일에 대해서는 확실했다.

"분양 맨션 건물에 관해서는 걱정하실 필요가 하나도 없습니다. 공동 출자하기로 한 다이토 토지건물 측의 자금으로 순조롭게 진행 중입니다. 분양만 하면 됩니다."

이케야마의 설명이 끝나기를 기다렸다는 듯이 충신 요시마치가 입을 열었다.

"선생님, 다이토 토지건물의 가토 사장은 정말 선생님께 반했습니다. 건축 자금으로 2억 8,000만 엔을 내놓았는데, 정말 대단한 인물입니다."

"음, 그 사람은 통이 크지. 훌륭한 남자다. 이걸로 맨션은 걱정 없고, 다음은 골프장이다."

"예, 1차 모집은 특별회원 80만 엔, 일반회원은 60만 엔으로 인기 상승 중입니다."

요시마치는 무책임하게 가볍게 말했다.

"80만 엔은 쌌어. 1차는 200명에서 마감하라고 시도에게 일러. 2차엔 150만 엔으로 해야겠다."

"골프장은 리키 관광 소속이라서 경리가 어떻게 되어 있는지 저는 모릅니다. 하지만 건설 비용이 필요한데 1차 모집을 200명으로 끊으면 너무 모자랍니다. 돈을 더 모아야 한다고 생각합니다."

이케야마만이 자기 생각대로 거침없이 발언했다.

"음, 돈은 필요하지만 올려 받지 않으면 아깝단 말야."

"신청자가 많아서 200명이라는 숫자로 잘라 거절하는 것도 큰일입니다."

이케야마는 돈에 관해서는 꼼꼼했다.

"그렇게 큰 계획인데 80만 엔은 너무 쌌다고 저도 생각합니다. 2차 모집 시기를 좀 앞당기면 어떻겠습니까?"

요시마치는 항상 지당하신 말씀이라는 식으로만 말했다.

"80만에서 150만이 되면 2차 모집이 좀 어렵지 않을까요? 돈이 없으면 공사를 계속할 수가 없습니다."

이케야마는 강경했다. 80만 엔의 1차 회원의 수를 늘리자고 계속해서 주장해왔다. 하지만 그가 소속된 리키 엔터프라이즈는 프로레슬링과 리키 팔레스, 그리고 맨션 관계만 경리를 보고 있었다. 골프장과 직접 관계된 회사인 리키 관광 쪽은 모두 시도라는 사람이 맡고 있었다.

"돈은 있어. 프로레슬링도 작년까지는 약 100시합이었지만, 올해는 140시합, 내년에는 150시합을 소화할 거다. 프로레슬링 시합만으로도 문제없어. 골프장 쪽은 회원의 돈을 모으는 거니까 신중하게 처리해야 해. 골프장 공사는 가능한 한 지금 가지고 있는 자금으로 한다."

역도산으로서는 시합만 하면 돈이 굴러들어오니까 기세등등했다. 지방 흥행이라고 해도 130만에서 150만이라는 현금이 손에 들어왔다. 각종 경비를 빼도 반은 그의 호주머니에 남는다. 도쿄, 오사카, 삿포로, 후쿠오카, 나고야에서 벌이는 독립 흥행에서는 하루에 800만의 매출이 생겼다. 그것이 그의 주 수입원이었으며, 그 밖에 매주 금요일의 방송료로 100만 엔이 착실하게 들어왔다.

역도산은 스모 선수 시절의 버릇이 남아 뭐든지 공짜로 얻으려 들었다. 주는 것은 뭐든지 기꺼이 받으면서도 남에게 주는 것은 시가 한 개 비도 아까워했다. 그는 굴러들어오는 목돈으로 마구 땅을 사들이고, 그것을 담보로 돈을 빌려 사업에 투자했다. 돈은 하루도 쉬지 않고 돈을 벌어다 주었다. 재산은 눈덩이처럼 불어났다.

"좋아, 이제 올해 할 일은 끝난 것 같군. 골프장에 관해서는 리키 관광의 시도를 불러서 보고 받도록 하자. 녀석은 아무래도 마음을 놓을 수가 없어. 요시마치, 너도 주의해서 지켜봐."

"예, 그 친구 좋은 사람입니다."

"바보야, 사람이 좋은 것과 일은 별개다. 남자는 일을 잘해야 해. 오늘 회의는 이걸로 끝. 난 지금부터 가와시마 부총리를 만나러 간다. 저녁 6시에는 사무소로 돌아가겠다. 결혼 발표 기자 회견 준비, 결혼식 준비에 힘쓰도록."

그는 자기 할 말만 하고 안쪽의 서재로 저벅저벅 걸어가버렸다.

1962년 2월, 텔레비전 수신 계약자 수가 1,000만 호를 넘었고, 보급률은 48.5퍼센트라고 발표되었다. 프로레슬링까지 칼라방송이 되어 무시무시한 피투성이의 결투를 보고 놀라 심장마비로 급사하는 소동이 각지에서 일어났다. 또한 그것이 화제가 되어 프로레슬링의 시청률은 30퍼센트를 밑도는 일이 없을 정도였다.

1963년 1월 7일, 기누에는 느긋하게 목욕탕에 들어가 긴 머리를 감았다. 그녀는 클럽 리키에 출근하기 전에 반드시 목욕을 하는 습관을 가지고 있었다. 심야에 돌아와서도 반드시 나이트클럽의 더러움을 씻어냈다. 목욕은 취미의 하나로, 욕조에 푹 몸을 담그고 앉아서 이런저런 공상을 즐겼다.

"커다란 미제 엔진을 단 그 모터보트, 큰 남자들을 15명이나 태워도 끄떡없을 쾌속정, 엔진을 풀가동시키면 선체가 비스듬히 공중에 뜨고 스크루만 파도 밑에서 돌면서 바다 위를 돌진했지. 그 바닷바람을 맞으며 반짝이는 태양 아래에서 뒤로부터 내 몸에 침입한 그 흥분, 아아, 난 행복해……."

기누에에게 있어서는 문자 그대로 행복이 가득한 나날이었다.

샌드위치와 커피로 가볍게 저녁을 먹으면서 저녁 5시 텔레비전 뉴스를 보고 있던 기누에는 순간적으로 자신의 눈을 의심했다. 손가락에서 미끄러진 커피잔이 무참하게 깨져 흩어졌다.

그 브라운관에는 '역도산 결혼 발표 기자회견'이라는 글자가 하얗게 떠올라 있었던 것이다. 이어서 금빛 병풍 앞에서 검은 양복 정장에 이마에 땀을 흘리면서 앉아 있는 역도산, 베이지색 정장의 가슴을 카틀레야 꽃으로 장식한 약혼녀, 카메라맨의 플래시가 일제히 터졌다. 기누에에게 있어서 그것은 너무나 갑작스럽고 잔혹한 일이었다.

"어젯밤에도 1시에 와서 3시 반에 돌아가셨는데……."

평소와 마찬가지로 달콤한 말을 속삭이면서 알몸이 되어 연이어 두 번이나 정욕의 불길을 태웠던 것이다. 아무래도 기누에는 믿을 수가 없었다. 불쌍하게도 벌써 약혼자와 동거 중이라는 사실도 모르고 있었던 것이다. 결혼 발표 당일 새벽에 애인 집에서 섹스의 향연을 즐기는 사내가 또 있으랴……. 그러나 역도산에게 그런 상식은 통하지 않았다. 그것이 영웅의 영웅다운 점인지도 모른다. 영웅은 색을 좋아한다고 하지 않는가. 기누에와 섹스를 즐기고 있을 때, 저 호화로운 침실에는 아름다운 약혼녀가 잠들지 못하고 그가 돌아오기를 기다리고 있었던 것이다.

텔레비전에 키 큰 약혼녀의 미소가 비쳤다. 기누에는 빨려 들어갈 듯 쳐다보았다.

"약혼자 다구치 게이코 양은 링 위의 왕자인 역도산의 신부에 걸맞게 전 일본항공 국제선 스튜어디스로서, 부친은 중일전쟁에서 빛나는 훈장을 받아 히노 아시헤이의 명작 소설 '보리와 병사'의 모델이 되기도 한 용사로서 지금은 가나가와의 경찰서장이기도 합니다."

아나운서의 소개가 끝나자 중개역인 자민당 부총재가 유머를 담아 말했다.

"인연이란 이상하고도 재미있는 거라고 합니다만, 세계적으로 유명한 역도산 군의 신부로서 게이코 양은 소학교와 중학교에서 건강 우량아로 뽑혔던 여성이고, 고등학교에서는 영어 웅변대회에서 우승, 부친은 경찰서장, 어쨌거나 교육칙어*와 같은 훌륭한 여성입니다……."

기누에는 눈물조차 나오지 않았다. 어처구니가 없어서 눈물이 나오기 이전에 어이가 없었다. 하지만 인터뷰는 잔혹하게도 계속 그녀의 귀를 울렸다.

가족도 친구도 그리고 종교조차 없는 기누에는 의지할 데가 하나도 없었다. 약 반년 간의 애인 생활이 불안하기는 했지만, 그래도 지방 순회 때 말고는 오전 1시를 기다렸다. 클럽이 끝나면 손님이나 친구들의 권유를 뿌리치고 곧장 아파트로 돌아와 올지 안 올지 모르는 사랑하는 역도산이 나타나기만을 기다리던 가련한 기누에였다.

작년 12월부터 역도산은 기누에의 집에 와서도 묵고 가지는 않았다. 그녀는 저 호화로운 침실에서 약혼자가 기다리고 있는 줄은 물론 모르고 있었다. 역도산은 도쿄에 있을 때에는 정기적으로 금요일 밤에 나타났다. 반드시 두 번의 섹스를 즐기고 나서 늦어도 새벽 4시에는 돌아갔다. 그때마다 그는 말했다.

"10시에 손님이 오거든."

육체의 열기가 식으면 그녀는 혼자 잠드는 허전함을 뼈아프게 맛보아야만 했다.

'난 사장님의 애완물에 지나지 않았던 건가. 그렇게 사랑한다, 행복하게 해주겠다고 말하더니.'

기누에는 클럽에 갈 기력을 잃었다. 가스난로에 불을 켜고 역도산을 위해 놓아 둔 브랜디를 입에 댔다. 향수 같은 그 향기도 오늘밤의 그녀

---

*일본 천황의 이름으로 발표된 도덕과 교육에 대한 지침.

에게는 그저 허무했다.

생각하지 않으려고 해도 작년 6월 25일 밤의 일이 자꾸 떠올랐다. 처음 알게 된 남자의 살결은 그녀를 미치게 했다. 섹스가 그렇게 멋진 것일 줄은 생각도 못했다. 그리고 너무나 강렬한 나날이 이어졌다. 인생이란 이렇게 즐거운 것인가 하는 생각이 들 정도로…….

"미워, 죽이고 싶을 정도로 미워!"

그러나 그런 반면에 그리웠다. 가슴에 묻혀 울고 싶었다. 기누에는 좋아하지도 않는 브랜디를 단숨에 입 안에 쏟아 넣었다. 조금이라도 현실에서 도망치고 싶었다. 추억이 깃든 이불을 꺼내어 그곳에 향수를 마구 뿌리더니, 가운을 벗어던지고 그 위에 나신을 던지고서야 비로소 소리 내 울기 시작했다. 눈물이 하염없이 흘러내렸다.

얼마나 시간이 지났을까. 울다 지쳐서 깜박 잠이 들었을 때였다. 철문의 자물쇠가 찰칵 하고 열리는 소리가 번뜩 기누에를 현실로 되돌려놓았다. 인기척을 느끼고 황급히 가운을 걸쳤다. 문이 거칠게 닫히고, 그리운 사람이 발소리를 높이며 들어오더니 태연하게 그녀를 내려다보았다. 취한 모양인지, 눈이 풀려 있었다.

"뭐야, 벌써 자냐?"

"사장님, 이제 오시면 안 돼요. 제 집에……."

기누에는 자기 마음과는 반대로 소리쳤다. 하지만 역도산은 아랑곳하지 않고 성큼성큼 다가왔다.

"클럽에 전화했더니, 오늘은 쉰다고 해서 걱정이 돼 와봤다."

그 얼굴은 술 때문인지 핏기가 없었다. 기누에는 할 말을 잃었다.

"괜찮으니까 자라."

그러더니 다가온 역도산이 술의 힘을 빌었는지 힘껏 가운을 잡아당겼다. 지직 하고 소리를 내면서 찢어졌다. 역도산의 자학성이 그 소리에 자극되었다. 그의 손에 말려들면 여자는 새끼고양이나 마찬가지였다. 싫다고 외치면서도 그녀의 육체는 의지와는 달리 안기자마자 일찌감치 애절한 신음소리를 흘리기 시작했다. 사자가 사냥감을 물어뜯듯이 핥고 만지고, 가지고 노는 것이었다.

"기누에, 난 네가 좋아. 언제까지나 놓아주지 않을 테다. 사랑하고 있어, 기누에."

그는 스스로의 말에 취해 그녀의 귓가에 속삭였다. 남자의 살결을 아는 육체는 그 마술적인 손가락 끝에 의해 차츰 환희의 교성을 올렸고, 그의 틀에 박힌 대사도 띄엄띄엄 들리지 않게 되었다. 왼손은 쉬지 않고 애무를 반복하고, 오른손은 바지와 팬티를 세련되지 못하게 벗겼다.

역도산은 그녀를 안아 일으키더니 그 늠름한 남성의 심벌을 작은 입술 속으로 밀어 넣었다. 목안이 찔려 괴로운 소리를 내면서 그 아름다운 얼굴이 일그러지는 것을 내려다보며 그는 점점 흥분했다. 그래도 공격의 손길은 늦추지 않고 극에 달했고, 그 안에서 폭발했다. 그녀는 심벌을 사랑스럽다는 듯 어루만지고서 천천히 입속에서 빼내고 나서 꿀꺽 삼켰다. 미지근한 액체가 목을 지나갔다.

역도산은 상쾌한 얼굴로 큰 대자로 누우면서 소리쳤다.

"어이, 목욕이다. 준비해!"

방금 전까지 그렇게 늠름했던 남성의 심벌이 머리를 축 늘어뜨리고 있는 것을 본 기누에는 쿡 하고 웃더니, "착한 아이구나. 착하게 있어라." 하고 어루만지면서 일어났다. 그 얼굴에는 이제 웃음마저 떠올라 있었다. 온수기를 켜면서, '미워할 수 없는 사람이야. 제멋대로지만…….' 하고 생각했다. 조금 전까지 죽이고 싶을 정도로 밉다고 울부짖었던 자신이 가엽기만 했다.

좁은 목욕탕에서 작은 기누에를 인형처럼 씻어주는 즐거움, 그것은 문자 그대로 역도산 취향의 여체였다. 파마를 한 적이 없는 길고 검은 머리, 가는 몸이면서도 조각처럼 단단하게 솟아오른 유방, 진주처럼 아름다운 치아, 그는 기누에를 일으켜 세우더니 옅은 음영 속에 얼굴을 묻었다. 그것은 두 사람만의 성의 제전이었다. 남성미가 넘치는 육체와

20세의 싱싱한 여성이 뒤엉키는, 신이 준 모습이라고 할 수밖에 없었다.

그는 끝까지 가지 않고 참았다. 그것은 오랜 기간의 색도(色道) 수련에서 얻은 것이리라. 목욕탕에서 나와서 향수를 카펫 위에 뿌리고 몸을 던졌다. 전등을 핑크빛 조명으로 바꾸고 목욕타월을 두르고 다가온 기누에를 껴안았다.

폭풍이 지나고 난 뒤, 그는 허둥지둥 약혼자가 기다리는 자신의 집으로 돌아갔다. 기누에에게는 공허함만이 남았다. 지금은 그 키 큰 여자를 안고 있겠구나 하고 생각하는 것만으로도 가슴이 아팠다.

'그리워. 그의 넓은 가슴 안에 밤새도록 안기고 싶어⋯⋯.'

눈물이 또다시 하염없이 흘러나왔다.

더 오를 길이 없는 영광

1963년 1월 8일, 조간신문에 역도산의 약혼 소식이 지면을 뒤덮었다. 38세의 역도산이 17살이나 어린 21세의 미인 스튜어디스 신부를 맞는다고 해서 반쯤 시기 섞인 기사도 덧붙여졌다.

그날 아침, 역도산은 경리부장인 미야자와를 리키 아파트 8층 응접실 겸 홀로 불렀다.

"몇 번이나 지겹게 말하는 것 같지만, 모국인 한국에 국빈으로 초대받았다는 걸 기자들이 쓰면 안 돼. 어제 그렇게 야단스럽게 약혼 발표를 했는데도 스포츠 팔레스로 취재하러 오는 바보들이 있을지도 몰라. 동남아시아에 갔다고 얼버무려둬. 난 일본인이란 말야."

역도산은 신문 기사에 기분이 좋아졌다. 스포츠신문은 물론 일반신문까지 사진을 넣어 크게 다뤄주었던 것이다.

"알았어? 매일 아침 8시 반에 사무소로 국제전화를 걸 테니까, 반드시 대기하고 있도록 해. 그 전에 모든 신문을 훑어 봐. 그리고 나에 관한 기사가 있으면 보고하도록. 아침 8시 반이다. 잊지 마."

"예, 8시 반에 대기하고 있겠습니다. 하지만 국빈이고 보면 저쪽 신문에서 세계챔피언 역도산 선생님이 왔다고 대대적으로 보도할 텐데……."

"바보야, 그건 나도 알아. 문제는 나와 한국을 연관시키면 곤란하다는 거야. 인기에 지장이 있으니까 제발 주의해."

"예, 그럼 오늘 1시에 프로레슬링 담당기자들을 모아서 한국 방문 기사는 다루지 말아달라고 정식으로 협력을 부탁해두는 편이 좋지 않을까요?"

"그래, 내가 한국에 갔다는 것만으로는 기사가 안 되겠지만 국빈으로, 또 모국에 방문한 거라고 하면 얘기가 다르단 말야. 게이코에게도 동남아시아에 들렀다 오겠다는 말만 했어. 난 일본인인 거야."

"가능한 한 모든 조치를 취하겠습니다."

"바보야, 꼭 그렇게 하란 말야. 요시마치는 비서로 데리고 가니까 보스는 너야."

"예."

"만약에 이상한 일이 기사로 나오면 넌 바로 출입 금지다. 절대로 용서하지 않겠어."

"알겠습니다. 그런데 그쪽 스케줄은 어떻게 되십니까?"

"바보야, 국빈이니까 전부 그쪽에 맡기는 거야. 귀국은 아마 1주일 후가 되겠지. 가보기 전에는 몰라."

그는 가슴의 포켓에서 시가를 꺼내 날름날름 핥았다. 조금이라도 더 오래 가라고 그렇게 날름거리는 것일까? 기분이 좋을 때에는 항상 그렇게 했다.

물론 역도산으로서도 고국 한국에 개선하는 것은 기쁜 일이었다. 그것도 박정희 대통령의 손님이다. 그러나 부모 형제를 만날 수는 없었다. 슬프게도 가족들은 북한 쪽 사람이 되어 있었던 것이다. 벌써 20년 가까이 만나지 못했다. 고향에 돌아가고 싶었다. 하지만 아버지도 어머니도 이미 이 세상 사람이 아니었다.

"사장님, 맛있는 조선 요리와 아름다운 기생을 충분히 맛보고 오십시오."

"뭐야! 바보 녀석, 난 국빈이야. 딱딱한 공식 초대란 말이다."

시가 연기를 훅 하고 천장으로 뿜었다. 연기는 입에만 머금었다가 푸 하고 내뿜었다. 마치 소년이 장난치는 꼴과도 같았다. 그래도 스스로는 세계 제일의 영웅으로서 멋있게 피우고 있다고 생각했다.

"사장님, 시간이 됐습니다."

미야자와 부장은 호화로운 금색 탁상시계를 보면서 일어섰다.

"좋았어, 갔다 오지."

역도산은 은색 가방을 소중히 들고서 천천히 현관을 걸어갔다.

"사장님 나가십니다!"

부장은 안쪽을 향해 소리쳤다.

"야, 구두."

그는 오른발로 재촉했다. 부장은 마치 납죽 엎드리는 듯한 꼴로 악어 가죽 구두를 꺼내 역도산의 발에 신겼다. 나란히 선 약혼녀 게이코와 세 명의 가정부가 "다녀오십시오." 하고 입을 모아 인사했다.

엘리베이터를 타고 1층으로 내려가자 롤스로이스가 엔진 소리도 없이 다가왔다. 90도 각도로 굽혀 인사하는 운전수의 경례를 받고 호화로운 차 안에 유유히 앉았다. 미야자와 부장이 황급히 조수석에 타려고 했다.

"넌 이 차에 탈 자격이 없어. 사무소로 돌아가 일이나 해."

미야자와 부장의 90도 인사를 받으면서 특별 주문 롤스로이스가 천천히 언덕을 내려갔다.

다음날 아침 8시에 출근한 미야자와 부장은 하나하나 꼼꼼하게 신문을 보았다. 어느 신문도 역도산에 관해서는 한 줄의 기사도 나와 있지 않았다.

'모국의 영웅을 맞아 김포공항에는 많은 기자단과 환영진이 나와 있었을 텐데…….' 하고 생각하면서 마지막으로 도쿄주니치신문을 펼쳤을 때, "앗!" 하고 숨을 삼켰다. 다른 신문사들이 '서울발' 외신을 싣지 않은 데 반해 그곳에는 역도산이 고향에 금의환향했다고 사진 없이 작은 활자가 늘어서 있는 것이었다.

"큰일이다!" 신문을 든 미야자와 부장의 손이 달달 떨렸다. 쇠몽둥이에 머리를 얻어맞은 것 같은 충격이었다.

"안녕하세요."

경리부의 이케야마가 느긋한 목소리로 들어왔다.

"왜 그래요?"

부장은 신문을 든 채 책상 주변을 서성이고 있었다.

"큰일 났어, 어떻게 하지?"

"안색이 나쁘네요. 왜 그래요?"

"이거, 이걸 보라고."

떨리는 손으로 신문을 내밀었다.

"났단 말야, 여기…… . 고향으로 금의환향이라고."

"오호, 났군요."

당연하다는 얼굴로 이케야마가 대답했다.

"역도산, 돌연 한국에!"

20년 만의 모국 – 링 위의 왕자도 감개무량(서울 8일발 AP=특약).

프로레슬러 역도산은 8일, 박일경 문교부 장관의 초청으로 한국을 방문했다. 약 1주일 체재할 예정. 이날 김포공항에는 한국체육협회, 레슬링 관계자 약 60명이 환영하러 나왔다. 한국 소녀들의 많은 꽃다발로 환영받은 역도산은 기자 회견에서 "20년 만에 모국을 방문하니 감개무량합니다. 오랫동안 일본어만 써와서 한국어는 서툽니다."라고 했지만 인터뷰 후에 "감사합니다(한국어)."를 덧붙였다. 이번 역도산의 방문에 시합 스케줄은 없으나, 4월쯤에 한국 각지에서 시합을 벌인다고 한다. 역도산은 한국 체류 중 한국정부의 고위관리와 만나고, 판문점 및 서울에 건설 중인 체육관을 견학할 예정이다…….

"다른 데는 이 외신을 쓰지 않았는데……."

미야자와 부장은 힘없이 말했다.

"아무리 하네다에서는 감춰봤자 저쪽에서는 정부의 손님이에요. 어쨌거나 인터내셔널 챔피언, 아시아 태그 챔피언, WWA 세계 헤비급 챔피언, 혼자 세 개의 세계 왕좌를 획득한 링의 왕자죠. 일본으로 넘어 온 지 23년이라고 해도 이런 거인은 세계 어느 나라에도 없을 거란 말입니다."

"그래도 역도산은 일본에서 이름을 날린 '일본의 영웅'이야."

"그건 그렇고, 이 신문이 문제네요."

"지방지니까 어쩔 수 없어. 나고야로 전화를 해서 체육부장에게 얘기를 해둬야겠어."

"그래야죠. 근데 주니치스포츠는 당분간 출입 금지시키도록 하죠."

서울에서 건 전화가 정각 8시 반에 울렸다. 미야자와 부장은 당연히 역도산에게 각 신문사들이 외신을 채택하지 않았다고 보고했다.

이 도쿄주니치신문의 서울 기사는 초판에서 프로레슬링 담당자 눈에 띄어 곧바로 기사를 바꿨기 때문에 크게 주목을 끄는 일은 없었다. 영웅 역도산이 조선인이라는 말을 하는 것은 완벽한 금기사항으로 정착되어 있었다. 그런데 지방신문 사회부에서 그 말이 흘러나왔던 것이다. 그리고 1주일 후, 귀국한 역도산은 공항에서 곧바로 리키 스포츠 팰레스로 가서 그곳에서 벌어지는 국제프로레슬링 신춘 시리즈에 참가해야 하는 바쁜 스케줄을 소화해야 했다.

"사장님, 잘 다녀오셨습니까. 오자마자 죄송합니다만, 오노약품 광고 말씀인데요……."

가사야마 대령은 군대식으로 차렷 경례를 한 다음 기분이 좋은 역도산 사장에게 용건을 꺼내기 시작했다.

"잘돼가나?"

"예, 완성되었습니다. '리키(力), 리키, 리키, 리키 호르몬', 어떻습까? 리듬이 좋지 않습니까?"

"그렇군, 말하기도 쉽고 외우기도 쉽군. 재미있어, 그걸로 해."

역도산은 '리키, 리키, 리키, 리키 호르몬' 하고 중얼거렸다.

"좋아, 이걸로 1년에 2,000만 엔이라, 나쁘지 않군." 하며 싱긋 웃었다.

"괜찮으시면 바로 계약하고 CF 촬영에 들어가겠습니다."

"돈은 계약 시에 받나?"

"예, 그렇습니다."

"그래, 가능한 한 빨리 계약해. 촬영 날짜도 정하고."

역도산은 아직 한국에서 받은 국빈 대우의 감격이 식지 않았는지 기분 좋은 얼굴이다.

"그런데 오하시 쪽 땅 말인데, 그 땅이 아무래도 탐나. 시도는 이렇다 할 진척이 없으니까 자네가 한번 나서 줘."

"사장님, 정말 그 땅이 탐나십니까?"

"응, 꼭 갖고 싶다. 넓이도 내가 생각하는 것에 딱 맞아. 어떻게 해봐."

그는 연필을 잡더니 지도를 그리기 시작했다.

"이쪽에 인터체인지가 생겨. 세타가야에서 오든 신주쿠나 고탄다에서 오든 간에 반드시 눈에 들어오는 입지조건이지. 건물은 긴자에 있는 산아이 빌딩처럼 원통형으로 하자. 제일 위에는 미쓰비시 광고탑, 아래엔 자동차 주차장, 나머지는 아무거라도 좋아. 1,000평이 넘으니까 상당히 높은 건물을 세울 수 있겠지? 사방팔방에서 보이는 곳이니까 꼭 손에 넣고 싶다."

"그런데 돈은 있으십니까?"

"응, 있어."

"사장님, 그 땅은 싸게 치더라도 1억 7,000만 엔은 합니다. 계약금도 3분의 1정도가 되지 않으면 살 수 없습니다. 그 자리에 있는 공장은 아직 가동 중입니다."

"1억 7,000만 엔? 으음, 그럼 골프장 돈을 돌리자. 모자라면 은행보증 어음을 끊어주면 어떻겠어."

"은행보증 어음이라니, 말도 안 됩니다. 은행이 보증을 설 정도라면 차라리 돈을 빌려줄 겁니다."

"음, 그런가?"

역도산이 생각에 잠겼다.

"미쓰비시의 세키 회장님께 부탁해 연대보증으로 어음을 끊지 않고서는 돈이 나오지 않을 것 같습니다."

전직 경리병과 대령은 돈에 관해서는 좀 깐깐했다.

"좋아, 그렇게 하지. 자네는 그 땅에 관여하고 있는 부동산업자를 알고 있지? 바로 교섭에 들어가."

"그럼 그 다이요부동산과 교섭해보겠습니다."

"그래, 미쓰비시에는 내가 가지. 아무래도 탐이 나니까 잘 얘기해봐."

역도산은 일어서자마자 "요시마치, 요시마치!" 하고 소리치며 부랴부랴 나갔다. 생각이 나면 바로 실행에 옮겨야 하는 성격이어서 항상 정력적으로 움직였다. 마음속으로는 항상 다음 사업에 대한 절차를 궁리하고 있었다. 프로레슬링 관계자들로서는 도저히 상상도 할 수 없을 정도의 큰 뜻과 장대하기 그지없는 계획을 가지고 있었다. 그런 높은 이상에 걸맞은 실행력도 있었다.

동양의 영웅 역도산에게는 불가능한 것이 없었다. 왜냐하면 그가 오늘까지 이룬 일들은 모두 세상 사람들의 상식 밖의 일로서, 불가능을 가능하게 만든 일들뿐이라고 해도 좋을 정도이기 때문이다.

다이요부동산과의 교섭은 가사야마 대령의 힘에 의해 착착 진행되었다. 계약은 2월 15일 미쓰비시전기 본사에서 하기로 되었다. 미쓰비시 측에서는 세키 회장 이하 세 명, 다이요부동산은 네 명, 그리고 역도산, 미야자와, 전무라고 점잖을 떠는 요시마치 등이 자리했다. 모든 일을 한 가사야마는 말석에 잠자코 앉아 있었다.

역도산으로서는 세키 회장의 연대 보증으로 어음을 써주는 것이기 때문에 큰 배에 탄 기분으로 시가 연기를 유유히 내뿜었다. 매매계약금으로서 6,000만 엔은 6월 5일, 잔금 2,500만 엔은 12월 25일에 지불하기로 명기했다.

가사야마는 1억 7,000만 엔 정도의 값을 예상했지만, 교섭 결과 그 반값인 8,500만 엔으로 낙찰받은 것이다. 부동산 매매에서는 반드시 수수료를 떼게 된다. 역도산도 그런 것을 모를 리 없을 텐데, 그 일에 관해서는 한마디도 하지 않았다. 다이요부동산 임원들은 영웅 역도산 앞이고 보니 말을 꺼내지도 못하고 안절부절못하는 표정을 보일 따름이었다. 말석에서 한마디도 발언하지 않았던 가사야마가 끝내 더 보고 있을 수가 없어서 "사장님, 잠깐만……." 하고 옆방으로 불러냈다.

"사장님, 천하의 역도산이 땅을 사면서 수수료를 한 푼도 내지 않았다고 하면 업계의 웃음거리가 됩니다. 가사야마까지 옆에 두고 어떻게 그럴 수가 있을까 하고 생각할 겁니다. 네 명이나 와 있으니까 1인당 100만, 합계 400만 엔을 내주십시오. 웃음거리가 되지 않기 위해서라도요."

"안 주면 안 되나?"

"당연히 안 됩니다."

역도산은 마지못해 400만 엔짜리 수표를 써줬다. 가사야마는 겨우 안심한 얼굴로 담배에 불을 붙였다. 역도산으로서는 400만이라는 거금을 내버리는 것 같았던 것이다. 예상외로 싼 8,500만 엔에 땅을 손에 넣고서도 수수료 400만 엔을 내기는 싫었다.

역도산은 이로써 아홉 곳에 땅을 가지게 되었다. 시부야의 리키 팔레스, 사가미 호반의 골프장, 리키 아파트, 클럽 리키, 아부라쓰보, 하코네의 별장, 합숙소, 리키 맨션, 거기에 오하시의 땅이 더해졌다. 그 자산은 10억이나 15억으로 평가되었다.

오하시의 토지 계약을 기뻐한 것은 잠깐이었다. 왜냐하면 그로부터 5

일 후인 1963년 2월 20일 리키 복싱체육관의 관장인 이주인 히로시가 자기 아파트에서 할복자살을 했기 때문이다. 가문에서 내려오던 명검으로 배를 십자모양으로 가르고 나서 왼쪽 목을 베어 죽었다. 그는 메이지 대학 시절에 럭비로 이름을 날리고 마이니치신문의 운동부 기자로서, 스모를 비롯해 럭비, 프로레슬링에 폭넓은 필력을 떨치고 있었다. 역도산이 복싱 중량급 선수를 키우고 싶다는 계획으로 스포츠 팔레스에 체육관을 창립했을 때, 일본복싱협회는 그것을 인정하지 않았다. 그러자 역도산은 55세 정년퇴임을 1년 남긴 이주인 히로시를 억지로 끌어들여 관장에 앉혔다. 그렇게 역도산이 자신의 꿈이었던 권투계에 뛰어든 것이 1951년 12월이었다.

이주인의 몸은 어차피 흉부질환과 당뇨병이 겹치고, 게다가 신장까지 나빠 회복 가능성이 없었다고 한다. 그런 그가 마지막으로 역도산에게 죽음으로 항의한 셈이었다. 복싱 체육관 운영에 대한 약속이 전혀 지켜지지 않았던 것이다. 그는 죽기 한 달 전에 카메라맨인 아카미 로쿠로타에게 약 4시간 동안 옛날이야기에서부터 복싱 체육관 일까지 여러 불만을 터뜨리기도 했다.

그는 부인과 두 아들에게 각각 유서를 썼다. 마지막으로 역도산에게 두루마리와 붓으로 글을 남겼는데, 할복 때의 피로 붉게 물들어 있었다.

장례식이 치러질 때였다. 역도산은 제단 앞에서 누구에게라고 할 것 없이 말했다.

"죽으면 끝이다. 바보 같은 짓을 했어."

역도산으로서는 일본의 사무라이라는 것을 이해할 수 없었던 것이 아닐까 하고 생각한 로쿠로타는 영정을 바라보고 있는 곁으로 다가가 말했다.

"선생님은 할복하실 수 있겠습니까?"

역도산은 좍 하고 째려보더니 무거운 목소리로 말했다.

"아니, 못 해. 나라면 이렇게 하겠지."

머리에 권총을 대는 시늉해 보였다.

"몸을 밑천으로 살아온 사내가 몸이 쓸모없어지자 죽음을 선택한다는 건 이해할 수 없는 일도 아니지만, 죽어버리면 끝이지. 바보 같은 짓이야."

중얼거리듯이 말하고 제단의 영정을 물끄러미 바라보고 있었다. 그때 역도산의 가슴속에 오가던 것은 무엇이었을까?

역도산 앞으로 남겨진 유언에는 검은 묵 자국이 선명했다.

"리키 체육관도 이제 겨우 궤도에 올랐으니, 나머지는 챔피언이 태어나길 바랄 뿐입니다. 역도산 씨의 결혼식이 잘 치러지기를."

그렇게 끝나 있었다.

다가오는 검은 그림자

6월 5일에 결혼식을 올리겠다고 만천하에 알려 놓고서도 역도산은 그에 앞선 5월 22일에 미나토 구청에 혼인신고를 냈다. 그를 아는 모든 사람들이 놀랐다. 아무리 동거를 하고 있다 하더라도 결혼 전이었다. 교토에 사는 첫 부인의 경우, 아이를 셋이나 낳아도 끝내 혼인신고를 올리지 않았다. 두 번째 부인 아야는 3년 만에야 호적에 올라갔던 것이다.

아야와 정식으로 이혼한 이후, 역도산은 애인이라는 형식으로 몇 명의 여자와 교제했다. 그가 외국으로 나갈 때마다 세 명의 주요 애인이 하네다 공항에 나타나 저마다 자기가 진짜 아내인 양 행세하는 걸 보는 것이 관계자들의 재미였다. 그래도 기누에만은 한 번도 사람들 눈에 띌 만한 장소에는 모습을 보인 적이 없었다. 그야말로 역도산은 천하의 영웅으로서 색을 좋아했다.

사원들은 결혼피로연 준비로 연일 분주했다. 정계와 재계 이외에도 연예인, 흥행사, 야쿠자 관계자도 있어서 작은 실수도 용납되지 않았다. 언론관계자는 한 회사 당 기자 한 명과 카메라맨 한 명이라는 제한까지 두었다. 그렇게 넓은 호텔 오쿠라의 주차장이었지만 그곳만으로는 차를 다 세울 수 없을 것이라는 걱정까지 있을 정도였다. 그 결혼피로연의 스탠딩 파티는 그 이전에도 없었고 그 이후에도 없을 대단한 것이 되리라는 소문이 나서 역도산 또한 그날을 고대했다. 그는 '난 끝내 일본을 정복했다.' 라는 우월감에 취해 있었다.

대길일인 6월 5일, 경리부의 나쓰코는 아침 8시에 리키 스포츠 팔레스 안에 있는 일본프로레슬링흥업 주식회사에 출근했다. 그것은 오하시의 토지 대금 6,000만 엔을 은행에 송금하기 위해서였다. 역도산은 계약이나 지불에까지 신궁력에 의지하여 반드시 대길일을 골랐다.

"그래도 그렇지, 결혼식으로 바쁜 오늘 꼭 송금해야 하나……."

나쓰코는 불만이었다. 그래도 꼼꼼한 그녀는 은행 업무를 마치고 돌아와 남은 일을 정리하고 난 다음에 예복으로 갈아입고 호텔 오쿠라로 차를 달렸다.

그곳은 결혼피로연장이라기보다 화려한 쇼를 여는 곳 같았다. 접수대부터 꽃이 늘어서서 그야말로 꽃길을 이루었다. 양쪽에 늘어선 화분들은 다투어 꽃을 피우고 있었고, 고급 승용차를 축하선물로 내놓은 회사가 있는가 하면 광고용으로 나온 컬러텔레비전까지 장식되어 있었다. 특히 하객들을 놀래게 만든 것은 대연회장 중앙을 장식하고 있는 웨딩케이크의 크기였다. 높은 천장에 닿지 않을까 싶을 정도로 크고 호화로웠는데, 그것도 장식품으로 만든 가짜가 아니라 전부 진짜라는 것이었다.

결혼식과 피로연은 프로레슬링 시합을 촬영하는 이세 프로덕션 사람들이 동시 녹음 35밀리 컬러필름으로 찍었다. 6시부터 8시까지 열린 파티에서 두 대의 카메라가 참석자를 따라다니면서 필름을 아끼지 않고 찍었다. 촬영이 끝난 필름은 번호를 매겨 대형 금속 트렁크에 담겨졌다. 카메라맨, 조명, 녹음, 거기에 연출자까지 이세 프로덕션의 사장 이하 10명 가까운 스텝들이 내빈들 사이를 누비며 땀을 흘렸다.

파티는 8시에 끝나고, 그 이후에는 레슬러와 사원들을 비롯한 관계자 수십 명이 남아 서로 "수고하셨습니다." 하고 축배를 들었다. 누구나 무사히 끝났다는 안도의 기색을 보이고 있었다.

아카미 로쿠로타는 이번에 기획선전부의 촉탁을 받아 그때까지도 기념사진을 찍고 있었다.

"로쿠 씨! 적당히 하고 한 잔 해요."

나쓰코가 보다 못해 말을 걸었다.

"그런데 말이야, 계속해서 사람들이 기념촬영을 해달라고 하니까……."

"카메라를 가지고 있으니까 그렇죠. 그렇게 넉 대나 목에 걸고 쏘다니지 말란 말예요. 그러다가는 아무것도 못 먹을 걸요."

"그것도 그렇군, 안 그래도 배가 고파."

하지만 공짜로 역도산과 기념사진을 찍으려는 사람들은 로쿠를 좀처럼 놔주지 않았다. 그는 같은 위치에서 두 대의 카메라에 광각과 표준 렌즈를 달고 각각 두 번씩 셔터를 눌렀다. 물론 공짜니까 흑백이었고, 넉 장 중에서 표정이 제일 잘 나온 것을 골라서 인화해줄 예정이었다.

신부 친구들인 미인 스튜어디스에게 둘러싸인 역도산은 기분이 썩 좋아 보였다. 로쿠로타가 다가가, "사장님, 마지막으로 한 장!" 하고 카메라를 맞추면서 가볍게 말을 건넸을 때였다.

"이 바보야! 나에게 마지막이란 없어. 경사스러운 날에 이상한 말 하지 마, 임마!"

"죄송합니다."

로쿠로타는 셔터도 누르지 못하고 허둥지둥 역도산 앞에서 도망쳐버렸다.

"로쿠, 잠깐만……."

술이 센 이케야마가 로쿠로타의 팔을 잡아당기듯이 해 금 병풍 뒤로 끌고 갔다.

"큰일 났어, 촬영을 마친 필름 2만 피트가 트렁크째 없어졌어. 이세 프로덕션 사람들이 새파랗게 질려 찾고 있는데, 어떻게 가지고 나갔는지 본 사람도 없단 말야. 야단났어."

"아니, 그렇게 그 큰 트렁크를……."

"정말 이상해. 입구는 우리가 잘 지키고 있었고, 촬영이 완료된 게 8시 10분, 스텝이 기재를 한데 모은 것이 8시 20분, 그러는 사이에 두 대의 카메라에서 마지막 필름을 빼서 트렁크에 넣고 나서 열쇠로 잠갔단 말야. 그리고 그게 없어진 것을 안 게 바로 8시 30분, 아무리 찾아봐도 그 큰 트렁크가 온데간데없어."

"그 외에 없어진 건?"

"촬영된 필름뿐이야. 돈이 목적이라면 카메라를 들고 갔을 텐데……. 난처해졌어."

"정말 큰일인데. 사장님이 아시면 엄청난 일이 벌어질걸. 난 줄행랑이야. 술 마실 때가 아니라고."

로쿠로타는 자랑거리인 가죽 카메라 가방에 카메라를 담고 어깨에 멨다.

"로쿠, 아직 아무것도 안 먹었잖아, 한 잔 해."

"군자는 위험을 가까이 하지 않는 법. 이케, 난 꽃이나 얻어가지고 가겠어."

"꽃이라면 화분이든 뭐든 맘대로 가져가도 좋은데, 조금만 더 놀다가. 이세 프로덕션 사람들은 아무것도 안 먹고 그냥 왕초 앞에서 사라져버렸어. 이렇게 찾았는데도 없다면 역시 계획적인 일일 거야. 하지만 뭐하러 촬영이 끝난 필름 2만 피트를 훔쳐 갔을까? 그렇게 큰 트렁크니까 누군가가 분명 봤을 덴데, 이상하단 말야."

"신혼여행에서 돌아오면 성대하게 시사회를 열자고 할 텐데, 그때 어떻게 할 건데?"

"없어졌습니다, 하고 누가 말하느냐가 문제지. 트렁크는 잠겨 있기 때문에 함부로 필름을 꺼낼 수도 없어. 결혼식피로연인데, 불길한 일이야."

"그냥 넘어가지는 않을걸. 도망가고 싶은데 배가 너무 고프다. 좀 더 일찍 먹어둘걸."

　로쿠로타는 맛난 음식들을 앞에 두고 먹어 보지고 못하고 도망가는 게 너무 아까웠다. 하지만 사건이 드러나면 자기도 당할 것이 뻔했다. 이케야마 과장이 잡는 것도 뿌리치고 로쿠로타는 커다란 꽃다발 두 개와 큰 꽃이 피어 있는 화분 두 개를 얻어가지고 연회장에서 도망쳐 나왔다.

　이 필름 도난 사건을 그날 알고 있었던 사람은 몇 안 되었다. 이세 프로덕션 사람들이 재빨리 사라져버렸기 때문이다. 결국 이 사건은 어둠에서 어둠으로 묻혀 사원들은 누구 한 사람 화제에 올리지 않았다.

　역도산의 결혼피로연이 화려하게 진행되고 있을 무렵, 기누에는 목욕탕에서 목까지 담그고 생각에 잠겨 있었다. 긴 머리칼이 뜨거운 물속에서 부드럽게 헤엄치고 있었다. 그녀의 머리카락은 늘어뜨리면 히프까지 내려올 정도여서 머리 감는 것도 하나의 일이었다. 파마도 하지 않은 아름다운 검은 머리를 보고 호스티스 동료들은 "가발 만들게 좀 잘라줘." 하고 농담인지 진담인지 모를 칭찬을 했다.

　물속에서 부드럽게 헤엄치고 있는 검은 머리를 힘없이 바라보다가 '확 잘라버릴까…….' 하고 기누에는 생각했다. 의논할 사람도 없어서 취미인 인형 만들기를 하면서 혼자 우는 요즘이었다. 가슴이 메고 눈물이 하염없이 흘렀다. 애당초 난 천하의 역도산의 본처가 될 자격이 없었던 거야, 하고 생각해봐도 포기할 수가 없었다. 눈물의 얼굴을 타월에 대고 다시 울었다.

　기누에의 육체는 약 11개월간의 성생활로 여자다운 아름다움에 차 있었다. 스스로도 몸 전체가 둥그스름해졌다는 사실을 느끼고 있었다. 역도산은 도쿄에 있을 때에도 1주일에 한 번밖에 나타나지 않았다. 지방 순회 시합이 시작되면 한 달 가까이 나타나지 않을 때도 있어서, 혼자 잠드는 쓸쓸함이 사무치는 요즈음이었다.

　아름답게 솟아오른 유방을 안으면서, 다른 사람에게는 터놓고 얘기할 수 없는 속사정 때문에 가슴속으로 눈물을 흘렸다. 머리를 감으면 기분 전환이 될까 해서 목욕탕에 들어간 것인데, 한 시간 가까이나 들어가 있다 보니 몸 움직이기도 힘들었다. 전신이 나른해져 이대로 잠들어 죽고 싶었다.

욕실문을 열고 나왔을 때였다. 밥이 다 되어 전기밥솥에서 올라오는 냄새에 가슴이 울렁거려서 그만 참지 못하고 손바닥에 우엑 하고 토했다.

"아아, 힘들어."

눈물을 흘리면서 또 토했다. 샤워기를 틀어서 더러워진 손을 씻었다. 거울속의 자신을 봤을 때, 자신도 모르게 소리를 질렀다.

"아, 아기……, 입덧일지도 몰라."

부풀어 오른 유방의 끝이 역시 검은 빛을 띠고 있었다. 그가 "모양이 좋아. 아름다운 유방이다." 하고 빨던 그 유방이 아름다운 색깔을 잃고 있었다. 그녀는 매달 생리가 일정치 않아서 조금 늦더라도 별로 신경을 쓰지 않았던 것이다.

인생이란 얼마나 얄궂은 것인가. 사랑하는 사람의 결혼식 날에 자기 몸의 이상을 느끼다니……. 그녀는 소리를 높여 또 울었다.

울다 지쳤을 때, '외톨이인 나한테 내 편이 생긴 거야.' 하고 문득 떠올랐다. 무슨 일이 있어도 아기를 낳고 싶다. 기누에는 아직 튀어나오지도 않은, 아름다운 곡선을 그리고 있는 배를 부드럽게 만지면서 눈물을 흘렸다. 그리고 여자이 작은 행복을 느꼈다.

그 다음날, 기누에가 출근 전 화장을 하고 있던 오후 6시였다. 갑자기 문 열쇠 소리가 나더니 발소리가 방으로 들어왔다. 그녀는 경계하면서 일어섰다. 그곳에는 핼쑥한 역도산이 서 있었다. 술을 마시고 온 것이리라. 술 냄새가 났다. 그녀는 두근두근 하면서 그냥 서 있기만 했다.

"뭐야, 그런 얼굴로……."

"예?"

"놀랄 거 없잖아. 난 널 좋아해. 좋아하니까 이렇게 온 거야."

"그래도 오늘 오시다니, 신부에게 미안하잖아요. 신혼여행준비도 해야 할 텐데……."

"상관없어. 난 네가 좋아. 난 세계챔피언이다. 난 내 맘대로 살 거야. 돈도 있고 명예도 있다. 그리고 네가 있지. 하지만 내 꿈은 더욱더 크다. 난 일본 제일이란 말야."

역도산은 스스로의 말에 취해 있었다. 불가능이란 없다고 자기 자신에게 말하고 있었다. 그녀는 울상이 된 얼굴을 그의 가슴에 묻었다. 그가 부드럽게 안아주면서 '귀여운 여자야.' 하고 생각했다. 기누에는 흐느끼면서 또 울었다.

"울지마, 난 질질 짜는 년이 제일 싫어."

"미안해요. 하지만 저, 기쁜걸요."

역도산은 오른손으로 긴 머리의 감촉을 즐기면서 왼손은 그녀의 아름다운 육체를 탐색하고 있었다.

'결혼했지만 이 여자와는 헤어질 수 없어. 누구에게도 주지 않겠다.' 하고 생각했다. 그럴 정도로 기누에의 육체는 멋졌던 것이다. 수백 명에 달하는 여자를 거친 그도 처음 알게 된 여자의 신비였다. 눈으로 입술로 코로 손끝으로 여자를 느끼고, 그리고 마지막으로 육체의 문에 전신전념을 쏟아 부었다. 그간에 겪은 여체 중에서 이토록 멋진 명기의 소유자를 만난 적이 없었다.

"선생님, 이불 펼까요?"

그녀가 콧소리로 말했다. 어느 사이엔가 애정을 담아 사장님에서 선생님이라고 부르게 되어 있었다.

"됐어. 너만 있으면……."

남자란 정말로 자기 멋대로다. 영웅 역도산의 경우, 10명이든 20명이든 동시에 여자를 사랑했다. 그것은 사랑이라고 말할 수 없는 것인지도 모른다. 그에게 어차피 여자란 성욕의 대상에 지나지 않았지만, 그래도 품고 있는 동안에는 진지하게 사랑했다.

입맞춤이 끝났을 때, 기누에는 응석을 부리면서 말했다.

"기모노 더러워져요, 선생님……."

"더러워져도 돼. 새 걸 사줄게."

냉담할 때에는 사준다는 말을 하는 법이 없었다. 흥분이 고조되면 사준다, 사랑한다, 그리고 죽느니 사느니 하고 떠들었다. 그렇게 말하면서 스스로도 그 말에 취했다.

"선생님, 벗겨주세요."

"응, 그래."

띠가 스윽 하고 소리 냈다. 그 소리를 들으면 격정이 끓어올랐다. 기누에는 태어난 그대로의 아름다운 모습으로 카펫 위에 눕혀졌다. 그 아름다움을 확인하고, 맡고, 만지고, 그리고 빠는 것이었다.

천진난만한 성은 아름답다. 섹스 평론가는 이를 성의 예술이라고 한다. 분명, 아름다운 육체를 가진 여성과 갈고 닦은 남성미의 뒤엉킴처럼 아름다운 것이 없으리라.

"기누에, 널 좋아한다. 영원히 헤어지지 않겠어. 사랑해. 아아, 기누에. 너의 ○○는 멋져."

헐떡거리면서 그는 소리쳤다. 그녀도 그에 맞추듯이 신음소리와 함께 대답했다.

"아아, 아……. 선생님, 사랑해요. 사랑해요. 선생님, 언제까지나……."

두 육체가 뒹굴고, 격렬한 움직임이 문득 아름다운 노래와 함께 승화했다. 그리고 포옹 속에 극락의 고요함이 두 사람을 감쌌다. 그는 기누에를 위에 올려놓은 채 부드럽게 애무하고 있었다. 그녀는 성의 기쁨에 잠긴 채 그 넓은 가슴에 얼굴을 묻었다. 그저 행복할 따름이었다. 기뻤다. 그는 조용히 아름다운 육체를 내려놓고 입을 맞추며 아랫부분으로 옮겨갔다. 그것이 남자가 여자에게 해야 할 봉사라고 믿고 있었다.

그는 부드러운 초원에서 사랑의 샘으로 옮겨 입술을 대고 빨아들이면서 또다시 격정의 파도에 휩쓸렸다.

그로부터 얼마나 시간이 지났을까? 그녀는 지워질 듯한 목소리로 말했다.

"저, 생긴 것 같아요."

"뭐?"

"있잖아요, 아기……."

"뭐야!"

역도산은 기누에를 밀어내고는 몸을 일으켰다.

"정말이냐, 그게?"

그는 책상다리를 하고 노려보았다. 그녀도 당황하며 일어나서 발가벗은 채로 앉았다. 그 유두가 조금 검어진 것처럼 보였다.

"아직 의사에게 가보지는 않았지만, 아무래도 그런 것 같아요."

"그건 안 돼! 아이는 안 돼."

"안 된다니요?"

"안 돼. 바로 지워. 의사한테 가, 낳으면 안 돼."

역도산의 얼굴은 일그러지고 목소리도 거칠었다. 그 목소리에 이미 몇 명이나 되는 여자들이 사랑의 결정체를 어둠에 묻어버렸던 것이다. 지금까지 스스로 지운 것은 영화 스타 오키 하마코뿐이었다. 그녀는 영화 스타 넘버원의 지위를 확보하기 위해서 두 번이나 자발적으로 낙태하고서도 운 좋게 외국 영화감독과 결혼하여 일본을 떠났다. 하지만 나머지 여자들은 아이가 태어나면 혹시 자신이 정식 아내가 되지 않을까 하는 애절한 꿈을 빼앗기고서 낙태를 했던 것이다.

기누에는 울면서 소리쳤다.

"부탁이에요. 선생님, 낳게 해주세요……."

"바보야, 안 돼, 안 돼! 난 아이가 정말 싫다. 아이는 필요 없어. 너만 있으면 돼."

"선생님 부탁이에요. 기누에의 하나뿐인 행복을 빼앗지 마세요. 제발, 선생님……."

그녀는 무릎을 꿇고 머리를 조아리며 애원했다.

"지워! 명령이다. 아니면 두 번 다시 오지 않겠어."

"아무리 그래도 선생님의 아이를 낳고 싶어요. 제가 키울게요……."

역도산은 붉으락푸르락 화를 냈다.

"바보야, 네 맘대로 하라고 허락할 순 없어."

그는 지금까지 때려서라도 작은 생명을 지우게 만들었다. 아무리 말해도 싫다는 여자에게는 그렇다면 헤어지겠다고 선고했고, 여자는 사랑을 이어가고 싶은 일념에 결국 그 사랑의 결정을 지웠다.

"기누에는 선생님께 버림받아도 좋아요. 아기가 정말 갖고 싶어요. 부탁이에요, 아기만은 허락해주세요……."

역도산이 말없이 일어섰다. 옷을 입기 시작하더니 알몸으로 울고 있는 기누에를 차갑게 내려다보면서 말했다.

"나중에 요시마치를 보내겠다."

샤워도 하지 않고 거칠게 문을 닫더니 구두소리가 계단을 내려갔다. "또 오지."라고도, "안녕."이라고도 하지 않고 역도산은 사라졌다. 그리고 두 번 다시 나타나지 않았다.

역도산의 체취만 남은 방에서 기누에는 눈물을 뚝뚝 흘리고 어깨를 들썩이며 소리 죽여 울었다.

"낳고 싶어, 무슨 일이 있더라도 아기를 낳고 싶어. 시우다니, 그런 불쌍한 일은 난 못해."

스스로에게 계속 말하면서 울고 있었다.

다음날, 점심시간이 조금 지나 전무 겸 비서인 요시마치가 미소를 띠며 나타났다. 플레이보이인 미남으로서, 텔레비전 광고에도 나온 적이 있는 요시마치는 여자에게 언제나 미소를 잊지 않았다. 일본에서 외제차 판매 넘버원이었던 옛 명성의 잔재일지도 모른다.

"몸 상태는 어떠세요? 의사에게 가봤어요?"

기누에와 마주하더니 상냥하게 위로의 말을 건네는 요시마치였다.

"아직 안 가봤지만……."

"당장 가보는 게 좋겠어요. 정말로 아기인지 아닌지 알아봐야죠."

요시마치는 역도산에게서 지겹도록 들은 이야기를 줄줄이 늘어놓았지만, 두 사람의 이야기는 그저 평행선을 그을 따름이었다.

"기누에는 꼭 아기를 낳고 싶어요. 사장님께 그렇게 전해주세요."

"큰일이군요. 사장님은 어떻게 해서든지 지우라고 했는데……."

"전 절대 지우지 않을 거예요. 아기를 갖고 싶어요. 기누에가 혼자서 키울 테예요."

"사장님 말을 듣지 않으면 돈도 안 주고 두 번 다시 여기에 오지도 않을 겁니다."

"버림받더라도 좋아요."

"그렇습니까. 더 이상 말씀드려도 소용이 없을 것 같군요. 어쩔 수 없죠. 그럼 그렇게 보고하지요. 그런데 금전적으로 곤란하지는 않습니까?"

"각오하고 있어요. 저는 전부터 사장님의 원조는 받지 않았어요."

"알겠습니다. 그럼 제가 도울 일이 있거든 언제든 전화하세요. 사무실에는 나쓰코라는 친절하고 싹싹한 아가씨도 있으니까 의논해보세요. 제가 나쓰코에게 잘 말해놓겠습니다."

"고맙습니다."

"그럼, 몸조심하십시오."

요시마치는 단념하고 돌아갔다. 역도산은 안절부절 못하면서 요시마치가 돌아오기를 기다리고 있었는데,

"뭐, 말을 안 들어? 이 바보 자식아, 넌 여자에게 약하게 나가니까 그런 거야, 빌어먹을……."

역도산으로서는 인기 상품에 흠집이 나는 것이 제일 두려웠다. 지난

1959년 황태자의 결혼을 기회로 주간지가 우후죽순처럼 창간되었다. 그들은 스타의 스캔들을 재미삼아 멋대로 써댔다. 그들의 먹잇감이 되는 것이 무서웠던 것이다. 신문사 계열의 잡지라면 누를 수 있지만, 출판사 쪽 주간지는 그리 만만치 않다는 것을 역도산은 알고 있었다. 더구나 아이가 태어나면 호적 문제도 생길 터이다. 곧 신혼여행을 가려는 참에 새색시인 게이코를 슬프게 만들 수도 없는 일이었다.

역도산은 그런 걱정을 가슴에 숨기고 신부 게이코와 함께 세계일주 여행을 떠났다. 국제선 스튜어디스였던 게이코로서는 그렇게 신기한 곳이 아니었지만 그래도 신혼여행이니 달랐다. 게다가 남편인 역도산은 프로레슬링을 떠나 보통 사람으로서 즐겁게 여행했다. 제네바의 아름다움에 두 사람은 손을 잡고 감격했고, 돌아오는 길에는 하와이의 그 추억의 호텔에 묵으면서 일을 떠나 느긋하게 구경도 하고 맛있는 음식을 먹으면서 다녔다. 남편에게 이런 장난기가 있었나 하고 게이코는 깜짝 놀랐다. 그럴 정도로 보통 사람으로서 역도산은 신혼여행을 만끽했다. 그의 생애에 있어서 가장 기쁜 나날이었다. 그것은 두 사람에게 있어서 너무나 행복한 시간이었다. 인생 최대의 기쁨을 고작 20일 만에 연소시키고, 그리고 사라져버릴 줄은 신이 아닌 한 그 누구도 알 길이 없었다.

신혼여행에서 돌아온 새색시 게이코에게 주부로서 해야 할 일은 아무것도 없었다. 동거 시절처럼 여전히 손님 같은 존재였다. 모든 것은 세 명의 가정부가 해치웠다. 매일 호화로운 호텔에서 지내는 생활 같아서, 신혼의 행복에 젖어 하루하루를 보내고 있었다.

"사모님, 안색이 안 좋으신데, 혹시 경사가 생긴 건 아닐까요?"

예순이 넘은 가정부 오쓰타가 게이코의 얼굴을 들여다보면서 말했다.

"설마, 오늘은 7월 27일이잖아요. 결혼식한 지 겨우 52일밖에 지나지 않았어."

"하지만 사모님, 그 전의 일도 있잖아요."

오쓰타가 웃으면서 말했다. 그러고 보니 집히는 데가 있었다. 오늘 아침식사 전에 가슴이 울렁거려서 토할 것 같았는데, 그래도 먹는 것을 최대의 즐거움으로 아는 게이코는 평소 때처럼 잘 먹었던 것이다.

늙은 오쓰타는 오모리의 저택 시절부터 살았던 가정부였기 때문에 역도산에 관한 일이라면 1954년부터 모든 가정생활을 알고 있었다. 알고 있다기보다, 매일 일기를 쓰고 있었던 것이다. 거기에는 주인님이 몇 시에 나가고 밤 몇 시에 돌아와 어떤 여자를 데리고 왔으며 어떤 복장에 어떤 표정으로 돌아왔는지까지 꼼꼼히 쓰여 있었다. 다른 사람에게는 말할 수 없는 일을 일기에 씀으로써 스트레스를 해소하는 할머니였다.

"그렇군요. 그럴지도 모르겠네요."

사람 좋은 게이코는 남의 일처럼 감탄하면서 말했다. 책으로 읽기는 했지만, 이렇게 빨리 현실로 와 닿을 줄은 생각도 못했던 것이다. 때는 역도산 38세, 게이코 22세의 가을을 맞으려 하고 있었다.

"서방님, 벌써 10시예요. 이제 일어나세요. 드릴 말씀이 있어요."

"졸려, 나중에 해."

역도산이 잠결에 몸을 돌렸다. 간밤에도 돌아온 시간은 오전 3시, 신혼이라고 해야 매일 새벽에 돌아오는 남편이었다. 그래도 1시간 내내 성의 향연을 맛본 그녀는 달콤한 생활에 목까지 푹 빠져 행복에 취해 있었다. 그런데 오늘 아침에는 다른 때와 달리 고집을 부렸다.

"그럼 듣기라도 해주세요."

"귀찮게, 뭐야? 빨리 말해."

그는 할 수 없이 대꾸했다.

"저 말예요, 애기가 생긴 것 같아요."

"뭐? 뭐라고……."

"저, 애기가……."

"애기?"

그는 이불을 걷어차고 일어나더니 외쳤다.

"해냈어!"

덩치 큰 그녀를 가볍게 들어 올려 넓은 침실을 빙글빙글 달리다가 그것도 모자랐는지 홀까지 가서 소리쳤다.

"이봐, 아기가 태어난다. 딸이야."

일제히 모습을 나타낸 세 명의 가정부가 입을 모아 대답했다.

"축하드립니다."

마치 아기가 태어난 것처럼 소란을 떨었다. 요시히로와 미쓰오, 두 아들들도 그 소란스러움에 깜짝 놀라 홀로 달려왔다.

"애기가 생겼다고요? 정말……."

미쓰오가 장난스럽게 말했다. 요시히로는 웃지도 않고 그냥 우두커니 서 있었다. 장녀인 미치코는 그 소란을 흘끗 보더니 자기에게 주어진 방에 들어가 일요일 아침을 조용히 보냈다.

역도산은 임신에 매우 민감했다. 큰 덩치에도 불구하고 신경질적이고, 소심했다. 여자와 섹스를 즐긴 뒤에는 그것이 가장 마음에 걸렸다. 그래서 새색시 게이코의 경우에도 어렴풋하게 느끼고 있었지만 말은 꺼내지는 않고 있었던 것이다.

"전, 아들을 갖고 싶어요."

게이코는 안긴 채로 아양을 떨었다.

"딸이다, 어떻게 하든 딸을 낳도록 해."

"저는 역도산 2세가 될 아들을 갖고 싶어요."

"바보야, 딸이다! 아름다운 옷을 입혀서……."

"네, 네, 그럼 딸로 할 테니 내려주세요."

"좋았어! 살살, 살살……."

연기하는 것처럼 말하면서 안락의자 위에 내려주었다. 그 얼굴에는 기쁨이 넘치고 있었다. 너무나 기뻐하는 남편의 모습에 게이코는 자기도 모르게 눈물이 맺혔다.

"유치원에 갈 즈음에 스위스에 별장을 짓자. 모든 학생들이 기숙사에 들어가야 하는 여학교에 넣을 거야. 앞으로의 시대는 인터내셔널하게 통할 수 있는 여자가 아니면 안 돼. 그러려면 스위스가 좋아."

"어머, 그럼 저는 어디에 있죠?"

"무슨 소릴 하는 거야. 당연히 도쿄와 스위스를 왔다 갔다 해야지."

"바쁘겠군요. 그거, 큰일이네요."

"그렇지도 않아. 내년에 있을 도쿄올림픽부터 도쿄와 오사카 사이를 3시간 10분 만에 오가는 신칸센이 탄생하는 시대다. 비행기도 음속의 몇 배로 다니는 세상이 올 거야. 틀림없이 10시간 이내에 유럽에 갈 수 있는 때가 온다. 멍하니 있을 때가 아니야."

그가 생각하는 지구는 정말 작았다. 꿈이 너무 커서 스튜어디스로서 세계를 날아다녔던 게이코조차 당혹스러울 정도였다.

"나도 프로레슬러는 내년까지만 하고 현역에서 은퇴할 생각이야. 그 전에 신인을 스타로 키우지 않으면 안 돼. 그렇게만 되면 프로레슬링은 만만세다. 분양 맨션은 곧 완성될 거고, 전부 분양될 게 틀림없어. 그 다음이 사가미 호반의 레저 랜드다. 골프장을 처음으로 오픈해놓기는 했지만 나머지 설비가 큰일이지. 가족 모두가 묵으면서 즐길 수 있는 동양 제일의 유원지로 만들어야 하니까 말이야. 아부라쓰보의 요트 항구도 슬슬 건설 준비에 들어간다. 오하시의 토지도 매입했겠다, 나도 현역에서 은퇴하지 않으면 너무 바빠서 안 돼. 대스타는 아쉬움이 남을 때 은퇴의 길을 걸어야 되는 거야. 인간은 물러날 때가 중요해. 아기가 태어날 텐데 우물쭈물하고 있어선 안 되지. 난 해내고 말거야!"

"저는 프로레슬링이 무서워요. 하루라도 빨리 은퇴했으면 좋겠어요."

"응, 얼마 남지 않았어. 내가 텔레비전에서 난리를 치지 않더라도 시청률이 30% 이하로 떨어지지만 않으면 되는데, 아직까지는 내가 악역 레슬러를 패주어야만 팬들도 납득을 한단 말이야."

역도산의 얼굴은 이상에 불타고 있었다. 나에겐 운이 따른다. 나에겐 실패란 없다. 하기만 하면 모든 것이 성공한다는 자신감이 넘쳐서 세상에 무서운 것도 하나도 없었다. 새색시 게이코는 그 남자다운 옆얼굴을 바라보면서, "난 세계에서 가장 행복한 여자야……." 하고 자신에게 말했다.

역도산은 뒤편 광장에 건설 중인 거대한 분양 맨션을 바라보는 것을 즐겼다. 돈이 없어도 땅만 확보하면 사업을 당당하게 벌일 수 있다는 자신감이 붙어 있었다. 나야말로 현대적인 분양 맨션의 선구자라는 긍지가 얼굴에 넘쳐났다.

스피드광으로, 직접 스포츠카를 운전하지 않으면 성이 차지 않았던 역도산이 요즘에는 특별 주문한 롤스로이스에 양복 차림으로 시가를 피우면서 운전수에게 문을 열게 하고 있었다.

"선생님, 안녕하세요?"

비서 겸 전무인 요시마치가 아무 연락도 없이 나타나 롤스로이스 옆에 서서 기다리고 있었다. 그 뒤에서 전에 본 적이 있는 야스다 생명의 세일즈맨 야마다가 깊숙이 머리를 숙였다.

"선생님, 이번 경사에 대해 축하드립니다."

역도산은 의아하다는 표정을 보였다.

"실은 사모님께 오늘 아침에 전화를 걸었더니……."

"뭐? 게이코가 벌써 말했나. 입이 가벼운 녀석이군."

그러나 얼굴 표정은 자연스럽게 풀렸다. 역도산은 완성이 얼마 남지 않은 맨션을 올려다보았다. 그날도 좋은 날씨였다.

"지금 팔레스로 가려는데, 급한 일이야?"

"예, 분양 맨션의 매출 상황과 프로레슬링에 대해 보고드릴 게 있어서 사무소에서 나오는 데 야마다 군이 보이기에 같이 왔습니다."

"그래, 레슬러들은 전원 보험에 들었나?"

"예, 단체 보험 계약을 해주셨습니다."

보험 외판원은 예라고 말할 때마다 90도로 허리를 굽혔다.

"선생님, 기도 선수와 같은 대사고가 또 연습 중에 일어나면 큰일이라서 저희 쪽에서 서둘러 야마다 군에게 부탁했습니다."

"그랬나, 기도의 상태는?"

"예, 어제 게이오병원에 문병을 갔다 왔습니다. 담당 의사 말로는 재기는 불가능하답니다. 의식이 전혀 없고 몸을 스스로 움직일 수도 없었습니다. 안타깝지만 식물인간이 될 것 같습니다."

"진지한 게, 좋은 녀석이었는데, 가엾게 됐군."

"선생님은 가와시마 부총리를 만나러 가신 때였는데, 레슬러들은 진지하게 연습을 하고 있었죠. 그때 기도가 머리부터 매트에 처박혔던 것인데, 머리를 절개하여 대수술까지 했습니다만……."

"운이 나빴어. 애들한테 기본기를 더 연습시켜야 해."

"복싱에서는 사고사한 사례가 있지만 프로레슬링에서는 기도의 사고가 처음입니다. 하지만 저 상태로 폐인으로 살아가야 한다면 그 부모님들로서는 정말 딱한 노릇입니다."

"그래, 좀 더 일찍 보험에 들어뒀으면 좋았을 텐데. 회사로서도 식물인간까지는 보살펴줄 수가 없어."

"예, 야마다 군의 말 때문만은 아닙니다만, 이번 기회에 선생님도 들어두시는 편이 좋으리라 생각됩니다."

"응, 위험한 장사니까 그렇게 하지. 하지만 외국에는 쉰을 넘어서도 현역으로 활약하고 있는 레슬러가 많아. 훌륭한 사람들이지."

"선생님, 야마다 군에게서 보험에 관한 자세한 얘기를 들어주십시오."

"그래, 난 최고로 든다. 난 챔피언이니까 뭐든지 최고가 아니면 안 돼. 지금 사무소로 가니까 그쪽에서 들도록 하지."

"예, 보고는 그쪽에서 하겠습니다."

"사장님, 고맙습니다."

세일즈맨은 또 90도로 허리를 굽혔다. 24세로 야스다 생명에서 20위 안에 드는 실적을 지닌 야마다는 과연 인사성이 밝았다. 역도산은 롤스로이스에 타기까지 두 사람의 얼굴을 쳐다보려고도 하지 않았다. 푸른 하늘로 우뚝 선, 내장 공사 중인 맨션을 올려다보면서 커다란 야망에 불

타고 있었다. 도전이야말로 그의 삶의 보람이었다.

역도산은 15년 만기의 3,000만 엔이라는 최고액으로 계약했다. 보통 메이저급 보험회사에서 프로스포츠 선수는 '일반인보다 생명에 대한 위험도가 높다'고 하여 계약 최고금액을 200만 엔으로 억제하고 있었다. 그러나 역도산은 사업가로 계약, 1회 불입은 11월 말일(1963년)에 181만 2,000엔으로 정해졌다. 다른 사람들에게는 보험을 권하면서도 자신에 대해서는 웃어넘기던 그가 3,000만 엔이라는 최고액으로 계약하자 사원들은 놀랐다.

"난 절대로 젊었을 땐 죽지 않는다, 보험은 필요 없다고 뻐기던 사장님이 가입하다니 놀라운 걸요. 야마다 씨의 말솜씨가 좋아서였을까……."

나쓰코는 아무래도 납득할 수 없다는 얼굴로 말했다. 독설가인 이케야마는 빙글빙글 웃으면서,

"왕초도 불심(佛心)을 얻은 거야, 레슬러로서 끝이군."

"아니에요. 태어나는 아기를 위해서죠. 보험금 수취인은 아마 아기일 거예요."

드물게도 미야자와 부장이 끼어들었다.

"아니, 틀림없이 게이코 부인일걸. 아직 신혼이잖아."

"하지만 3,000만 엔이라면 최고 금액이군. 대스타인 사다 게이지와 같은 금액이잖아. 그 사람은 3회 납입한 다음에 이상한 교통사고로 죽어버렸지. 그래도 3,000만 엔 정도면 유족으로서는 다행이지."

"그래요. 이케야마 씨 같은 주정뱅이는 고액 보험에 들어야 해요. 언제 어디서 자동차에 치여 날아갈지도 모르니까……."

나쓰코까지 이케야마의 독설에 물들었다. 샐러리맨의 점심시간은 한가롭다. 장기를 두면서 잡담을 하고, 나쓰코는 이케야마를 위해 스웨터를 짰다.

역도산의 의지와는 반대로 그 머리 위에는 먹구름이 끼기 시작했다.

그것은 닛타 회장의 심복, 전 육군 경리장교 가사야마 대령의 사임이었다.

역도산이 단독 사장이 된 제2기 일본프로레슬링흥업 주식회사는 지장(智將)인 가사야마의 존재가 있었기에 창립될 수 있었다. 가사야마는 경리부 직원으로 미야자와와 이케야마를 월급 6만 엔에 뽑아왔다. 영업부는 닛타건설에서 인재를 골라와서, 레슬러 관계자를 제외하면 총인원 여덟 명으로 회사를 스타트시켰다. 그러나 임원이 되었어야 할 가사야마는 지위도 없이 원로와 같은 존재였다. 그런 가사야마가 사직서를 제출한 것이다.

한편, 역도산은 미국으로 원정을 가 달러를 벌어왔다. 그런데 당시에는 달러를 일본으로 가지고 돌아올 수가 없었다. 달러는 미국 은행에 예금해서 일본에 온 외국인 레슬러들에게 파이트머니를 주는 데 쓰고 있다고 신문기자들에게는 발표하고 있었지만, 이에 대해 공안조사관이 뭔가 눈치를 채고 움직이기 시작한 때이기도 했다.

큰 별, 하늘로 돌아가다

게이코 부인은 울적한 기분으로 욕조에서 일어나 전신이 비치는 큰 거울에 나신을 비춰봤다. 22세의 젊은 몸은, 임신 6개월이 되어 복부가 부풀어 올라 있었고 몸 전체가 둥그스름해지면서 요염한 아름다움을 띠고 있었다. 젖꼭지는 거무스름해졌지만, 엄마가 될 유방은 둥그런 곡선을 그리며 올라와 양손으로 누르면 짜릿짜릿 흥분되었다.

"사모님, 목욕물 어떠세요?"

가정부 오쓰타의 목소리에 퍼뜩 정신이 돌아왔다.

"아, 딱 좋아요. 그만 깜박⋯⋯."

"물소리가 나지 않기에 무슨 일이라도 있나 해서요."

"기분 좋아요. 이제 나갈게요."

"오늘 밤은 추우니까 몸을 따뜻하게 하세요. 아기를 위해서."

오쓰타는 냉난방이 완비되어 있는 걸 알면서도 노파심에 말하는 것이었다.

게이코는 다시 욕조 안에 몸을 담그고 길게 양다리를 뻗었다. 감은 머리가 어깨까지 내려오고, 하복부의 검은 그림자가 물속에서 하늘하늘 움직이고 있었다. 역도산이 자랑하는 목욕탕이니만큼 대리석으로 만들어져 호화로움 그 자체였다. 그녀는 한껏 몸을 뻗으면서, '행복이란 이런 걸까?' 하고 생각했다.

목욕탕에서 나와 잠옷 위에 가운을 걸치고 30평은 됨직한 홀에 갖춰진 홈바의 선반에 멋지게 늘어서 있는 양주 중에서 좋아하는 브랜디를 꺼내 호랑이 가죽 위에 두 다리를 던지고 잔에 따랐다. 향기를 즐기면서 마시다가 무슨 생각을 했는지 문득 일어나 새하얀 그랜드 피아노의 뚜껑을 열고 그 의자에 앉았다. 건반을 가볍게 두드려 연주한 곡은 그해의 유행가 아즈사 미치요의 "안녕, 아가야."였다.

때는 1963년 12월 8일, 운명의 날이었다.

그 전날, 하마마쓰에서 있었던 디스트로이어와의 태그 매치를 마지막으로 1963년의 152시합이라는 스케줄을 무사히 소화했다. 8일 아침 10시, 역도산이 자고 있는데 로스앤젤레스에서 일본인 손님이 찾아왔다. 미국에서 신세를 지게 될 사람들이었기 때문에 맥주와 고급 위스키 등을, 그것도 역도산이 직접 접대했다.

이날의 스케줄은 오후 6시에 아카사카의 고급 요정 치요신에서 요코즈나 마에다야마를 키운 다카자토, 그리고 복면의 왕자 디스트로이어와의 술자리가 잡혀 있었다. 신인인 이노키 간지(안토니오 이노키)를 프로레슬링에서 스모계로 전출시키기 위한 회담이었다. 아침부터 위스키를 들이킨 역도산은 치요신에 왔을 때부터 혀가 꼬여 있었다.

"TBS라디오에서 선생님을 모시러 차가 와 있는데요……."

하녀가 요시마치에게 전했다.

"아, 그렇지. 라디오 출연을 잊고 있었군. 노래 부르기로 되어 있어."

"지금부터? 괜찮은가, 역도산?"

다카자토가 걱정스럽게 말했다.

"괜찮아요, 괜찮아. 나의 미성을 천하에 선보이고 오겠습니다."

비틀비틀 일어섰다.

이날 밤 9시부터 30분간, TBS라디오의 생방송 '아사오카 유키지 쇼'에 게스트로 출연할 예정이었는데, 술 조금 마신 정도는 괜찮을 거라고 비서 겸 전무인 요시마치는 느긋했다.

스모 선수 시절에는 아무 장기도 없었지만, 이제 세 개의 세계 왕좌에 오른 영웅이 되고 보니 그런 것이 허락되지 않았다. 다리는 불안해 보였지만 역도산은 노래했다. 잘 아는 가수인 무라타 히데오에게 직접 전수받은 '오쇼(王將)'였다. 취한 것으로 여겨지지 않는 노래 솜씨였다.

"캬피, 술이 깼어. 다시 마시자고."

캬피라고 불린 남자는 리키 관광의 전무로서 일본 이름은 하라다 히사오, 가수 아가쓰키 데루코의 남편이자 미군 중위로서 연합군 총사령부 경제과학국장 머컷 소장의 부관을 역임한 바 있는 캬피 하라다였다. 나중에 미일프로야구 교류의 다리가 된 일본인계 2세이다.

"몸 괜찮아요? 아침부터 계속해서 마시고 있는데……."

"OK, OK. 지금부터 올해 경기의 노고를 풀어야지."

캬피 하라다는 노고라는 말이 무슨 뜻인지 몰랐지만 사장인 역도산의 말을 거스르는 것은 금물이었기 때문에 따라 나설 수밖에 없었다.

9시 반에 생방송이 끝나자 도쿄방송에서 엎어지면 코 닿을 거리에 있는 나이트클럽 뉴 라틴쿼터에 여자까지 데리고 총 여덟 명이서 떠들썩하게 들어갔다. 때마침 스테이지에서는 흑인 코러스인 포 레즈가 노래를 부르고 있어서 역도산의 활기찬 목소리가 일요일 밤 나이트클럽의 조용한 객석 가운데 한층 크게 울렸다. 넓은 클럽은 9할 정도 손님이 차 있었다. 연주는 에비하라 게이이치로 밴드, 클럽 리키에 고정 출연하는 악단이었다. 역도산은 스카치 언더락을 주문해서 나오자마자 단숨에 들이켜고는 추가로 주문을 했다. 그리고 글라스의 종이 잔받침을 모으더니 흰 오픈 셔츠의 가슴 호주머니에 집어넣고는 자리에서 일어나 클럽의 호스티스를 파트너로 춤추기 시작했는데, 역시 다리가 후들거렸다. 춤을 추면서 종이 잔받침을 꺼내 안면이 있는 악단원에게 던지기 시작했다. 둥근 종이 잔받침이 부메랑처럼 공중을 날아가 악단원을 때렸다.

그때, 어두침침한 클럽 안에서 한 젊은이가 가만히 역도산을 노려보고 있었다.

　역도산이 비틀거리면서 일어섰을 때, 요시마치는 걱정스럽게 말했다.

　"선생님, 괜찮으십니까? 또 추시려고요?"

　"아니, 화장실이다. 걱정하지 마. 난 취한 적이 없어."

　호스티스의 손까지 뿌리치고 어두운 통로를 비틀비틀 걸어갔다. 그 고급스러운 화장실에는 아무도 없었다. 그는 변기에 기대듯이 서서 볼일을 마치고 손을 씻으면서 거울 속의 자기 얼굴을 쳐다보았다.

　"난 아직 안 취했다고."

　중얼거리면서 두세 걸음 디뎠을 때였다. 검은 옷을 입은 젊은이가 비틀거리면서 역도산의 악어가죽 구두를 건드렸다.

　"뭐야, 내가 발을 밟기라도 했단 말야? 정신 차려, 임마!"

　검은 옷을 입은 남자, 무라타 가쓰시는 야쿠자인 스미요시 조직에서도 기가 센 사내로 통하고 있었다. 천하무적의 역도산 앞에서도 한걸음도 물러서지 않았다. 물러서지 않았다기보다는 발을 밟았다고 시비를 거는 데에 과감하게 맞섰다. 전에 뉴 라틴쿼터의 경비를 맡았던 그는 역도산에게 걸려 얻어맞은 적이 있었다. 그래서 스미요시의 조직원인 그는 틈만 보이면 원한을 풀겠노라고 벼르던 사내였다.

　무라타의 말을 들은 역도산은 그의 오른팔을 붙잡고 다리를 후려 찼다. 주먹을 날릴 거라고 생각했는데 다리를 공격해온 것이어서 무라타의 몸은 여지없이 허공에 떴다가 바닥에 쓰러졌다.

　"이 개자식, 해보겠다는 거냐!"

　과연 야쿠자였다. 보통 사람이라면 그것으로 완전히 전의를 잃을 텐데, 쓰러진 뒤에도 자신의 몸을 보호했다. 하지만 아무리 술에 취했다고 해도 역도산은 황금의 오른팔을 사용하지는 않았다. 오른쪽 다리로 차버리려는 자세를 취하면서 다가갔다. 무라타는 그 순간에 "앗, 날 죽일 셈이냐!" 하면서 오른쪽 호주머니에 있었던 작은 잭나이프를 재빨리 꺼내어 찰칵 하고 칼날을 세웠다. 역도산의 취한 눈에 그것이 반짝 하고 기분 나쁘게 번뜩인 것 같았다.

사내는 일어서자마자 그 작은 나이프를 역도산의 몸에 내질렀다. 차 버리려는 순간에 느닷없이 칼에 찔린 역도산은 비틀비틀 물러났다. 사내는 '천하무적' 역도산의 왼쪽 배를 찌르고 토끼처럼 재빨리 도망갔다. 칼에 찔린 역도산은 잠깐 도망치는 사내를 쫓아갔지만, 아침부터 술을 마셔댄 몸이어서 다리가 뜻대로 움직여주지 않았다. 시계는 10시 40분을 가리키고 있었다.

역도산은 왼쪽 배를 눌렀다. 그 손에 뜨뜻한 피가 조금 묻어 있었다.

"제기랄, 당했군!"

이미 그는 앞뒤도 분간할 수가 없었다. 쇼가 펼쳐지고 있는 무대로 돌진했다. 그리고 거칠게 무대로 뛰어올라갔다.

"스톱 더 쇼. 니그로 고 홈!"

역도산은 흑인 코러스에게 영어로 내뱉더니 마이크를 쥐고 객석을 향해 몸을 돌렸다.

"여러분, 위험하다. 조심해요. 이 클럽은 살인 청부업자를 고용하고 있어, 날 찔렀단 말야."

객석의 사람들은 뭐가 뭔지 몰랐지만 하여간 소란스럽게 의자에서 일어났다. 마이크를 집어던진 역도산은 무대에서 내려왔다. 두 다리에 힘이 빠져 쓰러질 것 같았다. 요시마치와 캬피 하라다가 달려와 양쪽에서 부축했다. 왼쪽 복부가 불그스름하게 물들어 있을 뿐이었다. 흥분한 역도산은 아픈 줄 모르고 있었다. 아픔보다는 세계챔피언인 자신이 조무래기 야쿠자에게 당했다는 굴욕 때문에 흥분된 상태였다.

"선생님, 괜찮으십니까?"

"정신 차려요."

"바보야, 이 정도는 걱정할 거 없어."

역도산은 하얘진 얼굴을 찌푸리면서 강한 척했다.

"누가 빨리 의사를 불러줘요!"

요시마치가 소리쳤다. 역도산은 의자에 기대면서 말했다.

"요시마치, 나가타니 선생이 이 근처에 있으니까 네가 가서 모셔와."

"예. 금방 다녀오겠습니다. 조금만 참고 계십시오."

함께 술을 마시고 있었던 흥행사인 기무라와 캬피 하라다에게 그 자리를 맡겨놓고 뛰쳐나갔다. 나가타니 선생이 달려온 것은 그로부터 10분도 지나지 않아서였다. 그렇지만 신경질적인 역도산에게는 그것이 길고 긴 시간으로 여겨졌다. 재빨리 응급처지를 마친 나가타니 선생은,

"어쨌든 산노 병원으로 갑시다. 상처는 그렇게 깊은 것 같지 않으니까……."

캬피 하라다가 모는 캐딜락이 미친 듯이 산노 병원으로 달려갔다.

"제기랄, 그 양아치 자식 살려두지 않겠어."

역도산은 병원에 도착한 뒤에도 소리를 질러댔다.

"선생님, 바로 수술인가요?"

간호원 총부장인 후지와라 미요에가 나가타니 선생한테 속삭였다.

"X레이를 찍어보고 나서 하지. 오늘 밤엔 응급처치만 해놓고 일단 퇴근합시다. 수술은 내일 아침에 해도 괜찮으니까, 우선 특별실을 마련해둬요."

요시마치는 나가타니 선생께 깊숙이 머리를 숙여 인사하고서 공중전화로 뛰어갔다.

"여보세요, 요시마치입니다. 사모님이세요?"

"예, 그렇습니다."

게이코 부인은 평소에는 한밤중에 전화벨이 울려도 놀라지 않았지만, 그때만큼은 깜짝 놀라 벌떡 일어났다.

"요시마치입니다만, 선생님께서 다치셔서요. 곧 그쪽으로 가겠습니다. 지금은 산노 병원입니다만……."

"네? 다쳐요? 교통사고인가요? 여보세요……."

부인의 목소리는 비명에 가까웠다. 요시마치는 그녀를 진정시키면서

괜찮을 거라고 스스로에게 말했다.

"교통사고는 아닙니다. 대단한 상처가 아니니까 걱정 마세요."

"의사 선생님은?"

"지금 나가타니 선생님과 함께 있습니다. 지금 그쪽으로 갈 테니까……."

"조심하세요. 그럼 부탁드릴게요."

낙천적인 게이코 부인은 자택으로 오겠다는 요시마치의 전화를 받고 안심한 듯이 수화기를 놓았다.

가운을 입고 홀의 조명 스위치를 올렸다. 냉난방이 완비된 넓은 홀은 12월의 추위를 조금도 느낄 수가 없었다. 가벼운 상처라고 했기 때문에 아이들은 깨우지 않고 넓은 홀을 서성이고 있다가, 생각이 나서 현관 자물쇠를 풀어놓았다. 그때 엘리베이터 열리는 소리와 동시에 어수선한 발소리가 들렸다. 시계는 11시 33분을 가리키고 있었다.

역도산은 요시마치와 캬피 하라다의 부축을 받으면서 천천히 한 걸음 한 걸음 걷고 있었다. 그 얼굴이 핏기 없이 창백해서, 그 모습을 본 게이코 부인은 부들부들 떨면서 당장에라도 쓰러질 것 같았다.

안쪽에 있는 일본식 침실에 몸을 눕힌 역도산은 비로소 입을 열었다.

"괜찮아. 이 정도 상처야……."

하지만 그 목소리에는 힘이 없었다.

"나가타니 선생님, 세이루카 병원 외과부장 우에노 선생님과 연락이 되었습니다. 산노 병원 특별실이 마련되었으니 곧바로 병원으로……."

"그것 잘 되었군. 소중한 몸이시다. 응급처치만으로는 불안하니까 바로 가도록 하지."

"선생님, 부탁드립니다."

역도산답지 않게 약한 목소리에 게이코 부인은 다만 서성거릴 따름이었다.

"사모님은 홀몸도 아니니까 오늘 밤은 그냥 주무십시오. 제가 곁에 있을 테니까요."

요시마치는 부인을 위로하듯 말했다.

"예, 부탁드려요."

부인은 눈물을 머금고 깊숙이 머리를 숙였다. 그때 아파트에 인접한 합숙소에서 젊은 레슬러들이 우르르 몰려왔다. 역도산은 8층짜리 리키 아파트를 세울 때에, 한 가지 큰 실수를 했다. 역도산 전용 엘리베이터가 보통 크기였던 것이다. 역도산을 눕히려고 하니 다리가 엘리베이터 문 밖으로 삐져나왔다. 레슬러들은 역도산을 의자에 앉혀서 침실에서 살살 운반했다. 세계챔피언의 이마는 땀으로 흠뻑 젖어 있었다.

"살살, 살살, 흔들리지 않게 해요."

나가타니 선생이 뒤를 따르며 말했다. 엘리베이터가 위잉 하며 내려갔다. 요시마치는 이때만큼 엘리베이터의 속도가 답답하게 느껴진 적이 없었다.

롤스로이스의 문을 열고 기다리던 한타로가 긴장된 표정으로 역도산에게 말했다.

"세키토리, 저는 짐을 챙겨가지고 나중에 가겠습니다."

"그래, 괜찮아. 내가 없더라도 연습은 게을리 하지 마."

역도산은 누구에게랄 것도 없이 힘없이 중얼거렸다. 롤스로이스는 나가타니 선생과 요시마치를 함께 태우고 어두운 비탈길을 내려갔다. 그 뒤를 캬피 하라다가 운전하는 캐딜락이 레슬러들을 태우고 따라갔다. 게이코 부인은 멍하니 서 있었다. 한타로가 낮은 목소리로 말했다.

"사모님, 몸 상합니다."

"그래요……."

겨우 그렇게 밖에 말할 수 없었다. 이대로 멀리 가버리는 게 아닐까 하는 불안에 떨고 있었다. 차가운 바람이 어둠 속을 훑고 갔다.

"너희는 걱정하지 말고 빨리 자. 아침 로드워크는 평소대로 한다."

한타로는 역시 레슬러들의 대선배였다. 링 위에서는 젊은 선수들에게 여지없이 당했지만 역도산을 스모 선수 시절부터 모셔왔기 때문에 젊은 레슬러들은 그를 윗사람으로 대했다. 그는 머리는 좋지 않았지만 보기 드물게 좋은 사람이었다. 남은 레슬러들에게 해산하라고 지시하고서 부인을 감싸 안 듯 보호하며 집으로 돌아갔다.

"사모님, 우선 가지고 가야 할 것들을 준비해주십시오. 지금 가야하니까요."

"글쎄요, 뭐가 필요할지……. 전 병을 앓아본 적이 없어서……."

부인은 어머니의 죽음을 기억하지 못했다. 그 외에도 병원과는 아무 관계가 없었기 때문에 뭘 가지고 가야할지, 짐작조차 할 수 없었다.

"이불이 바뀌면 못 자는 사람이니까 이런 때엔 곤란하네요."

"아니에요. 세키토리는 푹신푹신하기만 하면 괜찮습니다."

한타로는 바보처럼 정직했다. 스모 시절부터 여행에 여행을 거듭하는 생활인데, 이불이 바뀐다고 자지 못하면 장사를 할 수 없는 것이다. 그 말은 사실 역도산은 자기가 바람을 피우지 못한다고 아내로 하여금 믿게 만들려고 꾸며낸 이야기에 지나지 않았다.

"베개도 자기 게 아니면……."

"아니에요. 괜찮습니다."

한타로는 하나하나 거짓말을 깨버렸다. 부인은 믿을 수 없다는 표정으로 속옷들을 꺼내기 시작했다. 한타로는 여행에 익숙한 손놀림으로 옷을 트렁크에 담고서 허둥지둥 찬바람이 부는 심야의 거리로 뛰쳐나갔다. 산노 병원까지는 걸어서 15분 거리였다.

게이코 부인은 남편이 없는 커다란 이불에 털썩 주저앉았다. 특별 제작한 호화로운 이불이 이렇게 넓고 크게 느껴진 것은 처음이었다.

역도산은 곧바로 우에노 박사에 의해 집도되었다. 그의 복부는 야구 방망이로 쳐도 꿈쩍 하지 않을 정도로 단련이 되어 있었던 데다가 술 때문에 마취가 되지 않았다. 고기만 먹었기 때문에 몸은 산성화되어 있었다. '수술 중'이라는 빨간 램프는 좀처럼 꺼지지 않았다. 요시마치는 안절부절못하면서 수술실의 소리에 귀를 기울였다.

'수술 중'이라는 빨간 램프가 꺼지고, 큰 마스크를 벗으면서 나가타니 선생이 모습을 보인 것은 얼마나 지나서였을까. 복도의 딱딱한 의자에 앉았다 일어났다 하던 요시마치에게 아주 긴 시간처럼 여겨졌다.

"수술은 성공했습니다. 이런 시간에 외과의 권위자인 우에노 박사가 집도해주셨으니 이젠 괜찮습니다. 나머지는 회복되길 기다리기만 하면 됩니다."

"고맙습니다. 왼쪽 복부에 소장 두 군데에 이를 정도로 깊이 찔린 상처라서, 어떻게 될까 싶어 좀 조마조마했습니다."

"감사합니다."

모두들 우에노 박사에게 허리를 굽혀 인사를 하고서야 비로소 서로의 얼굴을 마주보면서 고개를 끄덕였다. 아무도 소리 내 말하지는 않았지만, '다행이다, 다행이야.' 하는 안도감이 넘쳐흘렀다.

산노 병원의 특별실은 호화 호텔 수준이었다. 그 방에서 역도산은 그저 잠만 잤다. 가끔씩 신경질적으로 관자놀이의 근육이 불끈거렸다. 스모 선수 시절부터 시중을 들었던 한타로는 한시도 떨어지지 않고 붙어 있었고, 그를 보조하기 위해 젊은 레슬러가 교대로 옆방에서 대기하고 있었다.

자택에서 한숨도 자지 못한 게이코 부인은 날이 밝기를 기다렸다가 요시마치의 안내로 병원으로 달려왔다. 문에는 '면회 사절'이라는 큰 나무 팻말이 위엄 있게 붙어 있었다.

마취에서 깨어난 남편을 들여다보면서 게이코 부인이 말했다.

"여보……."

"응, 괜찮아. 걱정하지 마. 불사신인 내가 이런 작은 상처에 쓰러지면 전 일본의 소년 팬들에게 할 말이 없잖아. 난 세계챔피언이니까 말이야. 그것보다 물 좀 줘."

"물이라니, 말도 안 돼요. 수술 직후란 말예요."

부인은 말을 막듯이 강한 말투로 말했다.

"세키토리가 물, 물을 달라고 어린애처럼 소리를 질러서 눈을 뗄 수가 없어요. 물베개에 든 물이라도 마시려 드니, 죽어도 좋으니까 물을 마시게 해달라고 야단입니다."

한타로는 눈치를 봐가면서 말했다. 그렇지만 역도산에게서 "바보 자식아, 쓸데없는 소리하지 마!" 하는, 그 챔피언다운 목소리는 튀어나오지 않았다.

"나도 알고는 있지만, 물이 마시고 싶어."

약하디 약한 목소리였다.

"얼마 남지 않았어요. 조금만 더 참으세요."

"응, 응."

고개를 끄덕이면서 눈을 감았다. 부인은 핏기 없는, 잠자는 남편의 얼굴을 바라보고 있었다. 그때 뱃속의 아기가 배를 차고 있는지 꼬물꼬물 움직였다. '이 아이를 위해 내가 정신을 똑바로 차려야 해.' 하는 생각이 들자, 마음 약한 부인의 눈에서 눈물이 그칠 줄 모르고 흘러내렸다.

부인이 왔다고는 해도 모든 일은 한타로가 병원 간호사처럼 돌아다니면서 처리했다. 그러는 동안에도 조간신문과 텔레비전, 라디오에서 소식을 들은 관계자들이 문병을 하기 위해 산노 병원으로 몰려들었다.

게이코 부인은 표정이 남들의 갑절로 풍부했다. 기쁨이나 슬픔이 그냥 얼굴에 드러났다. 이야기를 하다가도 갑자기 울어버려서 처음 만나는 사람들을 놀라게 했다. 부인이 역도신에 붙어 있다고는 해도 서성거리기만 할 뿐이었고, 1층 응접실에서 문병객을 접대하는 것만으로도 녹초가 되어버렸다.

사흘이 지나, 기다리고 기다리던 호방한 한 방, "부욱." 하고 천하의 역도산이 방귀를 뀌었다. 부인과 한타로는 서로 마주보며 환성을 질렀다.

"만세, 만세, 나왔다. 나왔어!"

곧바로 프로레슬링 담당기자들이 비상 소집되었다.

"12월 11일 오전 9시 0분, 입원 중인 역도산에게서 방귀가 나왔습니다. 이로써 수술 경과는 순조롭습니다. 이제 걱정할 필요 없습니다."

'방귀 한 방'을 알리는 기자 회견에 보도 관계자들은 "잘됐군." 하면서 본사로 전화를 걸었다. 모두들 안심하는 표정이었다. 사건과 동시에 전국에서 야쿠자 관계자의 문병객이 밀려왔고, 그들을 대접을 하느라 게이코 부인은 녹초가 되어버렸다. 그래도 방귀 한 방에 의해 미소를 되찾게 되었고, 4일째부터 가까운 사람들에게는 면회가 허용되었다. 그 첫 번째가 조선 출신의 프로야구선수 가네다* 투수와 하리모토* 선수로, 둘이 함께 나타났다. 역도산은 그냥 조선인은 시합장 대기실에조차 절대 들이지 않았지만, 유명인은 기꺼이 맞이했다.

"역시 좋은 방이군요. 마치 호텔 같은걸요. 저도 한번 들어와서 자보고 싶네요."

가네다가 제스처를 곁들여 방을 돌아보면서 말했다.

"건강할 때라면 호텔 같겠지만, 이런 때엔 그렇지도 않아."

역도산은 쓰게 웃으면서 힘없이 대답했다.

"한, 콜라나 주스 좀 줘. 방이 더우니까 목이 마른걸."

하리모토 선수도 스포츠맨답게 거리낌이 없었다.

"세키토리 앞에서 마시겠다고요? 이거 큰일 날 손님이군요."

한타로가 투덜거리면서 싫은 표정을 지었다. 그렇지만 하리모토 선수는 태연한 얼굴로,

"괜찮아. 역도산 씨가 안 보이게 마실게."

"한, 괜찮으니까 갖다 줘."

"예, 세키토리가 그렇게 말씀하신다면 어쩔 수 없지요. 그럼 콜라라도

---

*일본 프로야구사상 최고의 좌완투수로 일컬어진다. 나중에 일본에 귀화했다.
*타격왕. 본명 장훈.

사오겠습니다."

한타로는 마지못해 방을 나섰다. 부인은 웃으면서 스포츠맨의 시원스러운 태도를 부럽게 바라보고 있었다.

"역도산이 견디지 못할 일이 어디 있겠어. 괜찮아, 괜찮아. 코카콜라나 사이다 한 병에 죽는 일은 없을 거야. 괜찮아, 괜찮아."

가네다는 밝게 웃었다.

사흘째의 방귀 한 방, 그 기쁜 소식을 알리는 전화를 통해 '15일 오후 6시, 서류를 가지고 업무보고를 하러 오라.'는 역도산의 명령이 내려왔다. 그것은 12월 15일 일요일이었는데, 리키 엔터프라이즈, 리키 관광의 임원을 비롯한 관계자 전원이 집합하라는 지시였다.

리키 엔터프라이즈 산하의 프로레슬링, 사우나, 레스토랑, 볼링, 나이트클럽, 복싱에 관한 서류는 항상 정리되어 있었지만, 골프장에 관해서는 도무지 장부가 엉망이어서 회원 입회금이나 공사비가 어떻게 된 건지 명확하지가 않았다.

"시도 녀석, 어떻게 보고서를 낼지, 이거 기대가 되는걸."

이케야마 경리과장은 항상 그러듯 비웃듯이 말했다.

"뭐, 아무리 해도 장부가 맞지 않을 거야, 불쌍하게도……."

미야자와 부장까지 남의 곤경을 기뻐하듯이 말했다.

"400만 엔인가 500만 엔인가를 가볍게 써버렸으니, 시도 녀석 횡설수설할 거야, 정말 재미있겠어."

이케야마는 그야말로 남이 불구경이다.

"나도 골프 관계의 경리는 전혀 몰라. 대체 어떻게 되어 있을까?"

"그 정도로 써버렸으면 반쯤 죽을 각오를 하고 가야 할걸요."

"누워 있으니까 가라테 촙을 쓸 수는 없겠지. 고함을 지르다가 상처가 벌어지지 않으면 좋겠군……."

이케야마와는 달리 미야자와 부장은 한참 앞일까지 걱정을 했다.

"부장님, 슬슬 갈 시간인데, 3층 리키 관광에게 같이 가자고 할까요?"

"됐어. 그쪽은 그쪽이야. 우리까지 불똥이 튀면 안 돼."

병상에 누운 역도산보다 사원으로서는 보고서 쪽이 더 큰일이었다. 방귀도 나왔으니 복부수술은 걱정하지 않아도 된다고 안심하고 있었기 때문이기도 했다.

입원한 지 1주일째, 12월 15일의 아침 회진. 주치의가 상처를 보면서 말했다.

"오늘 1시부터 두 번째 수술을 합시다."

"선생님, 또 수술인가요?"

부인이 불안하게 말했다.

"아니, 이번에는 걱정하실 필요 없습니다. 부인도 피곤하실 테니 그만 댁으로 돌아가 쉬시는 게 어떻겠습니까?"

천장을 바라보고 있던 역도산이 얼굴을 조용히 아내 쪽으로 돌리면서 미소를 띠었다.

"게이코, 선생님 말씀대로 몸에 안 좋으니까 집에 돌아가서 쉬어. 이제 걱정하지 않아도 돼."

남편까지 거들었지만, 부인은 재수술이 걱정되어 돌아가고 싶은 마음이 생기지 않았다.

"사모님, 일단 돌아가 목욕탕에 들어가 몸을 좀 푸는 게 좋겠습니다."

한타로도 권했다. 병실에도 욕실이 있었지만 게이코 부인은 한 번도 사용하지 않았다. 그만큼 자택의 넓은 욕실에서 손발을 쭉 뻗고 싶었다.

오후 1시, 재수술을 위해 간호원을 데리고 우에노 박사가 얼굴을 내밀었다.

"지금부터 수술하겠습니다. 사모님은 일단 댁으로 돌아가셔서 쉬십시오. 괜찮습니다. 이번 수술은 걱정할 필요 없습니다."

"선생님 말씀대로 돌아가서 쉬고 와. 걱정하지 마."

"그럼 말씀대로 돌아가겠습니다. 여보, 힘내요."

"응, 괜찮아."

게이코 부인은 침대차에 누운 남편을 수술실 앞까지 전송했다. 그리고 남편이 없는 병실로 돌아오자마자 털썩 주저앉아버렸다.

재수술은 국부마취로 행해져 1시간도 안되어 끝났다. 병실로 돌아온 역도산의 얼굴은 창백했지만, 눈을 부릅뜨고 천장을 노려보고 있었다.

'이젠 괜찮겠어. 세키토리도 건강해질 거야.'

한타로도 조금 방심했다. 방심이라기보다는 안도감이 앞섰다고 할 수 있을 것이다. 부인이 자택으로 돌아간 뒤에 보조로 대기하고 있던 레슬러 한 사람에게 물건을 사오라고 심부름 보낸 한타로는 역도산이 눈을 감고 편안하게 잠들자 조용히 일어났다. 화장실에 가고 싶어졌던 것이다. 지금까지는 누군가가 꼭 병실에 남아서 역도산을 지켰지만, 잠깐이면 괜찮겠지 하는 생각에 한타로는 복도 끝에 있는 화장실로 뛰어갔다. 특별실에 딸린 화장실은 사모님용으로서, 다른 사람의 사용은 허락하지 않고 있었던 것이다.

한타로가 소변을 보고 복도로 나왔을 때였다. 특별실에서 도망치듯이 뛰어나오는 남자의 뒷모습이 보였다. 면회사절 팻말이 붙어있는데, '누구지……' 하고 불안해져 정신없이 방으로 뛰어들어갔다. 그 순간, "앗!" 하고 한타로는 외쳤다.

그 즈음, 시부야의 리키 엔터프라이즈의 사무소에서는 나쓰코의 전화가 요란하게 울렸다.

"사장님인가, 빨리 오라고 하는 게 아닐까요……."

그녀는 가볍게 웃으면서 수화기를 들었다.

"예, 리키 엔터프라이즈……."라고 말을 끝내기도 전에 떨리는 목소리로 소리쳤다.

"넷? 정말, 정말입니까. 네, 곧바로 달려가겠습니다."

그 얼굴은 경직되어 관자놀이가 경련을 일으키고 있었다.

"사장님, 사장님이 위독하시데요. 어떡해요……."

나쓰코는 수화기를 놓자마자 울기 시작했다.

"뭐, 그런 말도 안 되는⋯⋯."

미야자와 부장은 벌떡 일어나면서 소리 질렀다.

"왜 전화를 끊어버렸어? 날 바꿔주지 않고!"

이케야마가 흥분해 고함쳤다.

"하지만 저쪽에서 자기 할 말만 하고 그냥 끊어버린걸요."

나쓰코는 금방이라도 울음을 터뜨릴 것 같은 얼굴로 대답했다.

"금고에 현금은 있나?"

역시 미야자와는 경리부장이었다. 생각하는 것이 달랐다.

"현금은 한 푼도 없습니다."

"뭐야, 없다고! 이거 만약의 경우에는 큰일이군. 사망 소식이 전파를 타면 역도산이 직접 도장을 찍어야 하는 부분에서는 한 푼도 돈이 나오지 않아. 봉쇄되고 만다고. 이거 큰일인걸."

미야자와 부장은 당황하고 있었다. 우선은 돈이다. 그때 계단을 쿵닥쿵닥 뛰어올라오는 발소리와 동시에 리키 관광의 시도가 뛰어들어왔다.

"사장님이 위독하다면서요?"

"설마 진짜겠어. 시도, 서류를 가지고 집합해야죠. 병실로 말예요."

이케야마는 두꺼운 서류를 가방에 넣으면서 짓궂게 말했다.

"위독하다는데 서류 따위를 챙기고 있을 때가 아냐."

"가지고 가서 나쁠 거 없잖아요."

"이케야마, 사장님이 위독하다잖아. 난 안 가지고 가겠어. 잃어버리면 큰일이잖아."

시도의 얼굴에는 확실히 안심한 표정이 떠올라 있었다. 거의 500만 엔이나 되는 돈을 써버린 게 들통 나지 않을 수도 있기 때문이었다. 독설가인 이케야마도 그 이상은 추궁하지 않았다.

그 위독하다는 전화가 오기 30분 전, 한타로는 화장실에서 나와 복도를 정신없이 달렸다. 누군가가 특별실에서 뛰쳐나오더니 도망치듯 모습을 감췄다.

"큰일이다!" 한타로는 머리를 얻어맞은 것 같은 충격을 받았다. 잠시라도 한 사람은 반드시 역도산 곁에 붙어 있어야만 했다. 그런데 그 잠시의 틈을 노리고 있었던 것처럼 누군가가 침입했고, 또 사라졌다.

한타로는 특별실로 뛰어들어가자마자 "앗." 하고 숨을 삼킨 채 멈춰 섰다. 역도산의, 재수술을 하고 마취가 깬 지 얼마 안 되는 그의 왼손에서 사이다병이 굴러 떨어져 남아 있던 탄산수가 바닥에 흐르고 있었던 것이다. 한타로는 전화에 달려들어 소리쳤다.

"큰일입니다! 선생님 빨리 와주십시오. 빨리요."

한타로의 목소리는 이미 울고 있었다.

"세키토리, 정신 차려요, 세키토리!"

한타로는 역도산의 왼손을 잡아 흔들면서 소리쳤다. 하지만 눈은 감겨 있었고 반응이 없었다.

조금 뒤, 역도산이 최후의 힘을 쥐어짠 것이리라. 오른손을 간신히 들고 눈을 뜨더니 한타로의 얼굴 앞에 집게손가락을 하나 들이댔다. 세계의 강호들을 때려눕히던 가라테 촙의 그 오른손이 다음 순간 털썩 떨어지고, 눈이 굳게 닫히더니 두 번 다시 열리지 않았다.

"세키토리, 세키토리. 정신 차려요!"

한타로는 울부짖었다.

"제기랄! 세키토리에게 사이다 따위를 마시게 한 게 어떤 놈이야! 내가 도대체 무슨 바보짓을 한 거지, 제기랄!"

복도를 황급히 달려오는 발소리가 나더니 문이 난폭하게 열렸다. 주치의는 침대 옆에 구르고 있는 사이다병을 보자마자 한타로에게 고함을 질렀다.

"누가 마시게 했소!"

"선생님……."

한타로는 눈물로 뒤범벅이 된 얼굴을 숙였다. 주치의가 맥을 짚었을 때에는 이미 맥박이 사라지고 있었다.

"빨리 친지들을 부르시오."

잔혹하게도 주치의는 엄연한 사실로 죽음을 선언하려 했다. 청진기로 맥박을 재면서 손목시계의 바늘을 가만히 바라보다가,

"임종입니다. 시간은 오후 9시 50분……."

차갑고 낮은 목소리였다. 주치의는 청진기를 귀에서 떼어내면서 조용히 합장했다.

역도산은 '죽어도 좋으니까 마시게 해줘.' 하고 소리치던 그 탄산수에 의해 어이없이 죽었다. 그 강철과 같은 배는 복막염을 일으켜 스모 선수처럼 불룩해져 있었다.* 때는 1963년 12월 15일 오후 9시 50분, 맑은 겨울 밤하늘에 유성이 크게 빛을 내며 꼬리를 끌고 사라졌다.

역도산이 마지막 힘을 짜내 오른손 집게손가락을 들어 내밀었던 것은 무슨 뜻일까? 어떤 사람은 말한다. "나는 세계챔피언이다."라는 뜻이라고. 또 어떤 사람은 말한다. "태어날 아이를 부탁한다."라는 뜻이라고. 그리고 또 어떤 사람은 말한다. "나는 해냈다. 일본을 정복하고 세계챔피언이 되었다. 조국 조선에 영광 있으라."라는 뜻이라고.

그러나 실제로 유언은 물론 마지막으로 남긴 한마디조차 없었다. 그 집게손가락에 필시 무슨 뜻이 담겨 있었겠지만, 그 뜻은 아무도 알 길이 없는 것이었다.

---

*역도산의 사인에 대해서는 이외에 여러 가설이 있다. 이에 대해 칼로 찌른 범인 무라타의 재판에 출석한 수술과 마취를 담당한 의사는 마취에 의해 혈압이 떨어져 쇼크가 일어나 죽었다고 증언한 바 있다. 이에 증거로 진료기록부 제출이 요구되었지만 기록부가 없어졌다는 이유로 끝내 제출되지 않았다.

1993년에는 기후대학의 도이 교수가 그의 책 '마취와 소생'에서 역도산의 사인은 출혈이나 쇼크로 인한 것이 아니라, 전신마취에는 인공호흡을 위해 목에 튜브를 꼽는 기도내삽관(氣管內揷管)을 해야 하는데 이에 실패하여 무산소 상태에 빠졌기 때문이라고 밝힌 바 있다. 도이 교수는 미국 유학 중에 당시 수술에 참가했던 의대생을 만나서 얘기를 듣고 전문의로서 조사한 결과를 책으로 발표했다고 한다.

난장판

위독하다는 전화에 미야자와, 이케야마, 나쓰코, 그리고 리키 관광의 시도 등이 택시를 타고 산노 병원으로 달려와 특별실 앞에 섰을 때에는 유일하게 역도산의 최후를 지킨 한타로의 울음소리가 복도까지 울리고 있었다. 네 사람은 서로를 마주보면서 할 말을 잃었다. 그러다가 미야자와가 무겁게 입을 열었다. "늦었군."

불사신 역도산이 어이없이 죽었던 것이다. 업무 보고도 듣지 않고…….

세 사람은 발소리도 내지 않고 조용히 문을 열고 들어갔지만, 시도만은 특별실에 들어가려 하지 않고 대신 담배에 불을 붙여 깊이 들이마셨다가 크게 내뿜었다. 창가에 기대서서 겨울 하늘의 한 곳을 노려보는 그의 얼굴은 기쁨을 억누르고 있는 표정이었다.

역도산 사장이 죽었으니 500만 엔을 써버린 것도 덮어둘 수 있겠다는 생각이 들자, 조금 전까지 양심의 가책을 견딜 수 없어 하던 자신이 바보처럼 여겨졌다. "내게도 운이 따르기 시작했다!" 하고 외치고 싶은 기분이 들 정도였다.

그의 직책은 전무였지만, 역도산이 죽었으면 저절로 리키 관광의 최고 책임자가 되기 때문에 장부 따위는 맘대로 조작할 수 있는 위치가 된다. 38세였지만 나이보다 어려 보이는 얼굴에 154센티라는 작은 몸집은 양가집 도련님 같아서 누가 보더라도 악당으로는 여겨지지 않는 사람이었다.

시도는 몰래 가져다 쓴 돈에 대한 고민이 날아가버리자 그 풍만한 여자를 안고 싶어졌다. 한시라도 빨리 시부야의 사무소로 돌아가서 애차인 르노를 몰고 달려가야겠다, 하고 담배를 버리고 구두로 밟아 끄면서 빠른 걸음으로 병원에서 떠났다. 그 뒤로 유성이 또 하나, 긴 꼬리를 물면서 서쪽 하늘로 사라졌다.

"나쓰코, 잠깐 복도로……."

미야자와가 목소리를 죽여 말했다. 방안에는 부인과 한타로의 울음소리만 벽에 울리고, 세 아이들은 그저 멍하니 아버지의 죽은 얼굴을 바라볼 뿐 눈물조차 흘리지 않고 있었다. 너무 갑작스러운 죽음을 믿을 수가 없었던 것이다. 아이들에게는 아버지라기보다는 '무서운 사람'이라는 관념밖에 없었을지도 모른다.

"나쓰코, 내일 아침 은행 문 열자마자 700만 엔을 찾아 와."

미야자와는 빨개진 눈으로 말했다.

"네, 알겠습니다."

"그래, 일단 700만 엔이다. 우리는 여기에 있어봤자 방해만 될 뿐이야. 뒷일은 요시마치 씨에게 맡기고 곧바로 사무소로 돌아가 장례 준비를 하자. 무엇부터 시작해야 좋을지 모르겠지만 울고 있을 때가 아니야."

세 사람은 합장으로 명복을 빌고 나서 허둥지둥 병원 복도를 달렸다.

시부야 사무소에는 라디오나 텔레비전의 임시뉴스를 통해 사실을 알게 된 사원들이 속속 모였다. 전화 연락과 협의가 겨우 끝났을 무렵, 동쪽 하늘이 벌겋게 물들어왔다.

그날도 맑은 날씨였다. 한숨도 자지 못한 사원들은 신경이 곤두서 있었다. 빵과 우유밖에 먹은 것도 없으니 마음이 안정되지 않는 것도 무리

는 아니었다. 나쓰코는 은행의 무거운 문이 열리기를 기다려서 당좌예
금 창구로 달려갔다.

"이 통장은 모모타 미쓰히로 씨의 개인 통장이군요. 이건 인출하실 수
없습니다."

다른 때는 농담을 주고받던 사이인 창구의 여자 행원이 미소조차 띠
지 않고 사무적으로 말했다.

"장례식을 치러야 해요. 어떻게 좀……."

"안 됩니다. 규칙이라서요."

"그럼 좋아요, 지점장에게 부탁하겠어요."

"지점장님에게 말하셔도 안 됩니다. 그럴 권한이 없어요."

나쓰코는 통장을 낚아채듯 찾아 쥐더니 성큼성큼 지점장 자리 앞으로
갔다.

"지점장님, 꼭 돈이 필요합니다. 어떻게 좀 해주세요. 왜 뺄 수 없다는
거죠? 죽었다고 해서……."

"아, 역도산 씨 말씀이군요. 이번에 정말 큰일이 났더군요. 라디오로
듣고 깜짝 놀랐습니다. 진심으로……."

"그런 인사보다 바로 돈이 필요합니다."

"그게……, 본인이 돌아가시게 되면 유족의 증명이라도 받아온다면
또 몰라도 법률에 의해 재산이 동결됩니다. 정말로 죄송합니다만, 인출
해드릴 수가 없습니다."

"도저히 안 되나요?"

"죄송합니다만, 안 됩니다."

냉담한 거절이었다. 아무리 나쓰코라고 해도 순순히 물러날 수밖에
없었다. 유명인사가 사망한 경우, 라디오나 텔레비전, 신문에서 지체 없
이 보도되어 버리기 때문에 본인의 재산은 곧바로 동결된다. 어쩔 도리
가 없었다. 모두 세금의 대상이 되어버리는 것이다.

"미야자와 부장님, 안 된답니다. 이 통장은 사장님 개인명의의 통장이

에요. 회사 것이 아니면……."

"뭐! 돈을 뺄 수가 없어? 큰일이군. 장례식도 못 하겠어……."

신사인 미야자와도 눈을 치켜뜨면서 소리를 질렀다. 그러자 이케야마가 생각난 듯이 일어서더니,

"사장님 댁의 금고에 12일 날 받은 벤츠 대금이 아직 들어 있을지도 몰라요."

"어머, 그래요. 벤츠를 판 그 돈, 제가 사장님께 보여드리고 금고에 넣어뒀어요. 요시마치 씨에게 전화를 걸어 있는지 없는지 봐달라고 할게요."

"좋았어, 전화해. 그거라도 없으면 오늘 밤 밤샘도 치를 수가 없어. 아직 있었으면 좋겠군."

미야자와는 다소 안심하는 표정이 되었다. 과연 이케야마가 말한 대로 현금 400만 엔은 봉투도 뜯지 않은 채로 금고 안에 보관되어 있었다.

"나쓰코, 신문에 사망 광고를 내. 광고회사에 연락을 해서 전국지에 지면을 잡아달라고 담당자에게 부탁해줘. 아사히, 마이니치, 요미우리, 닛케이, 산케이로 다섯 신문사면 될 거야."

"갑자기 그렇게 지면을 잡을 수 있을까요?"

나쓰코는 불안했다.

"그러니까 덴쓰 쪽에 말해서 밀어붙여달라고 해. 세계의 역도산이잖아."

나쓰코가 전화에 붙어 교섭을 시작했다. 그런데 그 금액이 합계 900만 엔, 미야자와는 또다시 "으음." 하고 신음했다.

"생명보험금은 바로 나오지 않는 건가?"

이케야마는 항상 낙천적으로 말했다.

"그렇군. 그게 3,000만 엔이었지. 딱 한 번 180만 엔을 냈는데 3,000만 엔이 되다니 고맙군. 나쓰코, 곧바로 야스다 생명에 물어봐. 그 돈이 있으면 장례식도 가능할 거야."

이런 역할은 모두 나쓰코에게 맡겨졌다. 그녀는 머리 회전이 빠르고 싫은 표정 한번 보이지 않고 척척 일을 해냈기 때문에 미야자와로서는 편리했다. 그러나 유산 상속이 결정되지 않으면 보험금 역시 나오지 않는다는 답변이 나왔다. 그때, 부사장이 된 요시마치가 심각한 얼굴로 들어왔다.

"미야자와, 오하시의 땅 말인데, 잔금 2,500만 엔을 앞으로 반달 뒤인 12월 30일에 내야 해. 이걸 내지 못하면 계약금 6,000만 엔이 날아가. 큰일 났어."

"2,500만이요? 지금 당장은 장례식이 더 큰 문제예요. 더군다나 사망 광고 대금 900만 엔도 없는 판국인데, 요시마치 씨, 어떻게 안 될까요?"

"난처하군, 난처해. 미쓰비시전기 측에 폐를 끼치게 되겠어. 난처한 꼴이 됐어."

"난 광고비 900만 엔이 없어서 머리를 싸매고 있는 판국이니까 2,500만 엔에 신경 쓸 겨를이 없어요. 오하시의 땅에 대해서는 미쓰비시를 찾아가서 의논하는 방법밖에 없을 겁니다. 오쿠보 사장님께 눈물로 사정해보세요."

요시마치도 미야자와도 자기 맡은 일에 머리가 꽉 차 있었다. 역도산 사장이 기획하여 착착 실행되고 있던 사업이 갑자기 회전을 멈추고, 그 뒤처리가 갑자기 쏟아져나오는 꼴이어서 요시마치나 미야자와나 장례식 기분에 젖을 여유가 없었다.

이케야마 경리과장 또한 제정신이 아니었다.

"부장님, 덴쓰에는 뭘로 지불하실 겁니까. 일단 어음으로 줍니까?"

"어쩔 수 없잖아. 그렇게 교섭해줘. 설마 천하의 역도산 왕국에 돈이 없을 거라고는 생각하지 않을 테지. 몇 개월짜리 어음이라면 괜찮을 거야."

임원들의 논의에 나쓰코도 불안해졌다. 오늘 밤 친지들의 밤샘을 준비하기 위해서는 리키 아파트에 가서 가정부들에게 지시를 줘야만 했다.

"저는 사장님 댁으로 가겠습니다. 돈 문제도 있으니까 아무나 빨리 와 주세요."

한숨도 자지 못해서 모두들 기분이 좋지 않았다. 오늘 밤에는 친지들, 내일은 일반인들의 밤샘이 있을 것이고 거기에 장례식에 대한 논의와 접대가 있어서 오늘 밤에도 집에 돌아갈 수 없을 것 같았다. 나쓰코는 대답도 듣지 않고 핸드백과 서류를 넣은 큰 봉투를 안고 서둘러 방을 나갔다.

12월의 차가운 바람에 실려오는 시부야 번화가의 정글벨 소리가 유난히 시끄러웠다. 나쓰코는 택시에 깊숙이 기대고 앉자마자 눈을 감고 역도산은 불쌍한 사람이구나 하고 생각했다.

칼에 찔리기 이틀 전인 12월 6일 낮, 사장실에서 경리부의 부장 대우 나카도리 가쿠타로와 심각한 얼굴로 이야기하는 내용을 우연찮게 들은 적이 있었다. 나카도리라는 사람은 천황과 황태자의 호위를 맡았던 사람으로서, 경찰청으로 돌아가 교통과장을 맡고 있을 때 역도산이 끌어당겨 정년퇴임 3년을 앞둔 작년 가을에 입사한 검도 7단의 검도 명인이었다. 하지만 일다운 일은 하나도 맡겨진 것이 없었다.

"사장님, 드디어 내일 시합으로 올해 국내 스케줄은 모두 무사히 소화하게 되는군요. 그래도 15일에 미국에 가시려면 여전히 바쁘시겠죠?"

"하와이와 로스엔젤레스를 돌아 1월 중순에 돌아올 겁니다. 제6회 월드시리즈전 준비도 해야 하니까……."

"이번에 가시면 외국인 선수와 계약만 하는 겁니까?"

"아니, 계약이라면 창구 역할을 맡은 토고 씨가 해줄 수 있으니까 당연히 시합도 하고 와요. 돈을 벌어야 하니까. 그건 그렇고, 내가 미국에서 돌아올 때까지만 참아줘요. 여기 젊은 놈들은 어느 하나 믿을 수가 없어. 도둑놈들뿐이야. 내가 이번에 갔다 오면 모두 잘라버려서 새로 뽑을 거요. 그때 최고 책임자가 되어줘요.

사가미 호반에 골프장을 중심으로 한 종합 레저 랜드를 조성하는 대사업을 시작했는데, 누구 하나 신용할 사람이 있어야 말이지. 내 돈을 뜯어먹을 승냥이들만 있어서 방심할 수가 없단 말이야. 내년엔 꼭 나카도리 씨의 힘을 빌리게 될 거요."

나쓰코의 귀에는 사장의, 그 절절한 어조의 목소리가 아직도 남아 있었다. 돈과 여자, 더하여 일본인으로서의 명예를 좋아했던 역도산은, "일본인은 믿을 수 없는 민족. 돈이 전부다." 하고 단정 짓고 있었던 것이다. 역도산 왕국은 앞으로 어떻게 될지, 나쓰코의 마음은 무거웠다.

"손님, 리키 아파트에 도착했습니다."

"어머, 고마워요. 깜빡 졸았네요."

나쓰코는 택시에서 내려 무심코 리키 아파트를 올려다보았다. 어제도 오늘도 호화롭고 큰 건물은 조금도 변함이 없었다. 그러나 이제부터 큰 변화가 생길 거라는 생각이 들자, 마음이 착잡해지는 것을 어쩔 수가 없었다.

나쓰코는 약 10년 동안 역도산 곁에서 청춘을 보냈다. 그리고 사람 사는 세상의 추함을 지겨울 정도로 보아왔다. 역도산이라는 위대한 원맨 사장이 죽었으니 회사나 프로레슬링은 어떻게 될까, 하고 나쓰코의 마음은 무거웠다.

나쓰코가 8층으로 올라가려고 하자, 엘리베이터를 타고 내려온 젊은 레슬러가 "시신은 해부하기 위해서 차로 옮겼습니다." 하고 차분한 표정으로 알려주었다. 그녀는 "아, 그래요." 하고 작은 소리로 대답하고 엘리베이터 버튼을 눌렀다.

8층의 홀 한구석에 장식된 홈바에는 레슬러들이 무리지어 시끌벅적 떠들고 있었는데, 어느 하나 침통한 얼굴이 없었다. 역도산이 자랑하며 아까워서 입도 대지 않고 선반에 장식해둔 세계 최고의 술, 브랜디와 위스키들이 멋대로 뜯겨 있었다. 절교장을 보내 '두 번 다시 역도산의 면상을 보고 싶지 않다.'고 고함쳤던 히가시후지까지 달려와 생전 처음 보는 고급 술을 물처럼 벌컥벌컥 마셔댔다.

"장례식에선 마셔줘야 하는 거다. 실컷 마시자. 잘도 이렇게 모았군. 어쨌거나 역도산은 너무 구두쇠였어. 워낙 고급 술이라 아까워서 못 마셨겠지. 대신 우리가 마시고서 잘 가라고 명복을 빌어주자고."

그야말로 먼저 잡는 사람이 임자라는 식으로 마셔버렸다. 영국제 위스키, 프랑스제 브랜디 등 이름도 읽을 수 없는 최고급 술이 술고래 같은 레슬러들이 노리는 족족 눈 깜짝할 사이에 빈병이 되었다.

나쓰코는 그 옆을 황급히 지나가면서 역도산이 불쌍해서 견딜 수가 없었다. 제왕과 같은 존재였던 영웅이 죽었는데, 그 부하들은 들떠서 술잔치나 벌이고 있었다. 이런 초상집이 어디에 있었을까.

도요노보리는 글라스를 놓더니 눈을 치켜뜨면서 말했다.

"문제는 앞으로의 프로레슬링을 어떻게 하느냐다."

엔도 고키치가 기다렸다는 듯이 몸을 내밀면서 큰소리를 쳤다.

"지금까지는 역도산에게 착취당했으니까, 이번엔 우리가 새 회사를 만들어서 크게 돈을 벌어봐야 하지 않겠어?"

"옳은 말씀, 지금까지 너무 지독했어. 드디어 우리들이 나설 차례다."

"그래, 앞으로는 자네들의 세계다. 나도 응원해주지."

히가시후지가 부채질을 하고 나섰다.

"그래. 이제까지는 역도산의 원맨쇼였으니까 슬슬 나서봐야겠어."

도요노보리도 동조했다.

"난 역도산과 함께 프로레슬링을 시작했어. 아니, 하와이에서 수련한 건 내가 더 빨라. 기무라, 야마구치와 함께 트레이닝에 들어갔는데 나중에 역도산이 나타난 거라고. 그런데도 전매특허인 양 가라테를 금지시키고 자기만 착한 역할을 맡아 돈을 벌었단 말야. 난 변함없이 빈털터리고."

엔도 고키치의 말에서는 증오의 감정까지 담겨 있는 것 같았다. 세계 챔피언 역도산을 위한 밤샘인데도 그 일본의 영웅을 칭찬하는 화제는 하나도 나오지 않았다. 구두쇠에 호색한에, 가라테까지 독점해서 자신들에게는 못 쓰게 했다는 험담만 이어질 따름이었다.

역도산을 신처럼 존경하고 있는 같은 민족의 김일 선수가 그 자리에 있었다면 어떤 일이 벌어졌을까, 하고 나쓰코는 눈살을 찌푸렸다. 김일은 그때 로스앤젤레스를 중심으로 하는 캘리포니아에서 거친 시합을 펼치고 있었고, 자이언트 바바는 캐나다와 미국 동부에서 메인 이벤트에 나설 만큼 제 몫을 하는 선수로 커 있었다. 신인인 20세의 안토니오 이노키는 한 방울의 술도 마시려 들지 않고 유일하게 혼자 천장을 바라보고 있었다.

"드디어 우리 차례가 왔어. 큰돈을 벌어보자."

엔도는 도요노보리, 요시노사토, 요시무라의 얼굴을 둘러보면서 동의를 구했다. 이 엔도의 돈, 돈이라는 발언에 젊은 레슬러들까지 새 회사 발족에 자신의 꿈을 걸기로 한 모양이었다.

사법 절차에 따른 해부를 마치고 말없이 집으로 돌아온 시신은 안방에 제단을 만들어 안치했다. 그 앞에 걸린 영정은 자랑스럽게 미소를 띠고 있었다. 선향의 연기 속에서 그 유체를 지켜보면서 자리에서 일어나려 하지 않은 사람은 야구선수인 가네다 마사이치*와 장훈, 그리고 가수인 가스가 하치로뿐이었다. 향을 올리면 다른 사람들은 바로 자리에서 일어나 다른 사람들이 모여 음식을 먹는 곳으로 갔지만, 그 세 사람만은 아무것도 마시지 않고 고개를 떨어뜨리고 이제는 사라진 영웅의 명복을 기원하고 있었다.

화장실에 갔다 온 가네다 투수는 쓰디쓴 표정으로 장훈 선수에게 말했다.

"초상집에서 새 회사니 돈이니 하는 얘기만 하고, 이게 어떻게 된 거야?"

"유쾌하지 않은 일이야. 원맨 시스템이 무너지니 정말이지 엉망이군."

"영웅호걸에게는 적도 많은 법이라고 하지만, 그래도 전쟁에 져서 꿈도 희망도 없던 시절에 일본인들의 사기를 북돋워준 영웅이잖아. 서글픈 일이야."

가스가 하치로가 조심스럽게 말했다.

"역도산 씨도 이래서야 편히 갈 수 있을까 싶어, 정말……."

가네다 투수의 말에는 같은 민족으로서 느끼는 바가 담겨 있었다. 나쓰코는 그 세 사람의 모습을 멀찍이 바라보면서 직접적으로 금전 관계가 없는 친구는 좋은 것이로구나, 하고 새삼스럽게 역도산의 인맥을 떠올려보았다.

역도산은 정계, 재계, 연예계, 스포츠계, 흥행계, 언론계, 그리고 한국 프로레슬링협회의 김일을 통해서 박정희 대통령에게까지 교우 관계를 뻗치고 있었다.

정치계의 경우, 집권당인 자민당의 기시 신스케, 후지야마 아이이치로를 비롯하여 커미셔너에 오노 한보쿠, 가와시마 마사지로, 시이나 에쓰사부로, 사회당에서는 스즈키 시게사부로, 아사누마 이네지로, 가토 간주, 민사당의 니시오 스에히로, 커미셔너 후보로서 가야 오키노리, 가와노 이치로, 그 외에도 당시에는 오노 한보쿠의 비서였지만 나중에 자민당의 거물이 되는 나카가와 이치로 등이 있었다.

재계를 보면 나가타 유이치, 마쓰오 시즈마, 오야 신조, 가와이 요시나리, 오카와 히로시, 아라이 다다마사, 마쓰오 구니조, 스폰서로서 오가 가즈, 이마자토 히로키, 세키 요시나가, 쇼리키 마쓰타로가 있었다.

그 외에도, 고다마 요시오, 마치이 히사유키,* 다오카 가즈오 등의 거물들이 있었다. 뿐만 아니라 연예계나 스포츠계에서도 전부 언급할 수 없을 정도로 많은 사람들이 속속 문상하러 왔다.

초상은 리키 아파트에서 이틀 동안 치러졌는데, 엘리베이터 한 대로

*간토 지역 재일교포를 중심으로 하는 야쿠자 조직의 우두머리, 본명 정건영.

는 모자라서 술대접은 1층 차고를 임시 연회장으로 만들어 쓰고 8층의 홀은 특별한 사람에게만 자리를 허락했다.

"로쿠, 아침까지 같이 있자고."

이케야마가 로쿠로타의 어깨를 탁 하고 치며 말을 걸었다.

"이틀 밤이나 새울 수는 없어. 시간을 봐서 오늘 밤엔 돌아갈 거야. 그 건 그렇고, 이 홀은 따뜻하고 좋지만 다른 손님들은 1층 차고잖아. 추워 서 술을 마시고 있는데도 다리가 덜덜 떨리더라고. 그렇게 추운 데서 누 가 술을 마시겠어? 실제로 술이 조금도 줄지 않더라고. 경제적이기는 하지만 그래서야 문상객들에게 너무 힘들지."

"사장님은 자신이 죽으리라고는 생각해보지도 않았을걸? 그러니까 이렇게 불편하게 해놓은 거지. 불편한 만큼 자기 몸은 안전했겠지만, 화 재 같은 건 고려하지 않고 지었어. 문상객들이 안쪽에 있는 제단까지 가 보지도 못할 정도니⋯⋯. 아무튼 엉망진창 초상집이야. 사장님은 적이 너무 많았어. 누구 하나 좋게 이야기하는 사람이 없잖아. 정말이지 속이 뒤집힐 것 같아."

"맞아, 나도 질렸어. 저 레슬러들 태도 좀 봐. 영웅도 죽어버리면 이런 꼴을 당하니⋯⋯. 이주인 히로시 씨의 장례식 때, '죽다니 바보 같은 놈 이다, 죽어선 안 돼.' 하고 절절하게 말하더니, 그 말을 한 당사자가 이 렇게 죽다니. 프로레슬링 팬인 아이들의 꿈을 완전히 깨졌어. 정말 분통 터지는 일뿐이야."

"그리고 게이코 부인의 아버지 말이야, 경찰서장인지 뭔지는 몰라도 저 태도 좀 보라고. 프로레슬러나 사원에 대한 언동이 너무 심하잖아. 저거야 역도산 사장을 욕하는 데 부채질하는 꼴이 아니고 뭐야. 레슬러 들의 불신감만 키우잖아. 역도산 왕국이 사라진다면 저 장인도 한몫 거 들었다고 할 수 있을걸."

"비상식적인 사람이야. 경찰에서는 얼마나 대단한지 모르지만, 프로 레슬링과는 전혀 무관한 사람이잖아. 저러면 미망인을 돕겠다는 레슬러가 한 사람도 없을걸. 역도산의 장인으로서 가만히 앉아 있으면 좋을 것을, 바보 같은 사람이지. 그리고 방금 큰소리로 웃는 여자가 있었는데, 비상식적인 인간이 있구나 싶어 봤더니 미망인이 된 게이코더군. 그 아비에 그 자식이라더니, 역도산만 불쌍해."

"그래, 경찰 쪽 사람은 세상 물정을 모르니, 처치 곤란한 장인이야. 그런데 1층 접수처는 대단하다며?"

"거기가 재밌지. 지금까지 1층에서 기록사진을 찍고 있었는데, 그야말로 인간 희극이 벌어지고 있어."

로쿠로타는 비로소 빙긋이 웃었다.

"그럼 나도 보러 갈까?"

"어이, 그렇게 여유만만해도 되는 거야?"

"장례식 준비는 만사 OK, 남은 건 높으신 분들을 접대하는 일뿐이야. 그런데 너무 졸립단 말야."

이케야마는 독설을 내뱉어도 해야 할 일에 대해서는 누구에게 빠지지 않는다. 다만, 소년항공병의 가미가제 특공대였는데도 살아남았다고 자랑을 할 때만큼은 시끄러웠다.

1층 접수처에서는 어젯밤부터 잇따라 나타나는 자칭 역도산의 애인을 한데 모아 야구선수 모리 도오루의 어머니인 노부코가 단독으로 상대하고 있었다. 모두들 한눈에 역도산 취향의 여자임을 알 수 있을 정도로, 흰 치아가 가지런하고 긴 머리의 여자들이었다. 그중의 한 사람, 요쓰야에 살고 있다는 여자는 접수를 맡고 있는 나쓰코에게까지 "역도산의 부인 나오라고 해!" 하고 화를 내고 소리를 지르면서 자리를 뜨려하지 않았다.

"나한테 반지를 준다고 약속했어. 그 파티용 다이아 반지 말이야. 역도산 씨는 거의 매주 날 찾아와서 자고 갔어. 내 말 정말이야!"

"그럼, 무슨 증거가 있습니까?"

모리의 어머니 노부코는 반드시 처음에는 어수룩하게 나왔다.

"그런 게 어딨어요. 각서 같은 거 쓸 사람이 아니잖아요. 역도산 씨는 나한테 반해 있었단 말예요."

"그 반지는요, 10만 달러짜리니 20만 달러짜리니 하는 반지예요. 루테즈의 것을 흉내 내서 만들었지만 그것보다 몇 배나 비싼 다이아몬드로 만든 거란 말예요. 그런 걸 당신 말만 믿고……."

"너 같은 할망구와는 얘기가 안 돼! 부인 나오라고 해, 역도산 부인!"

"초상을 치르는 중인데, 바보 같은 소리하지 마. 난 역도산의 엄마다. 너에 대한 얘기 같은 건 역도산에게서 들은 적이 없어."

"역도산 씨에게는 어머니 따위 없어. 할망구가 잘난 척은……."

"입 다물어! 내 앞에서 실례되는 말을 하면 용서하지 않겠다. 나에 대해서 모른다면 넌 사기를 치러 온 암여우일뿐이야."

노부코는 그 얼굴을 눈알을 굴리며 노려보았다. 그 돋보기안경 뒤에 있는 눈알은 노인성 백내장에 걸려 상대방이 거의 보이지 않았다. 보이지 않으니까 무리하게 보려 들면 상당히 무서운 눈이 되었다.

그렇게 노부코는 고군분투했다. 악역이다 보니 누구 한 사람 도와주려고도 하지 않았다. 그렇게 약속을 받았다는 여자들이 잇따라 나타나더니 밤 11시가 되자 여덟 명으로 불어났다. 어떤 여자는 "하코네의 별장은 내 거다.", 또 어떤 여자는 "벤츠 스포츠카를 주기로 약속했다.", 또 어떤 여자는 "롤스로이스는 내 거야." 하고, 저마다 역도산의 약속을 받았다면서 노부코를 윽박질렀다.

"역도산, 훌륭한 녀석이야. 영웅호색이라고 했던가, 이 정도가 아니면 세계챔피언이 될 수 없겠지. 좋아, 내가 맡아주마. 다들 덤비어라."

노부코는 자기 배를 툭 치더니 빙긋이 웃었다. 그녀는 일본이 패전하기까지 만주, 지금의 중국 장춘에서 '萬里'라고 하는 요릿집과 '新京飯店'이라는 호텔을 경영하고 있었던 만큼 이 정도에는 꿈쩍도 하지 않았다. 죽은 남편은 경찰서장이었는데, 패전 뒤에 권총을 갖다 대는 사람이 있어도 빙긋이 웃으면서 상대했던 여걸이었다. 그녀는 상대방이 하고 싶은 말을 실컷 하도록 놔두었다가 "내일 밤 8시에 와요." 하고 딱 잘라 버렸다.

그 다음날, 은행에서 돈을 찾아와 여덟 명의 여자들에게 현금을 주면서, "앞으로는 어떠한 관계도 없습니다." 하는 각서를 받아 문제를 해결해버렸다.

"돈이 좀 남았네." 하고 빙긋이 웃었던 노부코였지만, 얼마가 들었는지는 아무에게도 말하지 않았다. 100만 엔이라는 소문도 있고 200만 엔이라는 소문도 있었지만. 끝내 임신한 미망인을 슬프게 만들고 싶지 않다면서 자기 돈으로 대신했던 것이다.

그런데 그것으로 모두 해결된 것이 아니었다. 장례식이 끝난 다음날에 삿포로에서 나타난 모녀가 우겨대는 데에는 노부코도 손을 들고 말았다. 두 여자가 울면서 난리를 쳐대니 어쩔 도리가 없었다. 그것도 간신히 돈으로 해결하기는 했지만, 그로써 결국 은행에서 찾아온 그 큰돈은 모두 사라지고 말았다.

초대받지 않은 손님은 여자만 있는 것이 아니었다. 초상 첫날부터 빚쟁이들의 방문이 끊이지 않았다. 개중에는 스모 선수 시절에 출세하면 주겠다고 했다는 900엔짜리 증서, "맥주 세 병에 안주 값입니다. 지불해주십시오."라는 술집 아저씨 등등, 영웅이라는 존재가 땅바닥에 구르는 꼴이 되었다. 나쓰코는 접수처에서 그들을 상대하면서 너무 한심하고 분했지만 그런 분노를 폭발시킬 수도 없는 노릇이어서 짜증만 더하고 있었다.

8층 홀에서는 흥행 관계의 우두머리들이 전국에서 달려오고, 도요노보리, 요시노사토, 요시무라, 엔도 등의 대간부들이 한데 모여 역도산이 죽은 뒤의 프로레슬링을 어떻게 운영할지에 대해 입에 거품을 물고 있었다. 지방흥행사 및 야쿠자에게 있어서 프로레슬링은 달러 박스와 같은 존재였다.

그중 우익계의 거물 고다마 요시오는 잠자코 다른 사람들의 의견만 듣고 있었는데, 적당한 때를 봐서 무겁게 입을 열었다.

"오늘은 초상집에 온 것이오. 초상집에 밤샘을 하러 왔으니 초상집답게 있었으면 좋겠소. 레슬러들까지 돈 돈 하면서 돈벌이만 생각하지 말고, 오늘 밤엔 역도산의 명복을 빌어주시오. 프로레슬링 운영에 관해서는 1주일 이내에 회의를 엽시다. 커미셔너인 오노 한보쿠 선생의 의견도 들어야 하겠지만, 그때까지 이 고다마에게 맡겨주시오. 괜찮으시겠지요?"

묵직한 태도로 발언하더니 큰 눈으로 주욱 사람들을 훑어보았다.

"선생님께 일임하겠습니다."

일본 최대의 야쿠자 조직인 야마구치구미의 오야붕, 다오카 가즈오가 관록 있는 목소리로 일동을 대표해서 대답했다. 도쿄의 밤을 다스리는 제왕으로 일컬어지고 있던 마치이 히사유키도 고다마에게 가볍게 머리를 숙여 보였다. 누구 하나 이의를 제기하는 사람은 없었다. 고다마 요시오의 발언은 그만큼 절대적이었다.

역도산의 관은 두께 3센티미터가 넘는 훌륭한 노송나무 판자로 특별히 만들어졌다. 유체에는 링 위에서 쓰던 성난 파도가 그려진 화려한 가운이 입혀졌다. 역도산에게는 일본식의 하얀 수의 따위는 어울리지 않는다고 누구나 생각했던 것이다. 어디까지나 세계챔피언의 모습으로 보내야 했다.

유체를 관에 넣으려는데, 가슴 위로 손을 얹을 수가 없었다. 팔이 굳어 움직이지 않았던 것이다. 그것을 뒤에서 가만히 보고 있던 기후의 흥행사 하야시가 사람들을 헤치면서 앞으로 나왔다. 신심 깊은 하야시는 염주를 손목에서 빼내 반야심경을 외면서 그 차가운 팔을 조용히 문질렀다. 그러자 신기하게도 장의사조차 움직일 수 없었던 황금의 팔이 마치 피가 도는 것처럼 움직이는 것이 아닌가. 그리하여 그 악역들을 때려눕혔던 정의의 사자, 가라테 촙의 손이 가슴 위에 기도하듯 모아졌다. 그 위에는 시합전의 세러모니 때에 오른쪽 어깨에서부터 비스듬히 걸쳤던,

황금색 바탕에 보라색 글자로 '세계챔피언 역도산' 이라고 쓴 커다란 띠
가 조용히 놓여 국화꽃 속에 묻혔다.

그 얼굴은 평안하게 영원의 잠에 들어 있었다. 하지만 할 일을 다 했
다는 얼굴이 아니라, 다음 비약을 위해서 잠시 쉬는 것처럼 보이는 얼굴
이었다.

"미련이 많을 테지……."

실제 말로는 표현하지 않았지만, 모두들 같은 생각을 하고 있었을 것
이다.

화장터로 가기 위해 관이 도요노보리 이하 레슬러들에 의해 옮겨졌
다. 같은 하늘 아래 살 수 없다고 분노했던 전 요코즈나 히가시후지까지
도 왔다. 그런데 엘리베이터에는 관이 그냥 들어가지 않았다.

"이봐, 살살 머리 쪽을 세워."

요시노사토가 목소리를 죽여 말했다. 규슈야마와 요시무라가 관을 천
천히 들어올리기 시작했다.

"구 구궁." 역도산의 커다란 몸이 관 속에서 살아 있는 것처럼 아래로
떨어졌다. 너무나 으시시한 소리였다.

"엘리베이터가 작군."

"설마 자기가 죽을 줄은 생각도 못했겠지."

작은 속삭임이 흘러나왔다. 세기의 영웅이 죽어서 슬프다는 표정을
짓는 자는 관 주위에 한 사람도 없었다. 그저 의무적으로 냉정하게 행동
할 뿐, 그것이 나쓰코로서는 더욱 화나는 일이었다.

화장터로 옮겨진 유체는 가마 앞에서 특별히 뚜껑을 열어 마지막 이
별을 가졌다. 로쿠로타는 그 사람들을 비집고 들어가, 이제 연기로 사라
져버릴 영웅의 마지막 얼굴을 촬영했다.

"역도산, 피로연 끝날 즈음에 내가 '마지막으로 한 장 더'라고 했다고
야단치더니, 결국 이렇게 마지막 한 장을 찍게 되어버렸군요."

로쿠로타는 그에게 말을 걸고 있었다.

"이제 닫아도 되겠습니까?"

모자를 벗은 화장터 직원이 참례자들을 둘러보았다. 그때 미망인이 비틀비틀 달려와 남편의 얼굴을 뚫어지게 바라보다가 왼손 새끼손가락으로 자신의 입술을 살짝 누르더니 다시 그 평안하고 얼음 같은 유체 입술에 조용히 갖다 댔다.

"안녕, 여보."

신혼 6개월인 미망인의 눈에서 그칠 줄 모르고 눈물이 쏟아지더니 큰 소리로 통곡했다. 그러다 무거운 몸이 크게 휘청하더니 의식을 잃고 그 자리에 쓰러졌다.

다 타기까지 40분이 걸린다고 했다. 관계자들은 대기실로 들어갔지만, 레슬러들은 양지바른 곳에서 느긋하게 볕을 쬐었다. 화장터의 굵은 굴뚝에서 새로 하얀 연기가 피어올라도 누구 한 사람 깊은 감개를 가지고 보려들지 않았다. 오직 한 사람, 불이 붙은 최고급 가마 앞에 선 커다란 사내가 있었다. 그것은 바로 스모 시절부터 시중을 들었던 한타로였다. 멈출 줄 모르고 흘러내리는 굵은 눈물을 닦는 것도 잊고 두 주먹을 굳게 쥐고서 소리죽여 울면서 40분의 마지막 순간까지 역도산의 곁을 지켰다.

불이 멈추자 뼈가 철판 위에 남았다. 크고 굵은 뼈와 함께 충치 하나 없는 훌륭한 치아가 허무하게 흩어져 있었다. 세수를 하고 머리를 매만지고 러닝셔츠를 입기까지 40분이나 걸렸던 그 역도산의 영웅다운 모습이 이제는 그저 새빨갛게 튄 뼈이고, 재였다. 참례자들이 순서대로 넘겨받은 젓가락으로 뼈를 단지 안에 담자, 화장터 직원이 남은 뼈를 슥슥 아무렇게나 새하얀 뼈단지에 담더니 사정없이 쇠방망이로 찧어 뼈를 부수었다. 그리고 퉁퉁 하고 철판에 뼈단지를 쳤다. 단지 속의 뼈가 그때마다 쑥쑥 가라앉았다. 그것은 유골 단지를 세 개 만들고도 남을 분량이었다.

하나는 북한의 평양에 있는 형에게 보내 함경남도의 고향 부근에 있는 선조대대로 내려오는 묘지에 아버지와 어머니 옆에 셋째 아들로서 영원히 잠들 분골이었다. 또 하나는 나가사키 현 오무라 시의 절 조안지(長安寺)에 있는 호적상의 부모 곁에 장남으로서 매장될 것이었고, 마지막하나는 역도산의 대모와도 같은 노부코가 "역도산과 함께 무덤에 들어가고 싶다."는 소원에 따라 나누어졌다.

이케가미의 절 혼몬지(本門寺)에서 치러진 장례식 다다음날, 아카사카의 요정 나가시마에서 고다마 요시오를 좌장으로 하여 회의가 열렸다. 역도산 사망 이후 프로레슬링흥업 주식회사와 그 관련 회사를 어떻게 운영할 것인지, 역도산의 집안 및 미망인을 어떻게 처우할 것인지에 대한 이야기가 오갔다. 그러나 고다마는 눈을 감고 말없이 듣고만 있었다. 영업부장 겸 상무인 다니와 레슬러인 요시노사토의 발언이 다른 사람들을 압도하고 있었다. 다른 참석자들은 고다마 선생을 앞에 두고 꿔다 놓은 보릿자루처럼 자기 의견을 당당히 발표하지 못하고 있었다. 미망인은 얼굴을 숙인 채로 시종 묵묵히 손수건만 쥐고 있을 따름이었다.

"의견은 그뿐이오? 잘 알겠소. 일본프로레슬링협회의 회장은 일단 내가 맡겠소. 리키 엔터프라이즈와 리키 복싱 클럽은 요시마치와 미야자와가 맡도록 하고, 프로레슬링흥업은 새로운 회사를 설립해서 하루라도 빨리 젊은 스타를 키우도록 하시오. 게이코 부인은 협회의 임원이자 관련회사의 사장으로 하겠소. 요시마치, 미야자와, 다니, 그리고 다른 선수들도 게이코 부인을 도와 어떻게 해서든지 역도산이라는 위대한 사나이가 일으켜 세운 프로레슬링의 등불이 꺼지는 일이 없도록 해주시오. 부탁하겠소."

더 이상 의논할 바가 아닌, 절대 복종의 권위를 지닌 말이었다.

고다마 요시오의 큰 눈이 빛났다. 일동은 그 관록에 압도되어 한마디도 할 수 없었다. 역도산이 벌인 사업은 너무 커져 있었다. 프로레슬링의 시합을 하면 그야말로 양수기로 물을 퍼 올리듯 큰돈이 흘러들어왔다. 특히 독립 흥행을 하는 도쿄, 오사카, 나고야, 삿포로 등에서 타이틀 매치를 열 때면 웃음을 그치지 않았다. 역도산은 그것을 너무 과신하고 있었다. 그래서 "사가미 호반의 100만평에 레저 센터를 건설한다. 산은 불도저로 밀어 평평하게 만들고 그곳에 세계최고의 명문 골프 코스를 만들어라"라고 했던 것이다. 거기서 그의 꿈은 더욱 커져서 "아부라쓰보에 동양 제일의 요트 항구를 만든다. 그곳에 영국 왕실의 호화 요트와 같은 것을 띄운다. 세계 일주가 가능한 요트를……."이라고 했다. 거기에 이어서는, "오하시의 땅에 긴자의 산아이 빌딩의 10배 정도 될 원통형 광고 빌딩을 세운다. 주차장을 넓게 잡아서 프랑스요리나 일본요리 등을 최고급으로 먹을 수 있는 세계적인 레스토랑을 그 빌딩에 모으는 거다. 그 땅은 시부야에서 오든, 메구로에서 오든, 신쥬쿠에서 오든 간에 제일 높은 곳이기 때문에 눈에 잘 띈다. 난 해낼 테다. 세계 최고의 설비로……."라고 했다.

세계챔피언인 영웅 역도산이 발언을 하면 누구나 조금도 의심하지 않았다. "일본의 영웅 역도산이니까 틀림없이 해내겠지. 돈과 실행력이 있는 사람이니까……." 하고 칭찬했다. 역도산 자신도 불가능은 없다고 큰소리를 치면서 가슴을 폈다. 그가 매일 미녀를 갈아치워도 조금도 비난하는 사람이 없었다. "영웅호색이라고 하잖나. 역도산이 매일 밤 여자를 안지 못한다면 영웅이 아니지. 예로부터 아침에 그게 서지 않는 인간에게는 돈을 빌려주지 말라고 했잖아. 배꼽 아래에는 인격은 없어. 있는 건 수격(獸格)뿐이야……."라고 했다.

또 외국인 레슬러를 초빙하기 위해서 암달러도 사 모았다. 스튜어디스를 이용하기도 하고 한국 쪽 인맥을 이용해 한국을 경유하기도 했다. 그의 배경에는 정치인, 재계인, 우익, 폭력단이 있었다. 그리고 음주, 행패, 난폭 운전이라는 패턴이 죽을 때까지 계속되었다. 그래도 '빛나는 별'에서 '국민적 영웅'의 자리에 오른 역도산을 비난하는 소리로 커지는 법은 없었다.

역도산이 10년 만에 10억 엔의 재산을 남겼다고 주간지는 써댔다. 그것이 1964년 정월이었다. 상속세 2억 7,000만 엔이 미망인에게 부과되었다. 거기에 역도산이 살아 있을 당시의 일본프로레슬링흥업이 내야 할 세금으로 8,000만 엔이 남아 있었는데, 그 일본프로레슬링흥업이 소멸하자 세금이 리키 엔터프라이즈로 넘어왔다. 프로레슬링의 모회사(母會社)가 모르는 일이라고 하면서 역도산 때의 일은 리키 엔터프라이즈가 맡아야 한다는 식으로 떠넘겨버린 것이다.

"두 가지만으로 3억 5,000만 엔이라니, 엄청난 금액이군."

요시마치 부사장으로서는 아무리 궁리해봐도 그런 거금을 만들어낼 재주가 없었다. 그저 머리를 싸맬 따름이었다. 미야자와는 장부를 보면서 사무적으로 말했다.

"롤스로이스는 720만에 다이쿄 관광이 사기로 했습니다. 그리고 일본항공의 1만주를 700만으로 팔아서 합계 4,120만 엔이 마련되었습니다."

"4,120만이라고? 프로레슬링 쪽 세금을 내기에도 턱없는 금액이잖아. 더구나 그 돈은 골프장 공사비로 돌려야 할 것 같은데……."

요시마치는 담뱃재가 이제라도 떨어질 것처럼 되었는데도 알아차리지 못하고 천장을 올려다보면서 힘없이 대답했다.

"골프장 건설이 없으면 좋을 텐데 말입니다. 달러 박스인 프로레슬링은 레슬러들이 가지고 가버렸고, 돈이 들어오는 데라고는 복싱, 사우나, 클럽 리키, 그리고 아파트 집세뿐이니 수입이 뻔하죠. 레스토랑은 적자고……."

미야자와까지 굵은 한숨을 내쉴 따름이었다. 한시라도 빨리 부동산을 정리하여 세금을 내지 않으면 안 될 일이었다.

"낫쓰코, 오가타 마구간에 맡겨둔 치카라퀸은 어떻게 되었는지 모르나?"

이케야마가 막 생각난 듯이 말했다.

"아참, 사장님은 말을 가지고 계셨죠. 경주마 따위는 완전히 잊고 있었네요. 바로 전화해보죠."

"그 말은 지금까지 상금 400만 엔 정도를 벌었어. 닛타 회장을 흉내 내 역도산 사장님이 말을 산 거긴 하지만, 이렇게 되니 쓸모가 있군. 대단한 돈은 아니겠지만."

이케야마는 다른 사람들이 하고 있는 모습을 보고 있자니 조바심이 났다. 나쓰코에게 곧바로 전화를 걸게 했지만, 그 답변은 차가웠다. 이치카라퀸을 역도산에게 추천해주고 스스로 관리를 맡았던 마마다라는 흥행사가 벌써 말을 팔아 치우고 행방불명이 되었다는 얘기였다. 물론 치카라퀸이라는 말 이름도 이미 지워진 상태였다.

"맞군. 역도산 사장이 누구도 믿을 사람이 없다, 도둑놈들뿐이라고 항상 말하더니, 정말 꼬리에 꼬리를 물고 구멍이 나는군. 저 세상에서 이를 갈고 있을 거야. 이래서야 세계챔피언도 성불할 수 없을걸. 삼도내*에서 서성거리고 있는 거 아닐까?"

이케야마마저 기가 막혀 담배만 뻑뻑 피워댔다.

---

*저승에 갈 때 건너야만 하는 강

막은 내리고

"사장님, 나가사키의 오가타 아저씨가 리키 엔터프라이즈 앞으로 편지를 보냈는데요. 역도산의 무덤을 만들려고 그러니까 180만 엔을 보내달라고, 이것이 그 편지입니다."

"뭐! 180만 엔, 그런 돈이 어디 있어. 난 모르니까 미야자와 씨와 의논해요."

게이코 사장은 기분 나쁜 얼굴로 퉁명스럽게 편지를 되돌려줬다.

역도산에 관해서는 지금은 누구보다도 잘 아는 나쓰코로서는 장례를 지낸 지 1년이나 지났는데 갑자기 무덤을 세운다는 까닭을 이해할 수가 없었다. 호적에는 분명 나가사키 현 오무라 시의 모모타 미노스케의 장남 미쓰히로로 되어 있지만, 그것은 어디까지나 조선 사람이었던 그가 일본인으로 호적을 옮기기 위한 절차에 불과한 것이었다. 돈을 받아서 그 모모타 집안의 무덤을 세우겠다는 건지 자기 집안의 무덤을 만들겠다는 건지, 자세히 쓰여 있지도 않았다. 대체 유골을 나누어 가져가고서는 이제까지 어디에 보관하고 있었다는 말일까?

프로레슬링의 지방 순회 시합 때, 수행 기자들이 "꼭 부모님의 묘소를 찾는 사진을 찍게 해주십시오." 하고 끈질기게 매달린 적이 있었다. 마지못해 요청을 받아들인 역도산은 요시마치에게 지시해서 조안지에 마련된 묘지에서 '모모타 가문의 묘'라는 훌륭한 무덤을 찾아내게 하여 거기가 부모님 무덤인 척하고 사진을 찍은 적이 있었다. 나쓰코는 그 외에도 지금까지 역도산에 관해 실린 엉터리 기사들이 잇달아 떠올랐다.

'현대 인명사전'(아사히신문사)에는 "나가사키 현 오무라 시 출생, 어릴 적에 아버지를 여의고 후에 모모타 기노키치의 양자가 되었다."고 쓰여 있다. 또 '역도산, 화려한 생애'(스포츠닛폰신문사)에는 오무라 제2소학교 시절에 상급생 10명 가까이를 혼자서 물리친 이야기나 100미터를 5학년 때 13초로 달려서 선생님이 믿지 못했다는 에피소드 등이 실려 있었다. 또 '공' 1974년 2월호에는 가노 시게오(일본프로레슬링협회 사무국 차장)가 "역도산은 싸움닭이었다."라는 기사 중에 역도산과 같은 반이었다는 다카하시 무슨무슨 양의 입을 통해, "싸움에 강한 아이였죠. 여자아이들만 못살게 구는 상급생 남자애를 미쓰히로가 '약한 사람 괴롭히지 마!' 하고 고함을 치면서 돌진하던 게 엊그제 일 같아요."라고 상세하게도 써놓고 있다. 그러나 애초에 그곳에는 제2소학교라는 것이 존재하지 않는다. 니시오무라 소학교가 전쟁 중에 '오무라 제2국민학교'로 불린 적은 있었지만, 그마나도 1924년생이라고 자칭하는 역도산과는 연대가 다르다.

그가 스모계에 입문하기 전까지의 일은 말해서는 안 될 터부였으며, 또한 허구였다. 그렇게 고향이라는 오무라에 관한 이야기가 만들어진 것임을 알고 있었기 때문에 나쓰코로서는 무덤을 세운다는 일에 의문을 품을 수밖에 없었다. 그래도 리기 엔터프라이즈의 임원이며, 역도산의 부모나 마찬가지라고 자처하는 오가타의 요청이었으므로 그냥 거절해 버릴 수는 없었다. 나쓰코는 없는 돈을 겨우 긁어모아 180만 엔을 은행으로 보냈다.

나쓰코는 역시 똑떨어지는 사람이었다. 무덤이 완성되었다는 편지를 받자 자기 돈을 들여 오무라로 날아갔다. 그런데 갑작스러운 나쓰코의 출현에 오가타 도라이치는 어쩔 줄을 몰라 했다.

"성묘를 마치고 나가사키로 가겠습니다." 하고 재촉해 꾸물거리는 노인을 일으켜 세웠다. 오가타는 마지못해 모모타와 오가타, 두 집안의 묘지가 있는 절인 조안지로 안내를 하더니 묘지에 와서도 우왕좌왕, 모모타라는 묘비를 찾아내려는 오가타의 모습이 딱해 보일 정도였다.

"요즘엔 건망증이 심해서……." 하고 변명하면서 한참이 걸려 모모타라는 성이 붙은 훌륭한 무덤을 찾아내 가리켰다. 그런데 그 비석에는 이끼가 끼어 있었다. 세운 지 얼마 안 되는 무덤에 어떻게 이끼가 끼어 있을까. 너무나 어처구니없었지만 나쓰코는 노인이 불쌍했다.

다른 사람의 무덤이라는 것을 알면서도 꽃을 바치고 향을 올리며 합장했다. 하지만 그저 돈이 탐나서 금방 탄로 나도 좋다는 심보로 나오는 역도산의 기생충에게 나쓰코는 부드러운 말을 건넬 여유까지 가질 수는 없었다.

"역도산 사장님, 역시 일본인은 믿을 수 없는 존재였네요."

나쓰코는 무표정하게 오가타에게 "안녕히 계세요." 하고 말하고 뒤도 돌아보지 않았다. 신경통에 고생하고 있고 백내장으로 눈이 부자유하다는 것을 알고 있었지만, "건강하세요."라는 말은 해줄 수 없었다.

역도산의 분골은 어디로 가버렸을까? 아마 오가타 집안의 묘지에 들어갔겠지만, 무덤을 세우겠다는 돈까지 사라지고 마는 현실에 나쓰코는 역도산이 불쌍하기만 했다. 나쓰코는 도쿄로 돌아와서도 다른 사람에게 180만 엔이 들었다는 무덤 이야기를 꺼내지 않았다.

"나쓰코, 새로 만든 역도산 사장님의 무덤 사진을 안 찍어오다니, 자네답지 않군. 그럼 보고할 수가 없잖아."

온후한 미야자와가 드물게도 듣기 싫은 소리를 했다. 그렇지만 나쓰코는 "깜빡 잊었어요. 죄송합니다." 하고 작은 목소리로 사과하면서 고개를 숙였다.

리키 엔터프라이즈의 사원들은 장래를 생각해 하나 둘 회사를 떠났다. 여자 중에서는 나쓰코 혼자 게이코 사장을 위해 묵묵히 일하고 있었다.

"이봐, 나쓰코. 이걸 니시오카 씨한테 갖다 주고 와. 수표니까 조심해."

게이코의 아버지, 즉 역도산의 장인이 되는 다구치 다이고로는 경찰이었을 때의 태도에서 조금도 변함이 없었다. 부하는 명령을 하면 그대로 움직이는 것이라고 믿고 있는 땅딸막한 사람이었다. 제복을 입으면 경찰서장처럼 보일지도 모르겠지만, 사복을 입게 되니 껄렁한 시골 아저씨로밖에는 보이지 않았다.

다구치는 고리대금을 하는 니시오카 사장과 관련되는 용무는 나쓰코에게만 지시했다. 나쓰코만이 불평 없이 시키는 대로 일했기 때문이다. 그러나 그녀의 머리는 면도날처럼 예리했다. 그래서 역도산은 비서로서 그녀를 놓치지 않으려고 했던 것이다. 다구치는 그것을 몰랐다.

"수고했어요. 틀림없이 받았습니다. 이게 영수증이에요. 그리고 말인데, 이걸 다구치 씨에게 전해줘요."

니시오카는 지폐 뭉치가 든 두툼한 봉투를 건넸다. 나쓰코는 모든 사정을 알고 있었기 때문에 유쾌하지 못했다. 사무소로 돌아오자마자 일부러 모두가 들을 수 있도록 큰소리로 말했다.

"다녀왔습니다. 이게 영수증입니다. 그리고 니시오카 사장님이 다구치 다이고로 씨께 전해주라면서 이걸 주시더군요. 안에 든 건 돈뭉치입니다. 많이 들어 있지만 봉해져 있으니까 괜찮을 겁니다. 얼마인지는 확인하지 않았습니다만……."

"그런 말은 안 해도 대. 입 디 물고 내놔!"

다구치는 굉장히 화를 내면서 소리쳤다. 미야자와와 이케야마도 놀라 무슨 일인지 살폈을 정도였다. 그러나 누가 봐도 고리대금에 대한 수수료가 그 봉투 안에 들어 있다는 사실을 알 수 있었기 때문에 다구치가 당황하는 것이 당연했다.

자신의 딸이 사장으로 앉아 고리대금에 시달리고 있는데, 전무라는 자리에 앉게 된 그 아버지가 고리대금업자에게서 수수료를 챙겨 먹는,

이렇게 어처구니없는 일이 다른 회사에도 있을까? 나쓰코는 '훌륭한 아버지야…….' 하고 질린 나머지 다구치의 얼굴을 뚫어져라 쳐다보았다.

1972년 12월, 역도산 일가는 뿔뿔이 흩어졌다. 혼기를 놓친 장녀는 웬일인지 가족들과 가까이하려 들지 않았고, 장남은 대학을 다니던 중에 고등학교 동창과 결혼했다. 차남은 162센티의 작은 체격에도 불구하고 그렇게 싫어하던 공부를 그만두고 프로레슬러가 되어 각각 독립된 생활로 들어갔다. 게이코 미망인은 8층의 호화로운 아파트에서 햇볕이 잘 들지 않는 작은 집인 205호로 옮겼다. 역도산이 죽은 다음 해 3월 26일에 태어난 딸 히로미는 요코하마의 외국인 학교 2학년이었다. 어른들 속에서 제멋대로 자라는 통에 유치원에서 쫓겨난 과거가 있었기 때문에 영어만 쓰는 외국인 학교에 입학하여 엄마가 직접 차로 데리고 갔다가 오는 생활을 계속하고 있었다.

그런데 작은 집으로 이사하고 보니 가장 곤란한 것은 너무나 크고 훌륭한 불단이었다.* 600만 엔을 들여 특별 제작한 것이었다.

"나쓰코 씨, 이거 어떻게 돈으로 만들 수 없을까……. 너무 커서 방해만 돼요."

미망인은 풀 죽은 얼굴로 나쓰코에게 의논했다. 희로애락이 곧바로 얼굴에 나타나는 게이코 사장이다. 부탁을 받으면 싫은 표정 한번 짓지 않는 나쓰코는 바로 불단을 만들었던 곳에 전화를 걸었다.

"역도산의 유족인데요, 이번에 미국에 영주하게 되어서 불단을 팔고 싶습니다. 그곳에서 8년 전에 600만 엔에 만들어주셨는데, 다시 사주실 수 없을까요?"

하지만 대답은 차가웠다.

"불단이라는 건 돌아가신 분의 영혼이 머무는 곳이니 물릴 수는 없습니다. 정 그러시다면 절에 맡기시는 게 어떻겠습니까."

---

*일본에서는 친족이 사망했을 때 흔히 불단을 만들어 그 위패를 집안에 모신다.

"맡길 거면 그냥 놔두죠." 하고 대꾸하고 싶었지만, 할 말을 삼키며 한숨을 짓는 나쓰코였다.

모든 것을 잃고 이제는 보험과 화장품 대리점을 하면서 게이코가 사장으로 이름을 내걸고 있었지만, 실제로 모든 일은 나쓰코가 리키 엔터프라이즈의 이름으로 돌보고 있었던 만큼 발이 넓었다. 불단이 필요한 사람이 없을까, 하고 찾아봤지만 지나치게 크고 훌륭해서 뒷걸음질 치는 사람들뿐이었다. "쓰던 불단을 팔다니……." 하고 이상하다는 듯 나쓰코의 얼굴을 쳐다보는 노부부도 있었다. 결국 아무도 사려고 나서는 사람이 없었다.

나쓰코는 미망인을 위해 조금이라도 물건을 팔아 현금으로 만들어주고 싶어서 여기저기에 부탁해보았다. 미망인은 결혼식에 썼던 진주목걸이를 보석상자에서 꺼냈다. 그녀에게는 가장 소중한 기념품이었다.

"나쓰코 씨, 이건 남편이 50만 엔에 산 거예요. 빚을 갚기 위해서 얼마든 상관없으니까 돈으로 바꿀 수 없을까?"

"네. 보석이라면 제가 아는 보석상에 가서 일단 값을 알아보지요."

가볍게 나선 나쓰코는 무거운 발걸음으로 돌아왔다.

"아무리 쳐준다고 해도 6만 엔이 기껏이래요."

"어머, 고작 6만 엔이요? 그 값에 팔면 아깝잖아요. 그럼, 이 피로연에서 사용한 예복은 어떨까요. 1,500만 엔짜리예요. 얼마로 팔 수 있을까……."

나쓰코는 그 옷을 소중히게 보자기에 싸 가지고 갔다. 하지만 불행한 결혼이라는 딱지가 붙어버린 역도산 부인의 신부 의상은 어느 누구도 탐내는 사람이 없었다.

"나쓰코 씨, 이건요. 600만 엔짜리 다이아몬드라고 남편이 말했거든요. 이걸 감정받아 주세요. 비싸게 쳐주면 팔고 싶은데……."

놀랍게도 그 다이아몬드는 그냥 유리였다. 너무나 놀라 나쓰코는 입을 열 수가 없었다. 미망인도 그로인해 자신감을 잃었는지 그 이후에는 두 번 다시 보석이나 의상을 팔아보려 하지 않았다.

나쓰코의 청춘은 역도산과 함께 흘러갔다. 1954년에 여학교를 졸업하자마자 곧바로 프로레슬링회사의 타이피스트로서 입사, 경리부와 비서를 겸하게 되었다. 역도산이 죽은 뒤에도 리키 엔터프라이즈를 떠나지 않고 마지막까지 게이코 사장과 둘이서 보험과 화장품 대리점을 꾸려나갈 정도로 충신으로서의 역할을 다했다. 그 오랜 세월 중에 잊을 수 없는 여성이 두 명 있었다. 그것은 기누에와 아야 부인이었다.

기누에는 초상을 치르는 때는 물론이고 절에서 치러진 본 장례식에서도 끝내 모습을 나타내지 않았다. 병약한 데다가 산달이 가까운 몸이어서 외출하는 것 자체가 큰일이었으리라. 기누에는 곧 태어날 아기를 위해 열심히 아기 옷을 지으면서 그저 울고만 있었던 것이다. 찾아오는 친구라고는 나쓰코밖에 없었다.

역도산이 죽은 다음 달의 15일, 집 부근 병원에서 토실토실하게 살찐 아들을 낳았다. 작고, 이제는 너무 야윈 그녀에게서 3.5킬로그램의 아기가 태어나 나쓰코도 깜짝 놀랐다. 그 얼굴은 누가 보더라도 한눈에 역도산의 진짜 아들임을 알 수 있을 정도로 이목구비가 쏙 빼닮았었다. 그러나 사랑하는 역도산의 죽음이라는 충격을 기누에는 끝내 떨치고 일어나지 못해서 젖도 조금밖에 나오지 않았다. 게다가 산후조리를 잘 못해서 신장염에 신장 결석까지 생겨 고통을 참고 있었다.

"저, 선생님 곁으로 가요. 아기를, 아기를 부탁해요."

힘없이 나쓰코의 손을 잡는 기누에였다. 캠퍼주사* 바늘이 꽂혔다. 그녀는 마지막 힘을 짜내 말하고 있었다.

"아기를, 아기를 부탁해요. 나쓰코 씨, 고마워요."

그것이 마지막 말이었다. 박복하고도 허무한 여자의 일생이었다. 향년 20세였다고 한다.

---

*심장 쇠약 등의 응급 처치로 쓰이는 흥분 · 강심제.

또 한 사람, 슬픈 별 아래에 태어난 여자가 이 세상을 떠났다. 그것은 역도산이 처음으로 아내로서 호적에 올렸던 아야였다. 그녀는 초상 이 틀째 되는 날에 리키 아파트에서 나쓰코와 만났다. 그냥 1층에서 향을 올리고 돌아가려는 것을 나쓰코가 두 아들을 살짝 데리고 나갔던 것이다. 몇 년 만에 만난 아이들은 그 가난했던 시절에 같이 살았던 아이라고는 생각할 수 없을 정도로 훌륭하게 자라 있었다. 그리고 절에서 치러진 본 장례식에도 찾아와 목도리로 얼굴을 감추고 향을 올렸는데, 도요노보리와 요시노사토가 알아보고 안쪽으로 들어가시라고 권유를 했지만 도망치듯 사람들 속으로 모습을 감춰버렸다.

나쓰코에게 병원에 입원 중이라는 아야의 편지가 도착한 것은 역도산이 죽은 지 반년이 지난 뒤의 일이었다. 나쓰코는 로쿠로타와 함께 매주 일요일에 문병을 갔다. 찾아올 사람 없는 병실에서 아야의 옛날이야기를 듣는 것이 두 사람의 즐거움이었다. 로쿠로타는 그 이야기들을 자세하게 취재수첩에 담아두었다.

"그렇게 드센 사람이었으니까, 그랬으니까 그런 일들을 해낼 수 있었겠죠. 오랫동안 부부로서 함께 고생했다기보다는, 이제 와서 생각해보면 말썽꾸러기 아들 같았어요. 젊었을 때에는 화가 나면 "나를 화나게 만들었단 말야!" 하고 울면서 발을 동동 구르곤 했죠. 남의 말은 잘 안 듣는 사람이었어요. 불가능한 일을 가능하게 하는가 하면, 가능한 일도 불가능하게 만들어버렸지요. 대단한 사람이었죠.

저는 스미다 강에 뛰어들어 죽어버릴까 하는 생각을 몇 번이나 했는지 몰라요. 그래도 내가 죽으면 그 사람은 어떻게 살아갈까 하는 생각이 들어 죽지도 못하고, 정말로 그 사람은 나에게 의지하고 있는 부분이 있었어요. 떼쓰는 아이 같았죠.

쓰쿠이의 별장에 오라는 말도 있었는데, 게이코 씨라고 하는 부인을 얻었는데도 제가 그곳에 가면 아이들과 게이코 씨의 관계가 이상하게 되잖아요. 무엇보다도, 남편을 그 정도까지 올려놓기 위해 노력해온 저도 지기 싫어하는 여자라서 역도산의 세컨드라는 식으로 비치는 건 내 자존심이 허락하지 않았거든요. 그래도 남편이 한밤중에 찾아오는 것은 별개의 일이었어요. 생각해보면, 이상한 부부였죠."

고생을 함께 하며 남편 때문에 눈물도 꽤나 흘렸지만 세상을 떠나자 즐거운 기억만 자꾸만 떠올랐던 것이리라. 눈에 한가득 눈물을 떠올리며 추억을 이야기하는 아야는 기력도 쇠하고 눈물 많은 여자가 되어 있었다. 이미 의사에게서 손을 쓰기에는 너무 늦은 유방암이라고 죽음의 선고를 받은 상태였다.

"로쿠 씨, 수술 자국이 이래요……."

힘없이 옷깃을 열려는 아야를 로쿠로타는 황급히 말리면서 말했다.

"됐습니다. 그러시지 않아도 돼요. 유방은 엄청 좋아하지만, 유두가 없는 유방은 요염한 맛이 없잖아요. 괜찮습니다, 역도산 부인."

로쿠로타는 익살을 떨며 말했지만, 나쓰코는 창가로 가 슬쩍 눈물을 닦고 있었다. 한여름의 후덥지근한 병실 밖에는 커다란 아욱꽃이 고개를 숙이고 더위를 견디고 있는 것처럼 보였다.

아야에게는 병든 아버지가 있었는데, 그것이 유일한 걱정이었다. "죽으려고 해도 죽을 수가 없어요." 하고 쓸쓸하게 나쓰코에게 말하는 것이었다.

아야의 머리맡에서 나쓰코는 시시각각 다가오는 죽음의 그림자를 바라보고 있었다. 최후의 순간까지 의식은 또렷해서 두 아이를 만나보고 싶어했지만 끝내 아이들은 모습을 드러내지 않아서 나쓰코가 지켜보는 가운데 죽었다.

"역도산은 사실 외로움을 많이 타고 남보다 갑절은 수줍음을 타는 사람이었지. 그래서 그런지, 자기는 그렇게 바람을 피웠으면서 질투는 엄청나서 헤어진 마누라조차 절대로 딴 사람이 건드리지 못하게 했던, 그런 일본의 영웅이었어. 그런데 죽어서도 두 여자를 독차지하다니…….
그렇다고 해도 저승길 동무가 된 저 두 여자는 불행한 별 아래 태어난 거지. 운명이라고 말해버리면 그것도 그렇겠지만……."

　로쿠로타는 조용히 나쓰코에게 말했다. 아야에게서 받은 사진첩이 펼쳐져 있는 그의 그 무릎에는 아름다운 게이샤의 사진이 웃고 있었다.

역도산의 등불이 꺼지지 않도록

"미야자와 씨, 역도산 사장의 재산은 정말 어느 정도였던 겁니까?"

아카미 로쿠로타가 딱 잘라 물었다.

"내 기억에 역도산의 재산은 부동산만 해도 엄청났어. 오하시의 땅이 8,500만, 단 2,500은 지불하지 않았지. 리키 팰레스가 5억, 리키 아파트가 5억 5,000만, 클럽 리키가 8,000만, 아부라쓰보가 5,000만, 하코네의 별장이 5,000만, 합숙소가 2,500만, 리키 맨션이 4,800만, 골프장이 3억 5,000만, 대충 따져봐도 그 정도야."

"그럼 약 15억의 부동산은 있었다는 얘기군요."

숫자에 약한 로쿠로타는 아무래도 실감이 나지 않았다.

"그 가운데 하코네의 별장은 다구치가 사가미공대에 5,000만 엔을 받고 매각했어. 또 니시오카라는 고리대금업자에게서 골프장 공사비 지불을 위해 8,000만 엔을 빌린 적이 있는데, 돈 갚을 때가 지나자 그 사람이 가차 없이 담보로 잡았던 클럽 리키와 그 위의 아파트 건물을 땅과 함께 몽땅, 게다가 아부라쓰보의 땅까지 쓸어가버렸지. 역도산 사장과는 같은 동포였는데도 돈 앞에서는 아무것도 아니더군. 의리도 인정도 없었어. 돈이 전부라는 거지. 하긴, 역도산도 같은 생각이었으니까. 그리고 클럽 리키의 건물 안쪽에도 땅이 있었잖아. 그건 다구치가 매각했는데, 그 돈은 본 적도 없어. 역도산이 죽자마자 재산을 전부 조사해서 정리했다면 이렇게 비참한 꼴은 당하지 않았을지도 몰라. 문제는 뭐니 뭐니 해도 프로레슬링 쪽의 세금과 상속세였지."

담담하게 말하는 미야자와였다.

역도산의 유산에 대해서 관계자들은 저마다 다른 이야기를 했다. 시부야의 리키 스포츠 팔레스의 건축 책임자였으며 완성 후에는 사우나, 레스토랑, 볼링장의 경영을 맡았던 야마다는 렌터카 회사의 사장이었으면서 역도산에게 반해 그가 죽은 뒤에도 역도산 집안을 재건하기 위해 노력했던 사람으로, 유산에 대해서는 다음과 같이 평가했다.

"먼저 오하시의 땅이 1억 5,000만, 리키 스포츠 팔레스가 5억 엔, 골프장이 3억 5,000만, 리키 아파트가 3억 8,000만, 클럽 리키가 8,000만, 아부라쓰보가 5,000만, 하코네의 별장이 5,000만, 합숙소가 2,500만, 리키 맨션이 2억 엔, 대충 견적을 내봐도 17억 8,500만 엔이다."

이렇게 많은 재산이 어떻게 사라져버린 것일까? 첫째는 상속세 2억 7,000만 엔 때문이었다. 이를 10년 동안 납부하지 않아서 거의 5억으로 불어났다. 거기에 프로레슬링 쪽 세금이 7,500만 엔, 이것도 중가산세가 적용되어 1억 몇천 만 엔으로 눈덩이처럼 커졌다.

세금 체납으로 빨간 차압 딱지가 덕지덕지 붙어서 남은 것이라고는 아이들의 책상과 학용품과 불단뿐, 세 번째로 찾아온 집달관이 웃으면서 미망인에게 말했다.

"부인, 이렇게 훌륭한 불단을 만들려면 다음번엔 금으로 만드세요. 불단은 차압하지 않으니까요……."

게이코 미망인은 고개를 숙인 채 이를 악물고 있었다. 하지만 그 사람들이 사라지자 화려한 생활을 계속했다. 억 단위의 빚을 안고 있으면서도 미망인은 벤츠300이라는, 마치 기름을 길바닥에 뿌리고 다니는 듯한 차를 타고 다녔고 아이들의 생활도 아버지가 살아있을 때와 조금도 달라지지 않았다. 도요노보리에 이어 프로레슬링의 대표자가 된 요시노사토까지, "사모님은 화려한 생활을 계속하고 아이들도 마찬가지다. 그러니 우리도 유족을 보살피는 보람이 없다."고 투덜거렸다. 으뜸가는 충신이었던 자이언트 바바까지 "너무 심하다."고 미망인과 자녀들을 비난할 정도였다. 그런 생활에 겨우 마침표가 찍힌 것은 역도산 사후 8년째인 1971년 가을이었다.

역도산이 남긴 거대한 부동산 중에서 첫 번째로 정리해야 할 것은 시부야의 리키 팔레스였다. 요시마치가 3억 5,000만으로 계약하고 계약금을 치렀지만 잔금을 치를 도리가 없어서 파산하고 말았다. 닛타 회장의 심복이었던 가사야마 대령은 이것을 팔아서 어떻게 해서든지 역도산의 유족들에게 유산을 챙겨주려고 뛰어다닌 끝에 간신히 3억 7,000만 엔에 팔기로 이야기를 맞춰놓았다. 단, 옥상에 미쓰비시의 광고탑이 설치되어 있었으므로 그중 200만 엔은 되돌려준다는 조건이었다. 그런데 반대 의견이 강해서 교섭이 결렬되고 만다. 겨우 카바레의 왕인 오나미 요시아키가 3억 5,000만 엔에 사준 것은 역도산의 사후 6년이 지난 때였다. 모두들 처음 얘기가 나온 1954년에 팔았다면 그동안의 이자만 챙겼어도 엄청났을 텐데 하고 생각하지 않을 수 없었다.

두 번째 실패는 분양해야 할 리키 맨션, 450평 위에 세운 8층 건물로 다이토 토지가 2억 8,000만 엔을 투자하여 아직 3분의 1밖에 분양하지 않은 상태에서 역도산이 죽었다. 상속인이 결정되지 않으면 법적으로 팔수가 없었다. 리키 엔터프라이즈는 분양만 하면 돈을 벌 수 있다고 믿고 다이토 토지가 투자했던 자금을 갚아버렸다. 그런데 돈을 갚기 위해 발행했던 어음에 자꾸 이자가 붙어 이러지도 저러지도 못하게 되자 다이토 토지가 다시 나서서 건물을 인수하더니 눈 깜짝할 사이에 분양을 마치고 크게 돈을 벌었다. 담당자인 아오모리는 미소를 지었다.

이에 대하여 가사야마는 화를 내며 말했다.

"다이토 토지 측에 '역도산이 죽었으니 맡아주시오' 라고 했으면 좋았을 것이다. 안 된다고 하면 고다마 요시오 선생님이라도 모시고 갔으면 좋았을 것을! 요시마치 따위가 알지도 못하면서 돈이 벌릴 줄 알고 어음을 끊었던 거다. 그러다가 결국 분양이 안 된다고 쩔쩔매다가 공동출자금을 뽑아가 버린 다이토 토지에게 한 방 먹은 거다."

누가 봐도 경영 능력이 없는 상태였다. 리키 엔터프라이즈의 사원들은 들떠 있었고, 역도산의 장인인 다구치 다이고로는 범인을 잡는 능력은 있었는지 몰라도 경영에 대한 통찰력은 전혀 없었다.

세 번째 실패는 사가미 호반의 레이크사이드 컨트리클럽이었다. 부사장인 요시마치가 모든 것을 팽개치고 나가버리자 새로운 프로레슬링 회사를 창립한 다니 전무가 달려들었지만, 역시 다구치와 오가타의 주제 넘는 참견에 질려서 손을 들고 나가버렸다. 결국은 그것도 역도산을 하나님처럼 숭배하고 있었던 야마다가 맡지 않을 수 없게 되었다.

골프장에 대한 첫 번째 실수는 역도산이 너무 돈 벌 궁리만 하고 200명에서 1차 회원 모집을 마감해버린 데에서 비롯된다. 그때 희망자를 모두 받아들여 돈을 받아두었다면 사업이 완성되었을지도 모른다고 관계자들은 말했다.

회원들의 가입금에 의지하지 않고, 프로레슬링 흥행을 통해 수입이 들어올 거라는 예상 하에 골프장을 만들 계획이었다. 공사가 착착 진행되었고 돈이 점점 더 들어갔다. 그러는 도중에 역도산이 죽었으니, 골프장을 맡고 있던 리키 관광은 곧바로 골프장을 팔 곳을 찾았어야 마땅하다. 그런데 공사비를 막겠다고 고리대금업자에게서 잠시 돈을 빌렸고, 그것이 눈덩이처럼 불어나고 말았다. 그리하여 나중에는 미쓰이 물산의 부동산부에서 골프장을 인수하기로 되었는데, 여기에는 일본어는 물론이고 한자까지 척척 읽을 줄 아는 치에니라는 불량 외국인이 중간에 끼어 있었다. 물론 처음에는 국제적인 사기꾼이라는 것을 몰랐고, 결국 어음 위조 사기에 걸려 그것을 막느라고 또 고리대금업자에게서 돈을 빌려야 했다. 치에니는 여권을 위조해서 일본에서 도망가버렸다.

어쨌거나 미쓰이 물산은 역도산 측에 4,500만 엔을 지불했다. 그리고 그 와중에도 역도산의 고문 변호사는 당연하다는 듯이 자기 수수료를 챙기고 나서 나머지만 게이코 미망인에게 건네주었다.

골프장의 1차 회원에 대해서는 희망에 따라 나리타 컨트리클럽으로 옮기든지 현금을 되돌려 받든지 하는 방법으로 청산을 했는데, 나중에 시도와 다구치 그리고 고문 변호사가 관계하는 통에 어떻게 돈이 움직였는지는 아직도 모른다.

고리대금업자에게서 얼마나 빚을 냈는지 누구 한 사람 책임 있게 대답할 사람이 없었다. 리키 팔레스를 오나미 사장에게 팔 때조차 표면적으로는 3억 5,000만 엔에 계약했지만 실제로는 4억에 팔고 뒷돈을 챙겼다는 말이 돌았다. 그런 과정에서 완전히 따돌림을 당한 담당 공인회계사조차 화를 내면서 리키 엔터프라이즈를 떠났다.

아부라쓰보의 요트 항구는 "그 땅만으로 십 몇억의 가치를 지닌 멋진 땅이다."라고 가사야마 대령은 증언한다. 그런데 고리대금업자인 니시오카가 얼마나 돈을 빌려 줬는지는 몰라도 클럽 리키에 아부라쓰보의 땅까지 챙겨갔던 것이다.

"니시오카가 클럽 리키와 아부라쓰보를 가로챈 게 아니다. 다른 사람이 날치기해 간 거다. 니시오카는 그렇게 나쁜 짓을 할 사람이 아니다. 왜냐하면 역도산과 마찬가지로 조선인이기 때문이다. 일본인이었다면 모질게 굴었을지도 모르지만, 같은 동포의 유가족을 그렇게 심하게 대할 사람이 아니다."

가사야마 대령은 단언했다.

"오하시의 땅은 손해도 이익도 없었다. 모두 미쓰비시에서 떠맡아줬으니까 말이다. 만약에 미쓰비시가 없었더라면 큰일 날 뻔했다. 골프장도 사기를 당할 정도니까."

역도산의 사후, 소송이 두 건 일어났다. 하나는 리키 아파트 60호실에 사는 하기와라 부인에게서 '사문서 위조 및 행사'로 고소당했다. 또 하나는 새로운 프로레슬링 회사와의 다툼으로, 요시노사토 사장이 전면적으로 패배하여 2,000만 엔의 합의금을 받아냈는데, 이 돈도 이자를 내느라 흐지부지 사라졌다. 그렇게까지 했는데도 불어나는 것을 막을 도리가 없어서 자이언트 바바에게서 6,000만, 김일에게서 6,000만의 원조를 받아 간신히 이자를 막는 꼴이었다.

1966년 1월, 야마다 마사오가 어쩔 수 없이 떠맡게 되었을 때에는 12억 수천만 엔이라는 차입금이 있었고, 수입은 아파트 집세로 들어오는 350만 엔뿐이라는 상황이었다. 리키 팔레스는 매각, 클럽 리키와 아부라쓰보는 빼앗겼고, 골프장은 사기당했다. 리키 맨션은 다른 사람의 손에 의해 분양되는 것이니 관계가 없는 것이었고, 남은 것은 리키 아파트뿐이었다.

1966년 여름, 다구치 다이고로와 오가타 도라카즈는 야마다 마사오에게 모든 일을 일임한다면서 물러났다. 야마다는 말한다.

"이 일은 사서 한 고생이니, 아무리 힘들어도 나로서는 할 말이 없다. 부모도 없다. 자식도 없다. 아내도 없다. 나에겐 역도산이라는 위대한 사나이밖에 염두에 없다. 역도산을 위해 하겠다. 난 반드시 역도산의 등불을 지키겠다."

1971년이 최대의 고비였다. 고생할 줄 알고 뛰어든 야마다이기는 했지만, 자기가 생각해도 남 좋을 일에 생고생을 자처한 것 같아서 소리 없이 울기도 했다. 마지막으로 한밤중에 차를 내달려서 역도산의 무덤에 가 의논을 하기도 했다고 한다. 한겨울이고 보니 역시 인기척이 없었지만, 여름에는 젊은 연인들이 역도산의 무덤 위에서 섹스에 빠져 있기도 했다던가. 어쨌거나 세계챔피언도 역사 속의 인물이 되어버린 지금, 아무 말도 할 수가 없었다. 그저 차가운 묘석에 지나지 않았다.

미망인인 게이코는 끝내 재혼하지 않고 야마다 마사오의 숨은 아내로서 역도산의 유산을 지키고 있다……, 라고 하면 지나친 말일까? 두 사람이 당당하게 결혼식을 올릴 날은 영원히 오지 않을지도 모르지만, 행복을 비는 사람 또한 적지는 않으리라. 〈끝〉

실록 최배달

바람의 파이터

그의 적은 일본인도
미국인도 아니었다.
최배달, 그의 적은 오직
'보다 강한자'였다!

이 책의 발간이 단편적인 사실과 그의 '싸움'만을
보는 흥미위주의 좁은 시각에서 벗어나, 인간 최배
달과 죽는 순간까지 무도인으로 살아온 그의 진지
한 모습을 재평가해 볼 수 있는 기회가 되기를 바
라 마지않는다.

−국제공수도연맹 극진회관 총사범 김경훈

이제는 전설이 된
사상최강의 무도인 최배달
을 그린 실록의 결정판!

영화나 만화에서는 볼 수 없는
진정한 최배달!!

실록 최배달
바람의 파이터(상),(하)
오시타 에이지 지음 / 값 (각권) 8,500원

가혹한 시간

제2차 세계대전의 전운이 감돌던 어느 날, 미국의 최신예 잠수함이
북대서양에 침몰한다. 생존자는 33명….
과연 그들은 살아 돌아올 수 있을 것인가?
해난 구조 역사상 가장 유명한 사건을 철저한 취재를 바탕으로 재
구성한 논픽션의 걸작.

뉴욕타임즈 베스트셀러 선정, 영화 「SUBMERGED」의 원작!

피터 마스 지음 / 값 8,500원

트로이

신들이 질투한 영웅 아킬레우스와 헥토르, 금지된 사랑이 일으킨
거대한 전쟁 속에서 그들을 운명의 실타래로 조종하는 불멸의 신들!
신화와 역사가 함께 하는
그리스 최고의 서사극을 현대 영어로 되살린 작품.

영화 「트로이」의 원작 소설!

호메로스, 로즈 지음 / 값 16,000원

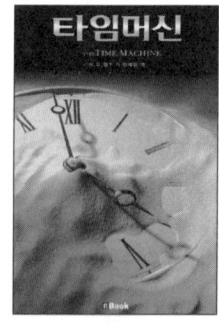

타임머신

아무런 노동도 하지 않고 지성마저 깡그리 잃어버린 채로 무위도식
하는 사람들, 그리고 지하에 숨어서 오로지 노동에만 종사하는 추악
한 몰골의 종족…….
80만년 뒤 인류의 미래에 얽힌 비밀을 풀고 현재로 돌아갈 수 있는
방법은?!

국내 유일 완역본, 영화 「타임머신」의 원작 소설!

H. G. 웰즈 지음 / 값 7,000원

할리우드 비즈니스

복잡한 저작권 다툼, 스타와 영화제작사의 줄다리기, 거액의 제작비 조달, 메이저의 틈새에서 살아남은 독립영화 제작사들의 전술 등……
할리우드에서는 어떻게 영화로 돈을 벌고 있는가?

비즈니스로서 영화를 이해하기 위한 필독서.

미도리 몰 지음 / 값 8,000원

그리고 인간은 섹스머신을 만들었다

발명에 대한 인간의 열정. 섹스에 대한 인간의 본능적 집착.
이 둘이 충돌했을 때, 과연 무슨 일이 벌어질까?
미국 특허청에 숨겨져 있던 미국 성 문화의 살아있는
역사를 살펴본다.

발명과 섹스, 그 도발적 충돌이 주는 지적 재미!

호아그 레빈스 지음 / 값 9,400원

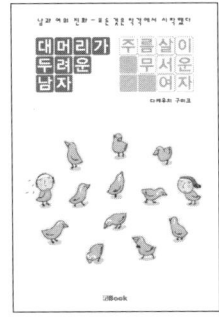

대머리가 두려운 남자 주름살이 무서운 여자

여자들은 주름살을 무서워하고, 남자들은 대머리를 두려워할까?
동성애와 전쟁과 평화의 은밀한 관계와 식도락 문화와 노벨상 수상의 관계?
교과서 속에 갇혀 있던 진화론을 세상에 펼쳐 보면 이렇게 재미있어 진다.

기예의 동물행동학 학자의 내 맘대로 진화론 산책!

다케우치 구미코 지음 / 값 8,900원

人間 역도산

초판 1쇄 발행 2004년 12월 10일

지은이 구리다 노보루
기획·번역 윤덕주
디자인 조희정
편집 윤남희
발행 (주)엔북

(주)엔북

우)110-280 서울 마포구 상수동 341-9 보림빌딩 B동 4층
http://www.nbook.seoul.kr
전화 02-334-6721~2
팩스 02-332-6720
메일 goodbook@nbook.seoul.kr

신고 제300-2003-161
ISBN 89-89683-32-7 03830

값 10,000원